大清新法令

(1901—1911)

点校本

第十卷

宣统新法令·庚戌(1910年)十一月至
辛亥(1911年)二月二十四日

上海商务印书馆编译所　编纂
何勤华　任海涛　李远明　点校

商務印書館
2011年·北京

图书在版编目(CIP)数据

大清新法令 1901—1911 点校本. 第 10 卷/上海商务印书馆编译所编纂. —北京:商务印书馆,2011
ISBN 978-7-100-07410-0

Ⅰ. ①大… Ⅱ. ①上… ②何… Ⅲ. ①法律—汇编—中国—清末 Ⅳ. ①D929.49

中国版本图书馆 CIP 数据核字(2010)第 190616 号

大清新法令(1901—1911)
点 校 本
第十卷
宣统新法令·庚戌(1910 年)十一月至
辛亥(1911 年)二月二十四日
上海商务印书馆编译所 编纂
何勤华 任海涛 李远明 点校

商 务 印 书 馆 出 版
(北京王府井大街 36 号 邮政编码 100710)
商 务 印 书 馆 发 行
北京市白帆印务有限公司印刷
ISBN 978-7-100-07410-0

2011 年 6 月第 1 版 开本 880×1230 1/32
2011 年 6 月北京第 1 次印刷 印张 17⅛
定价:46.00 元

华东政法大学法律史研究中心
点校整理
主持人　何勤华

国家重点学科华东政法大学法律史
学科建设项目资助

中国政法大学图书馆提供版本

序　一

19 世纪末 20 世纪初，我们的国家正面临亘古未曾有的大变，甲午战败、辛丑条约，到日俄战争竟让外国人在我们的国土上开战，自己倒成了坐上观的看客！“两宫西狩”回銮后，清末的宪政改革便拉开了帷幕。对这场宪政改革的诚意，当今压倒性的舆论是批评和嘲讽甚多，但不可回避的事实是：中国封建社会由此呈现出历史转型的端倪，如果联系中国封建社会的高稳定态问题来思考，就很难再把这场宪政改制完全归结为一场历史闹剧。

在清末凝重的历史环境中，以张元济先生（1867—1959）为核心的商务人秉承“昌明教育、开启民智”的宗旨，全身心地投入到了推动中国社会历史转型的潮流之中。“昌明教育平生愿，故向书林努力来”[①]，那一代商务人既是角斗士，也是建设者；他们角斗用的剑是书刊，他们建设用的铲也是书刊。

在端方（1861—1911）、盛宣怀（1844—1916）、沈家本（1840—1913）等有识之士的鼎力襄助下，在张元济先生的倾力主持下，商务印书馆推出两部大型法律汇纂书籍：在预备立宪前夕的 1907 年，以准确的译文、规整的版式、高雅的函装出版了《新译日本法规大全》

① 张元济：《七绝》前两句。全诗：昌明教育平生愿，故向书林努力来，此是良田好耕植，有秋收获仗群才。自《商务印书馆馆歌》。

(81 册),其后由编译所的专家收集、梳理、编纂,出版了《大清新法令》(《大清光绪新法令》20 册、《大清宣统新法令》35 册)。

《大清新法令》将"新政"十年生效的法律法规按照类别汇编,使得湮没于浩繁奏章中的成文法公之于众,这包含近代法精神的举措竟出自一民间出版机构,它无疑独领了那个时代的政治风骚,至1911 年已连续五次再版,所引起的轰动是可想而知的;同时,全部 55 册 300 余万字的图书规模,在今天激光照排、胶版印刷、装订联动的时代的确不算什么大的工程,而考虑到一百年前铅与火的出版条件,其工程的系统庞杂和操作难度是我们今天难以想见的。这皇皇巨著一经问世,就成为我们这个民族长久拥有的一笔精神财富,它给我们的启示在于,一百多年来中华民族艰难复兴的鲜明历史基点就是:始终需要保有一份对外开放,向先进学习的心态。与清政府那半推半就的改制形成鲜明对比,那一代商务人表现出的社会责任和文化担当,是中国社会一百多年来虽多经磨难但终能於汝于成的真正原因所在。

尽管,时光已流过百年,中国社会正在经历前所未有的历史转型,内外部条件与清末比之都发生了翻天覆地的变化,而唯有对法制文明的不懈追求依然如故亦一脉相袭。如果说,百年前出版《大清新法令》是近代中国法律改革、历史转型的需要,那么,商务印书馆的前辈先贤堪称那个时代的弄潮儿,他们敢于站在时代的风口浪尖上,以文化旗帜引领了一个时代。在《大清新法令》(点校本)出版之际,我们缅怀这些仁人志士、我们的前辈们,并且,清楚地知道,他们留下的历史文化遗产需要后人精心守护,并发扬光大。这是商务印书馆历史之使然,也是中国近代文化传承之必然,更是商务印书馆在一百年后又重新启动点校本工程的真正原因。

最后，对我们的合作方、珍贵版本的提供方：华东政法大学校长何勤华先生、中国政法大学图书馆馆长曾尔恕先生均致以诚挚的谢意。*

王　涛

2009年12月18日

* 本文原刊于《中国社会科学报》2009年9月1日，录入本书时略做增删。

序　　二

光绪二十四年(戊戌年),即 1898 年 6 月 11 日至 9 月 21 日,中国发生了一件惊天动地的大事:以康有为、梁启超、谭嗣同等为首的资产阶级改良派,在光绪皇帝的支持下,进行了一场声势浩大的变法维新运动,史称"戊戌变法"。在光绪皇帝"明定国是"诏书的指示下,短短 103 天之内,维新派人士颁布了上百个"新政"法令,内容涉及政治、经济、军事、文教等各个方面,[①]开启了中国近代法制转型的先端。

"戊戌变法"最后虽然在以慈禧太后为首的保守派的镇压之下失败了,谭嗣同等"六君子"也壮烈地血洒刑场,但"戊戌变法"百日维新的立法成果却被后人继承了下来。1901 年,在八国联军攻占北京、迫使清政府签订丧权辱国的《辛丑条约》、全国民众奋起反抗、统治阶级内部日趋分化、清王朝的统治岌岌可危的形势下,清政府不得不任命沈家本为修订法律大臣,宣布进行修律变法。统治阶级嘴上虽然没有承认,但实际上修律变法的基础,就是"戊戌变法"的立法成果。这说明,以西方先进资本主义国家为模范,修律变法,已经成为中国

---

① 如改革行政机构、裁汰冗员、提倡官民上书言事;设立农工商总局、保护工商业、奖励发明创造,设立矿务铁路总局、修筑铁路、开采矿产,举办邮政、裁撤驿站,改革财政、编制国家预算;裁减旧式军队、训练海陆军、推行保甲制度;改革科举制度、废除八股文,设立学堂、学习西学,设立译书局、翻译外国新书,准许自由创立报馆和学会,派留学生出国等。参见中国史学会主编:《戊戌变法》(四),上海人民出版社 1957 年版,第 557—572 页(段昌同执笔)。龚书铎主编:《中国通史》(19),上海人民出版社 1999 年版,第 254—255 页。

近代社会的发展趋势，无法抗拒。是年，光绪二十七年是也。

在此之前的1897年，中国第一家出版社商务印书馆宣告成立。在张元济、刘崇杰、陶保霖等一批法政精英的带领下，商务印书馆紧密结合中国的宪政改革和修律变法实践，在推出《新译日本法规大全》（全81册，1907年）的同时，将光绪二十七年以后（1901—1908年）和宣统朝（1909—1911年）的法令汇编成册。前者于1910年出版，取名《大清光绪新法令》，共有20册；后者于1910—1911年出版，即《大清宣统新法令》，共35册。两者基本上涵盖了开始“清末修律”至“辛亥革命”这十年间清政府推行“新政”所颁布实施的几乎所有的法令、法规，不仅成为民国时期法律改革和法律发展的重要历史资源，也成为学术界研究中国近代法制变革的珍贵文献。

《大清光绪新法令》和《大清宣统新法令》（以下合并简称“法令汇编”），作为中国近代出版的规模最为宏大的法规汇编，具有如下四个鲜明的特征。

第一，内容丰富、规模庞大。“法令汇编”涉及领域广泛，有宪政、官制、任用、外交、民政、财政、教育、军政、司法、实业、交通、典礼、藩务、旗务、统计、官报、会议等十几个门类，在每一个门类里面，又有若干个种类，如在“任用”里，还有升转、截取分发、选补、调用、保奖、荫袭、举贡生员出路、毕业学生任用、捐例、俸给、考核惩戒、京察、守制、议衅等，总计成文立法的数量已达2000余件，其规模是空前的。原编辑者强调：之所以这么“不厌其详”地收录所有已经制定的法令包括立法说明，就是因为试图让举国上下“永远遵守”这些“新政”的立法成果。

第二，贴近社会、体现变革。“法令汇编”收录的法令，一方面反映了当时社会发展的要求。比如，在分类上，它将宪政列入首位，体现了清末统治阶级高唱立宪主义、迎合全国民众要求民主、制宪的呼声的社会现实。又如，在财政领域，它强调的是赋税、盐课、土膏捐、印花税、货币、银行、公债、拨款、清理财政办法等规范，反映了清末社会转型期政府干预经济生活的法律政策。另一方面，它也体现了当时社会变革的宏伟历史场景，如在教育方面，它突出了对旧式教育的改造和新式教育的推崇，用了大量篇幅强调学堂章程的规范，并首次规范教科书、劝学所、教育会以及留学生等事项，体现了追随世界潮流、着力新式教育的理念。又如，在实业方面，它所收录的注册、商会、农会、劝业、度量权衡、赛会、陈列所、矿务等法规，以及商律和破产律等，不仅在当时属于变革旧事物、建设新制度的成果，就是在当前也仍然是我们所要追求、完善的法律制度。

第三，模范列强、重点仿日。中国近代的法律体系，是在模范西方列强的基础上建成的，并且主要以法国、德国和日本等大陆法系为主，尤其是大量地照抄、照搬了日本的立法成果。如果我们把"法令汇编"和《新译日本法规大全》[1]对照一下，就可以很清楚地看到，除了一些日本特有的名称和规定，如天皇、大藏省、永代借地、神社、华族和士族、(作为行政单位的)道和府等之外，其他大部分内容都与日本的名称和制度相同或相近、相似，如宪政、宪法大纲、选举、议院、内阁、章程、条约、各国使馆、领事、照会、商标、违警律，民政部、外务部、陆军部、法部等(日本称"部"为"省")，大学、高等小学、初等小学、教员、师范、教科书、留学生，警察、审判，等等。"法令汇编"与《新译日本法规大全》的相似性，可以说是它的一个最大特色。而此特色背后所蕴含的中国近代大量移植日本法律文明成果之现实，则是中国法

① 该书已有新的点校本面世，共11卷，由商务印书馆于2008—2009年间出版。

制近代化的重要特征。

第四,继承传统、开启未来。"法令汇编"在彰显中国近代模范列强、变法图强的法制建设实况的同时,也继承了中国古代历次变法运动的传统和成果,如以制定颁布成文法令来推进各项改革(宋代王安石、明代张居正等的改革均是如此),在保留旧制度主干的基础上建立"新政",以及通过渐进式的路径来达到改革的总体目标(如宣统皇帝即位后在预备立宪的时间安排上就有至宣统八年〔1916 年〕的初见成效的阶段性目标,因而民政部、吏部、法部、学部、农工商部等纷纷将各部从宣统元年至宣统八年的逐年拟筹备事宜"按年开列缮具清单,恭呈御览"),等等。在这一继承传统的过程中,不乏对旧制度的内容和形式的"温情"传承,如仅就名称而言,中国封建制度中的吏部、礼部、户部、兵部、刑部、度支部(即财政部)、军机处、宗人府、京官、外官、大理寺、都察院、御史、给事中、秋审、知县、县丞、京察、举人、贡生,等等。但就总体而言,清末光绪、宣统时期的"新政"立法改革,追随了世界法律发展的潮流,它对中国传统政制、官制的变革,对中国司法体制的改革,以及在宪政、军政、财政、教育、实业、外交等各个领域的法制追求,都既传承了中国传统的法律文明传统,也开启了中国近现代法律发展的道路。虽然,由于 1911 年"辛亥革命"的爆发,中断了光绪、宣统两朝修律变法的进程,但其基本方向是进步的,是符合中国乃至世界法律发展之潮流的。

正因为"法令汇编"具有如上特征,因而它也具有了相当的学术价值和重要的现实意义。一方面,对学术界而言,它不仅是我们研究中国近代转型期法制变革的珍贵史料,也是我们研究中国近代社会、经济、政治、军事、教育、工矿产业、交通、人事、外交等一系列领域的重要参考文献。另一方面,上世纪 80 年代以来,中国实行了改革开放的国策,强调依法治国、建设社会主义法治国家,我们的立法事业以前所未有的速度向前推进。但是在此过程中,立法落后、偏离乃至违背社会发展的问题也随处可见。如何解决这些问题,完善我们的立法活动,就不仅要直面当前社会现实,注重调查研究,也要加强对历史上好的、至今仍然有生命力的立法经验的吸收和借鉴。"法令汇编"中所收录的数千法令及相关文献,因社会变迁而兴、处社会发展而变,在适应、引领社会发展方面还是有相当之现实意义的。

鉴于上述认识,商务印书馆的领导高瞻远瞩,决定将"法令汇编"委托华东政法大学的专家学者重新点校出版。点校本将原来的《大清光绪新法令》和《大清宣统新法令》合并,统称《大清新法令》,共11卷,约300万字。在本书策划、点校的过程中,我们得到了原商务印书馆总经理(现中国出版集团公司党组书记、副总裁)王涛先生的全力支持,王兰萍、李秀清等教授为此书的面世贡献了诸多智慧和心血。本点校本的出版,也得到了上海市人文社科建设基地华东政法大学外国法与比较法研究院、国家重点学科华东政法大学法律史研究中心的经费资助。在此,一并表示我们诚挚的谢意。当然,本书包含了众多的奏折、说明等文献,点校难度要远远高于《新译日本法规大全》,虽然我们都尽力了,但限于我们的水平和功力,书中仍可能会出现一些错误,此点,恳望得到同行及广大读者的批评、指正。

何勤华

于华东政法大学

外国法与比较法研究院

2010年5月1日(上海世博会开园日)

总卷数目录

---

① 光绪新法令，原书按照分类排序，本次再版时保持不变。

② 宣统新法令，原书按照年月日排序，每卷分类目录附加于后，本次再版时保持不变。

编辑说明

书名

《大清新法令》始编辑于1908年，收辑1901年“新政”以来，钦定颁行、通行全国，具有“永远遵守之效力”的各项章程，后以1908年为断，迄更名为《大清光绪新法令》20册。《大清宣统新法令》35册，起于1909年，断至1911年。现使用《大清新法令》(1901—1911)为书名，含《大清光绪新法令》(1901—1908)和《大清宣统新法令》(1909—1911)两部分。

版本

《大清光绪新法令》点校整理，依据版本为宣统二年(1910年)七月上海商务印书馆第五版铅印本，由商务印书馆图书馆提供。《大清宣统新法令》点校整理，依据版本主要为上海商务印书馆己酉年(1909年)孟秋第三版和宣统二年(1910年)五月第四版铅印本(接续编纂至宣统三年)，由中国政法大学图书馆提供。

目录

《大清新法令》(1901—1911)，按照现行出版习惯合并原书册、类,组成十一卷,含《大清光绪新法令》一至四卷、《大清宣统新法令》五至十一卷。原书目录有二种,一为按册编目录,二为按法规类别,如宪政、司法、官制、任用、外交、财政、民政、实业、教育、军政、典礼等编分类目录。现除保留原书目录外增加每卷目录,并以合并原书册目录为原则汇编卷目录。如果原书册目录编制不统一时,那么就仿原书已有目录的编制意图增补齐全,并就此项增补以注释说明。

目录缺项

《大清光绪新法令》,原书分法规为十三类:即宪政,官制,任用,外交,民政,财政,教育,军政,司法,实业,交通,典礼,旗务、藩务、调查统计、官报、会议,并依此类目依次排序,十分明晰;《大清宣统新法令》,原书册目录未按照分类排序,一册之中混合类别编排,现在每卷末统一调整或增补本卷的分类目录,以求全书目录完整一致,亦便于索查。鉴此,《大清新法令》(1901—1911)点校本,既保留《大清光绪新法令》目录和《大清宣统新法令》原书目录上的差异,又做到点校本目录编排的相对统一。

校勘技术要求

《大清新法令》(1901—1911)点校本,以简化字、横排版形式出版,为遵循古籍整理原则,保持史料的客观、真实性,仅对正文做技术性点校与勘正,具体要求如下:

一、为帮助现代读者阅读,《大清新法令》(1901—1911)点校本正文前增加总序言,光绪新法令部分,在其所辑的每类正文前增加类序言，宣统新法令部分按照卷帙增加点校前言，以帮助读者阅读。

二、凡原书使用年号纪元或天干地支纪元的，一律在其后加括号注明公元纪元，用阿拉伯数字与括号表示，如宣统元年（1909年）、戊申（1908年）等。

三、原书行文用空格或回行表示尊敬、小号字表示谦卑称谓时，一律改行现代行文方式，不再空格、回行或小字。

四、对于难懂术语、词汇、古字、通假字等酌加注释说明，著名人物酌加生卒年代。原书有印刷错误时，即行改正，并以注释说明。

五、原书有的法规体系比较完整，除条目外还有章、节、款、项，现在正文之前增加要目，列明章、节、款的标题，以示提纲挈领。

六、宣统新法令部分，原书对法律规范的分类有宪政类、官制类、任用类、官规类、外交类、民政类、财政类、教育类、军政类、刑律类、司法类、农工商类、实业类、交通类、礼制类、典礼类、藩务类、统计类等，现对缺少分类项目的卷册，一律按照上述类别逐一填补缺项，亦不得另行他种分类，以保证史料的客观性。

七、原书《大清光绪新法令》与《光绪新法令》、《大清新法令》混用，《大清宣统新法令》与《宣统新法令》混用，为了保持史料的原始性，现保留原名称，不做任何期求统一的更动。*

---

* 本编辑说明由王兰萍执笔。

目　录

第二十六册

第二十七册

第二十八册

第二十九册

第三十册

点校前言

“庚子国变”的动荡、《辛丑条约》的耻辱，加之革命形势的发展，使清廷不得不考虑政治变革的问题了。慈禧集团在庚子年（1900年）十二月十日逃到西安后，便下令变法，命令各级官员：“各就现在情形，参酌中西政要，举凡朝章国故，吏治民生，学校科举，军政财政，当因当革，当省当并，或取诸人，或求诸己。如何而人才始出、如何而度支始裕、如何而武备始修，各举所知，各抒所见，通限两个月，详悉条议以闻。”①。

变法诏书颁布后，各级官员纷纷上书陈明变法建议，盛况空前，其中以两江总督刘坤一和湖广总督张之洞会衔合奏的“江楚会奏变法三折”最为著名。在此背景下，清廷于光绪二十七年（1901年）二月初二下诏“变法”。而后，清廷改革中央地方国家机关、设立各种新式局、所，对内政外交进行改革，在辛亥革命爆发前的十年中，各级官员针对“变法”需要，上奏了许多变法奏章，有的还以法律草案、改革纲要为附件。这些奏折及其附件，后被编为《大清光绪新法令》、《大清宣统新法令》，其繁体竖排版由商务印书馆出版，今天所点校的正是这两套法令汇编。

据统计，《大清光绪新法令》、《大清宣统新法令》分别为150万字

---

① 《清实录》卷476（影印本），中华书局1987年版，第274页。

和250万字。从字数上看,宣统年间三年半的立法文件的规模,超过前朝五六年间同类文件规模的三分之二。由此可知,不管是基于压力与动力,还是"变法修律"技术提高、经验积累、人才培养等方面的原因,清末"修律"活动是一个不断加速的过程。

对于这些立法活动、奏议活动,不能单"以成败论英雄"。许多立法、奏议未能得到实施,不是由立法建议机关、奏议机关所能左右的,更不是某些官员所能决定。清末的国际、国内背景,决定了这四百多万字的立法文件,是永远无法实施的具文。但是,无可否认,这些立法成果并非是"水入沙漠"般蒸发了。这些立法文件,虽然未能实施,但是这些文件中所承载的内容、精神、思路等无形财产,被北洋政府、南京国民政府立法所直接或间接继承。此外,今人从这些立法文件中可以发掘、总结、提炼者颇多。

作为点校者,我们有幸先于诸位读者领略了先辈们的精神风尚。在这些文件中,我们明显可以感受到,文件的起草者们,既有对朝廷的忠诚,又有对民生的牵挂;既有对西方先进制度的追慕,又有对本国固有传统的关照;既有对国内旧制的变革性思考,又有对民族争取国际地位的追求。如果能够穿越历史的时空、抛弃有色眼镜,以平和的心态来阅读这些文件,我们会发现,承担文件起草工作的先辈们(或许并非学习法律者)是怎样地坚持与进取。不能对他们一概斥为拘泥不化、抱残守缺,这些文件中许多建议、许多法律内容都是包含智慧和改革精神的。比如《民政部奏酌订高等巡警学堂章程折并章程》,一方面规定父母逝世,或者祖父母逝世当"承重者",需要守孝百日;另一方面,又设"但书"规定"凡服百日孝者,如向学情殷,送殡事毕即欲回堂肄业者,应照准,但令左臂系黑箍一条,以遂孝思,百日除去。其遇丧事,假不满期限,愿即回堂或因路远不能前去者,听。"(第四十一条）。该条正文所定是关照中国固有传统，按照古代传统，凡居“父母丧”，官员必须回家守丧三年，而后方可回来任官。该条正文也是仿照古代对“守孝”制度的理解。但是，立法者也知道在该学堂学习，本来时间也不多，如果耽误三个多月，估计会影响学习甚至毕业，于是但书中允许学生自己决定是否前去守孝或者守孝是否满期。此变通规定，可谓用心良苦。起草者能做此变通，绝非是顽固不化的守旧者。对于他们的工作，决不可以今人的标准去苛求。从本卷所载内容及其所蕴含的精神来看，这些“变法修律”的先辈们，智商与改革精神应该不在当今大多数人之下，切不可随意褒贬。认真爬梳其间，设身处地地换位思考，先辈们苦心孤诣探索变革之形容，隐约可见。其壮志难酬，时也、境也，非人力所及。

《大清新法令》分为十一卷，本卷包括《大清宣统新法令》第 26 至第30 册。本卷第一篇奏折的时间是宣统二年（1910 年）十一月初五日，最后一篇奏折时间是宣统三年（1911 年）二月十七日，前后总共一百零几天。而辛亥革命爆发是在 1911 年阴历八月十九日，也就是说，本卷所有文件、奏折都是在辛亥革命爆发前半年至九个月之间上奏的。在辛亥革命爆发前的半年多的时间里，政治界、思想界不能说是没有风吹草动。但是，从本卷的奏折言辞中并没有看到有“亡国气息”，反倒是有许多言辞是为了“百世之兴”而思虑的。这也不足为奇，当年太平天国的气势如此之大，也没有推翻清朝统治，“体制内”的官员们，应该无法预知“改朝换代”会来得如此之快，至少从这些文本中看不出来他们有此忧虑。这就是说，这些文件的起草者们，确实是用心思来思考国家政治、社会制度的变革，而这些奏折也绝非“敷衍之作”。本卷所载五册具体内容涉及多个部类，具体分类如下表：

类别	宪政类	官职类	官规类	外交类	民政类	财政类	教育类	军政类	刑律类	司法类	农工商类	交通类	礼制类
奏折数	3	25	12	19	11	6	17	5	3	9	2	4	1

（共计：13个部类，117个奏折）

第一，宪政类奏折内容具体化，官制类、官规类奏折数量很多。本卷中宪政类奏折仅有三个，即《钦定修正逐年筹备事宜清单》、《行政编查馆奏遵议修正逐年筹备事宜折并单》、《民政部奏遵议次年筹备办法折》三折。此三个奏折全部是对于落实“筹备立宪”的具体措施、时间的规定，如果不是辛亥革命的爆发打破了“筹备”的过程，或许，这三个奏折中所列的事项会逐步得以推进。单从这三个奏折的内容上看，我们认为不能完全把“筹备立宪”看作是一个骗局，因为，“筹备立宪”是一个浩大的工程，各个部门的官员确实在探索中前行着。而这三个月中，行政组织方面的奏折竟然最多，官制、官规两项加起来有37项之多。这类奏折“多”起来的原因也是易知的，清末所谓“筹备立宪”实际上就是“政治体制改革”，而政治体制改革必然会涉及到各种国家机关的设置、分立、合并、重组、更名等，而这个变化过程也必然引起各个国家机关相应官员职位的变动，于是在这个时期，关于国家机关、官职设置变动的奏折最多。比如涉及到陆军官制改革、录用、考核等内容的奏折有10个，而涉及到海军官制改革的奏折有3个，涉及到地方官制改革的奏折有15个之多。由此可见，对于政治体制改革而言，官制的变革首当其冲，如果官制变革不得实现，其他的改革可能就会落空。

第二，外交类奏折和教育类奏折数量也很多。在《大清宣统新法令》原书第1—5卷中，涉及外交的奏折仅有三个，即使加上"补遗"部分，也仅仅是涉及到俄国、美国、越南、瑞士的双边条约，多边条约很少。而在本卷(《大清宣统新法令》原书第26—30卷)中这种情况大为改观，不仅外交类的奏折增至到19个，而且多边条约为主，许多条约都是重要的国际多边条约，比如《和解国际纷争条约》、《限制用兵索债条约》、《关于战争开始之条约》、《陆战时中立国及其人民之权利义务条约》、《战时海军轰击条约》、《日来弗红十字会推行于海战条约》、《海战时中立国之权利义务条约》、《禁止由汽球上放掷炮弹及炸裂品声明文件》、《外务部奏红十字会新约拟请画押折》、《红十字会救护战时受伤患病兵士条约》等①。中国能够加入这些重要的国际多边条约，说明中国外交水平的提高，也说明中国政府融入国际社会的程度也提高了。更重要的是，这些外交条约中的大部分被后来的民国北洋政府和南京国民政府所继受。

这三个月中上奏的教育类奏折也达到17个之多，这些教育类的奏折所规定的内容是十分具体的，有三个奏折是关于全国教育和地方学务发展的奏折，而其他的奏折则涉及到了诸多教育改革问题，比如涉及到管理留日学生的办法、普及初级教育、改定法政学堂、两等小学堂、中学教育办法，以及规定初级师范、劝学所、简易学堂管理办法等内容。从这些奏折来看，清末教育管理机构——学部——已经开始认真实施全面发展师范教育、初等教育、中等教育、简易教育，并且开始关注专门教育(比如法政学堂教育)、留学教育。

第三，民政类与司法类奏折较多。民政类主要包括两个内容，一

① 这些条约都是当时重要的国际条约，由于当时列强疯狂瓜分世界的行动造成了彼此之间的深刻矛盾，于是，这个时期的国际多边条约以"战争法"为主要内容。

是上奏了《著作权律》和《报律》，二是与巡警培养、管理、考核、奖惩有关的奏折，这两个内容是这三个月中民政部主要工作重心。司法类奏折也体现了改革落后司法习惯、适应现实需要的内容，比如有废除刑讯的《法部奏请旨饬各省实行停止刑讯折》，仿照西方实施诉讼费用的《法部奏酌拟民刑事讼费暂行章程折并单》，这些奏折都体现了当时最高司法机关和司法行政机关在不断探索司法改革的努力。

除以上所提各类奏折之外，其余各类，如财政、军政、刑律、农工商、礼制各类奏折则很少。但值得说明的是，以著名的"大清新刑律"总则为主要内容的奏折，即是收录本卷中的"刑律类"中的一个。

以上是从类别上对本卷进行的介绍。如果从内容上看，还可以发现以下几个问题：

首先，中央各部以及地方官员，还是颇为敬业勤政的。清政府既然提出了要"变法修律"的改革要求，则当时的政治气氛应该是比较活跃的，具有明显的"求变"气息。在这样的背景下，中央各部、地方大员，都从自己的职任出发，思考变革问题。如上所列，在一百零几天的时间里，连续上奏的奏折达到117个之多，平均一天就有一个奏折上奏，而这些奏折全部都是思考"变法修律"内容的，许多奏折（尤其是以法律草案为附件者），从文辞到内容，再到立法技巧，皆有可观之处，这样的奏折和立法文件，很难说成是"敷衍之作"或"欺骗之作"，也不是短期内可以完成的。中央各部、地方大员，在做好日常本职工作的同时，还能对于本部门、本区域的改革提出如此具体的变革意见，而且在如此短暂的时间之内，其办事效率值得钦佩，而其敬业勤政精神也值得赞誉。

其次，奏折中讲理陈情十分周详。奏折皆为臣子劝说皇帝接受建议而作，因此，该种文体多是言辞恳切、旁征博引、说服力强。本卷中许多奏折中的言辞从当事人角度出发、从国情出发，说理周详，实在是起草者良苦用心的体现。比如，在《会议政务处奏覆御史黄瑞麒奏请将新章以前分发府经以下各员愿改本省免缴捐离改指银两折》一折中，官员原奏中对各省候补人员窘相描写为："历年分发佐贰等官，车载斗量，往往匏系一官，羁身万里，可悯之状，笔不忍述"、"异常拥挤、羁身万里、十年不用"。奏者作此描写实际上是对这些候补官员的悲惨境地的真实描述，通过这种形象的描述也容易使主管部门接受其建议，同时，也有利于皇帝最终接受其"免缴捐离改指银"的建议。类似的说理陈情，在许多奏折中都可以看到，从这里既可以领略古代奏折的说理特征，又能窥见这些官员认真履行职责、为朝廷分忧、为民请命的价值追求。其中精神，对于今天仍有借鉴意义。

再次，从这些奏折中还是可以看到帝制时代、封建时代的典型特征。虽然，这些奏折、法律草案已经是在辛亥革命前夕出炉，但是从本质上说，它们是帝制时代、封建时代的高级形态，而还不是具有现代民主精神的法律文件。比如说，在原书中会有许多字是有特别格式的，这些字分为两类，一类是尊敬皇帝的敬称，比如凡是用到与皇帝有关的文字（"御"、"旨"、"圣"、"谕"、"命"、"诏"、"钦"等），原奏折中都是以空格的方式表示尊敬；另一类是臣子的自谦之字，比如"臣"、"臣部"等字样，这些字在原奏折中用小号字写在右上角。此种行文，实为帝制时代的典型特征。

此外，在有的法律条文中还能明显看到"尊尊"、"亲亲"的原则，比如《高等巡警学堂章程》第四十一条对学生请假事由和期限进行了规定：

祖父母寿，一日；殁，三日；承重者，百日。

外祖父母寿，半日；殁，一日。

胞伯叔寿,半日;殁,二日。

胞姑丈、胞姑母寿,半日;殁,一日。

从这四个条文的比较可以看出,此时立法者受到内外有别、男女有别思想影响还是很明显的,而且当时的立法者认为,只有这样规定才是符合礼义伦理的。从类似的规定中,我们可以看到这些奏折、草案中还是体现了比较明显的封建等级社会的特征。

最后,从这些奏折所涉及的范围来看,还是比较全面的。从以上所列的统计表格中可以看到,虽然各个类别多寡不一,但是这只是表明本卷中的情况,在其他卷中,各个类别所包含的文件多寡又各有特色。单从类别上看,这已经很全面了。由此可见,当时主持该事的官员,对于西方法律知识的掌握已经具有较高的水平了。

以上所言,仅为荦荦大端,要全面了解该书,还是要阅读原文,前辈们的汗水与精神,值得我们敬佩。

本卷共分五册,点校分工是:第26册,何勤华;第27、30册,任海涛;第28、29册,李远明。初稿完成后,作者间进行了互校,最后由何勤华统稿、定稿。然如众所周知,典籍点校再版,虽可起到薪火传承之效,然该工作一旦出了"亥豕鲁鱼"之谬,其为害亦会甚广。对于本卷校对,先后反复订正有四五次之多,但是仍然心存临深履薄之感。若断句、标点、注解内容有误,实在是能力有限,非态度不端。其间错讹谬误之处,恳请专家、学者批评指正,以求来日修改。

何勤华

2010年7月1日

第二十六册

●●上谕

上谕十一月初三日　立国之要，海陆两军并重，前因厘订官制，钦奉先朝谕旨。海军部未设以前，暂归陆军部办理。嗣有旨派载洵①、萨镇冰②充“筹办海军事务大臣，”复派载洵等前赴各国考察。一切筹办，渐有端绪。兹据载洵等会同宪政编查馆王大臣奏《拟订海军部暂行官制大纲列表呈览》一折，详加披阅，尚属周妥。自应设立专部以重责成，所有筹办海军处着改为海军部，设立海军大臣一员、副大臣一员。该大臣等，务当悉心规画③、实力经营，以副④朝廷整军经武之至意。至应设之海军司令部事宜，着暂归海军部兼办。余，着照所议办理。钦此。

上谕十一月初三日　宪政编查馆、军咨处、陆军部会奏《厘订陆军部暂行官制大纲列表呈进》一折，陆军部总持军政、责任宜专，所拟各

---

① 载洵(1886—1949)，光绪帝弟，宣统元年(1909 年)任筹办海军大臣，并赴欧美考察海军，次年授海军部大臣。

② 萨镇冰(1895—1952)，蒙古族，早年考入福州船政学堂，并留学英国学习海军及驾驶，归国后在北洋水师任职，后官至海军提督。国民政府时期，他曾任福建省省长。他晚年走上与中国共产党合作之路，为解放军进入福州城作出了贡献。

③ 规画，通“规划”。

④ 副，相称、符合。

节，尚属周妥。所有尚书、侍郎、左右丞、参各缺，着即裁撤，改设陆军大臣一员、副大臣一员。当此整军经武之际，该大臣等务当认真整顿、切实进行，毋负委任。余，着照所议办理。钦此。

上谕十一月初五日　前因缩改于宣统五年开设议院，业经降旨。将应行提前赶办事项，责成该主管衙门迅将提前办法、通盘筹画①，分别奏明办理。查"预备立宪逐年筹备清单"所开事宜，宪政编查馆有专办、同办及遵章考核之责。现在，开设议院既已提前，所有筹备清单各项事宜，自应将原定年限分别缩短，切实进行。着宪政编查馆妥速修正奏明、请旨办理。钦此。

●●民政部奏酌订高等巡警学堂章程折并章程

窃臣部高等巡警学堂，自前巡警部奏明开办以来，各科学生业经先后毕业。由臣部按照成绩分别奏给奖励在案。查臣部设立学堂之初，分设正科、简易科、专科三项。嗣简易科毕业即将简易科停办，只设正、专两科以资深造，并推广巡警教练、改定课程。所有该学堂事宜，自应另订章、更新组织，派该学堂总办会同内外城巡警厅丞详细妥议。兹据《会申拟订章程》十二章九十二条，臣等覆加考核所拟各节，于造就官警、整饬学务，尚属不无裨益。谨缮具清单，恭呈御览。谨奏。宣统二年（1910年）十月二十七日。奉旨依议。钦此。

---

① 筹画，同"筹划"。

谨将高等巡警学堂章程缮单呈览

要　　目①

第一章　总纲

第一条　本学堂以教养警务人员，并授以巡警必需之学术及其重要之精神教育为宗旨。

第二条　本学堂分正科、专科两项，并为京师巡警总厅任用巡警起见，附设巡警教练所。凡肄业正科、专科者，称学生，肄业教练所者，称学警。

---

① 要目为本次再版时增加，原书无。

第三条 全堂员生当以服从法令、谨守礼节为主。凡有命令条教等，必须实力奉行。

第四条 纪律为巡警人员之根本，学生、学警当随时随事以养成尊重纪律之习惯为要。

第五条 学生、学警皆对于将来有增进人民幸福、维持社会治安之重任。入堂后，即应恪守学规、敦励品行、锐意进行、力戒柔惰。

第六条 正科学生三年毕业；专科学生一年半毕业；教练所学警三个月毕业。

第七条 正科学生收学、膳费，专科学生酌量减收，教练所学警不收费。

第八条 正科学生及学警一律住堂，专科学生临时酌定，并均服制定服装。

第二章 职掌

第九条 学堂设总办、监督、提调各一员，教习若干员，监学、庶务、文案、会计、藏储各一员，医官、班长、班副、司事、司书若干员，其职掌如下：

一 总办统辖全堂一切事务，凡章程之因革、学课之改良、收支经费、进退员役等事，督同提调以次各员，分别妥办，并随时禀承民政部核定。

二 监督稽查日①教员一切授课事宜，并随时商承总办酌核。

三 提调禀承总办，掌管堂内教育庶务等事。遇总办因事不克到堂时，得权代总办处理一切应行之事。

① 此处疑多印一个“日”字。—勘注

四 各科教习主持本科教育。凡编纂课程、指授功课、考查学行、评定分数,皆隶之。遇有应行改革事项,随时商承提调禀由总办酌核施行。

五 监学官承提调之指挥,专理学生、学警一切学行,凡学生举止行为、寝兴出入、疾病事故及寝室清洁等项,均归检查指导。

六 庶务官承提调之指挥,专理堂中一切庶务。

七 文案官掌缮拟文件、收发公牍,兼管图书彝器[①]室。

八 会计官掌收发款项、经管关防及其他造报出纳事项。

九 藏储官掌典守室藏公用各物品及学生、学警储存之衣物、银钱事项。

十 医官掌医治疾病及其他关于卫生一切事项。

十一 班长、班副辅助监学官,分理监学官一切应办事项,兼助教兵操、体操、柔术、剑术等功课。

十二 司事承各该管人员之指挥,承办分内应办事项。

十三 司书承各该管人员之指挥,专任抄录、誊写及关于印刷、校对等事项。

第十条 关于前条各员之职任“施行细则”由总办拟定,呈由民政部核准施行。

第三章 学期及课程

第十一条 每三个月为一学期。正科学生上课满第三学期,分发内外城各区见习巡警任务二个月,期满,由第四学期上课。满第六学期,分发内外城各区见习巡长、巡官任务各一个月,期满,由第七学

---

① 彝器:仪器。

期上课。满第九学期后，分发内外城各区见习警官任务二个月，期满，毕业。

第十二条 专科学生一年半毕业。以五学期为堂课，堂课满后，分区见习警官任务三个月，期满，毕业。

第十三条 学警以三个月为一期，期满，毕业。

第十四条 本学堂教授学科，每星期以四十二小时为限。但四季晷刻长短不同，授课时间之多少，应随时酌定。

第十五条 正科学生九学期内应授科目如下表：

学期 科目	第一学期至第三学期	第四学期至第六学期	第七学期至第九学期
	法学通论	宪法	国法学
	宪法大纲	国际法	行政法
	违警律	刑法	议院法
	警察学	政治地理	选举法
	行政警察	家畜卫生	诉讼法
	司法警察	生理卫生	私法大意
	卫生警察	法院编制法	统计学
	消防警察	户籍法	监狱学
	外事警察	自治制度	现行法规
	政治地理	现行法规	精神讲话
	公牍须知	精神讲话	军事学
	精神讲话	军事学	英文 东文（日语）
	军事学	英　文 东　文（日语）	兵　操 体　操

	英 文 东 文(日语)		兵 操 体 操		剑 术 柔 术
	兵 操 体 操		剑 术 柔 术		
	剑 术 柔 术				

第十六条 专科学生五学期内应授科目,应临时参酌正科各科目为专修之必要者。

第十七条 学警应授科目如下:

违警律、精神讲话、厅区各项现行章程、勤务、公牍、算学、礼式、兵操、体操、剑术、柔术。

第四章 入学及学费附入学训词

第十八条 正科学生资格,须曾在中学堂或与中学堂相等之学堂毕业或为廪增。附各生并备具下列各项情形:

一 年龄在十八岁以上,二十二岁以下者。

二 身长五尺二寸以上者。

三 胸围有身长四分之二以上者。

四 体重在七十五斤以上者。

五 肺量在二千一百立方生的①以上者。

六 左右手各能提重三十斤以上者。

七 目力于相距二丈二尺之外,能辨七分之楷字者。

八 资质聪敏、身无暗疾、五官端正、言语清楚者。

---

① 立方生的:立方厘米,毫升。

第十九条 专科学生入学之资格，由部厅区选公事明白、任差有经验之巡官，堪以升转警官者，送堂肄业。

第二十条 教练所学警，由总厅择向无过犯及其他嗜好者，录送并具下列之资格：

一 年在二十岁以上，三十五岁以下者。

二 身材在五尺二寸以上者。

三 胸围有身长四分之二以上者。

四 身重在七十五斤以上者。

五 肺量在二千一百立方生的以上者。

六 粗通文字者。

七 明白京师地方情形者。

八 品貌端正者。

九 体质强壮、身无暗疾者。

十 言语应对明了者。

第二十一条 每年分别京、外，按格共收正科学生八十名。其考选之法，京旗顺直[①]每年由堂出示招考，如额录取十名，另录备取二十名，以便缺额传补。其余七十名，由堂申请民政部咨行各省，每省选送十名，分三期办理。

第一期由奉天、吉林、黑龙江、山西、陕西、甘肃、新疆七省选送。

第二期由河南、山东、江苏、浙江、福建、湖北、湖南七省选送。

第三期由四川、云南、贵州、广东、广西、安徽、江西七省选送。

第二十二条 除在京投考者，应于投考时取具图片或印结外，所有录

---

① 京：京城；旗：旗人；顺：顺天府；直：直隶。顺天府主要管辖京城城垣以内政务，城垣以外有二十四县（州）与直隶总督共管。

送之学生、学警，不论京、外，均应于入学时，填写求学甘结并亲属保结，其格式如下：

<table>
<tr><td></td><td>省</td><td></td><td>州</td><td></td><td></td><td></td></tr>
<tr><td>某</td><td>京</td><td>某</td><td>县</td><td>某姓名</td><td>年岁</td><td>现住</td></tr>
<tr><td></td><td>驻防</td><td></td><td>佐领下</td><td></td><td></td><td></td></tr>
</table>

为出具求学甘结事：窃身自入民政部高等巡警学堂后，情愿恪守纪律、遵奉堂章。若因资质鲁钝或久病荒学致须开除者，所有在学时教育等费或免或赔，自当听候酌核。如自请告退，或擅自离去及有犯堂规应行黜革者，亦当照在堂月日赔缴。在堂毕业后，自当听候派差、实心尽职，决不敢自甘暴弃致违功令。合具甘结是实。

宣统　　年　　月　　日某名、押

附亲属保结

<table>
<tr><td></td><td>省</td><td></td><td></td><td></td><td>州</td><td></td><td></td><td></td></tr>
<tr><td>某</td><td>京</td><td>某</td><td>府
旗</td><td>某</td><td>县</td><td>某职</td><td>某姓名</td><td>现住</td></tr>
<tr><td></td><td>驻防</td><td></td><td></td><td></td><td>佐领下</td><td></td><td></td><td></td></tr>
</table>

为出具学生（某名）身家学费切实保结事，依奉结得：今有学生（某名），（现年若干岁），实系身家清白、体质强壮并无过犯，今愿学习巡警，蒙高等巡警学堂录取。自入学后，如以资质鲁钝或久病荒学致须开除者，所有在学时所费教育等费或免或赔，自当听候酌核。如不遵定章、无故自请告退或擅自离去及有犯堂规黜革者，应照在堂月日赔缴。如该生延不遵缴，或无力遵缴惟保人是问。合具切结是实。

宣统　　年　　月　日某名押

第二十三条　各省选送之正科学生，由民政司或巡警道，各就该管省分内，无论旗、汉如额录取，并造具各生年、貌、籍贯、父兄居址及有无正当职业清册咨送，限每年七月初十日以前到堂。

第二十四条　正科学生，除有特别规定外，于每学年开始日先缴学费二十四元，膳费六十四元八角、被服装具费五十五元二角，由本学堂庶务官会同班长定期征收。其余各项应用经费，统由学堂按年预算，申由民政部按月支销。

第二十五条　学生务依定期将学费、膳费、被服装具费一律缴清。倘逾一个月未交者，应查照第四章第二十二条所定，责令保证人赔偿。

第二十六条　凡学生中途因事告退或开革者，其所缴各费，概不退还。

附入学训词

巡警为民政之一大端，其于维持公安秩序、保卫生命财产，所关至巨。国家预备立宪、修明内政，不惜巨帑设立高等巡警学堂并附设教练所，造就巡警人才。尔等今日为入学肄业，异日即为巡警人员，前程远大、责任綦重，不可不格外勉励。兹略举要端为尔等勖：

一　修学宜勤奋。巡警之学识，根于法律；巡警之实务，端在练习。科目繁多、时期迫促，应如何争，自奋励勉，为国家效用。大禹惜寸阴，我辈当惜分阴。深望尔等以斯言为法。

二　立志宜坚定。社会之变迁不息，危害之相乘无时。巡警实行任务与陆军相似，赴汤蹈火亦所弗辞。陆军为御外，巡警为治内；陆军用于临时，巡警用于平日。责任虽异，性质实同。

三　品行宜正大。巡警之位置，对于国家其重要如此，巡警之职务，对于人民其严重又如此，尔等向学伊始，允当敦品励行，以副[1]国家期望。

四 命令宜服从。巡警之执行在强制，巡警之纪律在服从。国家设官分职，各有等差，有等差即有秩序。强制服从，皆所以保全秩序，故秩序为巡警之要素，否则即失巡警之资格。今尔等在堂肄业，允当恪守学规，以为身体力行之始基。

五 同学宜共勉。一人之名誉，全堂之名誉，京师高等巡警学堂之学生，实为全国巡警学生之模范。尔等今日共学，他日共事，情谊至亲，责任至重，务当共勉学业以树风声，互规过失以保公德。设有偶乖礼法，自当曲尽忠告。若果劝喻不改，应当据实直陈。俾[2]大戒小惩，无负初意。倘或心存倾轧、无故陷诬，是非学人之所为，尔等亦断不出此愿。吾人共勉之。

第五章 考试及计分

第二十七条 学生、学警入学授课后，应行考试，计分三种如下：

一 临时考试。不论何时，总办或各科教习，得随时举行考试。

二 定期考试。甲、学期考试，每三个月为一学期，由总办定期督同各科教习举行考试。乙、学年考试，每三学期及见习期满后，为一学年。

三 毕业考试。甲、学生毕业，由本学堂申请民政部派员会同行

---

① 副：符合，相称。

② 俾：使。

之。乙、学警毕业,由本学堂移会厅丞派员行之。

第二十八条 凡学生学年考试、毕业考试两项分堂课及见习勤务两种堂课,由总办或由总办会同民政部派出人员命题。其见习勤务,以见习所在长官之报告书及该生在见习期内自作之日记为衡。但学警毕业考试,只考堂课。

第二十九条 学期考试分数,以百分为满格。平均不及六十分或有一科以上不及四十分者,皆为不及格,责令自行补习。学年考试分数平均不及六十分或及六十分而分计有一科以上不及四十分者,应降入次班并习。

第三十条 学生、学警品行,另记分数,每一学期作一百分。凡记过者,应扣品行分数。计每一小过扣十分,每一大过扣三十分。

第三十一条 学生、学警勤学,另记分数,每一学期作一百分。凡给假者,除亲丧假百日内及病假不计外,事假每一小时扣一分。

第三十二条 旷课,按课程表所载,每一小时扣二分。但旷兵操、体操、剑术或柔术课,每一小时扣三分。一月以内,旷课至三十五小时者,即行开除。

第三十三条 教习上堂授课时,如学生逾十五分钟始行入堂听讲者,即按旷课一小时扣分。

第三十四条 品行、勤学分数与学科分数计算之法:如学科十门,加入品行、勤学为十二门,分数相加,再以十二除之,即为所得分数。余以此类推。

第三十五条 凡一学年内,于期考、年考分数,均在前列五名者,由总办酌与优待如下:

一 免学、膳费一学期。

一 受领奖赏品。

第三十六条 凡学生学期考试所定分数与临时考试所得分数平均计算,学年考试所定分数与学期考试所得分数平均计算,毕业考试所定分数与学年考试所得分数平均计算。凡毕业考试分数,平均满六十分者为中等,满七十分者为优等,满八十分者为最优等,由本学堂给与毕业执照并申请民政部分别奏奖以七、八、九品警官用,分发京、外,委充巡警职任。其有不及格者,降入次班并习或给予修业执照,不另给奖。

第三十七条 学警毕业考试,每科以一百分为满格,其平均分数,不及一半者为不及格,降入次班并习。

第六章 例假及给假

第三十八条 例假日期如下:

一 年假,自十二月二十四日至正月初八日。

一 暑假,自六月初一日至七月初十日。

一 万寿圣节日。

一 至圣先师诞日及丁祭日。

一 清明、端午、中秋日。

一 星期日。

第三十九条 例假除星期日准其出入外,其余例假,均候牌示酌定。

第四十条 住堂之学生、学警,虽遇例假,至晚六点钟时必须回堂。若有不得已事故,不能按时回堂者,应先禀明班长转陈监学官,察核情形办理。若未经禀明而逾时回堂或擅自在堂外住宿者,分别记过。

第四十一条 给假事项,非遇有下列各节,由本人凭家长之信函请假者,一概不准。挑缺、补官、领俸饷,以上酌准半日或若干时。

祖父母寿，一日；殁，三日；承重者，百日。

父母寿，一日；殁，百日。

胞伯叔寿，半日；殁，二日。

兄弟完婚，一日；殁，二日。

姊妹出嫁，一日；殁，二日。

外祖父母寿，半日；殁，一日。

胞姑丈、胞姑母寿，半日；殁一日。

父母病重，临时酌给。

凡服百日孝者，如向学情殷，送殡事毕即欲回堂肄业者，应照准，但令左臂系黑箍一条，以遂孝思，百日除去。其遇丧事，假不满期限，愿即回堂或因路远不能前去者，听。

第四十二条 本身染病，应由学堂医官诊治。或酌定堂外假期或拨入学堂养病室调养，均于临时酌量病之轻重、家之远近而定。

第七章 礼节

第四十三条 行礼日期，分为三项如下：

一 恭逢皇太后万寿圣节、皇上万寿圣节、至圣先师孔子诞日及丁祭日。

二 开学日、放学日、毕业日。

三 元旦及每月朔日①。

第四十四条 凡行礼日，学生、学警服本学堂制服，随同总办以下各员行礼。礼毕，学生、学警对总办、监督、提调、教习行三揖礼，对其余管理员，行一揖礼。

---

① 朔日：阴历初一。

第四十五条 凡学生、学警,对于总办、监督、提调、教习及其他管理员,均行寻常敬礼,并分堂内敬礼、堂外敬礼,堂内敬礼又分为室内敬礼、室外敬礼。

一 室外之敬礼,即举手、注目相视应敬之人,但不戴帽时,用室内敬礼。

二 室内之敬礼,即立正不动、注目相视应敬之人。

三 堂内或堂外途上之敬礼,依室外之敬礼行之,但乘车马时可在车马上正姿势行举手、注目敬礼。

第四十六条 于堂外或室外,见民政部堂官、本堂总办经过时,应停步,行室外敬礼。

第四十七条 凡在讲堂受课或应考时,非依担任教习指挥值日学生、学警口令,勿庸对入讲堂者行礼。担任教习上堂下堂,均听班长或班副或值日学生、学警口令,同时起立、行注目礼。若为质问对答时,除特有命令外,须起立注目。

第四十八条 各学生或学警同在一室,有应敬之人来时,先认见之学生或学警须发口令,一律致敬。

第四十九条 学生、学警,应行相互之敬礼。

第五十条 学生、学警,对于总办、监督、提调通信及会话时,除别有称谓外,各称其职,自称学生或学警。对于教习,除别有称谓外,通信会话时,均称教习,自称学生或学警。

第八章 禁令及赏罚

第五十一条 学生、学警应行赏罚事项,由提调、教习、监学等,呈由总办核定。

第五十二条 遵奉光绪三十三年(1907 年)十一月二十一日懿旨,申明禁令如下：

一 逾越范围、干预外事者，惩革。

一 侮辱官师、抗违教令者，惩革。

一 悖弃圣教、擅改课程者，惩革。

一 变易衣冠、武断乡里或对于本省大吏拒而不纳者，惩革。

一 国家要政，任意要求者，惩革。

一 捏写学堂全体空名，电达枢部，不考事理、肆口诋者，惩革。

一 废弃读经讲学、功课荒弃、国文不习者，惩革。

一 品行不端、不安本分者，惩革。

第五十三条 学生、学警应赏者，概予记功，其记功事项如下：

一 考试各科皆及格，而有一科满格者。

二 各种讲义、笔记毫无遗漏，实见用功者。

三 温习功课格外勤奋，骤见进境者。

四 对于同学有敬让、无猜忌，并能匡正过失者。

五 三月内除例假外，并不请假者。

以上，皆予记功一次。

六 于某种讲义笔记外，更有参考他书，发明新理、裒辑①成帙②者。

七 立品勤学，为公众推服者。

八 举充学长或排长，于期内无过失者。

九 曾记功至三次者。

以上，皆予记大功一次。

---

① 裒辑：汇辑。

② 帙：此处指一套书，"帙"义与"卷帙浩繁"中该字义同。

第五十四条 前条所载至记大功三次者，得由总办酌给第五章第三十五条所揭示之优待。

第五十五条 学生、学警应罚者，概予记过，其记过事项如下：

一 期考时，各学科有三科以上不及格者。

二 各种讲义，查无笔记者。

三 对同学有交恶情事者。

四 詈骂夫役人等，不顾行检者。

五 假出逾限者。

六 非时饮食者。

七 对应敬之人，不行敬礼者。

以上皆予记过一次。

八 在讲堂受课时，私为他事者。

九 志气昏颓、嬉玩功课，查有确据者。

十 犯各室规则及不服训诲者。

十一 詈骂同学、好勇斗很[①]者。

十二 假出后，在外滋事，有损学堂名誉者。

十三 假出，擅自在堂外住宿者。

十四 考试互抄及夹带或以其他方法作弊者。

十五 曾记过至三次者。

以上皆予记大过一次。

第五十六条 学生、学警有犯下开[②]各项者，得由总办审查当时情形，分别记革[③]、革退、革退并罚缴教育费或惩办。

---

① 很：通狠。

② 下开：开，即开列之义，则“下开”犹今日之言“下列”。

③ 记革：一种罚则，记大过三次改为记革，记革至第三次者，即行革退。

一 品行不端、干与词讼、荡检逾闲、有伤礼教等事。

二 遗失及毁坏官发物品者。

三 荒废学业，期考二次不合格或托故规避考试二次以上者。

四 对员师有傲慢情形或加侮辱者。

五 以言论登报或充报馆主笔及访事人，致荒学业者。

六 身膺痼疾，难胜学课者。

七 言行诡诈及强辩饰非者。

八 妄议时政、私著邪说或私行立会者。

九 聚众要求借端挟制停课、罢学者。

十 倡言干犯法纪之事或私通党会者。

十一 传布谣言、播弄是非、投递匿名揭帖或信函者。

第五十七条 凡学生、学警犯下开各项者，按其轻重记大过、记过、罚站或禁止星期日出堂：

一 违背规定礼节者。

二 违背讲堂、寝室或各室规则者。

三 违背服装定规或服装忽于检点者。

四 遇事随声附和、失自立性质者。

第五十八条 积三小功为一大功，积三小过为一大过，记大过至三次者改为记革，记革至第二次者，即行革退。

第五十九条 学生、学警有功、有过者，准其抵销并附记入分数簿内。

第六十条 凡罚则之未经备载者，总办得依报告，酌量轻重，分别办理。

第九章 讲堂、剑术/柔术室附

第六十一条 学生、学警闻上堂号钟，须于三分以内，携带应用书籍，齐集室前，由班长或班副或值日学生、学警发口令，带领入堂。

第六十二条 学生、学警上堂、下堂，按讲堂坐位名次进退。坐、立一律听班长或班副或值日学生、学警口令，不得有碍秩序。

第六十三条 讲堂坐位，皆按粘定名次，毋得搀越。坐须端正，不准任意偏倚。

第六十四条 教习到堂时，学生、学警听班长或班副或值日学生、学警口令，同时起立致敬；教习入座后，再听班长或班副或值日学生、学警口令，一齐就坐。班长或班副或值日学生、学警，报明到堂者几名、告假者几名，斯时班长、班副或即行退出。

第六十五条 讲堂不得离位、偶语。如有事故必须离位者，应起立禀明教习，受其许可。

第六十六条 讲堂上，不准欠伸及随便放声嚏唾。

第六十七条 讲堂上，不准吸烟。

第六十八条 教习命令某生或某警须离坐位或学生、学警至教习呈递事件，行至教习前三步，应行立正致敬。其退还原位时，同。

第六十九条 讲授时，须静听并笔记其大要，不得潦草塞责。

第七十条 质问之时，不得借口强辩与教习作反对情状；亦不得于功课外，请问他事。

第七十一条 讲堂上，未经教习许可，不得诵读，更不得随意吟哦致淆众听。

第七十二条 讲堂上，携带应用书籍外，其余一切书籍，非经教习特许，不得携入。

第七十三条 讲堂上，除笔墨纸张外，非经教习特许之物，不得携入。

第七十四条 讲堂内一切器具，不得污损并不得私取粉墨任意涂抹。

第七十五条 凡讲学时，一切执事人员，不得任意出入。其有愿听讲者，应先由总办或提调告明教习。其听讲之人，无论堂内、堂外，均不得揖让、迎送。

第七十六条 学生、学警在讲堂温习课程时，一切举动均须整齐严肃，与教习在讲堂时无异。值日学生或学警，有纠正过失之责。

第七十七条 剑术、柔术室，为学生、学警练习技术而设。凡入室受课时，应受教习及助教之指挥，不得稍紊秩序。其他一切，参酌讲堂、操场各条施行。

第十章 操场

第七十八条 凡操练，以严守军纪、振刷精神为主，下列各项均当恪遵：

一 闻出操钟后，各班班长或班副，速令学生或学警就室外站队，检查人数讫，注明操单内，带领本班至操场。待督操教习到队前，各班班长或班副，喊本班一齐立正，自己用跑步至督操教习前立正，呈操单、报告到操及请假人数，俟督操教习答礼毕，如无特别命令，退归本班，开始操练。如督操教习因事未到，则由教习代之，若教习临时亦未到场，应由资深班长代理。

二 在操场时，自总办以至学警，无论何时、何事，均不准随意谈笑。即在少息时，亦不准大声咳嗽及有呵欠或其他怠惰等状。

三 督操教习或教习令各班班长或班副至前讲授特定操法时，各班班长或班副应用跑步至督练教习或教习前，持刀者行抱刀立正注目礼，未持刀者立正注目，俟答礼毕，少息敬听。俟讲授毕，应即行礼，归班操练。

四　凡督操教习或教习向全场内或向某班内或向某学生、某学警讲解操法或督责或指明过失时，各班班长或班副或学生、学警应在所在地位迅速立正注目敬听，不得旁视或有不悦等事，自上而下逐级一律施行。

五　操练时，各班闻督操教习或教习哨令或口令以及学生或学警闻班长或班副口令，斯时无论整散操作何项，均应迅速立正、敬听，不可稍有喧哗、移动等事。

六　在操场中，如各班班长或班副向督操教习或教习有报告事宜或质问操法者，均应先按自己阶级按规行礼，然后和婉禀告，毋得稍有不敬之态。其学生或学警向班长或班副有所报告时，同。

七　在操场中，如各班学生、学警先到，督操教习或教习后至，各班长或班副应速喊“一齐立正”，自己用跑步至督操教习或教习前，行礼、报告本班人数及现操何项。俟答礼毕，如有命令即行领受，行礼退归本班，下令操练。

八　各学生、学警如在操场偶得疾病不能操练及稍有小疾仍随班到操，在旁观看者，各班长或班副均应带该生等至督操教习或教习前，报明原由，再行酌准。如督操教习或教习不在操场，各班班长或班副亦可自行酌准。

九　学生、学警在操场有违犯操规及不加意操练者，准班长或班副查出，可即令改正。如仍不改或竟敢口辨者，可带该学生或学警至教习前，禀明听候惩罚。如再不改，可回明督操教习转禀总办惩办。

十　民政部堂宪或其他长官或总办到操场时，督操教习、教习或资深班长应喊“一齐立正”，自己用跑步至面前，如在指挥之时，持刀者行持刀礼,否则,行立正注目礼,禀报人数及现操何项。待答礼毕,下令少息,接续操练。如至某班前,某班班长或班副亦照规行礼。如督操教习或教习不在场时,各班班长或班副仍照以上规矩行礼。若总办在场内随时巡视时,可勿庸屡次行礼,以免烦琐。监督或提调到操时,督操教习或教习行举手注目礼。如督操教习或教习不在场时,由各班班长或班副之资深者行之,其余不必行礼。

第十一章 寝室附值日

第七十九条 学生、学警在寝室均依下揭各项另订细则,严切实行:

一 床铺及其他寝具,均各依指定位置,不得违异。

二 每一寝室公举学长一人(每一学期更选一次)承班长或班副之命令料理全寝室事务(如室内清洁、其他特定各项)并区分若干排,每排举排长一人(每一个月更举一次)商承学长料理本排一切事务(如清洁及其他特定各项)。被举学长左臂缀三角红布二行,排长左臂缀三角红布一行,以示区别。

三 无论何时,在寝室内如有戏谑喧笑,学长或排长均应劝止,如不遵照,有报告班长或班副之责。

四 安置一切器具、服物,均有一定处所,不得毁损、移置或污秽等事。

五 除应备服物外,不得携入饮食物、图画、书籍或其他一切物件。

六 每日兴寝均有定时,一律遵照牌示或号音,不得参差违异。

七 按照时刻一律息灯、安枕,不得谈笑、吟哦,扰及公众。

第八十条 前条各项应由下列各员详细检查:

一 每日上午,班长或班副。

二 每日下午，监学官或庶务官。

三 每二日，正副医官。

四 每六日，提调或总办。

第八十一条 各排学生或学警(除排长外)轮充本排值日一日，每一排长轮充本室值日一日。

第八十二条 值日排长及值日学生或学警，均袖系红布箍，以示区别。

第八十三条 各排值日学生或学警应办事项如下：

一 维持本排军纪、风纪。

二 洒扫本排房屋、器具。

三 帮同本排排长办理应领、应缴各项服装、器具。

四 帮同本排排长转呈本排学生或学警假单[①]。

第八十四条 值日排长应办事项如下：

一 协同学长维持本班军纪、风纪。

二 帮同学长督率各排值日学生或学警洒扫房屋及其他一切寝室事务。

第十二章 各室

第八十五条 藏储室为学生、学警藏储银钱、衣服、杂物等项而设，备有记载簿。凡银钱、衣服、杂项收入取出之时，均由专员陪同本人，分别详细登载，并注明月日，由该生或该警盖用图章以昭慎重。其启闭时刻，除上堂授课时，早间自七时起，晚间至六时止。随启随

---

① 假单：请假条。

闭，总钥匙仍由专员佩带，其签明[1]每人项下各本柜钥匙，仍由本人自带。

第八十六条 医药室为诊治疾病所在，附有养病室，以便学生、学警疾病时有所休养。

第八十七条 图书彝器室为员、师、生、警参考学术而设，凡室中陈列各件，不得携至室外，亦不得毁损或紊乱次序。

第八十八条 军械室为收藏枪械之所，被服室为存储一切服用物件所在，均不得擅自入内。

第八十九条 会食室为总办、监督、提调、各教习、各管理员及学生、学警会食之所，应依下揭：

一 各学生、学警闻号钟须即至室外集合，俟班长或班副点名讫，然后整队入室，各按派定位次入座，在座宜整齐严肃，不得谈话。

二 会食时，无论何人，不得在室提议别事。

第九十条 栉沐室为学生、学警盥漱或理发洗面所在，务令室中清洁，入室者不得搀越或将室内器具擅自移动。

第九十一条 浴室为澡身却病之用，须按照豫定[2]时刻入浴，以裨卫生。

第九十二条 学生接待室专为学生会客之所，除上讲堂外，有各生亲友来堂探望者，由门役报知，得在厅内接见数分钟，各生不得导引入内，亦不得因客出外。

第九十三条 憩息室为功课暇时，憩息或写信、看书、饮茶之所，但一

① 签明：标明。

② 豫定：预定。

切举动不得有伤行检，各值日排长有检察、纠正之权。

第九十四条 守卫室置备学生、学警出入簿，每日详细登记，每晚封门后送提调查核。如有各生、各警外来书函，先由守卫室递呈提调检阅后，转给收信人。

第九十五条 上列各室细则，均由提调拟，由总办核定，并揭示各该室切实施行。

会议政务处奏覆御史黄瑞麒奏请将新章以前分发府经以下各员愿改本省免缴捐离改指银两折

宣统二年（1910年）九月初八日钦奉谕旨：御史黄瑞麒片奏，各省候补人员拥挤，请将新章以前分发之府经以下各员有愿改归本省候补者，呈请督抚咨明吏部，即由各该督抚给咨，迳回本省，免缴"捐离改指"银两等语，着会议政务处议奏，钦此钦遵，并准军机处抄交到处。

原奏内称，历年分发佐贰等官，车载斗量，往往匏系一官，羁身万里，可悯之状，笔不忍述。查新章，府经历、县丞、州吏目、县主簿、巡检、典史，均可分发本省候补，拟恳将新章以前分发之府经以下各员，有愿改归本省候补者，呈请督抚咨明吏部，即由各该督抚给咨，迳回本省，免缴"捐离改指"银两，果其造就堪施，在本省自能收尺短寸长之效，否，亦可免流离琐尾之伤等语；查吏部《奏定变通外官回避章程》内开府经历、县丞、州吏目、县主簿、巡检、典史六项，嗣后准其添配，本省之签与近省各签统掣，如自愿捐指一省并捐离改指他省者，无论远近，均听其自便等语，所以示体恤者，已属至厚。

今该御史请将新章以前分发之府经以下各员，有愿改归本省候补者，呈请迳回本省，实与捐指一省者无所区别。若概予照准，不惟纷纷援引、漫无限制，而佐杂指省一项，亦将名存实亡；若只准其专指本省而不准其改指他省，则菀枯转觉不均，反覆思维，殊多窒碍，惟所称各省候补人员"异常拥挤、羁身万里、十年不用"，亦属实在情形，不无可悯，拟请将新章以前分发之府经历以下各员，其曾经捐指省分、愿改回本籍者，准其就近呈请督抚咨明吏部注册，即由该督抚给咨，迳赴本籍省分候补，毋庸捐缴"离省改指"等项银两。其新章以前分发人员未经捐指省分者，如愿改归近省，准其呈请督抚咨明吏部，以本省与近省统掣，不得指明专改本省，如愿改归本省，仍应照缴"捐离改指"银两以示区别，庶于变通之中仍稍示限制之意，则向章捐指省分一项，既无妨碍而佐贰等官之隐，蒙体恤者实多。谨奏。宣统二年(1910年)十一月初四日。奉旨着依议。钦此。

●●资政院会奏议决地方学务章程折并单

窃查《资政院章程》第十五条内载前条所列第一至第四各款，议案应由军机大臣或各部行政大臣先期拟定，具奏请旨，于开会时交议。又第十六条内载第十四条所列事件，议决后，由总裁、副总裁分别会同军机大臣或各部行政大臣具奏请旨裁夺，各等语，学部拟定《地方学务章程》一案，于本年六月二十六日，具奏请交资政院议决施行，旋由军机处遵旨交出学部原奏及清单各一件，资政院照章将前项《地方学务章程》一案，列入议事日表，开议之日，初读已毕，当付法典股员会审查并经学部派员到会发议。该股员会一再讨论，提出修正案，于再读之时，将原案与修正之案由到会议员逐条议决。复于三读之时，以再读之议决案为议案，多数议员意见相同，当场议决。计原拟章程凡十八条，经修正议决定为十五条，谨缮清单，遵照院章，会同具奏请旨裁夺，一俟命下，即由学部钦遵通行，京、外一律遵照办理。再，此折系资政院主稿，会同学部办理，合并陈明。谨奏。宣统二年(1910年)十一月初一日。奉旨着依议。钦此。

谨将《地方学务章程》缮具清单恭呈御览

计　开

第一条　地方学务，由府、厅、州、县及城镇乡自治职[①]按照《地方自治章程》及关于学务之法令办理。

府、厅、州、县自治职对于地方学务应有之职权，在府、厅、州、县自治职成立以前，由各府、厅、州、县劝学所行之。

第二条　乡之地处偏僻或财力薄弱者，得照《城镇乡地方自治章程》第十三条，设立乡学连合会[②]。

照前项设立乡学连合会者，应于协议时，将连合会议之编制事务之管理及经费之筹集处理方法，一并规定其协议。不决者，由府、厅、州、县参事会议决之。

第三条　城镇乡或乡学连合会，为办理学务，得就各该区域内划分为若干区。

第四条　在城镇乡或乡学连合会区域内居住、流寓[③]、有不动产或营业者，对于该地方公用之学堂，均负担设立及维持之义务。其本地方原有公款公产者，应先以公款公产之收入，充设立及维持之用。

第五条　城镇乡、乡学连合会或其分区，经该管地方官之训令，应受

---

① 自治职及下款之劝学所，皆为地方行政机构，分管学务之职责。

② 连合会：犹今日之“联合会”。

③ 流寓：暂时居住，犹今日之“流动人口”暂时居住于某地。

他处城镇乡、乡学连合会或其分区之委托,代办儿童教育事宜。

第六条 乡学连合会因连合、解散或担任事务之关系而生财产上之纷议者,由府、厅、州、县参事会议决之。

各乡因代办儿童教育所需酬金之有无、多寡及其他必要事项而生纷议者,照前项规定办理。

第七条 府、厅、州、县及城镇乡,为办理学务应设学务专员,由各该议事会公推曾办学务、具有经验者。在府、厅、州、县由地方官委任;在城镇由董事会,在乡由乡董申请地方官委任执行之。

第八条 府、厅、州、县、城镇乡、乡学连合会或其分区,为办理学堂、蒙养院[①]、图书馆,得置基本财产及积存款项。

前项基本财产及积存款项之筹集、处理,须经监督官府之核准。其照原定宗旨动用积存款项者,不在此限。

从基本财产所生之收入,不得于原定宗旨以外移充他用。从积存款项之收入,应加入积存款项之内。

第九条 府、厅、州、县、城镇乡、乡学连合会或其分区,遇有捐助学务经费者,应作为基本财产。其捐助人指定作为办理某项之用者,不在此限。

第十条 公立学堂、蒙养院、图书馆所收学费、公费及使用费,均得作为基本财产或积存款项。

第十一条 府、厅、州、县、城镇乡、乡学连合会或其分区,每年经费若有赢余[②],得作为基本财产或积存款项。其无赢余者,得于岁入内酌增若干作为基本财产或积存款项。

---

① 蒙养院:谓儿童启蒙教育之所,似今日之幼儿园、学前班。

② 赢余:通“盈余”。

第十二条 从前为地方学务筹集之款项，若有按照《地方自治章程》列入自治经费、移充他项之用者，自本章程实行后三年之间，得以府、厅、州、县参事会之议决，分别划定，专作为学堂基本财产或积存款项。

第十三条 本章程自颁行文到之日施行。

第十四条 本章程施行细则由学部以命令定之。

第十五条 本章程内所定，应由府、厅、州、县参事会代为议决之件，在府、厅、州、县参事会成立以前，由各该地方官代办。

●●宪政编查馆军咨处陆军部会奏厘订陆军部暂行官制大纲列表呈进折附表

窃臣处核覆《陆军筹备事宜》内开陆军部新官制，应并于宣统二年(1910年)厘订。又，臣部片奏《划分接管事宜办法》声明，将部中用人、行政各事，酌量变通，均经奏蒙俞允[1]在案。伏查，陆军部为军事行政总汇之区，必事权有所专属，员司各协其宜，乃能挈领提纲，收画一[2]整齐之效。方今实行宪政已奉诏旨缩短时期，臣等忝参军画、屡经集议筹商。窃谓凡陆军筹备事宜，均应提前办理，而尤以组织中央军政机关为入手惟一办法。

现经参照各立宪国中央行政机关编制，厘订《陆军部暂行官制大纲》，期与将来各部新官制体例不相背驰，而于军事性质似亦吻合其名称、地位等。如有与各部官制通则歧异之处，统俟厘订新官制时，

① 俞允：许可，俞与允同义连绵。

② 画一：通“划一”。

再行酌归一律。谨缮列简明清表进呈,伏候钦定。此次臣等所拟,系采取各国军署编制,务使阶级较少、事类相从,一洗从前牵掣推委之习。陆军部长官总持军政,责任宜专,拟即,设陆军大臣一员,陆军副大臣一员,统辖全国陆军行政事务。所有原设之尚书、左右侍郎、左右丞、参,均拟一并裁撤,并将旧设之两厅、十司各处职掌事宜,酌核归并。另设承政等八司、审计一处,其军学院未经专设以前,并拟暂设军学处掌管陆军教育事宜,遴派司长等员,分任经理。

如此变通、厘订,实于军事行政大有裨益,如蒙俞允,拟请将陆军大臣及陆军副大臣员缺迅赐简授,并恳明降谕旨,责令该大臣等共矢公忠、力膺艰巨,以规进步而畅国威。至裁缺人员应如何另行简用之处,伏候圣裁。其各司处科员以次员额暨一切详细章程,应由新授之大臣等,会同军咨处妥慎筹商,另行奏明请旨办理。谨奏。宣统二年(1910年)十一月初三日奉上谕已录册首。

<table>
<tr><th colspan="6">酌拟陆军部暂行官制提纲表</th></tr>
<tr><td colspan="3">陆军大臣一员
陆军副大臣一员</td><td colspan="3">参事官若干员
检察官若干员
驻扎各省调查官若干员</td></tr>
<tr><td rowspan="2">承政司</td><td colspan="2">司长一员 司事官一员</td><td rowspan="2">军制司</td><td colspan="2">司长一员 司事官一员</td></tr>
<tr><td>秘书科
典章科
庶务科
收支科</td><td>设科长四员
一、二、三等科员若干员
译员若干员
录事若干员</td><td>搜简科
步兵科
马兵科
炮兵科
工兵科
辎重兵科
台垒科</td><td>设科长七员
一、二、三等科员若干员
绘图员、艺师、艺士各若干员
录事若干员</td></tr>
</table>

<table>
<tr><td rowspan="2">军衡司</td><td colspan="2">司长一员　司事官一员</td><td rowspan="2">军实司</td><td colspan="2">司长一员　司事官一员</td></tr>
<tr><td>考绩科
任官科
赏赉科
旗务科</td><td>设科长四员
一、二、三等科员若干员
录事若干员</td><td>制造科
保储科</td><td>设科长二员
一、二、三等科员若干员
绘图员、艺师、艺士各若干员
录事若干员</td></tr>
<tr><td rowspan="2">军需司</td><td colspan="2">司长一员　司事官一员</td><td rowspan="2">军牧司</td><td colspan="2">司长一员　司事官一员</td></tr>
<tr><td>统计科
粮服科
建筑科</td><td>设科长三员
一、二、三等科员若干员
录事若干员</td><td>均调科
蕃殖科</td><td>设科长二员
一、二、三等科员若干员
录事若干员</td></tr>
<tr><td rowspan="2">军医司</td><td colspan="2">司长一员　司事官一员</td><td rowspan="2">军法司</td><td colspan="2">司长一员　司事官一员</td></tr>
<tr><td>卫生科
医务科</td><td>设科长二员
一、二、三等科员若干员
录事若干员</td><td></td><td>设一二三等司法官若干员
录事若干员</td></tr>
<tr><td rowspan="2">审计处</td><td colspan="2">计长一员　司事官一员</td><td colspan="3">备考</td></tr>
<tr><td>综察科
核销科</td><td>设科长二员
一、二、三等科员若干员
录事若干员</td><td colspan="3">一　军学处官制另案拟订。
一　旧设之财政、统计两处，裁撤各该处一切事宜，归入新设之审计处办理。
一　旧设军乘司，裁撤该司一切事宜，归入新设之军制司办理。
一　旧设之军乘、军实、军需三司核销事宜，归入新设之审计处办理。
一　旧设之军衡司所属之袭荫科事宜，应划归内阁，其尚未划归之前，仍暂归新设之军衡司办理。
一　旧设军医司所属之马医科，应划归军牧</td></tr>
</table>

			司办理，是以此次所拟军医司内未经列入。 一　旧设之宪政筹备处，应仍暂设。 一　表内人员除大臣、司长、计长、科长、司事官外，其余员额另案奏明办理。

●●又奏陆军部军实军牧两司请缓裁并片

再，《陆军部暂行官制大纲》业经分别酌拟于正折内陈明。查现设之军实司，管理购买兵器及收藏、保存、修理、支给、检查等事，实各国兵器厂所专司。其炮工技术、兵器材料，则又属于陆军技术审查部，各国规制均为独立机关事，隶军制司之炮兵科，归陆军大臣管辖。所有军实一司事宜，自应改归军制司办理，惟该司现办关于兵器各事，头绪纷繁，复承兵部武库司之旧案牍尚多且现在陆军部厘订各司事项，军制司并办事件已甚繁重，一时亦未能遽为兼理。是以此次将军实司仍暂行照设，一俟新事办有条理、旧案划分清楚，即由臣等酌量情形奏请裁撤以一事权而重军械。

又查，现设之军牧司职掌牧养、补充事宜，与各国之军马补充部性质不同，考各国牧养补充，均各立官衙，分属于农部及陆军大臣管理。今既改订官制，则补充军马自宜独立机关俾专事寄，惟该司系由太仆寺衙门归并成立，所有该寺一切事宜，悉归承办陆军部计画[①]。改良马政，前经奏准，分设南北分监，拟就两翼牧场，先行改设北监，

---

① 计画，通“计划”。

一切规画[1]设施亟应由部直接统筹，暂作并力兼营之计，是以现订官制大纲，仍照设军牧一司。容俟分监建设完备，于军马补充，一律实行，再行奏明裁撤，别立总监隶于军制司之马兵科，将牧养、补充二事分别划分，以符新制。谨奏。宣统二年(1910 年)十一月初三日。奉朱批依议。钦此。

又奏请将各督抚陆军部尚书侍郎兼衔一并裁撤片

再查定例，各省督抚应否兼兵部尚书、侍郎衔，由吏部请旨定夺，嗣改设陆军部后，吏部循例陈请，仍准兼衔，历经办理在案。现在，陆军部堂官，已拟改大臣、副大臣名称，一经奉旨允行，则督抚兼衔之例，自不得不变通办理。

查从前练兵处奏定营制内称：督抚有督练营伍之责，应于省会设督练公所，派员分任兵备参谋、教练暨妥筹勇营变革各事，由督抚督率筹办等语，是督抚有督办本省新旧各军责任。久经奏准，载在定章。即无尚书、侍郎兼衔，已无虑事权或隘，臣等公同商酌，拟俟此项官制大纲，仰蒙钦定后，请旨将各省督抚所兼之陆军部尚书、侍郎加衔，一并宣示裁撤，以崇体制，而示变通。其各省督练公所应如何妥订专章，另由臣等会筹奏明办理。谨奏。宣统二年(1910 年)十一月初三日。奉朱批依议。钦此。

---

① 规画，通“规划”。

●●民政部奏请禁各省彩票行销京师折

窃据内、外城巡警总厅申称，彩票一项，名为筹款，迹近赌博，不特朘削民生、败坏风气，政体所关，尤为重大。现在浙江巡抚业经奏准禁销，有案。京师，首善之区，尤宜设法禁止，应请援照浙案奏请，将各项彩票，一律不得在京师地面行销，以挽颓风而维国体等语，会申前来。

臣等窃维彩票与博塞无异。近年以来，内外诸臣，苦于集款艰难又顾念民力，不忍遇事征求，遂借此为一时权宜之举，而酖酒漏脯，蕴毒何穷？若不及早申禁，害必中于国民生计。京师为万方观听所系。近日，彩票名目，纷继而起，列肆经售，遍于都市，流弊所极，实不可胜言，且关系政体，尤非浅鲜。该厅所陈各节，不为无见，应如所请，无论何项彩票，一律不得在京师行销，以期渐祛秕政。如蒙俞允，当由臣部饬知内、外两厅，一体钦遵，出示严禁。至各项彩票应如何设法停止，以清本源之处，应请旨饬下，内外各衙门，分别妥筹办理。谨奏。宣统二年(1910 年)十月二十七日。奉旨依议。钦此。

●●筹办海军处会奏拟订海军部暂行官制大纲列表呈览折附表

窃海军部官制，业经筹办海军事务处拟请早日厘订，奏蒙俞允在案。伏查，海军部为全国海军军政总汇之区，其长官之责任既重，事权即宜专一，拟请设大臣一员，以总其成，并设副大臣一员，以助之。所有筹办海军事务处原设海军大臣二员、参赞一员，即应一并裁撤，其余各司科亦应酌量变通、重加厘订，兹谨列表，恭呈御览。如蒙俞允，拟请将海军部大臣及副大臣员缺迅赐简授，并恳明降谕旨，责令该大臣等，筹画[①]一切海军事宜，以规进步而保海权。至各司科应设科员、以次各员额暨一切详细章程，应由新授大臣等，会商宪政编查馆随时另案奏明，请旨办理。

又查日本官制于陆军省之外，另设陆军参谋本部，于海军省之外，另设海军军令部。此两部皆掌管关于国防用兵事务，同隶于其天皇之下，不相统属。惟海军军令部之设，欧美各国，除德国略与相同外，其余各国皆无此制。现在，我国海军方始萌芽，应行筹办之事虽多而规模尚待推广，所有海军军令部事宜应否从缓另设专署管理抑由海军部暂行兼办以节縻费而昭简捷之处，伏候圣裁。再，此折系筹办海军事务处主稿，会同宪政编查馆办理，合并陈明。谨奏。宣统二年(1910 年)十一月初三日。奉上谕已录册首。

<table>
<tr><th colspan="6">谨拟海军部暂行官制大纲表</th></tr>
<tr><td colspan="3">大臣一员
副大臣一员</td><td colspan="3">参谋官若干员
参事官若干员
秘书官若干员</td></tr>
<tr><td rowspan="2">军制司</td><td colspan="2">司长一员 司事官一员</td><td rowspan="2">军政司</td><td colspan="2">司长一员 司副一员</td></tr>
<tr><td>制度科
考核科
器械科
驾驶科
轮机科</td><td>设科长五员
科员若干员
录事若干员</td><td>制造科
建筑科</td><td>设科长二员
科员若干员
艺师、艺士若干员
录事若干员</td></tr>
</table>

① 筹画：通“筹划”。

<table>
<tr><td rowspan="2">军学司</td><td colspan="2">司长一员　司副一员</td><td rowspan="2">军枢司</td><td colspan="2">司长一员　司副一员</td></tr>
<tr><td>教育科
训练科
谋略科
调查科
编译科</td><td>设科长五员
科员若干员
录事若干员</td><td>奏咨科
典章科
承发科</td><td>设科长三员
科员若干员
录事若干员</td></tr>
<tr><td rowspan="2">军储司</td><td colspan="2">司长一员　司副一员</td><td rowspan="2">军防司</td><td colspan="2">司长一员　司副一员</td></tr>
<tr><td>收支科
储备科
庶务科</td><td>设科长三员
科员若干员
录事若干员</td><td>侦测科
铨衡科</td><td>设科长二员
科员若干员
录事若干员</td></tr>
<tr><td rowspan="2">军法司</td><td colspan="2">司长一员　司副一员</td><td rowspan="2">军医司</td><td colspan="2">司长一员　司副一员</td></tr>
<tr><td></td><td>设司法官若干员
录事若干员</td><td>医务科
卫生科</td><td>设科长二员
科员若干员
录事若干员</td></tr>
<tr><td rowspan="2">主计处</td><td colspan="2">计长一员　副计长一员</td><td colspan="3">附记</td></tr>
<tr><td>会计科
统计科</td><td>设科长二员
科员若干员
录事若干员</td><td colspan="3">一　军制司所办袭荫事宜，应划归内阁。其未划归以前，仍暂由该司办理。
一　旧设之宪政筹备处，仍应暂设。
一　旧设之统计局改为统计科，归入新设之主计处办理。
一　军法司仍不分科。</td></tr>
</table>

资政院奏秘书官京察截取保送等项比照参事各官办理片

再，臣院秘书厅，额设一、二、三等秘书官员缺，业经遴员请补。

奉旨均着准其补授，钦此钦遵在案。查院章第五十六条内载：秘书官，一等秩，正五品；二等秩，正六品；三等秩，正七品等语。其京察截取保送一切事项，尚未详晰厘定，自应酌量比拟，以资遵守。拟请将一等员缺，比照各部参事；二等员缺，比照内阁侍读；三等员缺，比照内阁中书。皆系品秩相当。遇有前项事宜，一律由臣院咨行吏部照章办理，其各该员原有衔翎，仍请准其戴用。如蒙俞允，即由臣院咨行吏部遵照。谨奏。宣统二年（1910年）十一月初八日。奉旨着依议。钦此。

●●宪政编查馆奏考核巡警道属官任用章程折并单

宣统二年（1910年）四月十四日，民政部奏《酌拟巡警道属官任用章程请饬下宪政编查馆覆核》一折，奉旨依议钦此，由该部抄录原奏并清单前来。伏查，警察为治安之本，使[1]办理不得其人，则保民者适以扰民，是以任用之初宜求审慎。臣等检阅原奏清单十三条与《直省官制通则》及《巡警道官制》所载各节均相吻合，惟第九条第二款“派充巡长在任一年以上者得应区官考试”一节，查区官管辖全区，责任颇重，即由巡长考取，其资望恐尚不足，拟请改为现任巡官，似于限制较严。其余各条均尚周妥、便于施行，惟字句之间稍加修正，谨另缮清单，恭呈御览。如蒙俞允，即由臣馆咨行钦遵办理。谨奏。宣统二年（1910年）十一月十三日。奉旨着依议。钦此。

---

① 使：假使，如果。

谨将《酌拟巡警道属官任用章程》缮具清单，恭呈御览。

第一条 本章程所称巡警道属官，指下列各员而言：

一 本道警务公所科长、副科长及科员。

二 各厅、州、县警务长及各分区区官。

第二条 巡警道属官，以考试合格者，分别奏咨补用。

第三条 巡警道属官考试，分为二种，如下：

一 高等考试。

二 区官考试。

三 警察要旨。

第四条 有下列资格之一者得应高等考试：

一 在高等巡警或法政、法律学堂三年以上毕业得有文凭者。

二 曾办警务三年以上著有成绩者。

其在京师法科大学、法政学堂正科或在外国法政大学或法政专门学堂毕业得有文凭、经学部考试给予出身者，得免其考试，视与高等考试合格者同。

第五条 高等考试应行试验科目如下：

一 宪法纲要。

二 大清违警律。

三 法学通论。

四 警察学。

五 奏定各种警察章程。

六 地方自治章程及选举章程。

七 各国户籍法大意。

八 统计学。

前项第一至第四款为主要科目,应全行试验;第五至第八款为拣择科目,得由应试者任选其一二先期报明。

主要科目分数有不及格者,余科分数虽多,不得录取。

第六条 高等考试由巡警道主试,详请督抚派员监试,并遴派深通中外法学者数员为襄校。

第七条 应高等考试合格者,由巡警道按照成绩及原有官阶出身,详请督抚分别派署科长、副科长、科员或厅、州、县警务长,俟一年期满,再由巡警道出具切实考语,详请督抚奏补并将履历咨行民政部存案。若合格人员逾定额时,由巡警道按照前项规定详请督抚,俟有缺出,再行派署。

第八条 科长、副科长、科员及警务长,奏补后仍留原官原衔。每届三年,由巡警道查验该员办事成绩,出具切实考语,详请督抚奏请,分别升、黜,并咨行民政部存案。其有办事实在不能得力者,由巡警道随时详请督抚撤换另补,分别奏咨办理。

第九条 有下列资格之一者得应区官考试:

一 在高等巡警学堂附设简易科或中学堂以上毕业得有文凭者。

二 现任巡官者。

第十条 区官考试应行试验科目如下:

一 本国法制大意。

二 大清违警律。

第十一条 区官考试,由巡警道率同各科长或派员会同警务长,举行之。

第十二条 区官考试合格者,得由巡警道按照考试成绩及原有官阶出身,分别派署区官。满一年后,果系称职,再行补实。均由巡警道,详请督抚办理。并将履历咨送民政部存案。

若合格人员逾定额时，应以区官记名，俟缺出候传。

区官补缺后，仍留原官原衔，每届三年甄别一次，其办事实在不能得力者，由巡警道随时详请督抚撤换。

第十三条 本章程，以奏定颁行文到之日为施行之期。嗣后如有应行变通之处，随时酌量增改具奏。其施行细则，由巡警道酌订，详请督抚核定，咨部办理。

●●资政院会奏议决著作权律遵章请旨裁夺折

窃查资政院章程第十五条内载前条所列第一至第四各款议案，应由军机大臣或各部行政大臣先期拟定具奏，请旨于开会时交议。又，第十六条内载第十四条所列事件，议决后由总裁、副总裁分别会同军机大臣或各部行政大臣具奏，请旨裁夺各等语。民政部拟定《著作权律》一案，先经咨送宪政编查馆覆核，竣后，于本年八月二十九日具奏请交资政院议决，照章办理，旋由军机处遵旨交出民政部原奏及清单各一件，资政院照章将前项《著作权律》一案，列入议事日表。开议之日，初读已毕，当付法典股员会审查并经民政部派员到会发议。该股员会一再讨论，提出修正案，于再读之时，将原案与修正之案，由到会议员逐条议决，复于三读之时，以再读之议决案为议案。多数议员意见相同，当场议决。计原拟《著作权律》凡五章五十五条，经修正议决，其各条中意义字句互有增损，仍定为五章五十五条。谨缮清单遵照院章，会同具奏，请旨裁夺，一俟命下，即由民政部通行各省，一体遵照办理。再，此折系资政院主稿，会同民政部办理，合并陈明。谨奏。宣统二年(1910 年)十一月十七日。奉旨着依议。钦此。

谨将臣院议决《著作权律》缮具清单，恭呈御览。

计　开

要　目

第一章　通例

第一条　凡称著作物而专有重制之利益者，曰著作权。

称著作物者，文艺图画、帖本、照片、雕刻、模型，皆是。

第二条　凡著作物，归民政部注册给照。

第三条　凡以著作物呈请注册者应由著作者，备样本二分[①]，呈送民政部。其在外省者，则呈送该管辖衙门，随时申送民政部。

第四条　著作物经注册给照者，受本律保护。

---

①　二分：即“两份”。

第二章 权利期间

第一节 年限

第五条 著作权归著作者终身有之。又,著作者身故,得由其承继人继续至三十年。

第六条 数人共同之著作,其著作权,归数人公共终身有之。又,死后得由各承继人继续至三十年。

第七条 著作者身故后,承继人将其遗著发行者,著作权得专有至三十年。

第八条 凡以官署、学堂、公司、局所、寺院、会所出名发行之著作,其著作权得专有至三十年。

第九条 凡不著姓名之著作,其著作权得专有至三十年。但当改正真实姓名时,即适用第五条规定。

第十条 照片之著作权,得专有至十年。但专为文书中附属者,不在此限。

第二节 计算

第十一条 凡著作权,均以注册日起算年限。

第十二条 编号逐次发行之著作,应从注册后每号、每册呈报日起算年限。

第十三条 著作分数次发行者,以注册后末次呈报日起算年限。其呈报后,经过二年尚未接续呈报,即以既发行者作为末次呈报。

第十四条 第五条规定,以承继人呈请立案批准之日起算年限。

第十五条 第六条规定，以数人中最后死者之承继人呈请立案之日起算年限。

第三章 呈报义务

第十六条 凡以著作物呈请注册者呈报时，应用本身姓名。其以不著姓名之著作呈报时，亦应记出本身真实姓名。

第十七条 凡以学堂、公司、局所、寺院、会所出名发行之著作，应用该学堂等名称附以代表者姓名，呈报。

其以官署名义发行者，除第三十一条第一款规定外，应由该官署于未发行前，咨报民政部。

第十八条 凡拟发行无主著作者，应将缘由预先登载官报及各埠著名之报。限以一年内无出而承认者，准呈报发行。

第十九条 编号逐次发行之著作或分数次发行之著作，均应于首次呈报时，预为声明，以后每次发行，仍应呈报。

第二十条 第五条至第七条规定其承继人当继续著作权时，应赴该管衙门呈报。

第二十一条 将著作权转售抵押者，原主与接受之人，应连名到该管衙门呈报。

第二十二条 在著作权期限内，将原著作重制而加以修正者，应赴该管衙门呈报，并送样本二分。

第二十三条 凡已呈报注册者，应将呈报及注册两次年、月、日载于该著作之末幅，但两项尚未完备而即发行者，应将其已行之项载于末幅。

第四章 权利限制

第一节 权限

第二十四条 数人合成之著作,其中如有一人不愿发行者,应视所著之体裁,如可分别,即将所著之一部分提开,听其自主;如不能分别,应由余人酬以应得之利,其著作权归余人公有,但其人不愿于著作内列名者,应听其便。

第二十五条 搜集他人著作编成一种著作者,其编成部分之著作权,归编者有之。但出于剽窃、割裂者,不在此限。

第二十六条 出资聘人所成之著作,其著作权归出资者有之。

第二十七条 讲义及演说,虽经他人笔述,其著作权仍归讲演者有之。但经讲演人之允许者,不在此限。

第二十八条 从外国著作译出华文者,其著作权归译者有之,惟不得禁止他人就原作另译华文。其译文无甚异同者,不在此限。

第二十九条 就他人著作阐发新理足以视为新著作者,其著作权归阐发新理者有之。

第三十条 凡已注册之著作权,遇有侵损时,准有著作权者向该管审判衙门呈诉。

第三十一条 凡著作不能得著作权者如下:

一 法令、约章及文书、案牍。

二 各种善会宣讲之劝诫文。

三 各种报纸记载政治及时事上之论说新闻。

四 公会之演说。

第三十二条 凡著作视为公共之利益者如下:

一　著作权年限已满者。

二　著作者身故后，别无承继人者。

三　著作久经通行者。

四　愿将著作任人翻印者。

第二节　禁例

第三十三条　凡既经呈报注册给照之著作，他人不得翻印、仿制及用各种假冒方法以侵损其著作权。

第三十四条　接受他人著作者，不得就原著加以割裂、改窜及变匿姓名或更换名目发行，但经原主允许者，不在此限。

第三十五条　对于他人著作权期限已满之著作，不得加以割裂、改窜及变匿姓名或更换名目发行。

第三十六条　不得假托他人姓名发行已之著作，但用别号者不在此限。

第三十七条　不得将教科书中设问之题，擅作答词发行。

第三十八条　未发行之著作，非经原主允许，他人不得强取抵债。

第三十九条　下列各项不以假冒论，但须注明原著作之出处。

一　节选众人著作成书，以供普通教科书及参考之用者。

二　节录引用他人著作，以供已之著作考证注释者。

三　仿他人图画以为雕刻模型或仿他人雕刻模型以为图画者。

第三节　罚例

第四十条　凡假冒他人之著作，科以四十元以上百元以下之罚金。知情代为出售者，罚与假冒同。

第四十一条　因假冒而侵损他人之著作权时，除照前条科罚外，应将被损者所失之利益，责令假冒者赔偿，且将印本刻板及专供假冒使用之器具，没收入官。

第四十二条 违背三十四条及三十六条规定者，科以二十元以上二百元以下之罚金。

第四十三条 违背三十五条、三十七条之规定及三十九条第一款、第二款之规定者，科以十元以上一百元以下之罚金。

第四十四条 凡侵损著作权之案，须被侵损者之呈诉，始行准理。

第四十五条 数人合成之著作，其著作权遇有侵损时，不必俟余人同意，得以迳自呈诉及请求赔偿一己所失之利益。

第四十六条 侵损著作权之案，不论为民事诉讼或刑事诉讼，原告呈诉时，应出具切结存案。承审官据原告所呈情节，可先将涉于假冒之著作暂行禁止发行，若审明所控不实，应将禁止发行时所受损失，责令原告赔偿。

第四十七条 侵损著作权之案，如审明并非有心假冒，应将被告所已得之利，偿还原告，免其科罚。

第四十八条 未经呈报注册而著作末幅假填呈报注册年、月、日者，科以三十元以上三百元以下之罚金。

第四十九条 呈报不实者及重制时加以修正而不呈报立案者，查明后将著作权撤销。

第五十条 凡犯本律第四十条以下各条之罪者，其呈诉告发期限，以二年为断。

第五章 附则

第五十一条 本律自颁布文到日起算，满三个月施行。

第五十二条 自本律施行前，所有著作经地方官给示保护者，应自本律施行日起算，六个月内，呈报注册。逾限不报或竟不呈报者，即不得受本律保护。

第五十三条 本律施行前三十年内，已发行之著作，自本律施行后，均可呈报注册。

第五十四条 本律施行前已发行之著作，业经有人翻印、仿制而当时并未指控为假冒者，自本律施行后，并经原著作者呈请注册，其翻印、仿制之件，限以本律施行日起算，三年内，仍准发行，过此，即应禁止。

第五十五条 注册应纳公费每件银数如下：

一 注册费，银五元。

二 呈请继续费，银五元。

三 呈请接受费，银五元。

四 遗失补领执照费，银三元。

五 将著作权凭据存案费，银一元。

六 到该管官署查阅著作权案件费，银五角。

七 到该管官署抄录著作权案件费，银五角；过百字者，每百字递加银一角。

八 将著作权凭据案件盖印费，银五角。

著作权呈请注册呈式：

具呈（姓名）

为呈请著作权注册事，窃（某人）有（某种著作），照著作权律，随送样本，呈请注册给照、一体保护。伏乞！

民政部查核施行须至呈者。

年　　月　　日　　籍贯、住址、姓名、押

呈请继续著作权呈式：

具呈(姓名)

为呈请继续著作权立案事，窃(某人)有，(某种著作)业经于某年、月、日呈报注册给照在案。现在，著作者某已于某年、月、日身故，理应遵照著作权律，呈请继续著作权，一律保护。伏乞！

民政部查核施行须至呈者。

年　　月　　日　　继续人籍贯、住址、姓名、押

呈请接受著作权立案呈式：

具呈(姓名)

为呈请接受著作权事，窃(某人)有(某种著作)业于某年、月、日呈报注册给照在案。现在，愿将著作权(转售/押抵)与(某人)接受，照著作权律呈请，接受著作权，一体保护。伏乞！

民政部查核施行须至呈者。

年　　月　　日(原注册人、接受人)籍贯、住址、姓名、押

●●海军部奏拟定海军大臣副大臣品秩折

窃臣部设立伊始，所有全署堂、司各员品秩暨一切详细章程，应由臣等会商宪政编查馆，随时请旨办理。业经奏蒙俞允在案。又，臣部由内阁抄出军机处交片内开，现在，海军业已设部，海军部值日与陆军部同日，列在陆军部之次等因，当经查照办理亦在案，伏查新官制一时尚未能奏定，而臣部又现须与各衙门轮流值日，则海军大臣、副大臣品秩，亟须暂行先订，以崇部制而昭划一。海军大臣品秩，拟视尚书；副大臣品秩，拟视侍郎。俟将来新官制及海军三等九级各官制厘订后，再会商宪政编查馆，将臣部全署人员品秩一体拟订。请旨

遵行，如蒙俞允，即由臣等钦遵办理。谨奏。宣统二年(1910年)十一月十八日奉朱批依议。钦此。

●●学部奏改订管理游日学生监督处章程折并单

窃查《管理日本游学生监督处章程》系由臣部于光绪三十二年(1906年)十月奏定，嗣于光绪三十四年(1908年)九月，臣部复将原章增修改订奏准遵行在案。惟彼时留日学生人数几将及万，现在，普通速成各生，渐次毕业回国，留日肄业者以高等学校以上之学生为多，总计其数才二千余人。是监督处庶务、文牍、会计、通译诸事，昔须分科而治者，今可量为裁并。又，自费生之借贷章程易致款归无着，官费生之医药费用未免过于虚糜。凡此各节，自非将原章详加修订，不足以节糜费而收实效。臣等斟酌再四，谨拟就改订《管理游日学生监督处章程》三十七条，缮具清单，恭呈御览，如蒙俞允，即由臣部咨行出使日本大臣钦遵办理。谨奏。宣统二年(1910年)十一月十九日。奉旨依议。钦此。

谨将酌改《管理日本游学生监督处章程》缮具清单，恭呈御览。

计　开

要　目

第一章 总则

第一条 于驻扎日本出使大臣署内，设游学生监督处，为管理游学生治事之所。

第二条 游学生监督处一切事务，悉由出使大臣董理。

第三条 设监督一员，由学部会商出使大臣，遴选奏派。

第四条 设学务委员七员，书记生四名，由监督禀商出使大臣，分别委派，咨部存案。前项书记生名额之外，遇有必要情形，得添雇书手。

第二章 职权

第五条 监督秉承出使大臣，办理所有游学生事务。

第六条 学务委员秉承出使大臣及监督，分理文牍、会计、庶务各事。

第七条 监督处办事各员有不得力者，该监督得禀请出使大臣撤换。

第八条 监督处应将游学生在学成绩高下、品行优劣等项及收支经费，按期册报学部及各省督抚。

第九条 凡游学生调护、指导、纠正、扶持诸事，应由监督处妥为办理。

第三章 管理条规

第十条 游学生非由本国中学堂毕业或由日本各普通学校毕业者，不送入官立高等及专门学校。非高等学校毕业者，不送入官立大学。

第十一条 游学生无论官费自费，非经日本文部省选定及出使大臣指定之学校，监督处概不送学，将来毕业亦不给证明书。

第十二条 游学生如有品行不修、学业不进者,经监督处查明即行勒令退学,咨回原省并将事实咨部备核。

第十三条 游学生入学、转学、请假等事,均须经监督处允准。其未经允准而擅行者,将来毕业,概不给证明书。

第十四条 游学生毕业均须有监督处证明书,其普通毕业无证明书者,不得充本国官立学堂教员;其高等专门大学毕业无证明书者,不得赴部投考,并不得充本国官立学堂教员。

第十五条 请领普通证明书之时,须将所在学校毕业文凭呈请查验,果系完全普通毕业方予发给。请领专门或大学证明书之时,须将前领普通毕业文凭、普通毕业证明书并此次专门或大学毕业文凭,呈请查验,相符方予发给。

第十六条 证明书须编定号数,截留存根,并将咨送省分、经过学校、送学毕业年月,一一开列,每遇考试之时,先将存根送部备查。

以上系普通管理条规。

第十七条 游学日本之官费生除第一高等、东京高师、高工、山口高商、千叶医专五校特定名额外,其他给予官费,仍以已入高等专门习医、农、工、格致四科者为限。

第十八条 前项学生,既入某校补给官费之后,不得改赴他国并不得改校、改科,违者应即停止官费。

第十九条 官费生之入高等专门各学校或大学本科选科实科者,其毕业年期,悉以日本文部省规定及奏定日本五校毕业年限为准。如逾期不能毕业者,应即停止官费。

第二十条 官费生学费,应照本章程所定数目,由监督处先期校定,每人发给支领凭单一纸,由学生按月持凭赴监督处请领。其支发日期,由监督酌定。

第二十一条 官费生除在本学校寄宿外,其在旅馆下宿屋或自租房屋者,如监督处查有不合之处,得限令迁移。

第二十二条 官费生未经毕业者,除实系重病经医生验明不能修学外,概不准私自辍学回国。违者停止官费,并追缴以前所给官费。

第二十三条 官费生因病回国者,得酌给川资①,以壹百圆为限。但病愈之后,不得复给官费。

第二十四条 从前肄业私立高等专门学校与私立大学之官费生尚未毕业者,仍得续给官费每人每年学费,日金四百圆整,以该学校所定毕业年期为限。其从前学习普通,已逾三年尚未毕业者,应即停止官费。

第二十五条 官费生考入官立高等专门专校者,每人每年学费日金四百五十圆整。

第二十六条 官费生考入官立大学本科者,每人每年学费五百圆整。其入官立大学选科者,每人每年学费四百五十圆整。

第二十七条 前项学费系将校内之书籍、实验暨校外之饮食、房屋、衣服、旅行、医药等费一并包括在内,概不另发,亦不准别立名目,增给费用

以上系管理官费生条规。

第二十八条 自费生除考入日本五校外,其考入其他官立高等专门或大学习农、工、格致、医科,经监督处查明确能循分力学、成绩优异者,由监督处咨明本省,按照缺额挨补官费。

第二十九条 自费生在官立大学或专门学校为旁听生或入学时不依该校考试定章、平时不应学期试验、将来毕业时不能得学位及毕业

① 川资:回国路费。

文凭者，不得给予官费。其已经毕业、得有学位更加研究者，不在此限。

第三十条 自费生在学病故者，由监督查明确系贫寒无力之家，得于该生本省经费项下分别拨给棺殓、运柩费，惟至多不得过二百圆，极远省分亦不得过三百圆。

以上系管理自费生条规。

第四章 经费

第三十一条 各省应解学费及监督处经费，均仍按照叠次奏案，克期汇交驻日出使大臣，不得延误。

第三十二条 监督处一切收支经费，于每一年之前，豫编预算表册，经出使大臣核定，咨部备查。

第三十三条 监督处应督饬学务委员，按照预算表册分别收支实数，按月造报，呈出使大臣查核备案。

第三十四条 前项月报，应于每期汇成总册，呈由出使大臣分咨学部及各省督抚。

第三十五条 监督一员每月薪金四百两，按照阳历，每年四千八百两。

第三十六条 学务委员一等一员，每月薪金二百四十两，每年二千八百八十两。二等四员，每员每月一百六十两，每年一千九百二十两。三等二员，每员每月一百二十两，每年一千四百四十两。

第三十七条 书记生，每名每月薪金四十两至六十两为度（书手雇金临时酌定）。

●●学部奏拟将学务法律命令参照中日制度分别厘订折并表

窃维法律、命令之分，根本于立宪政体，而法律、命令范围之广狭，又视乎国情之若何。初，无一定之标准，其在欧洲如英吉利国，虽称君主立宪政体，而法律之范围甚广，则以其实权操于议院，隐具民主政体之精神也；至于德意志国，君权较尊，则命令范围亦较大，然亦只限于紧急命令、执行命令、委任命令三者而已。德国学者深鉴于政治上之困难，因有四种命令之说，于三者之外，更益以补充命令一种，亦谓之独立命令。日本伊藤博文赴欧考察宪政之时，采用其说，归而编纂日本宪法，详为规定，其第九条有曰"天皇为保持公共之安宁秩序及增进臣民之幸福，得发必要之命令或使发之，"即所谓独立命令也。

盖以新进立宪之国，法律多未完备，而每年议院开会为期不过三月，所协赞之法律案势不能多，而国家重要事务繁兴，将以未定法律之故，滞而不行，则国家之主旨不能达矣。故于已有法律者则从法律，若法律未具，则先以命令补充之，惟仍以不得变更法律为限，意至周也。日本宪法既如此规定，故凡关于重要之法规皆并揭法律与命令，如刑法、民法各条文内，均以法令并举，是其命令之效力殆与法律无异。盖日本所采用者，固以法律、命令并重为原则也。即就教育法规一类言之，大率以敕令或文部省令规定者为多，其以法律规定者十数而已。

今我国尚未宣布宪法，而宪法大纲早经先朝钦定，大致与日本宪法精神相近，其法律命令并重之意亦正相符合。现在筹备年限业经缩短,似应详加区画[①]以为准则。臣部职司教育一切法令,关系綦重,其已定者应加修改,未定者亟待编订,均属刻不容缓之图。兹谨将历年奏定学务章程区别性质、参稽日本教育法令,列表对照,缮册恭候钦定。其应以法律规定者,将来当由臣部奏交资政院议决,该院亦得照章提案奏请裁夺;其应以命令规定者,悉由臣部分别拟订,请旨施行,无庸奏交院议,以清界限而杜纷歧。俟命下之日,钦遵办理,谨奏。宣统二年(1910 年)十一月十九日。奉旨着依议表留览,钦此。

中日学务法律对照表

分类	日本	中国	备考
关于教员职员之法律	市、町、村立小学校教员退隐料及遗族扶助料法	奏定优待教员章程第六、第七、第八各条(宣统元年)(1910年)	按日制,此项施行规则,以文部省令定之。
	府、县立师范学校长俸给并公立学校职员退隐料及遗族扶助料法		按日制,关于公立学校职员退隐料及遗族扶助料法施行规则,以文部省令定之。
	关于公立学校、幼稚园及图书馆职员退隐料等之规定		按日制,关于此项法律施行规则,以文部省令定之。
	在外指定学校职员退隐料及遗族扶助料法		按日制,关于此项法律支给规则,以文部省令定之。

① 区画:通"区划",意为"规划、设计"。

关于地方学务之法律	地方学事通则	地方学务章程(宣统二年)(1910年)	按日制,此项法律施行时,由府、县知事具申文部大臣定之。
关于教育经费之法律	市、町、村立学校教育费国库补助法		按日制,关于此项法律施行规则,由文部省令定之。
	关于市、町、村立小学校教育费补助法及依教育基金令冲绳县之配赋金及配当金之支出余额缲越使用之规定		按日制,关于此项法律施行细则,由文部省令定之。
	教育基金特别会计法		按日制,关于此项法律之施行规程,由文部省令定之。
	实业教育费国库补助法		按日制,关于此项法律施行细则,由文部省令定之。
	帝国大学特别会计法		按日制,关于此项法律之规则,以敕令定之。
	明治三十九年(1906年)度关于一般会计所属之经费缲越于帝国大学特别会计所剩除之金额缲入之规定		按日制,关于此项法律之规则,以敕令定之。

	学校及图书馆特别会计法		按日制，关于此项法律施行规则，以敕令定之；取报规程，由文部省令定之。

上表所载系教育行政专用之法律，其余通用法律如《官吏恩给法》、《府、县、郡、市、町、村制会计法》之类兹不列入。

中日学务命令对照表

分类	日本	命令种类	中国
关于专门教育之命令	帝国大学令	敕令	奏定大学堂章程（光绪二十九年）（1903年）
	东京帝国大学分科大学讲座种类及其数	敕令	
	京都帝国大学设置	敕令	
	东京帝国大学评议会规程	省令	
	东京学士院规程	敕令	奏定通儒院章程（光绪二十九年）（1903年）
	东京学士院会则	省令	
	高等学校令	敕令	奏定高等学堂章程（光绪二十九年）（1903年）

	高等学校修业年限及入学程度	敕令	同前
	高等学校大学预科学科规程	省令	同前
	高等学校大学预科入学者选授试验规程	省令	奏定各项学堂停止招考及考选详细章程(光绪三十四年)(1908年)
	高等学校大学预科第三部卒业生入学于各医科大学医学科数目之比及其配当方法	省令	
	大学预科学力检定规程	省令	
	专门学校令	敕令	奏定法政学堂章程(光绪三十二年)(1906年),惟专指法政一科与此项范围不同。
	公立私立专门学校令	省令	
	专门学校入学者检定规程	省令	奏定各学堂考选详细章程
	专门学校入学者无试验检定受验指定者	文部省告示	

	高等学校医学部改称	省令	
	刑死者及在监死亡者之遗骸于官公立医学校病院解剖方	省令	
	医术开业试验规则	太政官达	
	药学校通则	省令	
	药剂师试验规则	内务文部二省令	
	东京音乐学校官费甲种师范科卒业生服务规则	省令	
	气象台测候所条例	敕令	现制属钦天监
	东京美术学校图画师范科规程	省令	
	东京美术学校图画科卒业生服务规程	省令	
	关于东京外国语学校之修业年限、学科科目及其程度并研究生选科生及专修科之规程	省令	奏定译学馆章程(光绪二十九年)(1903年)
关于普通及师范教育之命令	小学校令	敕令	奏定小学堂章程(光绪二十九年)(1903年); 奏定变通小学堂章程(宣统元年)(1909年)
	小学校令施行规则	省令	同前

	小学校令改正之要旨及其施行上注意要项	省令	
	小学校令及同施行规则中改正之要旨及施行上之注意要项	省令	
	小学校教育效绩状规程	省令	
	关于小学校修身科教授上之注意事项	省令	
	东京市小学校之设施完备法	省令	
	市、町、村立小学校授业料对于因战地勤务而死伤者之子弟可不征收之规定	敕令	
	市、町、村制未施行地方之小学教育规程	敕令	奏定劝学所章程(光绪三十二年)(1906年)
	府、县立学校、幼稚园教育、博物馆设置、废止规则	省令	
	关于因市、町、村之废置、分合而消灭之学校、幼稚园及儿童教育事务委托之存续之规定	敕令	见地方学务章程第五条、第六条

	中学校令	敕令	奏定中学堂章程(光绪二十九年)(1903年)奏变通中学堂课程折(宣统元年)(1909年)
	中学校令施行规则	省令	同前
	中学校教授要目	省令	
	师范学校令	敕令	奏定优初两级师范学堂章程(光绪二十九年)(1903年)
	师范学校规程	省令	同前
	师范学校规程制定之要旨及施行上之注意事项	省令	
	师范学校生徒定员	敕令	
	高等师范学校规程	省令	奏定优级师范学堂章程(光绪二十九年)(1903年)
	高等师范学校生徒募集规则	省令	
	高等师范学校卒业生服务规则	省令	奏定师范义务章程(光绪三十二年)(1906年)
	东京高等师范在附属各学校关于管理教授及训练方法之研究实验结果申报法	省令	

	临时教员养成所规程	省令	师范选科简章(光绪三十二年)(1906年);奏定实业教员讲习所章程(光绪二十九年)(1903年)
	临时教员养成所位置名称及学科	省令	同前
	师范学校职员着服一定法	省令	奏定学堂冠服章程(光绪三十三年)(1907年)
	高等女学校令	敕令	
	高等女学校令施行规则	省令	
	高等女学校教授要目	省令	
	女子高等师范学校规程	省令	奏定女学堂章程(光绪三十三年)(1907年)
	女子高等师范学校生徒募集规则	省令	
	女子高等师范学校在附属各学校关于管理教授训练方法之研究实验结果申报法	省令	
	女子就学上之注意并裁缝教员采用法	省令	

	高等师范学校、女子高等师范学校及师范学校入学志愿者入学禁止项目	省令	
	师范学校及高等女学之女生徒试验施行及体操休课法	省令	
	小学校及师范学校之施设分别男女并高等女学校设置之奖励法	省令	
	关于普通教育设施之文部大臣意见	文部省训令	学部大臣教育行政方针（宣统二年）(1910年)
关于实业教育之命令	实业学校令	敕令	奏定实业学堂章程（光绪二十九年）(1903年)又实业学堂通则
	实业学校设置废止规则	省令	
	实业学校教员养成规程	省令	奏定实业教员讲习所章程(光绪二十九年)(1903年)
	工业学校规程	省令	奏定中等工业学堂章程(光绪二十九年)(1903年)
	东京大阪高等工业学校规程	省令	奏定高等工业学堂章程(同前)

	徒弟学校规程	省令	奏定艺徒学堂章程(同前)
	农业学校规程	省令	奏定中初两等农业学堂章程(同前)
	水产学校规程	省令	奏定中等农业学堂章程水产科(同前)
	商业学校规程	省令	奏定中初两等商业学堂章程(同前)
	东京高等商业学校预科及本科课程	省令	奏定高等工业学堂章程(同前)
	商船学校规程	省令	奏定中等商船学堂章程(同前)
	实业补习学校规程	省令	奏定实业补习普通学堂章程(同前)
	依实业教育费国库补助法受补助之学校	省令	
	关于实业学校卒业者之研究补助规定	省令	
	二种以上实业学校之学科目并置一校内方	省令	
	乙种实业学校施设及学科目之取舍选择方	省令	
	公立农业学校商业学校职工学校设置地所无贷价下渡方	太政官达	

	供公立学校实验用之地所地租、地方税免除方	太政官达	
	供公立农学校实验用田圃官有地无借地料使用方	太政官达	
关于教育经费之命令	教育基金令	敕令	
	帝国大学特别会计规则	敕令	奏定学堂管理通则经费规条章,惟只定通则,其各项特别会计,尚无专章,以后各条同
	帝国大学经理委员会规则	敕令	
	东京帝国大学及京都帝国大学并直辖诸学校奖学寄附金委任经理规程	省令	
	帝国大学资金并学校图书馆资金所属森林、生产物随意契约卖拂之木材业者资格	省令	
	东京帝国大学资金所属森林、原野贷渡及其物产卖却法	省令	

	关于帝国大学文部省直辖学校及帝国图书馆资金所属不动产一时不必使用者，其贷渡随意契约之规定	省令	
	帝国学士院年金支给规则	省令	
	关于文部省直辖学校实地研究旅费支给之规则	省令	直辖学校实地研究旅费，现在各学堂间有举行者，尚无专章
	实业教育费国库补助法施行规则	省令	
	关于实业教育费国库补助金交付手续并受补助学校之预算决算之规定	省令	
	关于公立小学校、中学校、专门学校设置地所无代价下渡之规定	太政官达	
	明治三十九年度关于文部省所管经费町、村教育费贷付金之町、村负债所系主务大臣许可职权委任于县知事之规定	敕令	
	学校及图书馆特别会计规则	敕令	

	学校及图书馆资金取报规程	省令	
	学校及图书馆出纳事务取报规程	省令	
	学校及图书馆建筑修缮工事请负竞争加入者之资格	省令	
	以有租地为公立学校地又其校地有变更时通知于税务署之方法	省令	
	文部省所管不动产登记嘱托官吏指定	省令	
	关于文部省所管经费仕拂命令官之仕拂命令发付之取报手续	省令	
	受现金前渡之官吏计算书提出法	省令	
	于会计规则第八十四条、第九十一条、第百条场合之检定员及其他官吏任命法	省令	
	岁入岁出年度科目所管厅误记订正手续	省令	

	关于岁入金及岁出仕拂未济缲越金支出月计对照表证明之取报手续	省令	
	府县小学校教员恩给基金管理规则	省令	
	府县立师范学校长俸给并公立学校职员退隐料及遗族扶助料法纳金收入规则	敕令	
	小学校教员恩给国库给与金预算调书书式	省令	
	关于市、町、村立小学校费补助之计，北海道地方费及府县费支出之规定	敕令	
	关于市、町、村立小学校教育费国库补助法第三条第一项之学龄儿童数及就学儿童数算出之规定	省令	
关于学务管理之命令	关于教育上时弊矫正之心得	省令	光绪三十三年(1907年)十一月二十一日谕旨；又，通行各项实业学堂应行整顿筹画大纲文(宣统元年)

	(1909年)惟此文专论实业一门		
	关于学校生徒征集犹豫之取缔方	省令	
	学校生徒吸烟禁止	省令	通行禁止中小学堂学生吸食烟草文(光绪三十二年)(1906年)
	学校生徒紫色铅笔使用禁止	省令	
	公私立商业学校、中学校其他学校中商业实习用纸片之易与纸币相混者之禁止	省令	
	学校树植着手奖励及实施督励法	省令	
	文部省直辖诸学校生徒不得学校长许可而受他直辖学校入学校试验者作为无效之规定	省令	
	公立学校及关于学科课程有法令规定之学校中宗教上教育礼式之施行禁止	敕令	奏定学务纲要有外国教员不得讲宗教一节(光绪二十九年)(1903年)
	关系学校纷扰之职员生徒处分法	省令	奏定管理通则学堂各员职分章又学堂禁令章

	接近学校土地而于教育上有障害之营业开始建物业造之取缔法	内务文部合内训	奏定劝学所章程推广学务节去阻力一项
关于教科用图书之命令	教科用图书检定规则	省令	审定书目条例(光绪三十二年)(1906年)
	明治三十年(1897年)文部省令第十八号教科用图书检定规则中追加改正适用于同令施行前发行之教科书方	省令	
	小学校教科用图书检定区别	文部省告示	
	关于文部省版权所有图书之翻刻出版规程	省令	翻印部编小学教科书章程(宣统二年)(1910年)
	小学校教科用图书翻刻发行规则	省令	同前
	小学校教科用图书翻刻发行申请书进达法	省令	同前
	小学校教科用图书用纸标准	省令	同前
	小学校教科用图书翻刻发行许可图书之定价	省令	同前

	小学校教科用图书翻刻发行图书贴付用印纸种类	省令	同前
	关于出愿教科用图书之文字印刷等之标准	省令	招商承印中学师范各书规约翻印部编小学教科书章程
	检定出愿教科用图书文字印刷等之见本内阅差许方	省令	同前
	关于文部省著作权所有教科用图书发行者保证金纳付之规程	省令	亦见前两项章程惟用印花与保证金微有不同
	小学校教科用图书发行者于采定图书之供给懈怠拒否之场合处分方	省令	招商承印中学师范各书规约
	未检定中学校及高等女学校教科用书采用禀申方	省令	
	关于小学校唱歌用歌词乐谱之采用制限	省令	
	小学校礼式唱歌用歌词	省令	学部图书局有乐歌教科书
	已经检定小学校唱歌教科书中歌词及乐谱用于祝日大祭日唱歌法	省令	

	小学校祝日大祭日用唱歌词及乐谱之认可等	省令	
关于学务官制之命令	文部省官制	敕令	奏定学部官制(光绪三十二年)(1906年)
	文部省分课规程	省令	同前
	东京京都帝国大学官制	敕令	大学堂章程教员管理员章(光绪二十九年)(1903年)奏大学堂总监督改为实缺折(光绪三十三年)(1907年)。按我国学制,除大学堂总监督外,均未有实官之规定。故于日本学务官制各节,姑以教员管理员相比附,其实性质微有不同。
	帝国图书馆官制	敕令	图书馆通行章程第六节(宣统元年)(1909年)
	中央气象台官制	敕令	见学部官制专门司,现制属钦天监
	临时文部省及帝国大学之技师技手设置	敕令	

	文部省直辖诸学校官制	敕令	高等专门各学堂章程，教员管理员章（光绪二十九年）（1903年）
	师范学校官制	敕令	师范学堂章程，教员管理员章
	临时教员养成所官制	敕令	
	国语调查会官制	敕令	奏定预备立宪单内有官话传习所
	测地学委员会官制	敕令	
	临时纬度观测所官制	敕令	现制属钦天监
	理学文书目录委员会官制	敕令	
	医术开业试验委员官制	敕令	按：医师及药剂师应归学部；试验，民政部管理，现在我国尚未定专章。
	药剂师试验委员官制	敕令	
	美术审查委员会官制	敕令	
关于学务官规之命令	文部省视学官规程	省令	奏定视学官章程（宣统元年）（1909年）
	视学官及视学特别任用令	敕令	同前

	关于文部省图书审查官任用之规定	敕令	学部审定科
	高等教育会议规则	敕令	见奏定学部官制总务司规则未定
	高等教育会议事务规则	省令	
	高等教育会议议员互选规则	省令	
	教员检定委员会官制	敕令	奏定检定小学教员章程（宣统元年）（1909 年），惟由提学司主办检定时，派员经理，无委员会之制。
	教员检定委员会长规程	省令	
	临时教员养成所管理者职务规程	省令	
	国语调查会委员长职务规程	省令	
	医术开业试验委员长职务规程	省令	
	药剂师试验委员长职务规程	省令	
	帝国学士院长职务规程	省令	

	东京帝国大学总长职务规程	省令	职务总纲,定于大学堂教员管理员章,其详细职务均由本学堂自定,咨部备核。此外,高等各学堂(即日本文部省直辖学堂)同。
	东京帝国大学文科大学关于史料编纂职员之规程	敕令	现制为国史馆职务
	京都帝国大学总长职务规程	省令	
	两帝国大学文官普通惩戒委员会之设置	省令	
	东北帝国大学农科大学长职务规程	省令	
	关于帝国大学学生监特别任用之规定	敕令	
	文部省直辖诸学校职员定员令	敕令	高等专门实业学堂章程教员管理员章
	文部省直辖诸学校长职务规程	省令	同前
	文部省直辖诸学校长生徒监特别任用令	敕令	
	关于帝国大学及文部省直辖诸学校雇用外国人之规定	敕令	通行聘用外国教习合同文(光绪三十四年)(1908年)

	帝国图书馆职务规程	省令	奏定京师图书馆章程(宣统元年)(1909年)
	关于帝国图书馆长司书官及司书任用之规定	敕令	
	中央气象台长职务规程	省令	现制属钦天监
	临时纬度观测所长职务规程	省令	同前
	关于地方测候所技师技手及书记休职之规定	敕令	
	地方测候所技手勤务演习简阅点呼召集免除申请法	省令	
	测地学委员长职务规程	省令	
	理学文书目录委员会长职务规程	省令	
	各处高等工商医学校商议委员会规程	省令	
	关于海陆军将校及同相当官而转任为帝国大学文部省直辖诸学校又商船学校之高等官时之官等规定	敕令	

	关于奏任文官受同一待遇之学校职员任免之奏荐及宣行之规定	敕令	
	东京外国语学校商议委员会规程	省令	
	东京美术学校商议委员规程	省令	
	关于药学校教员可代作制药士者采用之规定	省令	
	市、町、村立小学校长及教员名称及待遇	敕令	奏定优待小学教员章程(宣统元年)(1909年)
	公立学校职员名称及待遇	阁令	
	公立学校职员等级之配当	敕令	
	关于公立学校职员休职之规定	敕令	
	公立学校职员在同官等同等级中之序次	省令	
	关于公立学校职员教官及其他从事于教育各官间转任之规定	敕令	

	公立中学校高等女学校专门学校实业学校职员名称待遇及任免	敕令	
	府、县立师范学校长特别任用令	敕令	
	师范学校及市、町、村公立小学校职员与文官受同一待遇方	省令	
	府、县、市、町、村立学校长教员及书记等官吏服务纪律适用法	省令	
	关于在外指定学校职员之名称待遇及任用辞职之规定	敕令	
	府、县、市、町、村立学校长教员任用时照会本人管辖厅等之照会方	省令	
	小学校教员心得	文部省达	
	关于小学校教员私宅教授及赠遗受领者取缔法	省令	
	关于市、町、村立小学校废止之际即日而任他之市、町、村小学教员之勤续规定	省令	

	受有小学教员检定试验之证明书战时事变之际被召集者证明书之效力	省令	
	无教员免许状而可以充教员之规定	省令	
	关于市、町、村制未施行地方之学务委员规定	敕令	奏定劝学所章程
	东京盲哑学校长职务规程	省令	
	东京盲哑学校商议委员章程	省令	
	东京盲哑学校教员练习科卒业生服务规则	省令	
	关于视学俸给之规定	敕令	奏定视学官章程
	帝国大学高等官官等俸给令	敕令	
	东京帝国大学、农科大学附属台湾演习林在勤职员加俸支给之规定	敕令	
	在勤于东京帝国大学、农科大学附属台湾演习林之文官加俸支给细则	省令	

	关于东北帝国大学、农科大学，大学预科、土木工学科、林学科及水产学科教授之官等俸给之规定	敕令	
	关于中央气象台附属测候所任务者，月手当给与之规定	敕令	现制属钦天监
	关于地方测候所职员名称、待遇、任免及俸给之规定	敕令	
	文部省直辖诸学校高等官等俸给令	敕令	
	关于临时教员养成所教授之官等俸给之规定	敕令	
	公立学校职员俸给令	敕令	
	关于公立图书馆职员俸给之规定	敕令	
	府、县立师范学校长官等俸给令	敕令	
	师范学校长旅费减额报告法	省令	
	关于学校职员及郡、区书记、户长国库费支给之旅费支给法	省令	

	关于市、町、村立小学校教员俸给之规定	敕令	
	关于市、町、村立小学校教员住宅费补助之规程	省令	
	市、町、村立小学校教员加俸令	敕令	优待小学教员章程第五条(宣统元年)(1909 年);优待小学教员章程第六、七、八各条(宣统元年)(1909 年)
	学校职员恩给审查规程	敕令	查优待教员章程所列者系总纲,此项所列者其办事之细则也以下各条同。
	公立学校职员退隐料及遗族扶助料[1]支给规则	省令	
	关于公立学校职员退隐料及遗族扶助料法之学校职员资格及其任职年数算定之规定	敕令	
	公立学校职员退隐料及遗族扶助料支给规则之计算书书式	省令	

① 料:即费用。

	市、町、村立小学校教员退隐料及遗族扶助料支给规则	省令		
	关于市、町、村立小学校教员退隐料等之支给上在职年数算定之规定	敕令		
	市、町、村立小学校教员退隐料及遗族扶助料法之纳金收入规则责成地方长官规定法	省令		
	小学校教员退隐料及遗族扶助料证书等书式	省令		
	小学校令未施行地方教员退隐料及遗族扶助料法施行上正教员准教员之区别	省令		
	关于地方制度未施行之地方公立学校职员退隐料及遗族扶助料法施行之规定	敕令		
	在外指定学校职员退隐料及遗族扶助料等支给规则	省令		

	关于在外指定学校职员退隐料及遗族扶助料法所系学校职员之资格及在职年数算定法等之规定	敕令	
	关于公立学校幼稚园及图书馆职员退隐料等所关法律施行上正教员准教员之区别及通算等之规定	敕令	
	关于公立学校幼稚园及图书馆职员退隐料等法律施行之规定	省令	
	公立学校幼稚园及图书馆职员退隐料等法律施行所关之现行训令准用法	省令	
	关于救正学校职员退隐料及遗族扶助料权利被障害者之规定	敕令	
关于检定教员之命令	教员免许令	敕令	奏定检定小学教员章程（宣统元年）(1909年)
	关于教员检定规程	省令	

	由明治四十二年(1909年)三月一日起应施行教员检定规程之改正	省令	
	关于公立、私立实业学校教员资格之规定	省令	
	关于公立、私立学校外国大学校卒业生之教员免许规定	省令	本部官费游学生回国应充专门教员五年文(光绪三十三年)(1907年)
	中学校伦理科教员免许状之效力	省令	
	教员检定试验出愿者因服军役或与此相关职务而不得受试验者关于试验延期之规定、废止及依该规定而延期者之效力	文部省告示	
关于学务各种之命令	学位令	敕令	
	学位令细则	省令	
	博士会规则	敕令	
	法学博士会议事规则	省令	
	图书馆令	敕令	奏定京外图书馆通行章程(宣统元年)(1909年)

	私立学校令	敕令	
	私立学校令施行规则	省令	
	关于公立、私立学校认定规则	省令	
	关于私立学校设立认可其修业年限学科及生徒入学资格报告法	省令	随时见于文牍者甚多
	关于官立学校及实业专门学校之修业年限、学科、学科目及其程度等从前规程之效力	省令	
	关于以寄附财产所设之官立、公立学校、幼稚园、图书馆及博物馆之规定	敕令	
	关于学校及图书馆名称上加以道、厅、府、县、郡、市、村、町私立等字样之规定	省令	散见于奏定中学堂以下各项章程立学总义章
	依征兵令第十三条中学校之学科程度以上认定之公立、私立学校	文部省表	凡关于征兵事务，俱应以陆军法令为根据。现在，我国尚未实行举国皆兵之制，故此类章程尚难实行。

	依文官任用令第三条第三项中学校之学科程度同等以上认定之官立、公立学校	文部省表	
	关于在外指定学校之规程	省令	
	关于属文部省主管法人之设立及监督之规程	省令	
	为设置中学校、高等女学校、实业学校之计而得设町、村学校组合之规定	敕令	见地方学务章程第二条
	文部省直辖学校外国人特别入学规程	省令	大学堂有外国人入学规条
	关于文部省直辖诸学校生徒修学旅行之手续	省令	大学堂师范生曾实行修学旅行，惟未有专章
	关于文部省直辖学校及图书馆值民事讼诉时应作为国之代表规定	省令	
	文部省直辖诸学校中二学校以上入学出愿者可入学之学校	省令	
	学校清洁方法	省令	

	学生生徒身体检查规程	省令	
	关于小学校中体育及卫生之注意事项	省令	
	学校传染病豫防及消毒方法	省令	
	师范学校本科生徒病类别患者表报告方	省令	
	公立学校学校医设置方	敕令	
	学校医之资格	省令	
	学校医职务规程	省令	
	文部省外国留学生规定	敕令	奏定管理游学日本学生章程(光绪三十二年)(1906 年);奏定管理欧洲游学生监督处章程(宣统二年)(1910 年) 游美学生章程(宣统元年)(1909 年)
	文部省外国留学生规程细则	省令	本部奏咨有禁止演剧及与外国妇女结婚、部费学生回国后充教员五年各文。
	关于寺院、学校、病院寄附之土地建筑中其无契约而一般让渡者之处分规定	太政官布告	

	寄附于文部省直辖学校、图书馆之图书、物品之手续及搬运费支发法	省令	
	文部省及直辖各部一览		教育统计图表(光绪三十三年)(1907年)

前表所载系教育行政专用之命令,其余通用之命令均未列入。

●●学部奏覆陈普及教育最要次要办法折并单

十月十一日,奉上谕:前经明降谕旨,缩改于宣统五年开设议院,所有关于宪法之各项法令及一切机关,应责成该主管衙门切实筹备。学部应筹办教育普及等项,着即迅将提前办法、通盘筹画,分别最要、次要,详细奏明,请旨办理。钦此。仰见圣明,仅念宪政注重教育,钦服莫名。

窃维教育普及,实根于地方自治。盖必自治分职,而后,地方有办学之人;确定基本财产,而后,地方有办学之费;调查户口、统计学龄,使设立学堂与就学人数相副,而后,义务教育乃能实行。前经民政部奏定《地方自治章程》,钦奉谕旨,按期筹办。本年臣部会同资政院,奏定《地方学务章程》,亦经奉旨允准,是根本之法,既经规定,则教育普及之方自当预行筹及。

臣部为教育总汇之区,凡执行之机关、施行之方法,自应按照现在情形,悉心拟议、分别办法,谨撮要为我皇上陈之。初等教育课程最为紧要,功课有不应增入者,趋于繁重,适误其日力之可珍。期限有应行缩短者，漫为延长，或有碍小民之生计。从前奏定小学课程，不无应行改订及酌量归并之处。大致启其普通之知识，定为简要之课目，庶延师，既不苦其难毕业亦不嫌于促，此关乎课程之应更定者也。

教科书为教育之利器，现在立宪政体既已确定，所有普通之知识、世界之大势、国民应尽之义务，各项教科书中，皆应发挥宗旨、指陈大义，以资讲授。且小学课程既经更定，即教科讲习之钟点，亦不无赢缩于其间，自应量为改正、迅速颁行，此关乎教科书之应厘订者也。

教育法令为兴举学务之准则，惟从前学务大臣奏定章程及学部设立以来颁布之教育法令，按之今日情势，或稍有所变迁，即当力求其适用地方学务既定专章施行细则，劝学章程不容不改。至于小学教员何以筹养成优待之方，小学经费何以筹国库补助之法，均与教育普及重有关系，此关乎法令之应增订者也。

小学经费以取给于地方为正当办法，惟近来办学之人，或侈事铺张，或但求形式，以致糜费过多，设学日少。不但四方见而生阻，即本校亦久而难支，尤应妥定章程、严核浮费。新设、旧设之学校，令归一律，即以撙节之余为推广之用。至地方贫瘠之区无力举办者，按之各国通例，均应以国库补助。盖普及教育为国家根本至计，所谓取之于民者，还而用之于民，虽重费帑金无所吝惜也。此关于经费之应筹备者也。

以上应办诸事其最要者固当克期从事，其次要者亦应次第通筹，所有各项法规，容臣等随时拟订奏明办理，谨先将筹拟最要、次要办法缮具清单，恭呈御览，伏候训示遵行。谨奏。宣统二年（1910 年）十一月二十五日。奉旨依议。钦此。

谨拟教育普及最要次要办法缮具清单，恭呈御览：

改订两等小学堂课程，改正部颁小学堂教科书，订定《地方学务章程施行细则》；改订《劝学所章程》，拟订《国库补助小学经费章程》，拟订《试办义务教育章程》；扩充初级师范，规定小学各项经费程式，拟订单级教授、二部教授办法，扩充初等教育补助机关（改良私塾、宣讲所、半日学堂、简易识字学塾），以上均系最要之事。拟订《小学教员优待任免俸给各项章程》，裁节已设学堂冗员浮费办法，养成小学临时教员并拟订章程，养成小学单级教员并拟订章程，以上均系次要之事。

●●学部通行各省学务公所议事细则文并细则

总务司案呈：据广西提学使呈称，准学务公所议长陈树勋等拟具《学务公所议事细则十三条》。理合抄呈大部审核，另订通则，颁行各省遵照等因前来，查本部奏定《各省学务详细官制及办事权限章程》内开学务公所设议长一人、议绅四人，佐提学使，参画学务，并备督抚咨询。原以各省学务初兴，不能不借重地方端正绅士、深通学务者，随时建议，以资擘画。惟议长、议绅以建言为职，只能为补助行政之机关而非独立议决之机关，所有议事权限规则，自应详细厘订，以利推行。兹据该提学使呈该省学务议长等所拟议事细则，缕析条分，具有可采。经本部详加审核，订定《学务公所议事细则十二条》，各省学务公所如尚未定有此项单行规则者，均应一律遵照办理。除札行广西提学使遵照外，合亟札行该提学司遵照办理可也。

学务公所议事细则

第一条 于学务公所内设会议室，议长及议绅每星期齐集会议一次，但遇有紧要事件不在此限。

第二条 开议之时，提学使得莅会或派员到会与议其重大事件，议长亦得声请提学使或学务公所人员到会与议。

第三条 会议事项除由提学使酌交外，议长及议绅得将关于学务之意见陈述。

第四条 本省视学员之报告及各属办学员绅[①]之禀报，得由提学使分别提交会议室审查。

第五条 议长及议绅所陈述及审查之件，议定之后，应具说帖，呈请提学使采择。

第六条 议长及议绅所议，如有异同，得分具说帖，呈候提学使酌核。

第七条 凡关于学务之各项法令，应汇集于会议室。

第八条 学务公所文牍为参考所必需者，得呈请提学使准其分别调阅。

第九条 会议之日，议长及议绅因事不到者，应先期通知会议室。

第十条 会议室所有庶务，由提学使就学务公所人员内派办。

第十一条 本细则于本年__月文到日施行。

第十二条 本细则未尽事宜，议长及议绅得提议增订，呈请提学使核定。

大清宣统新法令第二十六册终

① 此处，“员绅”疑为“议绅”之笔误。

第二十七册

●●上谕

上谕十一月二十日　农工商部奏：京师商务总会禀称，京师各行商会暨各省商众，以喧传[①]翦发[②]易服，力陈商业危迫，恳予维护等语。国家制服，等秩分明，习用已久，从未轻易更张。除军服、警服因时制宜，系前经各该衙门奏定遵行外，所有政界、学界以及各色人等，均应恪遵定制，不得轻听浮言，致滋误会，特此明白宣示，俾京外周知，以靖人心而安生业。钦此。

上谕十二月十三日　禁烟功令森严，前经各衙门奏定《禁烟章程》，编订条例，并由各省督抚奏请变通年限，复恐日久玩生，又经饬令度支部派员赴各省考查，凡有奏报不实者，均已量加惩戒，并将保案一律撤销。朝廷于此事不啻三令五申，冀以早绝根株，永除痼患。乃实力奉行者，固不乏人；虚应故事者，仍恐在所不免。长此因循欺饰，焉有廓清之一日。兹特再申诰诫：其已经禁种之处，断不准毒卉复萌；其已经戒断之人，断不准旧污复染。凡未经禁绝者，着各督抚懔遵迭次谕旨，严饬所属迅速查禁，毋得任意宕延。倘各地方官仍前粉饰，

① 喧传，同“宣传”。

② 翦发，同“剪发”。

即着从严参处，并着民政部、度支部认真考核，总期实事求是，急起直追，用副朝廷为民除害之至意。钦此。

●●学部奏改订法政学堂章程折并单

窃查《京师法政学堂章程》，系于光绪三十二年（1906年）十二月奏准遵行。历年以来，原定之奖励章程、别科课程等，屡有修改，均经奏明，通行在案。现值筹备宪政期限甚迫，凡官、吏、绅、民，均非具有法政知识，不足以资应用。从前所定法政学堂章程，其应修改者，约有三端：

一曰课程。当订章之际，各种新律均未颁布，故除《大清会典》、《大清律例》之外，更无本国法令可供教授。今则《宪法大纲》、《法院编制法》、《地方自治章程》等，均经先后颁行，新刑律亦不日议决，奏请钦定施行。此后法政学堂此项功课，自当以中国法律为主，此应改者一。

二曰年限。旧章于正科、别科均三年毕业，讲习科仅一年半毕业，固为应急需起见，然法政学科甚繁，正科既以求完全之学问，三年尚嫌其短，至一年半之讲习科，所习无多，断难足用。自非将正科延长一年，讲习科章程废止，不足以收实效，此应改者二。

三曰分科。旧章正科仅分法律、政治二门，而财政、经济等学科仅为政治门所兼修，并未专设。现在中国财政亟需整理，自非专立经济一门，不足以造就此项人才，此应改者三。

臣等斟酌现在情形，参考各国学制，拟具《改订法政学堂章程》三十一条。此后京外官立、私立法政学堂，凡新开之班，均照此次《改订章程》办理。其别科一项，系以应一时急需之用。本年臣部议覆浙江巡抚增韫[1]奏《请准予私立学堂专习法政折》，内曾声明，不得专设别科，以趋简易等语。惟现在中学堂毕业生人数过少，各处法政学堂之正科，容有难以遽行成立者，自应量予变通，准其先设别科，以应急需，俟将来中学堂毕业生渐多，再将别科章程废止。

又，修律大臣设立之法律学堂，其宗旨实与此项章程正科之法律门相同，度支部设立之财政学堂，其宗旨实与此项章程正科之经济门相同，嗣后该学堂添招新班一切办法，应令分别按照正科之法律门及经济门办理，以归一律。谨将臣部所拟《改订法政学堂章程》，缮具清单，恭呈御览。如蒙俞允，即由臣部通行京外，一体钦遵办理。谨奏。宣统二年(1910 年)十一月十九日。奉旨依议。钦此。

谨将改订法政学章程缮具清单，恭呈御览。

要　目

第一章　立学总义

第二章　学额及学生

第三章　课程

第四章　入学退学

第五章　考试及毕业

第六章　学费及膳费

第七章　教员管理员及其职务

---

① 增韫，生卒年不详。字子固，蒙古镶黄旗人。光绪三十四年四月(1908 年 5 月)任浙江巡抚。

计　开

第一章　立学总义

第一条　法政学堂，以养成专门法政学识，足资应用为宗旨，分设正科、别科。

第二条　正科分法律、政治、经济三门，均四年毕业。

第三条　别科不分门，三年毕业。

第四条　京外法政学堂，均按照此次改订章程办理，如因学生过少，正、别两科不能同时并设者，准其先办一科。正科三门不能同时并设者，亦准其先办一、二门。

第二章　学额及学生

第五条　法政学堂正科或别科每年级学生名额，按照各地方情形酌定，惟每级至少须在百名左右。

第六条　正科学生，须在中学堂得有毕业文凭者，经考试录取后，始准入学。

第七条　别科学生，以已入仕人员及举贡生监，年在二十五岁以上、品行端正、中学具有根柢者，经考试录取后，始准入学。

第三章　课程

第八条　正科分法律、政治、经济三门，由学生于入学之初自行选定，其各门学科及每星期授业时刻表如下：

法律门课程表

第一学年

学科	每星期钟点
人伦道德	一
比较宪法及宪法大纲	四
民法总论	四
大清刑律	四
罗马法	二
经济学原论	二
中国法制史	三
论理学	二
法学通论	二
行政法(比较)	三
法院编制法	二
外国文(日本文)	六
合计	三十五

第二学年

学科	每星期钟点
人伦道德	一
民法(物权)	四
大清刑律	四
行政法(各论)	三
商法(总则、会社)	四
民事诉讼法	三
刑事诉讼法	三
国际公法(平时)	三
监狱学	三
日本法制史	二

外国文(日本文)	四
外国文(德文)	二
合计	三十五

第三学年

学科	每星期钟点
人伦道德	一
民法(债权)	四
民事诉讼法	四
刑事诉讼法	四
监狱学	二
商法(商行为、手形)	四
国际公法(战时)	三
西洋法制史	三
人事诉讼法	二
监狱实习	二
外国文(德文)	六
合计	三十五

第四学年

学科	每星期钟点
人伦道德	一
民法(亲族、相续)	四
商法(海商、保验)	四
破产法	二
国际私法	三
非讼事件程叙①法	二

① 程叙,同"程序"。

刑事诉讼法	三
民事诉讼法	三
法理学	三
民事诉讼实习	二
刑事诉讼实习	二
外国文(德文)	六
合计	三十五

附注:民法、商法、诉讼等法,现暂就外国法律比较教授,俟本国法律编订奏行后,即统照本国法律教授。

政治门课程

第一学年

学科	每星期钟点
人伦道德	一
法学通论	二
比较宪法	四
国法学	二
社会学	二
论理学	二
经济学原论	四
刑法总论	二
西洋史(上古、中古、近世)	四
政治地理	二
统计泛论	二
簿记学原理	二
外国文(日本文)	六

合计	三十五

第二学年

学科	每星期钟点
人伦道德	一
政治学	三
宪法大纲	二
财政学(总论、经费、公债)	四
比较行政法	四
商业政策农业政策	四
刑法各论	二
西洋最近史	二
民法(总论、物权)	三
经济统计	二
官用簿记	二
外国文(日本文)	四
外国文(德文)	二
合计	三十五

第三学年

学科	每星期钟点
人伦道德	一
国际公法(平时)	三
财政学(租税)	四
行政法原理	二
银行论	二
工业政策社会政策	四
货币论	二

外交史	二
民法(债权、亲族、相续)	四
商法(总则、会社、商行为)	三
政治史	二
外国文(德文)	六
合计	三十五

第四学年

学科	每星期钟点
人伦道德	一
中国财政史	二
国际公法(战时、国际先例)	三
财政学(预算、决算、国库制度)	四
政治学史	二
外国财政史	二
殖民政策交通政策	四
国际私法	二
政治哲学	二
中国法制史	三
商法(手形、海商、保险)	三
外交政策	一
外国文(德文)	六
合计	三十五

经济门课程表

第一学年

学科	每星期钟点
人伦道德	一

经济学原理	六
比较宪法及宪法大纲	四
国法学	二
社会学	二
民法(总则、物权)	四
商业地理	二
统计泛论	二
簿记学(商业)	二
法学通论	二
商业史	二
外国文(英文)	四
外国文(日本文)	二
合计	三十五

第二学年

学科	每星期钟点
人伦道德	一
经济政策(商业、农业)	四
行政法	四
财政学(总论、经费、公债)	四
银行论	三
债权	二
货币论	三
经济统计	二
银行簿记	二
商法(总则、商行为)	四
外国文(英文)	四

外国文(日本文)	二
合计	三十五

第三学年

学科	每星期钟点
人伦道德	一
工业政策社会政策	四
国际公法(平时)	三
财政学(租税)	四
货币史	二
中国财政史	二
商业通论	三
外国财政史	二
官用簿记	二
商法(手形、会社)	四
外国经济史	二
外国文(英文)	六
合计	三十五

第四学年

学科	每星期钟点
人伦道德	一
殖民政策交通政策	四
国际公法(战时、国际先例)	三
财政学(预算、决算、国库制度)	四
国际私法	二
商业通论	三
银行实务	二

外国汇兑	二
商法(海商、保险)	四
中国经济史及近代通商事略	四
外国文(英文)	六
合计	三十五

第九条 别科各学科及每星期授业时刻表如下:

别科课程表

第一学年

学科	每星期钟点
人伦道德	一
法学通论	三
比较宪法及宪法大纲	四
刑法(总论)	三
民法(总则、物权)	五
法院编制法	二
经济学原论	四
中国法制史	三
世界近世史	三
政治地理	二
政治学	三
外国文(随意)	三
合计	三十六

第二学年

学科	每星期钟点
人伦道德	一
刑法(各论)	三

民法(债权、亲族、相续)	四
商法(总则、商行为)	四
行政法(总论)	二
经济学各论(银行、货币)	四
财政学(总论、岁出)	二
经济政策(实业)	四
民事诉讼法	二
刑事诉讼法	二
国际公法(平时)	三
统计学	二
外国文(随意)	三
合计	三十六

第三学年

学科	每星期钟点
人伦道德	一
商法(会社、手形)	四
行政法(各论、地方自治)	三
财政学(岁入、公债、财务行政)	四
经济(政策交通 、殖民)	四
民事诉讼法	四
刑事诉讼法	二
国际公法(战时)	三
国际私法	三
政治史	三
统计学	二
外国文(随意)	三

合计　　　　　　　　　　　　　　　　　　　　三十六

别科入学考试时，应试国文、地理、历史（程度应与中学堂毕业相当）、算学、格致（程度应与高等小学堂毕业相当）五门。如算学、格致两门未能及格（不满五十分者）而录取入学者，应于第一年每星期加授算学、格致各二点钟。

第十条　正科及别科课程均用汉文教授，其外国文一科以英、德、日三国文字为科目。正科学生兼习两科目，别科专习一科目。

外国文教授以法政术语为主。

从前已设之法政学堂，有用外国文授课者，于本章程改订通行之后，准其照旧办理，以毕业为止。

第四章　入学退学

第十一条　正科、别科学生每年于年假前定期招考一次，录取者于年假后一律入学。

第十二条　法政学堂每届开学，应将在学学生姓名、籍贯、三代及由某学堂毕业履历汇造清册。在京师者，呈送学部备案；在外省者，呈送提学使司转报学部备案。

第十三条　别科第二年学生人数不满定额时，可于第二年开学前考取法政讲习科毕业程度相当者编入。惟应此项入学考试者，应照别科第一年之学科程度分门试之。

第十四条　学生中途遇有疾病或其他不得已事故必须退学者，须呈候监督，查明属实方能照准。

第十五条　各科学生遇有下列事项，由监督核定令其退学：

一 不遵守学堂章程禁令者。

二 身膺痼疾及沾染嗜好者。

三 学年考试两次不及格者。

四 两次不缴学费或膳费者。

第五章 考试及毕业

第十六条 考试分学期考试、学年考试、毕业考试三种，其考试时期均按照学部奏定考试章程办理。

第十七条 各科评定考试分数，及毕业后，咨送学部覆试，均按照学部奏定章程办理。

第十八条 各科毕业考试及格者，除授与毕业文凭外，所有正科毕业生，应按照学部奏定高等学堂章程。别科毕业生，应按照学部奏定法政别科成案，分别给予出身。

各科毕业学生有应法官或文官考试者，悉依各项法令之规定。

第六章 学费及膳费

第十九条 在学学生应收学费、膳费、书籍等费，均按照学部奏定征收学费章程办理。但外省法政学堂肄业之本省官吏，暂准酌量免收学费。

第二十条 法政学堂毋庸[1]备有寄宿斋舍，如有愿就学堂午膳者，每人应缴膳费，其数目由各监督就地方情形酌定。

法政学堂之已备有寄宿斋舍，一时遽难停止者，及有特别情形，须备寄宿斋舍者，准其酌量办理。惟寄宿斋舍须与学堂分立，而距离不得过远。

---

① 毋庸：不需要。

第七章 教员管理员及其职务

第二十一条 法政学堂应设教员、管理员如下：

监督一员；教务长一员(教员兼任)；教员若干员；管课员若干员；庶务长一员；庶务员若干员；监学官，不备宿舍者不设。

第二十二条 监督，统辖各员，主持全堂一切事务。

第二十三条 教务长秉承监督管理全堂教务，稽核各教员教科讲义，及各学生学业勤惰优劣。

第二十四条 教员分任教授各项学科，无论本国人、外国人，均当随时与教务长商定教法，并归监督节制。

第二十五条 管课员秉承教务长，佐理教务及学生入学退学考试请假等事。

第二十六条 庶务长秉承监督，管理堂中教务外一切事务。

第二十七条 庶务员分会计、文案、杂务三项，秉承庶务长，各司其职，其以一员兼任两项者，由监督与庶务长酌定。

各项庶务员所掌事件，以本学堂办事细则规定之。

第二十八条 京师法政学堂监督，由学部奏派外省，由提学使司遴请督抚委派，并咨报学部备案，其他管理员，均由各监督按照法令所定资格，遴请学部或提学使司委派。

教员由监督延聘专门毕业人员充任，其有必须聘用外国教习者，由监督遵照部颁合同条款订之，均呈候学部或提学使司查核。

第二十九条 法政学堂按照本《章程》第四条设立者，各项管理员不必备设。

第三十条 本《章程》所未备载之处，悉照学部奏定学堂章程及其他法令办理。

第三十一条 法政学堂各项详细规则，应由各学堂监督拟订。在京呈送学部查核，在外由提学使司转呈学部查核。

●●法部奏酌定直省省城商埠审判检察厅厅数员额分别列表折并表

本年五月初十日，宪政编查馆会奏《变通府厅州县地方审判厅办法》一折，内开查《法院编制法》所定法官员数，应视事务繁简为衡，员额由法部奏定等语。应请旨饬下法部，迅将直省应设高等以下各审判、检察厅及分厅，应设各若干员，通盘筹画[①]，奏定遵行，务以量事设官为主，不得于法定若干员以上过于冗滥等。因奉旨依议，钦此钦遵。当经电催各省督抚，节据陆续咨报到部，业于上月奏陈。第三年第一届筹办成绩折内声明，各该省应设厅数员额，由臣部先期奏定，以昭划一等因在案。窃维分庭治事，固司法独立之要端，任官惟人，尤审判改良之先务，虽直省缘财力之故，各因地以制宜，而臣部集中央之权，当折衷于一是。

查臣部上年奏定编制大纲十二条，系专为筹办省埠各厅而设，就中关于各厅之组织员额之分配，固属单简办法，即《法院编制法》内亦无定额明文。现在考试已次第告竣，各厅即当依限成立，臣等谨就各该省咨报应设厅数员数，悉心核议，参照司法制度，体察地方情形，斟酌增减，期适于中，使不至失之冗滥，亦不至过于简略。计各省高等以下审判厅及分厅等共应设一百七十三厅，而附设之各级检察厅数亦如之，其推事、检察、书记各官，共设二千一百四十九员，而高等审

① 筹画，同“筹划”。

判厅厅丞、高等检察厅检察长不与焉。

此外所官职掌，原属狱官范围，然监狱官制未颁布以前，自不妨暂照京师各厅办理，其他翻译官、医官等项，本非额缺，其原报已设省分，应予照准，俾资任使。既明定整齐划一之方，未可各为风气，即隐寓撙节制裁之意，要非自狭规模。谨将各省厅数员额，缮具表册，并附说明，恭呈御鉴，如蒙俞允，即由臣部通咨各省遵照办理。其一切未尽事宜，或有应行变通之处，当俟各厅成立后，由各该省提法使详审酌拟，呈由督抚咨送臣部厘定，奏准通行，谨奏。宣统二年（1910年）十一月二十一日。奉旨依议，表并发。钦此。

●●又奏各省驿传事务应由各省提法使移归劝业道管理等片

再，查宪政编查馆奏定《考核直省劝业道官制细则》折内载驿传一节，现在各省提法使尚未遍设，应如原奏，仍归按察使兼管，嗣后按察使改为提法使时，应将驿传事务均归该道管理等语。奉旨依议，钦此。

查各省按察使，业经臣部于本年七月二十一日奏请改补提法使，所有各省驿传事务自应遵章，移归劝业道管理。其未设劝业道之山西、江苏、甘肃、新疆、黑龙江等省所有驿传事务，仍着该省提法使或兼提法使衔之道员暂行管理，其已设劝业道之奉天等省驿传事务，应由各该省提法使移归劝业道管理，以遵定章而免歧异除。由臣部咨行各该省遵照并咨行陆军部、农工商部、邮传部查照外，谨奏。宣统二年（1910年）十一月二十一日。奉旨该部知道。钦此。

直省省城商埠各级厅厅数表

厅别 区域	高等审判厅	高等检察厅	高等审判分厅	高等检察分厅	地方审判厅	地方检察厅	地方审判分厅	地方检察分厅	初级审判厅	初级检察厅
奉天	一	一			六	六	一	一	九	九
吉林	一	一			八	八			一五	一五
黑龙江	一	一			一	一			一	一
直隶	一	一	二	二	三	三	一	一	七	七
江苏	一	一			四	四			七	七
安徽	一	一			二	二			二	二
山东	一	一			二	二			三	三
山西	一	一			一	一			一	一
河南	一	一			一	一			一	一
陕西	一	一			一	一			二	二
甘肃	一	一			一	一			二	二
新疆	一	一			四	四			四	四
福建	一	一			二	二	一	一	四	四
浙江	一	一			三	三			五	五
江西	一	一			二	二			三	三
湖北	一	一			四	四			四	四
湖南	一	一			一	一			二	二
四川	一	一			二	二			三	三
广东	一	一			四	四	二	二	七	七
广西	一	一			二	二			三	三

云南	一	一			一	一			一	一
贵州	一	一			一	一			二	二

说明

一 各省高等审判厅,共二十二厅,高等检察厅如之。

查《司法区域分划暂行章程》第二条载:高等审判厅,各省省城各设一所。兹照章每省设立一厅。

一 各省高等审判分厅,共二厅,高等检察分厅如之。

查《司法区域分划暂行章程》第二条载:有总督、巡抚及边疆大员驻所,并距省会辽远之繁盛商埠,得设高等审判分厅。现直隶之天津,既系总督驻所,又系繁盛商埠,热河亦系大员驻所,故均照设高等分厅。

一 各省地方审判厅,共五十六厅,地方检察厅如之。

查《司法区域分划暂行章程》第三条载:地方审判厅,直省府、直隶州各设一所。今年各省省城商埠均应成立,兹按照各设一厅。

一 地方审判分厅,共五厅,地方检察分厅如之。

查《司法区域分划暂行章程》第五条载:直省各厅州、县应设地方审判分厅。现奉天之抚顺县,直隶之张家口,福建之南台,广东之新会、三水,均照设地方分厅。

一 初级审判厅共八十八厅,初级检察厅如之。

查《司法区域分划暂行章程》第七条载:初级审判厅,直省厅、州、县各设一所以上。现各省所报,惟直隶之天津县设四厅,奉天之承德县设三厅,吉林之吉林府,甘肃之皋兰县,贵州之贵筑县,各设二厅,余均设立一厅。核与定章相符,准各照设。

直省省城商埠各级厅庭数表

厅别 庭别 区域	高等审判厅		高等审判分厅		地方审判厅		地方审判分厅	
	民庭	刑庭	民庭	刑庭	民庭	刑庭	民庭	刑庭
奉天	一	一						
奉天府					二	二		
营口商埠					一	一		
新民府商埠					一	一		
安东县商埠					一	一		
辽阳州商埠					一	一		
铁岭县商埠					一	一		
抚顺县							一	一
吉林	一	一						
吉林府					二	二		
长春府商埠					一	一		
延吉府商埠					一	一		
宾州府					一	一		
农安县					一	一		
滨江府商埠					一	一		
绥芬府					一	一		
依兰府					一	一		
黑龙江	一	一						
龙江府					一	一		
直隶	一	一						
保定府					一	一		
天津府			一	一	一	一		

承德府			一	一	一	一		
张家口商埠							一	一
江苏	一	一						
苏州府					一	一		
江宁府					一	一		
镇江府商埠					一	一		
上海县商埠					一	一		
安徽	一	一						
安庆府					一	一		
芜湖县商埠					一	一		
山东	一	一						
济南府					一	一		
烟台商埠					一	一		
山西	一	一						
太原府					一	一		
河南	一	一						
开封府					一	一		
陕西	一	一						
西安府					一	一		
甘肃	一	一						
兰州府					一	一		
新疆	一	一						
迪化府					一	一		
塔城商埠					一	一		
宁选县商埠					一	一		

疏附县商埠					一	一		
福建	一	一						
福州府					一	一		
南台商埠							一	一
厦门商埠					一	一		
浙江	一	一						
杭州府					一	一		
宁波府商埠					一	一		
温州府商埠					一	一		
江西	一	一						
南昌府					一	一		
九江府商埠					一	一		
湖北	一	一						
武昌府					一	一		
汉口商埠					一	一		
宜昌府商埠					一	一		
沙市商埠					一	一		
湖南	一	一						
长沙府					一	一		
四川	一	一						
成都府					一	一		
重庆府商埠					一	一		
广东	一	一						
广州府					一	一		
新会县商埠							一	一

三水县商埠							一	一
澄海县商埠					一	一		
合浦县商埠					一	一		
琼山县商埠					一	一		
广西	一	一						
桂林府					一	一		
梧州府商埠					一	一		
云南	一	一						
云南府					一	一		
贵州	一	一						
贵阳府					一	一		

说明

一　高等审判厅共四十四庭，高等审判分厅共四庭。

查《法院编制法》第二十五条载：高等审判厅，视事之繁简，酌分民事、刑事庭数。现各省均报设民、刑各一庭，兹按照设定。又，第二十九条载：高等审判分厅，得仅置民事一庭，刑事一庭。故天津、热河分厅亦定为民、刑各一庭，共四十八庭。

一　地方审判厅共一百十六庭，地方审判分厅共十庭。

查《法院编制法》第十七条载：地方审判厅，视事之繁简，酌分民事、刑事庭数。现除奉天奉天府、吉林吉林府业经设立民、刑各二庭外，余均定为每厅民、刑各一庭。又，第二十二条载：地方审判分厅，得仅置民事一庭、刑事一庭，故各分厅亦均定为每厅民、刑各一庭，共一百二十六庭。

一　初级审判厅，均民、刑暂不分庭。

直省高等审判检察厅员额表

区域 \ 厅别 / 庭别	高等审判厅							高等检察厅				
	厅丞	推事	典簿	主簿	录事	翻译官	所官	检察长	检察官	典簿	主簿	录事
奉天	一	六	一	二	四	一		一	二	一	一	二
吉林	一	六	一	二	四			一	二	一	一	二
黑龙江	一	六	一	二	四			一	二	一	一	二
直隶	一	六	一	二	四			一	二	一	一	二
天津分厅		六	一	二	四	一		一	二	一	一	二
热河分厅		六	一	二	四				二	一	一	二
江苏	一	六	一	二	四			一	二	一	一	二
安徽	一	六	一	二	四			一	二	一	一	二
山东	一	六	一	二	四			一	二	一	一	二
山西	一	六	一	二	四		二	一	二	一	一	二
河南	一	六	一	二	四			一	二	一	一	二
陕西	一	六	一	二	四			一	二	一	一	二
甘肃	一	六	一	二	四			一	二	一	一	二
新疆	一	六	一	二	四			一	二	一	一	二
福建	一	六	一	二	四			一	二	一	一	二
浙江	一	六	一	二	四			一	二	一	一	二
江西	一	六	一	二	四			一	二	一	一	二
湖北	一	六	一	二	四			一	二	一	一	二
湖南	一	六	一	二	四			一	二	一	一	二
四川	一	六	一	二	四			一	二	一	一	二
广东	一	六	一	二	四		三	一	二	一	一	二

广西	一	六	一	二	四			一	二	一	一	二
云南	一	六	一	二	四			一	二	一	一	二
贵州	一	六	一	二	四			一	二	一	一	二

说明

一　高等审判厅厅丞,共二十二员。

查《法院编制法》第二十六条载:高等审判厅,置厅丞一员。兹按照设定,为每省每厅各一员。又,第三十一条载:高等审判分厅,如置二庭以上,以资深者一员为监督推事。现直隶之天津、热河分厅不设厅丞,以符定章。

一　高等审判厅推事,共一百四十四员。

查《法院编制法》第六条载:高等审判厅为合议制,其审判权以推事三员之合议庭行之。现定为每厅民、刑各一庭,故设推事六员,以合三员合议庭之制。

一　高等审判厅典簿,共二十四员。

一　高等审判厅主簿,共四十八员。

一　高等审判厅录事,共九十六员。

以上典簿、主簿、录事,共额定一百六十八员,每厅共设七员。

查《法院编制法》第一百三十条载:地方及高等审判厅应置书记官,不得少于该厅合议庭及独任推事之数,现推事定为六员,各书记官定为七员,与《法院编制法》之规定相合。

一　高等审判厅翻译官未经规定,现惟奉天及直隶之天津原报各一员,应准照设。

一　高等审判厅所官未经规定,查此项人员,高等厅与地方厅合建者应共用之,其分建者应由各该省酌量设之,现惟广东原报三员,山西原报二员。

一 高等检察厅检察长,共二十二员。

一 高等检察厅检察官,共四十八员。

查《法院编制法》第八十六条载:高等检察厅,置检察长一员,检察官二员以上。又,八十七条载:地方以上各检察分厅,如置检察官二员以上,得以资深者一员为监督检察官。兹均按照设定,其直隶之天津、热河分厅均不设检察长,以符定章。

一 高等检察厅典簿,共二十四员。

一 高等检察厅主簿,共二十四员。

一 高等检察厅录事,共四十八员。

以上典簿、主簿、录事,共额定九十六员。

查《法院编制法》第一百三十三条载:各检察厅分别置典簿、主簿、录事、各书记官。第一百三十四条载:书记官员额,视事之繁简定之。兹就各省原报,折中酌定。

直省省城商埠地方审判检察厅员额表

厅别／庭别／区域	高等审判厅								高等检察厅				
	厅长	推事	典簿	主簿	录事	所官	翻译官	医官	检察长	检察官	典簿	主簿	录事
奉天奉天府	一	一一	一	二	四	一	一		一	二	一	一	二
营口商埠	一	五	一	二	四	一	一		一	二	一	一	二
新民府商埠	一	五	一	二	四	一	一		一	二	一	一	二
安东县商埠	一	五	一	二	四	一	一		一	二	一	一	二

辽阳州商埠	一	五	一	二	四	一			一	二	一	一	二
铁岭县商埠	一	五	一	二	四	一			一	二	一	一	二
抚顺县分厅		六	一	二	四	一			一	二	一	一	二
吉林吉林府	一	一一	一	二	四	一			一	二	一	一	二
长春府商埠	一	五	一	二	四	一	一		一	二	一	一	二
延吉府商埠	一	五	一	二	四	一	二		一	二	一	一	二
宾州府	一	五	一	二	四	一			一	二	一	一	二
农安县	一	五	一	二	四	一			一	二	一	一	二
滨江府商埠	一	五	一	二	四	一	一		一	二	一	一	二
绥芬府	一	五	一	二	四	一	一		一	二	一	一	二
依兰府	一	五	一	二	四	一			一	二	一	一	二
黑龙江龙江府	一	五	一	二	四	一			一	二	一	一	二
直隶保定府	一	五	一	二	四	一			一	二	一	一	二
天津府	一	五	一	二	四	一			一	二	一	一	二
承德府	一	五	一	二	四	一			一	二	一	一	二

张家口商埠分厅		六	一	二	四	一				二	一	一	二
江苏苏州府	一	五	一	二	四	一	二		一	二	一	一	二
江宁府	一	五	一	二	四	一	一		一	二	一	一	二
镇江府商埠	一	五	一	二	四	一	一		一	二	一	一	二
上海县商埠	一	五	一	二	四	一	二		一	二	一	一	二
安徽安庆府	一	五	一	二	四	一			一	二	一	一	二
芜湖县商埠	一	五	一	二	四	一			一	二	一	一	二
山东济南府	一	五	一	二	四	一			一	二	一	一	二
烟台商埠	一	五	一	二	四	一			一	二	一	一	二
山西太原府	一	五	一	二	四	一			一	二	一	一	二
河南开封府	一	五	一	二	四	一			一	二	一	一	二
陕西西安府	一	五	一	二	四	一			一	二	一	一	二
甘肃兰州府	一	五	一	二	四	一			一	二	一	一	二
新疆迪化府	一	五	一	二	四	一			一	二	一	一	二
塔城商埠	一	五	一	二	四	一			一	二	一	一	二

宁远县商埠	一	五	一	二	四	一			一	二	一	一	二
疏附县商埠	一	五	一	二	四	一			一	二	一	一	二
福建福州府	一	五	一	二	四	一			一	二	一	一	二
南台商埠分厅		六	一	二	四	一				二	一	一	二
厦门厅商埠	一	五	一	二	四	一			一	二	一	一	二
浙江杭州府	一	五	一	二	四	一			一	二	一	一	二
宁波府商埠	一	五	一	二	四	一			一	二	一	一	二
温州府商埠	一	五	一	二	四	一			一	二	一	一	二
江西南昌府	一	五	一	二	四	一			一	二	一	一	二
九江府商埠	一	五	一	二	四	一			一	二	一	一	二
湖北武昌府	一	五	一	二	四	一			一	二	一	一	二
汉口商埠	一	五	一	二	四	一			一	二	一	一	二
宜昌府商埠	一	五	一	二	四	一			一	二	一	一	二
沙市商埠	一	五	一	二	四	一			一	二	一	一	二
湖南长沙府	一	五	一	二	四	一			一	二	一	一	二
四川成都府	一	五	一	二	四	一			一	二	一	一	二

重庆府商埠	一	五	一	二	四	一			一	二	一	一	二
广东广州府	一	五	一	二	四	一			一	二	一	一	二
新会县商埠分厅		六	一	二	四	一				二	一	一	二
三水县商埠分厅		六	一	二	四	一				二	一	一	二
澄海县商埠	一	五	一	二	四	一			一	二	一	一	二
合浦县商埠	一	五	一	二	四	一			一	二	一	一	二
琼山县商埠	一	五	一	二	四	一			一	二	一	一	二
广西桂林府	一	五	一	二	四	一			一	二	一	一	二
梧州府商埠	一	五	一	二	四	一			一	二	一	一	二
云南云南府	一	五	一	二	四	一		一	一	二	一	一	二
贵州贵阳府	一	五	一	二	四	一			一	二	一	一	二

一　地方审判厅厅长，共五十六员。

查《法院编制法》第十八条载：地方审判厅置厅长一员，仍兼充一庭长，兹即按照设定。又，第二十四条载：地方审判分厅，如置合议庭二庭以上，以资深者一员为监督推事，故各分厅均不设厅长。

一　地方审判厅推事共三百七十八员，除厅长兼庭长五十六员，实推事三百二十二员。

查《法院编制法》第五条载:地方审判厅为折衷制其审判权,一诉讼案件系第一审者,以推事一员独任行之;二诉讼案件系第二审者,以推事三员之合议庭行之;三诉讼案件系第一审而繁杂者,经当事人之请求,或依审判厅之职权,亦以推事三员之合议庭行之。又,第十七条载:地方审判厅,视事之繁简,酌分民事、刑事庭数,并置二员以上之独任推事。现定为每庭推事三员,系按照合议庭员数核定。又,查第十八条载:各庭置庭长一员,除兼充外,以该庭推事充之,按民、刑各庭每庭置庭长一员,各省共一百二十六庭,置庭长一百二十六员,除厅长兼充之庭长五十六员,实置庭长七十员,因庭长以该庭推事兼充,故庭长仍在推事员额之内。

一 地方审判厅典簿,共六十一员。

一 地方审判厅主簿,共一百二十二员。

一 地方审判厅录事,共二百四十四员。

以上典簿、主簿、录事共额定四百二十七员。

一 地方审判厅所官,共六十一员。

查各省原报,惟苏州、江宁两府原报二员,余均一员,兹一律定为一员。

一 地方审判厅翻译官未经规定,现各省原报共十五员,准各照设。

一 地方审判厅医官,现仅云南府原报一员。

一 地方检察厅检察长,共五十六员。

一 地方检察厅检察官,共一百二十二员。

查《法院编制法》第八十六条载:地方检察厅置检察长一员,检察官二员以上。第八十七条载:地方以上各检察分厅,如置检察官二员以上,得以资深者一员为监督检察官。兹均按照设定,其各分厅均不设检察长.

一 地方检察厅典簿,共六十一员。

一　地方检察厅主簿，共六十一员。

一　地方检察厅录事，共一百二十二员。

以上典簿、主簿、录事，共额定二百四十四员。

直省省城商埠初级审判检察厅员额表

厅别 / 庭别 / 区域	初级审判厅			初级检察厅	
	推事	录事	翻译官	检察官	录事
奉天承德县第一	一	二		一	一
承德县第二	一	二		一	一
承德县第三	一	二		一	一
营口商埠	一	二		一	一
新民府商埠	一	二		一	一
安东县商埠	一	二		一	一
辽阳州商埠	一	二		一	一
铁岭县商埠	一	二		一	一
抚顺县	一	二		一	一
吉林吉林府第一	一	二		一	一
吉林府第二	一	二		一	一
长春府商埠	一	二		一	一
延吉府局子街商埠	一	二	一	一	一
六道沟	一	二		一	一
外六道沟	一	二	一	一	一
头道沟商埠	一	二		一	一

汪清沟商埠	一	二		一	一
和龙县	一	二		一	一
珲春厅	一	二		一	一
宾州府	一	二		一	一
农安县	一	二		一	一
滨江府	一	二		一	一
依兰府	一	二		一	一
绥芬府	一	二		一	一
黑龙江龙江府	一	二		一	一
直隶清苑县	二	二		一	一
天津县第一	二	二		一	一
天津县第二	一	二		一	一
天津县第三	一	二		一	一
天津县第四	一	二		一	一
承德府	一	二		一	一
张家口商埠	一	二		一	一
江苏长洲县	一	二		一	一
元和县	一	二		一	一
吴县	一	二		一	一
上元县	一	二		一	一
江宁县	一	二		一	一
丹徒县商埠	一	二		一	一
上海县商埠	一	二		一	一
安徽怀宁县	二	二		一	一
芜湖县商埠	二	二		一	一
山东历城县	二	二		一	一

济南城外商埠	一	二		一	一
烟台商埠	一	二		一	一
山西阳曲县	二	二		一	一
河南祥符县	二	二		一	一
陕西长安县	二	二		一	一
咸宁①县	二	二		一	一
甘肃皋兰县第一	一	二		一	一
皋兰县第二	一	二		一	一
新疆迪化县	一	二		一	一
塔城商埠	一	二		一	一
宁远县商埠	一	二		一	一
疏附县商埠	一	二		一	一
福建闽县	一	二		一	一
侯官县	一	二		一	一
南台商埠	一	二		一	一
厦门商埠	一	二		一	一
浙江仁和县	二	二		一	一
钱塘县	二	二		一	一
拱宸桥商埠	二	二		一	一
鄞县商埠	二	二		一	一
永嘉县商埠	二	二		一	一
江西南昌县	一	二		一	一
新建县	一	二		一	一
德化县商埠	一	二		一	一
湖北江夏县	二	二		一	一

① 咸宁为金代设，1913年（民国二年）撤县并入长安县。

汉口商埠	三	二		一	一
东湖县商埠	二	二		一	一
沙市商埠	二	二		一	一
湖南长沙县	一	二		一	一
善化县	一	二		一	一
四川成都县	二	二		一	一
华阳县	二	二		一	一
巴县商埠	二	二		一	一
广东南海县	一	二		一	一
番禺县	一	二		一	一
新会县商埠	一	二		一	一
三水县商埠	一	二		一	一
澄海县商埠	一	二		一	一
合浦县商埠	一	二		一	一
琼山县商埠	一	二		一	一
广西临桂县第一	二	二		一	一
临桂县第二	二	二		一	一
苍梧县商埠	二	二		一	一
云南昆明县	二	二		一	一
贵州贵筑县第一	一	二		一	一
贵筑县第二	一	二		一	一

说明

一　初级审判厅推事，共一百十四员。

查《法院编制法》第四条载：初级审判厅为独任制，其审判权以推事一员行之。第十四条载:初级审判厅,视事之繁简,酌置一员或二员以上之推事。第十五条载:初级审判厅,如置推事二员以上,得以资深者一员为监督推事。现在各省原报有一员者、有二员者,自系各视事之繁简酌置,故未核增核减。惟湖北原报每厅三员,查汉口系繁盛商埠,应准照设,其江夏、宜昌、沙市,事务略简,各核减一员。

一 初级审判厅录事,共一百七十六员。

查《法院编制法》第一百二十八条第一项载:初级审判厅,置录事。又,第一百二十九条载:初级审判厅,应置书记官,不得少于该厅独任推事之数。兹按照定为每厅二员。

一 初级审判厅翻译官,未经规定。现惟吉林之局子街、外六道沟两处各设一员。

一 初级检察厅检察官,共八十八员。

查《法院编制法》第八十六条载:初级检察厅,置检察官一员或二员以上。兹定为每厅一员。

一 初级检察厅录事,共八十八员。

●●宗人府奏酌改宗室觉罗笞杖等罪名缮单附表请钦定折并单表

宣统二年(1910 年)十月初八日,臣衙门具奏增纂宗室觉罗现行律例一折,奉旨依议,钦此钦遵在案。臣等当即督饬该提调、纂修等,遵照《钦定大清现行刑律》暨臣衙门律例,详为参考,折衷改拟。除将从前笞、杖、枷号等罪名一律删除外,其宗室觉罗并宗室觉罗妇女犯十等罚、徒、流、内遣等罪名,以及宗室觉罗累次犯罪者,酌拟办法,敬缮清单附表，恭呈御览，如蒙俞允，即由臣衙门通咨各该衙门，一体遵照，其余应行改拟者，容臣等再行奏明办理。谨奏。宣统二年(1910年)十一月二十八日。奉旨依议。钦此。

凡闲散宗室及觉罗犯罚金者，应按现行刑律执行。惟宗室觉罗及犯徒以上等刑之妇女，向系折罚养赡钱粮，而钱粮数目多寡不同，若不按等厘订分别期限，不惟轻重失宜，而揆诸现行刑律，罚金等差亦未平允。今拟依现行刑律处罚金刑及收赎者，查照养赡钱粮数目，分别核算，随案折罚，庶昭画一①。

第一条 闲散宗室及觉罗犯罚金刑者，依下表期限，按日折罚养赡钱粮。

附罚金表

养赡钱粮数目 罚金刑十	宗室 三两	宗室 二两	宗室妇 二两	宗室女 一两 五钱	觉罗 二两	觉罗妇 一两 五钱	觉罗女 一两
一等罚 银五钱	五日	八日	八日	十日	八日	十日	十五日
二等罚 银一两	十日	十五日	十五日	二十日	十五日	二十日	二十日
三等罚 银一两五钱	十五日	二十 三日	二十 五日	三十日	二十 三日	三十日	四十 五日
四等罚 银二两	二十日	三十日	三十日	四十日	三十日	四十日	六十日
五等罚 银二两五钱	二十 五日	三十 八日	三十. 八日	五十日	三十 八日	五十日	七十 五日

① 画一，同“划一”。

六等罚 银五两	五十日	七十 五日	七十 五日	一百日	七十 五日	一百日	一百五 十日
七等罚 银七两五钱	七十 五日	一百十 五日	一百十 三日	一百五 十日	一百十 三日	一百五 十日	二百二 十五日
八等罚 银十两	一百日	一百五 十日	一百五 十日	二百日	一百五 十日	二百日	三百日
九等罚 银十二两五钱	一百二 十五日	一百八 十八日	一百八 十八日	二百五 十日	一百八 十八日	二百五 十日	三百七 十五日
十等罚 银十五两	一百五 十日	二百二 十五日	二百二 十五日	三百日	二百二 十五日	三百日	四百五 十日

宗室觉罗系职官以上，照例议处，宗室觉罗妇女减半折罚。

第二条 闲散宗室觉罗犯徒、流、内遣等罪名，依下列期限分别改折圈禁。

徒一年及二年：三月；徒二年半及三年：九月；流二千里：一年二月；流二千五百里及三千里：一年八月；极边安置 ：二年 ；烟瘴安置；二年半。

第三条 闲散宗室及觉罗犯外遣之罪者，改发盛京，加圈禁二年。系职官以上，照例议处。

第四条 宗室觉罗累犯罪，依下列分别处断：

二次犯徒，圈禁二年；一次犯徒、一次犯流，圈禁三年；二次犯流或一次犯遣及三次犯徒，实发盛京；二次犯徒、一次犯流或一次犯流、一次犯遣，改发盛京，加圈禁一年；二次犯遣或三次犯流，改发盛京，加圈禁二年。

第五条 宗室觉罗妇女犯徒、流遣等罪者，依下列期限，按月折罚养赡钱粮。

附收赎表

养赡钱粮数目 / 徒刑五	宗室妇 二 两	宗室女 一两五钱	觉罗妇 一两五钱	觉罗女 一 两
一年 十两	五月	六月二十日	六月二十日	十月
一年半 十二两五钱	六月八日	八月十日	八月十日	一年零半月
二年 十五两	七月十五日	十月	十月	一年三个月
二年半 十七两五钱	八月二十三日	十一月二十日	十一月二十日	一年五个半月
三年 二十两	十月	一年一月十日	一年一月十日	一年八个月
养赡钱粮数目 / 流刑三	宗室妇 二 两	宗室女 一两五钱	觉罗妇 一两五钱	觉罗女 一 两
二千里 二十五两	一年零半月	一年四月 二十日	一年四月 二十日	二年零一月
二千五百里 三十两	一年三个月	一年八个月	一年八个月	二年半
三千里 三十五两	一年五个月半	一年十一月 十日	一年十一月 十日	二年十一月

遣刑银数目,俱与满流同。

第六条 宗室觉罗妇女犯徒、流以上等罪名,实行工作者,应按工作期限,加倍折罚养赡钱粮。

谨按现行刑律,内载:凡妇女犯该徒、流以上,除犯奸及例内载明应收所习艺者,一律按限工作,不准论赎等,因其宗室觉罗妇女有犯,断难墨守旧制。谨酌拟:凡犯徒流以上罪名,应按工作期限加倍折罚养赡钱粮。合并声明。

●●学部奏改订两等小学堂课程折并单

窃臣部于本月二十五日，具奏覆陈普及教育办法，分别最要、次要，将改订小学堂课程归入最要一类。奉旨俞允，钦遵在案。伏查东西立宪各国，莫不以小学教育为要图。而欲养成明伦爱国、遐迩一致之民风，必须有因时制宜、整齐画一[1]之学制。从前奏定小学堂章程，初等小学五年毕业。上年经臣部酌量变通，于五年完全科外，加设四年毕业及三年毕业之简易科。原以地方财力与人民程度各有不齐，欲济仰企俯就之穷，而收多方造就之益，是以分为三种，借验其孰为便利，以定指归。

迩来详加访察，并证以臣部视学官之报告，佥以四年毕业章程最为适宜。盖五年完全科，既期限过长，贫民或穷于担负。三年简易科又为时过促，学力太觉其参差。而且三种章程并列，听人自择，倘办学者有所偏重，转有碍教育之进行。臣等再三筹画[2]，以为初等小学与其分为三科，易启纷歧，不如并为一科，简而易从。拟即折中定制，一律以四年为毕业期限，并删除简易科名目，以符名实。至授课钟点，从前多以私塾情形强相比附，故每日多至五六小时。

臣等考各国学制，初等小学率以每日四小时为准，故有因讲室不易扩张，教员不能多聘，遂于午前、午后分授两班者，在日本谓之二部教授，是为节省经费计，既极便利，而养护儿童之心力，亦不至因课程繁重致受耗损，则尤彼国教育家所最注意者也。兹拟将初等小学第一、第二两学年改为每日授课四小时，其第三、第四两学年则增至五

---

① 画一，同"划一"。
② 筹画，同"筹划"。

小时，并将各科课程分别繁简难易，量为分配，以收循序渐进之功。惟小学之制，初等、高等息息相关，初等小学学科年限既有变更，则高等小学之教科，自应一并统筹，酌加修改，庶将来升学时，课程无不相衔接之弊，而学制有整齐画一之望矣！

抑臣等更有请者：近岁以来，内讧外患，在在可危，加以生计艰窘，民情浮动，非增进人民程度，合群策群力，不足以宏济艰难。而非由小学教育入手，以巩固其道德之根基，则流弊亦何堪设想！所以东西各国，独于小学教育，严就学之年龄，施强迫之条教，其用意至为深远。今户口未清，财力未裕，强迫教育虽未能遽行，而各种筹备方法，如推广小学、添筹经费等事，固在在无可或缓，合无仰恳明降谕旨，饬各省督抚督率提学司，自宣统三年(1911 年)为始，一律按照此次改定章程，认真办理，并迅将初等小学堂设法推广，以裕强迫教育之基，而收学制统一之效，大局幸甚，谨奏。宣统二年(1910 年)十一月二十九日。奉旨依议。钦此。

谨将改订高、初两等小学科目课程及每星期教授时刻表，缮具清单，恭呈御览。

计　开

高等小学科目程度及每星期教授时刻表

科目／学年	第一学年	每星期教授时刻	第二学年	每星期教授时刻	第三学年	每星期教授时刻	第四学年	每星期教授时刻
修身	道德要义	二	道德要义	二	国民教育要义	二	国民教育要义	二
读经讲经	大学中庸孟子	十一	孟子诗经	十一	诗经礼记节本	十一	礼记节本	十

国文	通用文字读法作文习字	八	通用文字读法作文习字	八	通用文字读法作文习字	八	通用文字读法作文习字	八
算术	整数小数及诸等数之加减乘除	四	诸等数之加减乘除求积分数之加减乘除诸等数及分数之应用问题	四	分数之加减乘除百分数利息珠算加减乘除	四	比例珠算簿记	五
历史	中国历史之大要	二	续前学年	二	续前学年	二	续前学年	二
地理	中国地理之大要	二	续前学年	二	外国地理之大要	二	续前学年	二
格致	动物植物矿物及自然现象	二	续前学年	二	理化气象及生理卫生之大要	二	续前学年	二
图画	简易形体	二	简易形体	二	各种形体	二	各种形体或简易几何画	二
体操	普通体操游戏兵式体操	三	普通体操游戏兵式体操	三	普通体操游戏兵式体操	三	普通体操游戏兵式体操	三

手工	简易细工		简易细工		简易细工		简易细工	
乐歌	单音唱歌		单音唱歌		单音唱歌		单音唱歌	
农业					农业大要		农业大要	
商业					商业大要		商业大要	
合计		三十六		三十六		三十六		三十六

附说：

一 修身、读经、讲经、国文、算术、历史、地理、格致、图画、体操，皆必修科，手工、乐歌、农业、商业，皆随意科。

一 凡随意科，可酌量学堂情形，加入一科或数科。

一 凡加随意科者，其钟点或另行加入，或酌减他科钟点以补之，惟所加钟点及所减钟点均不得过两点钟。

一 如加农业、商业科者，自第三年始。

一 如学堂设在通商口岸附近之处，学生为急于谋生起见，得于第三、第四两年，加习英文一科。

初等小学科目程度及每星期教授时刻表

科目／学年	第一学年	每星期教授时刻	第二学年	每星期教授时刻	第三学年	每星期教授时刻	第四学年	每星期教授时刻
修身	道德要义	二	道德要义	二	道德要义、国民教育要义	二	道德要义、国民教育要义	二

读经讲经					孝经 论语分讲解诵读默写回讲四项	五	论语 分讲解诵读默写回讲四项	五
国文	识字单句及短文读法 习字	十四	识字通用短文读法 联字习字	十四	识字通用短文 读法 联字 造句习字	十五	识字通用短文 读法 联字 造句习字	十五
算术	数目之名实物计算二十以下之 数法 书法加减乘除	四	百以下之数法 书法 加减乘除	四	通常之加减乘除	五	简易小数及诸等数	五
体操	游戏	四	游戏徒手体操	四	游戏徒手体操	三	游戏徒手体操	三
图画			绘简易之物体		绘简易之物体		绘简易之物体	
手工	简易手工		简易手工		简易手工		简易手工	
乐歌	单音唱歌		单音唱歌		单音唱歌		单音唱歌	
合计		二十四		二十四		三十		三十

附说：

一 修身、读经、讲经、国文、算术体操，皆必修科。图画、手工、乐歌、皆随意科。

一 修身科第三、四两年，或用修身教科书，或用国民必读课本，均可。

一 读经、讲经，自第三年始。

一 随意科可酌量学堂情形，加入一科或数科。

一 凡加随意科者，其钟点或另行加入，或酌减他科点钟以补之，惟所加钟点及所减钟点均不得过两点钟

一 如加图画科者，自第二年始。

陆军部会奏厘定陆军补官任职考绩章程折并单表

窃《陆军人员补官暂行章程》，业于宣统元年（1909年）九月二十九日经军咨处遵拟具奏。本日奉朱批，着照所请各该衙门知道，单表并发，钦此钦遵，咨由陆军部通行再案。原奏内称：《补充军职章程》陆续详慎分列，酌拟改订。又原章内称：如有应行损益变通之处，随时考核具奏各等因，自应遵照办理。臣等审度情形，酌参中外，悉心商订，总期切近易行。

一为《陆军补官章程》。上年军咨处奏定《补官暂行章程》计十一条，挈领提纲，大要已厘然具举。惟现在陆军官佐，其所加字样，既经各异其名称，则实授官阶，势难强同其办法。况除、升、转、改各项，头绪甚繁，条目各别，必须审慎分明，详加厘订，始克推行尽利，借以规陆军进步之初桄①。此次拟订《补官章程》，区分六门：曰总纲，曰除补，曰升补，曰转改，曰奖叙，曰分位。凡有关于军官事项者，皆隶焉。

一为《陆军任职章程》。官之与职，一经而一纬，名虽异致而殊趋实，则同条而共贯，以相当之官任相当之职，各国军政，大率皆同。《补官章程》既经续订，而补充军职，实与补官事件在在相衔，则任职

① 初桄（guang）：喻初见成效。桄，光大充实之义。

一切规制,亟应及时筹改,庶几表里同符,并行不悖。此次拟订《任职章程》区分五门:曰总纲,曰补职,曰升职,曰转调,曰职分,凡有关于军职事项者,皆隶焉。

一为《考绩表章程》。陆军官职,成绩所判,非考课无以周知,而成绩之优劣,官职之升转,因之则《考绩表章程》一项,固查察属员之准的,亦补官任职之规绳。是以于《补官任职章程》之外,拟具十条,附列二表,以臻完密而专责成。伏查本年[①]正月二十八日,臣部具奏遵设宪政筹备处折内声明,陆军军官各项章程,应即分别奏办及定期实行等语。官佐之任用,为陆军行政之大经,宪政攸关,万不敢稍滋贻误。臣等谨将陆军补官、任职、考绩三项章程,分别厘订,缮单列表,恭呈御览,敬候钦定,俟命下之日,即由臣部钦遵通行各省、旗,一体切实遵照办理。

抑臣等更有请者:陆军补任之初,关系至为重要,或军人进步月异而岁不同,即军事条规步移而形亦换,此项章程系就现在情形变通拟定,应请作为暂行办法,嗣后如有更改损益之处,应由臣处、臣部体察斟酌,随时奏明办理,以昭详慎。再,此折系陆军部主稿,会同军咨处办理,合并陈明。谨奏请旨。宣统二年(1910年)十一月三十日,奉旨依议。钦此。

谨将拟订《陆军补官试行章程》缮具清单,恭呈御览。

要 目

总纲

---

① 本年,指宣统二年(1910年)。

除补

升补

转改

奖叙

分位

计　开

总　纲

第一条 《陆军人员补官暂行章程》,业经军咨处于上年[1]九月间奏准通行在案,此次所订,爰就其大纲,分详其条目,所有原章曾经声叙者,兹不复开,以归简括。

第二条 凡陆军补官其类有四:一曰除补(各项学堂学生毕业后补授官阶皆为除补,如进士、举贡除官就职之例)。二曰升补(各官佐,升补应升之官,皆为升补)。三曰转补(转补者,系就同秩中而迁转之也)。四曰改补(改补者,系就对品中彼此互改也,如各队互相改补,及军官、军佐改就文职等类,皆为改补)。

第三条 陆军各项官佐之除升、转改等项,均应查照后开之《考绩表试行章程》,审慎办理。

第四条 凡陆军人员所有除升、转改等项,均须按照额缺切实核办,如不足额,任缺毋滥。至额缺专章,另案奏明办理。

第五条 陆军各衙署军队及公所、学堂、局厂等处官佐,其属于军令范围内者,由军咨处管辖;属于军政范围内者,由陆军部管辖;属于军学范围内者,军学院未立以前,仍由陆军部管辖。至所有补官一

① 据陆军部折,此处"上年"指宣统元年(1909 年)。

切事宜，均由陆军部按照各该管长官所列考绩表，汇齐奏明办理。

第六条 凡陆军官佐遇有除升、转改等项，均由陆军部先行查明有无事故，然后分别办理。

第七条 凡陆军官佐除特简外，均由陆军部填发官佐文凭，遇有升补、转改，由部分别换给，免官则缴部注销。

第八条 陆军官佐凡应陛见及引见者，如在战时或巡防吃紧之时，或责任重要，其所充军职急切，并无相当之员可以派署者，均可由该管大臣或长官切实声明，咨申陆军部奏请暂缓办理。

第九条 陆军官佐原有他项职衔及得有虚衔顶戴人员，凡于军礼服、军常服时，所有戴用服帽章记，仍应遵照陆军部本年奏定陆军人员准奖虚衔等项原奏，一律办理。

第十条 本《章程》所载各项，系专就陆军三等九级内军官、军佐分别拟订，至额外官佐、军士及军用文官补官章程，另案奏明办理。

除补

第一条 陆军各项学堂毕业学生考取后，应分别赏给出身及除授相当之官者，按照毕业考试章程及各学堂奏定章程分别办理。

第二条 凡充署军职人员，如系陆军各项学堂及东西洋陆军学堂毕业尚未与考者，应一律酌量除补陆军军官、军佐。至拟补官阶大小，各就其出身学堂之程度，以及成绩之高下、资格之浅深，分别核办，以期允当。

第三条 业经除补陆军官佐人员，如有奉派再入陆军大学堂及各项专门学堂，或就学外国陆军大学堂，及外国各项专门学堂者，就学期内照常升补官阶，呈准修学者，毕业后得按资格程度列入拔升，原系拔升人员，准其特别提前升补。

第四条 凡陆军实缺丁忧官员，百日后一律改为署任，俟服阕起复[①]，报部后再行补实。

升补

第一条 凡陆军官佐，除特旨录用、钦遵办理外，均须循级而升，不得超越升补。

第二条 陆军官佐之升补，均须按照后开期满年限办理，未经期满者，不得率请升补。

第三条 由上等第二级升上等第一级恭候特简，不定期满年限；由上等第三级升上等第二级，由中等第一级升上等第三级，由中等第二级升中等第一级，由中等第三级升中等第二级，由次等第一级升中等第三级，由次等第二级升次等第一级，由次等第三级升次等第二级，均以二年为期满。

第四条 升补之办法有二：一系就已经期满者挨次升补，名曰序升。一系就已经期满者之中择尤[②]升补，名曰拔升。

第五条 凡次等第一级以上各官佐之升补，概系拔升。由次等第二级升次等第一级，序升者半，拔升者半。凡缺出，一序而一拔。由次等第三级升次等第二级，序升者三分之第一，第二缺归序升，第三缺归拔升，均轮流分别仿照办理。

第六条 期满年限，须按实任军职之年月计算，凡在休职、停职间之时日，不得算入期满年限之内（参看后开分位门第三条及第四条）。

第七条 战时各级官佐之期满年限，均得酌量减半计算。

---

① 服阕起复：守丧期满后，重新启用。

② 尤：优异、突出，如“天生尤物。”

第八条 凡当国际战争得有特别奖叙人员，准其破格升迁，亦不拘期满年限之例（参看后开奖叙门第三条及第六条）。

转 改

第一条 凡陆军步、马、炮、工、辎各队军校，具有陆军警察之学识者，可酌量转补对品陆军警察队各军校。

第二条 陆军司药官，具有军医之学识者，可转补对品之陆军军医各官。

第三条 凡陆军官佐改就文职，仍应按照军咨处奏定《陆军补官暂行章程》第十条酌量查核办理。

奖 叙

第一条 嗣后陆军人员如有应行奖叙者，除给与勋章或增加薪金等项，另订专章外，余均按照本章程办理。

第二条 奖叙约分三项：一曰特别奖叙，二曰一等奖叙，三曰二等奖叙。

第三条 当国际战争建立殊勋者，应给以特别奖叙，其类如下：

一 夺获敌之标旗者。

二 拯救长官之危难而成大功者。

三 能毙敌将或生擒之者。

四 能勇敢前进而传达命令者。

五 勇敢忠烈全军赖以制胜者。

六 当冲要之敌先登立功者。

第四条 凡平、战两时著有伟大劳绩者，应给以一等奖叙，其类如下：

一 有勇烈忠贞之事实，及负军人模范之称誉确凿可证者。

二　无论内外事变，凡在战地身受伤痍，有奖叙之理由者。

三　殪敌[1]多人，其功昭著者。

四　无论内外事变，办事得力、成效卓著或从事战役确系二年以上，而有奖叙之理由者。

第五条　平时供职著有劳绩者，应给以二等奖叙其类如下：

一　平时在职四年以上，勤劳奋勉、成绩实属优异者。

二　派办重要专件，成绩极优者。

第六条　凡得有特别奖叙者，如蒙恩赏给世爵、世职、崇衔、封典及一切各特赏、恩赏，系出特恩，应由陆军部酌量声明，请旨不得指请。

第七条　凡得有一等奖叙者，均应确实核较，按照下列各项分别而奖叙之。

一　随带加级。

二　封典。

三　从优议叙。

四　记大功。

第八条　凡得有二等奖叙者，亦应确实核较，按照下列各项分别而奖叙之。

一　封典。

二　议叙。

三　记一等功。

四　记二等功。

五　记三等功。

第九条　凡叙功每得奖叙一次，准其奖记一次。

---

① 殪（yì）敌，即歼敌。

第十条 记大功一次，准抵销记大过或一切过失之惩罚一次。

第十一条 记一等功一次，准抵销记过或重看管以下之惩罚一次。

第十二条 记二等功一次，准抵销记过或轻看管以下之惩罚一次。

第十三条 记三等功一次，准抵销记过或罚薪之惩罚一次。

第十四条 记大功者，准其照随带加级之例，带至升任至一、二、三等功不得随带。

第十五条 凡应给特别奖叙及一二等奖叙，各员均由各该管官据实，分别开具事实并该员履历，平时则申由各该管大臣或长官转报陆军部，战时则申由该统兵大员直接咨送陆军部，切实查核办理。

第十六条 凡各项奖叙均须择其功劳显著实在优异者，确切声明咨报，如有稍涉冒滥以及虚诬等项情事，一经发觉查实，由陆军部即将奖叙奏请撤销，并将原保大臣查照滥保例奏请议处。

分　位

第一条 凡陆军军官，应终身保有官阶，享受分内之待遇，是为军官之分位。

第二条 凡陆军军官，如有下列各项之一者即失其分位：

一　失为本国人之身分者。

二　被处重刑者。

三　被处禁锢而失其官者。

四　悖军人之本分奉旨革去官职者。

第三条 军官于分位中有应行经历之次序，分别如下：

一　常备。

二　续备。

三　后备。

四 退休。

第四条 凡陆军军官现充陆军军职或奉派修学者，概谓之常备。常备之中又有修职、停职两种，其在休职、停职期内者，仍不失常备之分位。

凡因下列事项之一而无职任者，即谓为常备中之休职：

一 丁忧[1]在百日期限以内者。

二 因解散军队开去军职者。

三 因裁撤职缺开去军职者。

四 因更改员额开去军职者。

五 特别职任已毕或修学期限已满尚未派充军职者。

六 伤病至六个月而无痊愈之望者（但由本人自行呈请辞职，或其职任重要亟须派员接充者，可毋庸待至六个月）。

七 呈准修学者。

凡陆军人员，得有各项处分应行惩处而情节稍轻只予暂行罢职者，即谓为常备中之停职。停职人员，非经一年之后，不准充职。

第五条 凡有下列各项之一者，概谓之续备：

一 奉旨退归续备者。

二 休职至四年尚未充职者（如系第四条休职中所列第六、第七两项者，不在此限。）。

三 停职至二年尚未充职者。

四 选充资政院、咨议局议员者。

五 充当陆军职任以外之文官者。

第六条 凡有下列各项之一者，概谓之后备：

一 已满常备定限年岁者（参看《任职章程·职分门》各条）。

---

① 丁忧，旧时官员因直系亲属（如祖父母、父母）去世而去官在家守孝的一种制度。

二 续备已满期限者。

第七条 凡在后备已满期限,暨因伤痍、疾病不堪久任军事而退出常备、续备、后备者,谓之退休。

第八条 凡在续备、后备期限内者,均须应召集之命。

第九条 以上所开各条,凡各项陆军军佐,均应一体照办。

谨将拟订《陆军任职试行章程》缮具清单,恭呈御览。

计 开

要 目

总纲

补职

升职

转调

职分

总 纲

第一条 陆军人员,官与职分而为二,《补官章程》既经拟定,其任职各项自应同时参酌、厘订章程,以便遵行。

第二条 陆军人员大率以相当之官任相当之职,自应按照陆军官佐、官阶,各依等级配以相当职务,以符名实。但遇军职需材一时无适当人员克[①]副厥[②]职,则或大于军职一级,或小于军职一级之官佐,

① 克:能够。

② 厥:其。

亦可酌量派充。惟无论大小，其相差之率，概以一级为限，不得更有逾越。

第三条 陆军各项军职之补升、转调等项，均应查照后开之《考绩表试行章程》妥慎办理。

第四条 陆军各衙署军队及公所、学堂、局厂等处军职，其属于军令范围内者，由军咨处管辖办理；属于军政范围内者，由陆军部管辖办理；属于军学范围内者，军学院未立以前，仍由陆军部管辖办理。惟遇互相调任时，由各该堂官互商办理。

第五条 凡陆军官佐所任各项军职，遇有补升转调等项，均由陆军部先行查明有无事故，然后分别办理。

第六条 凡陆军各项军职所有补升、转调等项，除上等各级系特简外，中等以下各级均由陆军部发给军职札付，解职缴部注销。

第七条 各项军职无论简任、奏任，如急切并无相当人员，或补升、转调之员一时尚未能即到任所者，得由陆军部遴选人员暂行署理代理。

第八条 各级军职所有补升、转调等项，平时应由该管大臣或该管长官办理者，如遇战时，可权由该统兵大员主持，以一事权而归直捷。

第九条 本《章程》所载各项，系专就陆军三等九级之官佐充任军职分别拟订，至额外官佐、军士及军用文官任职章程，均应分别专订，另案奏明办理。

补　职

第一条 现在，陆军任职人员，无论实授及署理、代理各职，一切暂仍其旧。

第二条 陆军任职之法，应比照奏定《陆军补官章程》，所有各项军职，须由陆军学堂出身人员方准补充（如遇此项人员缺乏，或一时并无适当之选，即非陆军学堂出身之他项人员，苟于军事深有经验，亦得由陆军部酌量奏请，借署军职）。

第三条 上等各级军职，除正都统军职应请特简外，其副、协都统军职由陆军部查取人员择尤保荐记名，遇有缺出，由部开单奏候简派；中等各级，由部拟补具奏，请旨补充；次等各级，由部汇案奏补。

第四条 凡充补军职，丁忧人员百日后，除上等各级应否改为署任，由陆军部奏明请旨外，中、次各级，一律改为署任，俟服阕起复，报部后再行补实。

升职

第一条 凡陆军各项军职，除特旨录用、钦遵办理外，均须循级而升，不得超越升充。

第二条 各项任职军官、军佐，概补实以军职之日起，均须任职满二年以上，方准升充应升之军职。

第三条 陆军人员升充军职，除特简外，其余均应查照考绩次序名簿，分别办理。

第四条 各项军官、军佐任职未满二年，及满二年而尚未升补实官人员，如遇有相宜职务必须升充者，虽成绩优异名次在前，亦只准作为署理，俟年满或升补后再行补实；若战时人员缺乏，或功勋卓著者，不在此限。

转调

第一条 凡军职之转调，除上等各级暨各参谋官可通用各科人员不计外，中等第一级以下，原有某队、某科字样，各官佐应查照此次拟定《补官章程》，凡官阶准其转改者，其军职亦一律准其转调。

第二条 各级军职遇有转调，除特简人员外，均就各该军队学堂、局、厂，由相当人员比较年资，择尤转调，不得任意率行更动。

职　分

第一条 常备军官，须按照定限年岁，服陆军之职分，其定限年岁开列如下：

上等第一级军官：六十五岁。

上等第二级军官：六十二岁。

上等第三级军官：五十八岁。

中等第一级军官：五十五岁。

中等第二级军官：五十二岁。

中等第三级军官：五十岁。

次等第一级军官：四十八岁。

次等第二级军官：四十五岁。

次等第三级军官：四十五岁。

上等第一级军官，凡得有大将军、将军之名称，及奉特旨留用者，不计常备定限年岁。

第二条 军官如满常备之年限，一律退归后备。

第三条 军官未满常备之年限，而因事去常备者，先行退归续备，即以满常备之年限为满续备之年限。

第四条 军官后备之年限，一律以六年为满。

第五条 续备、后备之军官，仍编入本籍镇内之兵籍，归该镇统制管辖。

第六条 凡军官虽已满常备之年限，如一时无接任人员不能即行交卸者,可暂令其留任。

第七条 凡军官虽已满常备之年限,如当战时或防务吃紧之时,均酌量宽展期限。

第八条 常备之军官,如因伤痍、疾病不堪任职,应由该长官咨报陆军部查核办理。

第九条 休职、停职之军官,如因事他去,须随时、随地禀报该所属长官,倘在甚远之处,可就近禀报该地方陆军官衙,转知该所属长官,其禀报不得出一月以外。

第十条 续备、后备之军官,如遇战时或防务吃紧应行召集之时,负有编入军队之责任;在平时应行召集之时,负有勤务演习之责任。

第十一条 续备、后备之军官,当召集勤务演习之时,如有特别事故万难应召者,可由该所属长官据实呈请核办。

第十二条 续备、后备之军官,当战时在召集期内,准比照常备人员升补官职,并准按照奖叙章程分别给奖,但其升补官阶皆系拔升。

第十三条 以上所开各条,凡各项陆军军佐,均比照办理。

第十四条 以上所开各条,与补官章程内"分位"一门,多有关系,执行时参看,自易明晰。

谨将拟具《陆军考绩表试行章程》缮单列表,恭呈御览。

计 开

第一条 《陆军考绩表》详载关于陆军各兵科军官、军佐一身之行为事实,以资补官任职之用。

第二条 《考绩表》由各考绩官照考绩表内所列各项式样分别填造,不得稍有遗漏,并准随时补修改订。至填写字样,应查照《考绩表》办理(其填写之字样及纸格之大小,由部另行详细规定,一律施行)。

第三条 《考绩表》内照所列各项式样分别切实填写后,即将此表申由上官,就己之所见,记入附记栏内交考绩官,按照此表等次汇编为考绩次序名簿,由各该考绩官逐级申报。

第四条 凡在陆军军队学堂、公所、局厂供职各员之《考绩表》,其直辖于军咨处者,由该长官汇齐呈报军咨处,由军咨处堂官汇齐编为次序名簿,送陆军部办理;其直辖于陆军部者,则由该管长官各将考绩表及次序名簿,呈报陆军部,再由陆军部将各次序名簿汇总,编为全国陆军官佐次序总名簿。

第五条 凡在陆军军队学堂、公所、局厂任职各员之《考绩表》,除第四条所列人员,由各该长官汇编次序名簿,呈报陆军部外,其各长官之考绩表,由各省、旗该管大臣分别填造,咨送陆军部由陆军部堂官,汇核办理(如遇战争防戍及有特别情形,未便由该省、旗大臣考绩之时,该长官之考绩应如何填造之处,由陆军部随时奏明办理)。

第六条 各兵科参谋官之《考绩表》,由该长官分别申报军咨处,由军咨处堂官并案办理。

第七条 凡考绩官填造《考绩表》册时,务须自负责任,秉公办理,断不能挟藏私心,任意矫饰虚诬,亦不得委托他人记载,及命司书缮写。倘有以上各情弊,一经查实,即分别由军咨处、陆军部奏参惩办,以肃军政而彰军法。

第八条 凡《考绩表》,应按六个月造报处部一次,不得任意迟误。

第九条 受考官如遇转调他处任职之时,其原考绩官应即将该员《考绩表》送交该转调处之考绩官。

第十条 凡《考绩表》及次序名簿,均应照造二份。一申由直属长官转送处部,一存案,应作为紧要文册秘密保存。

陆军考绩表

<table>
<tr><td colspan="3">所属职官姓名</td><td colspan="2">某职某官姓名</td></tr>
<tr><td>原籍
寄籍</td><td colspan="2">某旗省某佐领下府某县人
某省某府某县</td><td>陆军
出身</td><td>某年某月某日入某队或某学堂</td></tr>
<tr><td>年岁</td><td colspan="2">现年若干岁</td><td>任官日期</td><td>某年某月某日授某官</td></tr>
<tr><td rowspan="3">进级</td><td colspan="2" rowspan="3">某年某月某日任某职
某年某月某日升转某官</td><td>战役</td><td>简单记载</td></tr>
<tr><td>赏</td><td>关于出身以后之赏典</td></tr>
<tr><td>罚</td><td>关于出身以后之惩罚</td></tr>
<tr><td colspan="2">上官附记</td><td colspan="3">考绩官附记</td></tr>
<tr><td colspan="2">考绩官记载已毕,呈于上官之后,上官则就己之所见记入此格,并分别填明一、二、三等字样

等</td><td colspan="3">考绩官填写附记之时,不可稍存私见,须由平日注意该员举动,确认为关系切要事件,随时记载,不准矫饰其所长,或曲护其所短,务使他人一阅附记,恰如亲见其人,而得识其性质、能力,知其品行、学问,悉其言论风采。其《考绩表章程》第一条所开,不过举其大凡,考绩官务就其人之所行、所为映于心目中者,详为记载;是为至要。
一 性质。
二 志操。
三 气概。
四 体格。
五 陆军出身前之经历。
六 陆军出身时之景况 。
七 勤务。
八 学术。</td></tr>
</table>

<table>
<tr><td></td><td>九　特长。
十　义务心及品行。
十一　家政及家计。
十二　交际。
十三　历叙今昔之变迁及逆料将来之结果。
十四　考绩官之判决。
此外,如系曾从事战役者,则将战功单简记载。</td></tr>
<tr><td colspan="2">备考　考绩官及上官记载附记及修补附记,每届均须记明年、月、日,并于其下署名画押。</td></tr>
<tr><td colspan="2">宣统　　年　　月　　日考绩官</td></tr>
</table>

陆军军官军佐考绩官受考官区分表

衙署等项名目区分	受考官	考绩官	受考官	考绩官
军咨处	军咨使厅长	军咨处堂官	科员　科长副官	军咨使厅长
陆军部	各司处长官等	陆军部堂官	各司处科长科员等	各司处长官
各项兵器工厂	总办	陆军部堂官	总办以次各职	总办
陆军警察队	管带官	军制司司长	管带所属各军职	管带官
军官学堂	总办	军咨处堂官	总办以次各职	总办
测绘学堂	总办	军咨处堂官	总办以次各职	总办
兵官学堂	总办	陆军部堂官	总办以次各职	总办
陆军中学堂	总办	陆军部堂官	总办以次各职	总办
陆军小学堂	总办	陆军部堂官	总办以次各职	总办
陆军速成学堂	总办	陆军部堂官	总办以次各职	总办

督练公所	参议官及总办	军咨处堂官陆军部堂官参议官总办	以次各职	参议官
镇司令处	统制官	陆军部堂官		
镇参谋官	统制官			
参领军校所任各军职	镇参谋官			
混成协司令处	统领官	陆军部堂官		
协参谋官	统领官			
参领军校所任各军职	协参谋官			
步队协司令处	统领官	统制官	参领军校所任各军职	统领官
步协	统带官	统领官	统带所属各军职	统带官
马标	统带官	统制官	统带所属各军职	统带官
炮标	统带官	统制官	统带所属各军职	统带官
工程营	管带官	统制官	管带所属各军职	管带官
辎重营	管带官	统制官	管带所属各军职	管带官
外国驻扎武官	武官	军咨处堂官	随员	武官
附记	一　属于混成协之标营队各长官，其考绩均归混成协统领官办理。 二　表内所谓军职，均指官佐所充任者而言，至额外官佐以迄军士之《考绩表》，应与《补官任职章程》一同另订奏明办理，			

	以清界限。 三　表内各职，均照现有名目开列，嗣后如有增改裁减之处，自应随时奏明办理。

●●又会奏陆军补官拟请于定章外暂定权宜办法片

再，此次拟订陆军军官补官任职等项章程内，有除补一门，限制颇严，诚以军人分位，至为尊荣，倘补授官阶，稍涉通融，即无以励成材而重名器。惟查现在军队以及衙署、学堂、局所人员，有官与职太相悬殊者，有以他项官阶任陆军之要职者，且有陆军学堂毕业尚未考试授官已充上、中级之军职者，参伍错综、猝难一致。推求其故，非限于编练之时期太促，即限于学堂之成就无多，军职任用不敷，以致多所迁就。目今补授官阶，如概照此次定章办理，诚恐纷更太骤，不无窒碍难行之处。

臣等再四咨商，悉心核议，拟请于规定之中，略参以权宜办法，举凡现在军队及衙署、学堂、局所各员，或官与职太相悬殊，或以他项官阶任陆军之要职，或陆军学堂毕业尚未考试授官已充上、中级之军职。以上数项，应由臣等详加考察，果程度相符、成绩卓著、实在称职者，应准分别酌量补授陆军实官，仍令其试署现充军职，一切服、帽、章、记，凡在任职期内者，均得按照现充军职品级服用，其详细权宜办法，另案奏明办理。

俟补授一律齐全，此项权宜办法应即停止，以后照章升补，则官职相当，或不难计日而待。若其余任职人员，所有除补仍应查照补官任职等项章程分别核办，不得援引，以免弊端，而期整饬。谨奏。宣统二年(1910年)十一月三十日。奉旨依议。钦此。

●●又会奏嗣后请简及奏补陆军各级人员均归陆军部具奏片

再，查军咨处奏定《陆军人员补官暂行章程》，内开中等第二级以上各官佐，由军咨处会同陆军部查取应补、应升人员品学、劳绩，择尤预保存记，届时，由军机处开单，恭候特旨简放；中等第三级及次等一、二、三级各官佐，由军咨处会同陆军部拟补具奏各等语。现经臣等公同商酌，拟自中等第一级以上各官佐，应由陆军部开单请旨简放，所有中等第二级各官佐，改为奏补。再，陆军部为行政机关，凡进退人员是其专责，拟请嗣后请简及奏补各级人员，均归陆军部具奏。谨奏。宣统二年(1910年)十一月三十日。奉旨依议。钦此。

●●法部奏考验京外已设各审判检察衙门人员酌拟办法折

上年宪政编查馆奏进《法院编制法》折，内开已设各级审判衙门，应于明年[1]举行第一次考试后，定期将各该衙门所有实缺、候补、调用各员，认真甄别，按照此次章程所定各科目，补行考验，分别汰留。又，本年臣部奏《法官考试任用章程施行细则》折内声明，京师及东三省各审判衙门应归甄别各员，系补行考验事项，容另定办法，择期举

① 明年，宣统三年(1911年)。

行各等语。现在，京、外法官第一次考试业经完竣，此次分别考验事宜，部正筹议间。复于十月二十日由军机大臣钦奉谕旨，御史温肃[1]奏：各项法官请仍遵钦定章程，将各级实缺、候补、调用人员补行考验等语，着法部一体补行考验，钦此钦遵，抄交到部。

查补行考验之举，原为审判得人起见，惟已设各审判检察衙门，与甫议筹设者不同，现有之推检各官，练习已非一日，职务亦各有专司，则考验办法似未可与初试为吏者相提并论。且该衙门中不乏熟习律例、长于听断之员，若就《法院编制法》免试各条比例参观，有不能不分别办理者。臣等公同酌度，复与宪政编查馆会商妥协，所有在京各审判检察衙门，即拟查取实缺、候补推检各官，凡由部院调用，通计历资十年以上，或法政科举人以上出身，或合于《法官考试任用章程》第二条所定襄校官之资格者，以及进士出身或以举人而曾习法政毕业者，均准免其考试外，其余各员照第二次考试之法办理，其调用而尚未奏留人员，照章应补行考验者，应作为第一次考试，仍由臣部开单，请派通晓法律大员一员，会同臣等秉公考验，以昭慎重。

其外省已设各厅，如东三省成立在先，天津试办最早，虽属交通省分，若概调该员来京考验，于厅务不无窒碍，即由臣部查照广西举行法官考试奏案办理，期便施行。至各该督抚因审判需才，就京师各衙门先后调用者不乏其人，照章均在补行考验之列，统由臣部行令各该督抚转饬提法使，一律分别补行考验，以杜取巧而免滥竽。

又，查各该审判检察衙门，开办历有年所，各员昕夕从公，不无成绩可录。拟仿学堂考试，加入勤学计分成案，将各该员平日办事成绩与考试各门总分数平均计算，以二除之，而定为考验总分数，庶考言

[1] 温肃（1878—1939年），字毅夫，广东顺德人。

询事,不仅争一日之短长,而责实循名,要重在平时之经验。

如蒙俞允,即由臣部钦奉举办,并咨行东三省等处,一体遵照。再,考验经费,自应力从减省,除在外由各该督抚核实筹办外,京师考验,现拟于本月初十日起,在臣署律学馆分场举行,并派该馆监督臣部郎中陈康瑞[①]提调一切事宜。至考验办法,悉参照光绪三十三年(1907 年)《学部考试进士馆游学毕业奏案》办理,以期撙节而促进行。其需用款目,俟考验事竣,核实奏销,谨奏。宣统二年(1910 年)十二月初一日,奉旨依议。钦此。

●●邮传部奏遵旨将各省官电归部办理酌拟办法折

窃准宪政编查馆咨称会奏覆核各衙门签注[②]行政纲目一折,宣统二年(1910 年)十月初四日奉旨,着依议,钦此。恭录咨行到部。查行政纲目,邮传部职掌,内开各省现办之官电局,应一律归部办理等因。伏维电报之设,义重交通,必须有居中驭外之枢机,乃能收指臂相联之实效。

考诸东西各国,办理电报,靡不集权中央,用、能界限分明,事权归一。中国电报,向系官商分办,商电业经臣部收回,官电仍由各省自办,彼此畛域,未能画一[③]。是以臣部具奏《分年筹备要政折》内,

---

① 陈康瑞(1856—1924)浙江宁波慈溪人。光绪十六年进士。

② 签注,清末修律时法律法规生效前所经的一种法定程序。具体为:修订法律馆上奏法律草案后,朝廷下宪政编查馆交中央各部院及各省签署意见。签注包括原奏和清单两部分。

③ 画一,同“划一”。

曾将官电归并妥筹布置，陈明在案。现在厘定职掌，各专责成，既经宪政编查馆奏定，一律归部办理，自应遵照实行。惟是官电散布各省，线路之长，几与原有商线道里相埒①，经费向多不敷，酌剂尤非易事，何况划分日久，合并较难。当此接管之初，若不竭力经营，妥筹善法，恐不免支绌纷更之弊。臣等公同商酌，谨拟办法，为我皇上陈之：

一 官电线路，现计四万余里。历年既久，朽坏居多，虽经各该省随时整顿，而应行大修之处，仍复不少。本年臣部派员调查两广线路，业将亟须修理情形咨行该省核办，至今尚未兴工。其余滇、桂之线，与英、法相接，东三省之线，与日、俄相接，管理偶疏，即生交涉。而川、藏、回疆、陕甘等处又系关涉边防，应俟接收后，由臣部遴派妥员实力查勘，酌量财力之盈虚，分别工程之缓急，分年修理，逐渐布置，以期日臻上理。

二 臣部自收赎商电以来，每年推广线路，络绎不绝，需用经费动逾累万，良以要政攸关，不得不勉为筹画。一经接收官电展线工程，事更繁于往昔，若专就电款挹注办理，必形竭蹶。查近来添设归、太、阿、绥、贵、洪各线，或系臣部与该省分成摊认，或由度支部拨款协济，嗣后遇有展线工程，拟仍由臣部酌核情形，照案办理，庶较易集事，不致贻误要工。

三 臣部所辖电局，凡传报等次及收费办法，向有一定章程，而一等官电，半价。惟紫花印各衙门有寄发之权，其余官报，概列四等，收取全费，原以示限制而分缓急，立意至为深远。惟官电省分收费，既有参差等次，亦不免紊乱，稽核甚难，关系于款项者固巨，影响于报务者尤大。拟自接收后，凡官电省分，督抚以下发递，因公官报

① 相埒(lie)：相等，相同。

核定等次，分别纳费，并请准其作正开销，庶与臣部定章相符，以杜纷歧而昭一律。

四 官电省分，边陲居其多数，既鲜商报，收款必绌。是以局用修养诸费，悉由各省另筹官款，以资弥补。嗣后不敷之款，既经归部直辖，臣等总当勉为筹画，极力维持，以免贻误。至从前官商划分之时，各省互有欠借，北洋、东三省等处有借用电政之款，商电有欠借天津工程局之款，现在悉归部办。部省款项，同关国帑，应俟接收以后，概将旧案撤销，以清纠葛。

五 官电敷设区域，如直隶、江南、广东、山东等省会，均经臣部设有电局，而各该省又复另设总局，当时虽因官商分办，不得不各清界限，而同在一地分立两局，情形等于骈枝，经费亦不免虚耗。拟自接收后，酌核归并，如有各分局、子局收费无多，线路非关系要，可以递改报房之处，亦当酌量改设，实力撙节。

六 官电常年收支经费，如新疆、陕甘、广东、山东等省、均有册报到部，其余各省互有迟早，广西则历年均未造报。所有未报各案，截至宣统二年(1910 年)年底止，应由各该省赶紧清理造销，自接管以后，由臣部将一切表册格式颁发各局，明定期限，饬令分别填报，俾得按年奏销，以清款目。此外整顿各节，如郑重接转、综核收支、造就学生、选派工头，与夫一切管理稽查方法，皆为电政切要之图，应俟接收后，由臣等察核情形，切实办理。

如蒙俞允，恭候命下，由臣部分行各省督抚遵照，即自宣统三年(1911 年)正月起一律办理。谨奏。宣统二年(1910 年)十二月初二日，奉旨着依议。钦此。

●●大理院奏各省京控案件请饬催迅速审结折

窃查各省京控之案,从前系都察院及步军统领衙门收受呈词,情重者即行奏明,如情节显有不实及挟嫌倾陷、借端拖累、应咨回本省审办者,亦于一月或两月,视控案之多寡汇奏一次。迨案交本省以后,每年由都察院会同步军统领衙门,两次将咨交未结各案,汇开清单奏催。盖收案之始,分别奏咨前之一、两月汇奏者,所以报咨案之多寡;后之半年汇奏者,所以催控案之速完;用意各有不同,而归本于慎重刑章、清理词讼,则一也。

自官制改设、司法分权,本年二月间,经宪政编查馆奏定,未设审判厅地方,京控案件划归大理院管辖。嗣于九月间,法律馆会同宪政编查馆奏颁《现行刑律》到院。查例载:大理院遇有京控之案,先由总检察厅详核原呈,分别准驳,如实系冤抑,或案情较重者,即交本院分庭审明,咨回本省再审,于一月或两月,视控案之多寡汇奏一次,各案情节于折内分晰注明等语。

臣院自接收京控以来,其由总检察厅核准起诉之案,业于每月现审月折内,摘叙案由、开单奏明,固原本于例内一月或两月汇奏一次之意。惟京控各案,多系外省未经完结之件,与由审判厅审结不服上诉者不同,故例内第[①]云咨回本省再审,臣院从不亲提,然外省接准院咨后,间有一、二审明了结者,而积压实居多数。

查臣院自二月初收受京控起,至八月终止,统计九十二起,时越半载,未据各省咨报完结者,尚有七十二起之多。查审理案件,例限

① 第,表示"但","且"。

綦严，况案关京控，或实系冤抑，或情节重大，自当速与审理，不得任令稽迟。臣院应援从前都察院及步军统领衙门办法，汇开清单，请旨饬下各直省督抚、热河都统、顺天府府尹，迅速审拟，以清庶狱而免拖累。嗣后每至半年，臣院即开单奏催一次，庶狱讼不至稽延，即刑章亦益昭慎重。谨奏。宣统二年(1910年)十二月初六日，奉旨依议。钦此。

●●法部奏各省监禁人犯拟请查办减等并申明定例折

宣统元年(1909年)十二月二十四日，军机大臣钦奉谕旨，御史陈善同[①]奏《监禁人犯请饬分别查办》一片，法部知道。钦此。遵将原奏抄送到部。

查原奏内称：各省州县，相沿有一项监禁人犯，或限以永远，或限以十年、十五年、二十年不等。此等刑罚，大抵为对待常人之犯，于律例无罪名之可科者，而设地方官以便宜行之，只于定案后，禀闻上官而已。此项人犯，罪本不至于死，而淹禁以终其身，或十年以至二十年，往往多致瘐死，即幸而不死，限满复出，而沉锢既久，已成无用之身，终遂无以自活，是其刑直不啻斩、绞之酷，殊可哀也。

恭逢光绪三十四年(1908年)十一月初九日恩诏，凡事犯在前，各犯苟非罪在不赦，自虚拟死罪以至流、徒等项，无不仰邀宽典，独此项人犯以不在五刑之中，不得与于援免之列，非所以广皇仁而重民命也。拟请旨饬下法部核议，行知各省，令将此项永远监禁及限定十年

① 陈善同，生卒年不详。

以上监禁人犯，凡事犯在恩诏以前者，一体分别查办。至地方官处置此项人犯，向止详省而不报部，嗣后宜如何明定限制以备稽查之处，应由法部酌定章程，借资遵守，以仰副朝廷明刑弼教至意等语。

臣等窃维监禁一项，本非五刑之正，律内并无明文。旧例所载，如妇女翻控及犯盗致纵容之父母自尽，罪应军流者；又，人命、抢窃、拒捕案内，人数众多，仅获一、二名，按律拟罪监候待质者；旧章内如姑故杀童养幼媳者；又，应发回城为奴、遣犯内左道异端煽惑人民为从等项；又，会匪案内情罪稍轻；又，军流配逃例应加等调发及强盗、抢夺等项问拟遣军流罪者。以上各项，少或二三年，多亦不过十年、二十年，要皆以原犯情节之轻重为监禁久、暂之等差，并无不拟罪名而即予以禁锢者，其有酌量年限监禁之犯，亦只“会匪情轻”一项，此外不得滥引。至永远监禁，旧例则指疯病杀人及嫡继母殴、故杀子，致夫绝嗣；因奸致死子女灭口；祖父为人杀，子孙复仇，致国法已伸；正凶监守盗千两以上，限外不完，问拟斩、绞监候者而言。非不问情罪轻重，而概施之也。

此次颁布《现行刑律》，监禁一项，则惟强盗待质者，监禁三年；会匪案内，情轻人犯，酌定年限监禁；又，当差人犯在配脱逃者，加监禁一年。其永远监禁者，亦止疯疾杀人，及监守盗千两以上，限外不完各项。其余均酌定年限，改为收所工作，是此项罪名已较旧日例章，删改十之七八，定例既有专条，司谳者自宜一律遵守。向来此等人犯，各该省于审拟后，分别奏咨，由部核覆。

恭逢光绪三十四年(1908 年)十一月初九，及宣统元年(1909 年)十一月初四等日恩诏，节经各该省造册报部，由臣部核拟准减免、不准减免，分起具奏，似尚不至向隅。惟各省外结案件，间有不分情罪、不按例章，州县惮于审拟之烦，往往从权办理，禀准督抚，将无罪可科之犯，滥行监禁自四五年以至一二十年不等，或竟永远监禁。轻则致成残废，重则惨遭瘐毙，流弊所极，何可胜言！且此项人犯，定案未经具报，既驳诘更正之，无从逢恩，并不声明，为查办宽释所不到，该御史所奏，系为慎重刑狱起见，自非明定限制，立予矜恤，将既往者既已沉冤之莫雪，未来者以为成案之可遵，冤狱相寻，靡所底止，殊非所以重民命而慎刑章。

臣等公同商酌，拟请将各省未经报部监禁人犯，统限三个月以内，造具情罪清册，迅速送部，听候查办，以广皇仁而清庶狱，嗣后无论何项人犯，均须按照律例或比附，加减定拟罪名，不得以律无正条，滥行监禁。倘有不肖州县悬案不结、蹈袭故常、隐匿不报，将不应禁之人率拟监禁者，一经查出，或别经发觉，承审之员以故入人罪论，该管之上司各官，交部分别议处。似此酌量办理，庶冤狱可以稍清，而定例不至虚设矣！

如蒙命允，臣部行文京外各问刑衙门，一体遵照。再，此折因查照《现行刑律》办理，是以具奏稍迟，合并声明请旨。宣统二年(1910年)十二月初七日。奉旨依议。钦此。

●●会议政务处奏议覆江督张人骏等奏裁并同城州县筹设审判厅折

本年[1]十一月十九日，军机处抄交两江总督张人骏[2]等奏《裁并

① 本年，指宣统二年(1910年)。

② 张人骏(1846—1927年)，字千里，直隶丰润(今属河北省)人。宣统元年五月(1909年6月)任两江总督。

同城州、县筹设审判厅》一折。奉朱批，会议政务处议奏片并发。钦此。

查原奏称：江苏宁属江、淮、扬、徐、海、通四府二直隶州，所属厅、县，凡三十四。苏属苏、松、常、镇、太四府一直隶州，所属厅、县，凡三十七。江宁省垣上元、江宁两县同城，苏州省垣长洲、元和、吴县三县同城，此外两县同城者八处，直隶州与属县同城者一处，地狭而官多，自应将同城州、县即予裁并。

江宁省城元、宁二县拟留上元县，而以江宁县并入之。苏州省城长、元、吴三县，拟留吴县而以长洲、元和两县并入之。扬州府属之甘泉县，并入江都县；苏州府属之昭文县并入常熟县，新阳县并入昆山县，震泽县并入吴江县；松江府属之娄县并入华亭县；常州府属之阳湖县并入武进县，金匮县并入无锡县，荆溪县并入宜兴县；太仓州属之镇洋县并入太仓州。

本管地方，计裁十二缺，按宣统三年(1911 年)预算之数，除行政经费不能悉数裁节外，各县拟给之公费及署用各款，已可节至十余万两，以之改拨各属地方审判厅之用，裨益良多，又腾出旧有衙署，减省审判厅建筑费，亦属不赀等语。

臣等公同商酌，窃谓行政区域，各省广狭互有不同，而要必视事务之繁简以为衡。江苏夙称富庶之区，虽土地狭小，而事赜民稠、簿书繁会，故自国初以来，于各县辖境，屡行析置，同城州、县亦遂较他省为多，在当日因时制宜，固属万不得已。今审判厅既渐次成立，则地方官事务较简，倘仍沿袭旧制，使行政官厅聚处一城，将来筹备一切新政，甲推乙诿，既有妨政务之进行，彼界此疆，复有害事权之统一，诚有如原奏所称，名为分治，实类骈枝者，值此库储奇绌之时，自应斟酌时宜，量加省并，该督等请将同城州、县裁并之处，应即准如所请。其裁撤各缺所余经费,及腾出旧有衙署,亦应准其先行筹设审判各厅,俾得分事程功,免滋丛脞。

如蒙俞允,即由臣处咨行两江总督、江苏巡抚,分饬钦遵办理。至县缺既裁,佐、贰各官亦应同时裁撤,应请饬下该督等体察情形、妥筹办法,另行奏明办理,谨奏。宣统二年(1910年)十二月十四日,奉旨依议。钦此。

东督锡奏奉省中学以上学堂兵式体操应仿照陆军教练等折

窃据咨议局呈称:军国民教育之能强人国,古今中外皆然。奉省僻处东陲,实行军国民教育,为计尤急。拟将中学以上各学堂酌减随意科目,匀出时间加授军学、战术。又定章所授兵式体操,应仿照陆军实行教练,并习打靶,以期养成军人之能力,借振尚武之精神,事关变通定章,应请奏咨办理等情由。该局各议员议决,呈请前来。

臣查学堂教授之要,原以德育、智育、体育三者并重,今中学以上,各校体操一门,均习兵式,而比之陆军之教练,相去悬殊,有形式而无精神,于体育似未完备,不足以养成果毅坚卓之人才。矧[①]综揽奉省时局,尤以补救文弱之敝,提倡尚武之风为当务之急。

咨议局所议,实属深合时宜,应请准如所议,量予变通,定章实习打靶。已饬提学司,先将各校体操正课改习兵学、战术,再加兵式,教练枪、剑术,即将随意科目酌减,慎选妥员充当教习,自明年开学一学期满,练习就绪,再饬司妥订打靶章程,通行遵办,相应仰

① 矧(shěn):况且。

恳天恩，俯准饬部备案，以宏教练而冀实效，除将该局议案咨部查照外，谨奏。宣统二年（1910 年）十二月初四日，奉朱批，该部知道。钦此。

钦定修正逐年筹备事宜清单

宣统二年（1910 年）

一　厘定内阁官制（宪政编查馆、会议政务处同办）。

一　厘定弼德院官制（宪政编查馆、会议政务处同办）。

一　颁布新刑律（宪政编查馆、修订法律大臣同办）。

一　续办地方自治（民政部、各省督抚同办）。

一　续办各级审判厅（法部、各省督抚同办）。

一　续筹八旗生计（变通旗制处办）。

宣统三年（1911 年）

一　颁布内阁官制，设立内阁（宪政编查馆、会议政务处同办）。

一　颁布弼德院官制，设立弼德院（宪政编查馆、会议政务处同办）。

一　颁布施行内外官制（宪政编查馆、会议政务处同办）。

一　颁布施行各项官规（宪政编查馆、会议政务处同办）。

一　颁布会计法（宪政编查馆、度支部同办）。

一　厘定国家税、地方税各项章程（宪政编查馆、度支部、各省督抚同办）。

一　厘定皇室经费（内务府、宪政编查馆、度支部同办）。

一　颁布行政审判院法，设立行政审判院（宪政编查馆、会议政务处同办）。

一　颁布审计院法（宪政编查馆、会议政务处同办）。

一 颁布民律、商律、刑事、民事诉讼律(宪政编查馆、修订法律大臣同办)。

一 颁布户籍法(宪政编查馆、民政部同办)。

一 汇报各省户口总数(民政部、各省督抚同办)。

一 续办地方自治(民政部、各省督抚同办)。

一 续办各级审判厅(法部、各省督抚同办)。

一 续筹八旗生计(变通旗制处办)。

宣统四年(1912年)

一 宣布宪法(纂拟宪法大臣办)

一 宣布皇室大典(宗人府、宪政编查馆同办)。

一 颁布议院法(宪政编查馆办)。

一 颁布上、下议院议员选举法(宪政编查馆办)。

一 举行上、下议院议员选举(民政部、各省督抚同办)。

一 确定预算决算(度支部办)。

一 设立审计院(会议政务处、宪政编查馆同办)。

一 实行新刑律,民律,商律,刑事、民事诉讼律。

一 续办地方自治(民政部、各省督抚同办)。

一 直省府、厅、州、县城治各级审判厅一律成立(法部、各省督抚同办)。

一 续筹八旗生计(变通旗制处办)。

宣统五年(1913年)

一 颁布召集议员之诏。

一 实行开设议院。

●●宪政编查馆奏遵拟修正逐年筹备事宜开单呈览折并单

十一月初五日，奉上谕，前因缩改于宣统五年(1913年)开设议院，业经降旨，将应行提前赶办事项，责成该主管衙门，迅将提前办法，通盘筹画[①]，分别奏明办理。查预备立宪逐年筹备清单所开事宜，宪政编查馆有专办、同办及遵章考核之责。现在，开设议院既已提前，所有筹备清单各项事宜，自应将原定年限分别缩短，切实进行。着宪政编查馆妥速修正，奏明请旨办理等因。钦此。二十四日，奉上谕，前经降旨，饬令宪政编查馆修正筹备清单，着即迅速拟订，并将内阁官制一律详慎纂拟具奏，候朕披览详酌。钦此。

仰见朝廷郑重宪政、刻期进行之至意，当即督饬在事人员，悉心研究，详加酌核，谨拟修正办法，约有数端：一为提前各项，如颁布施行内外官制及宣布宪法、皇室大典之类是也；一为增入各项，如设立内阁、颁布行政审判法之类是也；一为变通各项，如续办地方自治、续筹八旗生计之类是也。

现在，钦奉谕旨，确定召集议院期限，凡于未开议院以前关系紧要、必应办齐而原单列在第六年以后者，兹均拟酌改年限，一律提前，以期无误。至组织内阁，特奉明谕，实为施行宪政之枢机，自应钦遵增入。其续办地方自治各条，循序渐进，计非旦夕所能观成，兹酌改为按年续办，以求实际而免阻碍。此外，巡警

① 筹画，同“筹划”。

教育等项皆属普通行政事务，故此次单内未经列入，仍应责成主管各衙门，按照原定清单，分别最要、次最，妥筹办理。

总之，时局阽危，至今已极，朝廷宵旰忧劳于上，国民迫切呼吁于下，臣工之筹策，士庶之论列，佥谓非立宪无以救时，而清单修正各条，皆实行立宪之要领，溯自预备立宪，业经数期，中外奉行，成绩如何，亦未一律。今又举第六年以后应办要政，责观成于第五年以前，自不得不遵筹修正，以期纲领之振举，免名实之乖违。

窃查列邦立宪之初，大都叠经波折，惟德意志、日本，其在上者有英断特出之才，在下者有忠爱不移之志，故宪政之成，敏速而无流弊。若其他诸国，往往予权者有所悔，争权者多所私，遂致事变环生，重烦镇定，久之始克收效。至土耳其、波斯，则又敷衍粉饰，慕立宪之虚名，而无尺寸之成绩者也。

臣等窃谓单内修正事项，皆为预备开设议院大端，必须勉赴期限，不容稍懈，而尤要者，则在内外臣工，协力同心，共襄盛举，庶几宪政成立，克期可俟。至原单各项，均注明某衙门办，或同办以寓明定责成、无误期限之旨。现，拟修正各项，其在未设内阁以前，承办、同办之各衙门，均仍照原单办理。惟皇室经费，除照原单由内务府、宪政编查馆同办外，应兼会同度支部办理，一俟新内阁已设，官制已定之后，所有承办、同办之各衙门，如何酌定之处，届时应由新内阁奏明，请旨遵行。除内阁官制遵即详慎纂拟、另行具奏外，谨将修正逐年筹备事宜，加具按语，缮列清单，恭候钦定施行。谨奏。宣统二年（1910 年）十二月十七日。奉旨着依议。钦此。

谨将遵拟修正逐年筹备事宜清单,加具按语,恭呈御览。

颁布内阁官制,设立内阁

谨按:本条为原单所无,自系赅括于厘定京师官制条内。惟责任内阁为统一行政机关,实宪政之要义,内阁不立,则各部行政,彼此纷歧,整顿之方,无从下手。本年十月初三日,钦奉谕旨,确定开设议院年限,而以先行厘订官制,预即组织内阁为筹备之要端,挈领提纲,洵属至当不易之办法,自应钦遵圣训,按照各国内阁通例,将此项官制从速厘定,预即组织,以资统摄而策进行。兹谨列入筹备清单,于本年赶紧厘定,于明年首先颁布设立,用示朝廷整纲饬纪、惟断乃成之至意,庶根本既固,气象一新,一切行政乃可得而整理矣。

颁布弼德院官制,设立弼德院

谨按:弼德院即各国所谓枢密院,为皇上顾问要政之府,与内阁同为将来宪法上之重要机关,应与内阁同时设立,相为维系。原单列入第九年,新定内外官制一律实行之后,与现定办法不合,兹谨拟提前办理,以重大权而广辅弼。

颁布新刑律

谨按:本条承原单之旧,现在,《刑律草案》业经宪政编查馆覆核,具奏请旨,交资政院协赞,应遵照定限,于本年内请旨颁布,并提前于宣统四年(1912年)实行。

续办地方自治、续办各级审判厅

谨按：自治与官制相辅而行，司法独立，尤与立宪政体有直接之关系。现在，城镇、乡、府、厅、州、县地方自治章程及《法院编制法》均经先后钦定公布施行，各省亦经按照定章，次第建设，自应赓续举办，力求进步。惟事体繁赜，非旦夕所能观成，必须分地、分期，逐渐推暨。原单于地方自治限以第七年，于乡镇各级审判厅限以第八年一律成立。就目前财力而论，自属缓急适宜之计画[①]，兹谨于每年筹备事宜之内，并各附列以上两条，但将城治各级审判厅成立提前一年，俾与宣布宪法年期相应，应责成该管衙门妥定次序，努力进行，以副司法独立之实。

续筹八旗生计

谨按：原单第一年请旨设立变通旗制处，筹办八旗生计，融化满汉事宜，第八年变通旗制一律办定，化除畛域。是第七年以前，皆为筹办八旗生计年限。又，恭查光绪三十四年(1908 年)十一月间，钦奉上谕，宣示设立变通旗制处，本旨重在筹办教养，使人人自强自立，是变通旗制，必以筹办八旗生计为要务，必生计筹有端绪，而旗制乃可变通。惟生计须陆续办理，猝难收效，拟于每年筹备事宜之内，附列此条，以期进行。

颁布施行内外官制

谨按：官制为组织行政之主体，行政有中央、地方之别，故官制亦

---

① 计画，同“计划”。

有内、外之分，集权、分权不可不与国情相适合。故必先立一定之标准，采用适宜之主义，分别规定，一气呵成，然后统系分明，脉络贯注，用能收廓清积弊、明定责成之效。原单以京师官制与直省官制分为两截，而厘订颁布试办实行又相距甚远，恐新旧递嬗之交，敷衍阻挠，流弊百出，兹谨并为一条，同时并举，拟请于宣统三年(1911 年)一律颁布施行，庶与谕旨迅速厘定提前试办之意相符。

颁布施行各项官规

谨按：官规与官制，相为表里，官制为实体法，官规为辅佐法。官制不定，则官规无所附丽，而官规不与官制同时并改，则官制亦难实行。原单所列《文官考试章程》、《任用章程》、《官俸章程》，皆官规以内之事，惟施行期限，在厘定官制之先，次序实未允洽。本年业经宪政编查馆奏明酌改，务与官制同时施行，自属正办。又，原单列举三项，亦嫌絓①漏。此外，如《服务纪律惩戒章程》、《分限章程》等项，均为官规内重要之件，自应一并厘定，以臻完密。兹谨改为各项官规，并拟与新定内外官制，同年颁布施行，庶几体用兼资，可无窒碍难行之患。

颁布会计法

谨按：《会计法》为编制豫算②之根本法律，原单定以第七年颁布，第八年实行，兹谨提前办理。此外，《会计细则》须与《会计法》相辅而行者，拟一并责成度支部迅速编订，以便同时施行。

---

① 絓(guà)：阻碍。

② 豫算，同“预算”。

厘定国家税、地方税各项章程

谨按:原单以国家税与地方税章程分年厘订。本年度支部议覆御史王履康[①]奏请《变通厘订折》内称应以本年为调查年限,宣统三年(1911 年)为厘订年限,宣统四年(1913 年)同时颁布等语。钦奉谕旨,俞允在案。是以上两项章程,必须同时厘订颁布,早在圣明洞鉴之中,惟度支部原奏,因开设议院在宣统八年(1916 年),故请于宣统四年(1912 年)将此项章程提前颁布。现在,议院开设年限业经缩改,而资政院议决预算之职权又与议院无异,则此项税法自当及早划分,以清预算之根本。本年,度支部奏交资政院预算案内,国家费与地方费未分,殊难决定审查之标准。兹谨参照度支部前奏办法,再拟提前一年,于第二次试办预算以前,一律厘定,并将各项税法案陆续提出,庶明年审查预算确有标准,而资政院与各省咨议局得以各尽议决之职,似系清理财政必要之急务也。

厘定皇宗[②]经费

谨按:本条原单列入第八年筹办事宜之首。查君主立宪国成例,皇室经费,岁有常额,议院不得减削,苟非额外增加,亦不须议院之协赞,所以保皇室之尊严、表臣民之爱敬,用意至善。现在,我国试办预算皇室经费与国家经费,尚未划清,资政院议决之时,颇多窒碍,兹谨拟于宣统三年(1911 年)提前厘定此项常额,别出于国家行政经费之外,毋庸经议会议决,以明隆重皇室之意。

---

① 王履康,江苏镇江人,生卒年不详。

② 皇宗,疑为"皇室"之误。

颁布行政审判法，设立行政审判院

谨按：行政审判院为救济行政上违法处分而设，亦宪法机关之一，而《行政审判法》即所以规定该院之职权及行政诉讼之程叙[1]者也。原单列入第六年，查现在资政院核办各省督抚侵权违法事件，多属行政诉讼之性质，此项裁判之权，应属行政审判院，若长令资政院办理，恐性质混淆，于事实上多所窒碍，兹谨拟提前设立，以清权限。

颁布审计院法，设立审计院

谨案：审计院所以检察决算报告，为将来宪法上必要之机关，其组织及权限须以法律定之，故欲设审计院，不可不先定审计院法。原单列入第八年，惟本年既试办预算，则宣统三年（1911 年）分之决算报告，必应交资政院议决，此项审计院法拟于宣统三年（1911 年）颁布，审计院拟于宣统四年（1912 年）设立，以保决算之正确。

颁布民律、商律、民事刑事诉讼律

谨案：本条列举各律与刑律同为国家重要之法典，实司法衙门审判一切诉讼之根据，此等法典一日不颁，即审判厅亦等虚设。原单定以第六年颁布，兹谨提前，并与刑律一律于宣统四年（1912 年）实行。

颁布户籍法，汇报各省户口总数

谨案：《户籍法》为调查户口必要之法律，与选举事宜又有直接之关系，原单定以第五年颁布，兹拟与汇报各省户口总数一并提前。

---

① 程叙，今云“程序”。

宣布宪法

宣布皇室大典。

颁布议院法，颁布上、下议院议员选举法

谨按：《议院法》及《选举法》为设立议院直接之预备，而《宪法》为《议院法》、《选举法》之根本，皇室大典又与宪法有辅车之关系，必须于设立议院以前，一律制定。原单列入第九年，现在，开设议院之期既确定宣统五年（1913 年），则以上各法自应于宣统四年（1912 年）六月以前，一律颁布，以资信守。

举行上、下议院议员选举

谨按：中国地广民众，调查选举资格编造名簿，必非一二月所能告成，故宣统五年（1913 年）实行开设议院，则选举之事不可不于宣统四年（1912 年）即行开办，兹仍按照原单次序列入，颁布《选举法》之后，庶免临时仓猝之弊。

确定预算、决算

谨按：原单本条列在第九年，查预算、决算为议院应行议决之要端，现议院年限既已提前，预算、决算自必于未开议院以前确定，方免贻误，兹谨提前办理。

颁布召集议员之诏

谨按：本条原单未列，伏读光绪三十四年（1908 年）八月初一日上谕，开设议院，应以逐年筹备各事办理完竣为期，各项筹备事宜一

律办齐，即行颁布钦定宪法，并颁布召集议员之诏等因。钦此。圣训周详，允宜遵守，兹谨钦遵列入，以昭我皇上继志述事之盛。

实行开设议院

谨按：本条系遵照本年十月初三日上谕，敬谨纂入。

又按：此次修正清单列举事宜，以与立宪政治有直接关系者为限，此外普通行政事宜，如巡警、教育等项，为原单所列举者，应责成该管衙门严定考成，督饬进行，不容稍涉疏懈，致滋废弛。

●●督办盐政处会奏酌订盐官补用班次折并单

宣统二年(1910年)正月十六日，臣处会同度支部具奏《督办盐政暂行章程》第二十一条内载：运司盐道以下，分发到省，各项班次人员，由该管运司、盐道，将衔名、履历详送督办盐政大臣暨该省督抚查核，并加具切实考语，择尤预保，遇有缺出，由督办盐政大臣分别奏咨，酌量补用。旋据东三省总督锡良[①]等覆奏，盐属各员，向系按班序补，今以预保之员酌量补用，其未经列保者，未免向隅。至如云南提举一官，向由知州、通判升补，寻常委署，尤不拘盐职，兹仅责盐道就到省盐职，加考补用，更难收因地择人之效。

又，经臣处于遵旨详议，折内陈明：原奏章程既须查开班次，即无尽废序补之意。云南提举一官，既系向由知州、通判升补，原奏章程并无限用盐职明文，即可就知州、通判遴保，如因知州、通判非盐道

① 锡良(1853—1917年)，字清弼，巴岳特氏，蒙古镶蓝旗人。宣统元年(1909年)授钦差大臣，总督奉天、吉林、黑龙江东三省。

所,亦可移商藩司遴选人员,转详核办。至盐官补缺,应如何分别缺分、酌定轮次之处,自应另订详章,会商吏部办理。嗣以云南盐务需才,又经臣处会同云贵督臣李经羲[①]奏请,将该省盐提举三缺、盐大使七缺变通补署,不拘文法,咨选之缺,扣留外补,并声明。俟臣处订定各省盐官补署新章,再将滇省补署各缺如何斟酌变通,奏明请旨办理各等因。先后奉旨允准在案。

伏查整顿盐务,首以慎选官吏为要,从前《盐官补缺章程》班次繁杂、文法过密,现经臣等公同商酌,悉心筹画[②],拟请将各项内无论科分名次、到省先后、到班时,一体统酌,大小花样内,亦无论新例、旧例及卯次先后并何项出身、到班时,亦一体统酌,其有应行甄别考验,未经期满留省人员,仍照例章扣除,以昭核实。如此删繁就简,多用正班,少用插班,比较现行轮次,已省十之六七、而本项到班,一体统酌,尤于分别班次之中,不失酌量人才之意,谨分别新旧轮补格式,列表系说,缮具清单,恭呈御览。如蒙俞允,即由臣处通行各省,自宣统三年(1911 年)正月分起,所有盐官补缺班次,无论用至何处,均从新起轮,以归划一。遇有缺出,责成该管运司、盐道,会同藩司,遴选人员,出具切实考语,详报臣处,并报明该省督抚查核,即由臣处会同该省督抚奏咨,请补仍由臣部核覆施行。

云南一省,地处极边,人才缺乏,前经奏准变通补署,不拘文法,应仍暂照前奏办理。至滇省盐官选缺章程,扣留外补,现在各省外补轮次既经厘订,内选班次自当一律停止,应如何改给分发、酌定章程之处,容由臣等详细妥拟,再行奏明,请旨办理。再,此折系督办盐政

---

① 李经羲(1859—1925 年),子虑生,号冲仙。李鸿章弟李鹤章子。宣统元年(1909 年)任云贵总督。

② 筹画,同“筹划”。

处主稿，会同吏部办理，合并陈明。谨奏。宣统二年（1910年）十二月十八日奉旨依议。钦此。

谨将盐官补缺新旧轮次，列表系说，缮具清单，恭呈御览。

计 开

盐运司运同补用班次

定例：各省盐运司运同缺出如扣留请补时，无论何项出缺，均先尽候补班人员酌补；候补班无人，以委用人员酌署；委用无人，方准以试用人员按班序补。如有候补、委用、试用各本班先人员到班时，仍先用本班先一人，再用本班正班一人。用本班先时，候补、委用，均归酌量试用，仍归序补应用。候补、委用、试用正班时，准插用分缺先、分缺间人员，均按先后序补等语。

查盐运司运同，职秩较尊，缺分最要，委用班次，大半无人。今拟将委用与候补合为一班，遇有缺出，于该班内无论本班先、本班，统行酌量拣选一人；如该班无人将试用，先试用分缺先、分缺间各班拣选一人，酌量补用。

两淮监掣同知补用班次

定例：两淮淮北、淮南监掣同知二缺，定为在外调缺，如遇缺出，由该督等于行盐地方所属同知内拣选调补，如不得其人，即于通判、知州、运判、知县内拣选提升，其补用班次，先尽著有劳绩先用、即用人员补用，如先用、即用无人，将部发人员按一应补、一委用、一捐纳，按班挨次序补。河东监掣同知，系要缺，应令拣选调补提升其补用班次，亦照此办理等语。

查，监掣同知，均系要缺，今拟遇有缺出，或调、或升、或补，统行酌量，于以上各班内拣选一人。盐提举缺出，亦即照此办理。

盐运司、运副、运判补缺旧轮次表

第一缺	第二缺	第三缺	第四缺	第五缺
遇缺先	遇缺先	海防先	海防先	候补先
遇缺先	遇缺先	海防先	海防即	候补
遇缺先	遇缺先	海防先	海防先	委用先
遇缺先	遇缺先	海防先	海防即	委用
遇缺先	遇缺先	海防先	海防先	捐纳先
遇缺先	遇缺先	海防先	海防即	分缺先
遇缺先	遇缺先	海防先	海防先	捐纳
遇缺先（系新海防）	遇缺先（系新海防）	海防先（系旧海防，无人，以郑工遇缺先抵补）	海防即（无人，用旧例，再无人，过班）	分缺间

查，运副只有一缺，运判五缺，内亦多要缺。除要缺仍酌量拣选外，其各项班次，旧海防即旧例并委用，大半无人，今拟略加删并，列为新定轮次表如下：

第一缺

遇缺先（如有旧海防先、海防即并入此班） 候补先（委用先此班）。

遇缺先（如有旧海防先、海防即并入此班） 候补（委用并入此班）

遇缺先（如有旧海防先、海防即并入此班） 捐纳先捐纳（新、旧例合为一班，分班轮用）

遇缺先（如有旧海防先、海防即并入此班） 分缺先间（分班轮用）

上表所列右层为插班，左层为正班，插班无人，即用正班，正班内某项无人，则用其次之班。其分班轮用法，第一次用捐纳先，第二次用捐纳。第一次用分缺先，第二次用分缺间。捐纳先无人，即用捐纳，捐纳无人，即用捐纳先。分缺先无人，即用分缺间，分缺间无人，即用分缺先。均无人，过班。凡插班、正班，不论到省名次先后，统行酌量一人。

盐库各大使补缺旧轮次表

第一缺	第二缺	第三缺	第四缺	第五缺
遇缺先	遇缺先	海防先	海防先	候补先
遇缺先	遇缺先	海防先	海防即	候补
遇缺先	遇缺先	海防先	海防先	委用先
遇缺先	遇缺先	海防先	海防即	委用
遇缺先	遇缺先	海防先	海防先	截取先
遇缺先	遇缺先	海防先	海防即	截取
遇缺先	遇缺先	海防先	海防先	捐纳先
遇缺先	遇缺先	海防先	海防即	分缺先
遇缺先	遇缺先	海防先	海防先	捐纳
遇缺先	遇缺先	海防先	海防即	分缺间
遇缺先	遇缺先	海防先	海防先	候补先
遇缺先	遇缺先	海防先	海防即	候补
遇缺先	遇缺先	海防先	海防先	委用先
遇缺先	遇缺先	海防先	海防即	委用
遇缺先	遇缺先	海防先	海防先	截取先
遇缺先	遇缺先	海防先	海防即	截取
遇缺先	遇缺先	海防先	海防先	捐纳先

遇缺先	遇缺先	海防先	海防即	分缺先
遇缺先	遇缺先	海防先	海防先	捐纳
遇缺先	遇缺先	海防先	海防即	分缺间
遇缺先	遇缺先	海防先	海防先	捐输先
遇缺先	遇缺先	海防先	海防即	分缺先
遇缺先	遇缺先	海防先	海防先	捐输
遇缺先	遇缺先	海防先	海防即	分缺间
遇缺先	遇缺先	海防先	海防先	候补先
遇缺先	遇缺先	海防先	海防即	候补
遇缺先	遇缺先	海防先	海防先	委用先
遇缺先	遇缺先	海防先	海防即	委用
遇缺先	遇缺先	海防先	海防先	拣选先
遇缺先	遇缺先	海防先	海防即	拣选
遇缺先	遇缺先	海防先	海防先	议叙先
遇缺先	遇缺先	海防先	海防即	分缺先
遇缺先	遇缺先	海防先	海防先	议叙
遇缺先	遇缺先	海防先	海防即	分缺间
遇缺先	遇缺先	海防先	海防先	孝廉方正先
遇缺先	遇缺先	海防先	海防即	分缺先
遇缺先	遇缺先	海防先	海防先	孝廉方正
遇缺先（系新海防）	遇缺先（系新海防）	海防先（系旧海防，无人，以郑工遇缺先，抵补）	海防即（无人，用旧例，再无人，过班）	分缺间

查各项班次内，旧海防及旧例并委用捐输，大半无人。举人、截取、拣

选，又分班轮用，且先用指项一人，次用掣项一人，照旧积轮，殊觉繁冗。今拟大加删并，列为新定轮次，表如下：

第一缺	第二缺
遇缺先（如有旧海防先、海防即并入此班）。	候补先、候补（委用先、委用，并入此班，分班轮用）。
遇缺先（如有旧海防先、海防即并入此班）。	截取、拣选先、截取、拣选（不论科分捐保先后及指项、掣项，分班轮用）。
遇缺先（如有旧海防先、海防即并入此班）。	捐纳先、捐纳（新、旧例合为一班，分班轮用）。
遇缺先（如有旧海防先、海防即并入此班）。	分缺先间（分班轮用）。
遇缺先（如有旧海防先、海防即并入此班）。	候补先、候补（委用先、委用并入此班，分班轮用）。
遇缺先（如有旧海防先、海防即并入此班）。	截取、拣选先、截取、拣选（不论科分捐保先后及指项、掣项，分班轮用）。
遇缺先（如有旧海防先、海防即并入此班）。	捐纳先、捐纳（新、旧例合为一班，分班轮用）。
遇缺先（如有旧海防先、海防即并入此班）。	分缺先、间（分班轮用）。
遇缺先（如有旧海防先、海防即并入此班）。	候补先、候补（委用先、委用并入此班，分班轮用）。
遇缺先（如有旧海防先、海防即并入此班）。	截取、拣选先、截取、拣选（不论科分捐保先后及指项、掣项，分班轮用）。
遇缺先（如有旧海防先、海防即并入此班）。	议叙先、议叙（不论捐保及到省先后，分班轮用）。
遇缺先（如有旧海防先、海防即并入此班）。	孝廉方正先、孝廉方正（分班轮用）。

上表二十四缺为一周，插班、正班与运副、运判同。其分班轮用法，第一次均先用各本班先及分缺先一人，第二次用各本班及分缺间一人。如本班先无人，则用本班；本班无人，则用本班先；均无人，过班。分缺先、分缺间人员，亦照此办理。

盐经历、盐知事、盐巡检补缺旧轮次表

第一缺	第二缺	第三缺	第四缺	第五缺
遇缺先	遇缺先	海防先	海防先	候补先
遇缺先	遇缺先	海防先	海防即	候补
遇缺先	遇缺先	海防先	海防先	委用先
遇缺先	遇缺先	海防先	海防即	委用
遇缺先	遇缺先	海防先	海防先	五贡就职先
遇缺先	遇缺先	海防先	海防即	五贡就职
遇缺先	遇缺先	海防先	海防先	捐纳先
遇缺先	遇缺先	海防先	海防即	分缺先
遇缺先	遇缺先	海防先	海防先	捐纳
遇缺先	遇缺先	海防先	海防即	分缺间
遇缺先	遇缺先	海防先	海防先	候补先
遇缺先	遇缺先	海防先	海防即	候补
遇缺先	遇缺先	海防先	海防先	委用先
遇缺先	遇缺先	海防先	海防即	委用
遇缺先	遇缺先	海防先	海防先	五贡就职先
遇缺先	遇缺先	海防先	海防即	五贡就职
遇缺先	遇缺先	海防先	海防先	捐纳先
遇缺先	遇缺先	海防先	海防即	分缺先
遇缺先	遇缺先	海防先	海防先	捐纳

遇缺先	遇缺先	海防先	海防即	分缺间
遇缺先	遇缺先	海防先	海防先	捐输先
遇缺先	遇缺先	海防先	海防即	分缺先
遇缺先	遇缺先	海防先	海防先	捐输
遇缺先	遇缺先	海防先	海防即	分缺间
遇缺先	遇缺先	海防先	海防先	候补先
遇缺先	遇缺先	海防先	海防即	候补
遇缺先	遇缺先	海防先	海防先	委用先
遇缺先	遇缺先	海防先	海防即	委用
遇缺先	遇缺先	海防先	海防先	五贡就职先
遇缺先	遇缺先	海防先	海防即	五贡就职
遇缺先	遇缺先	海防先	海防先	议叙先
遇缺先	遇缺先	海防先	海防即	分缺先
遇缺先	遇缺先	海防先	海防先	议叙
遇缺先	遇缺先	海防先	海防即	分缺间
遇缺先	遇缺先	海防先	海防先	孝廉方正先
遇缺先	遇缺先	海防先	海防即	分缺先
遇缺先	遇缺先	海防先	海防先	孝廉方正
遇缺先（系新海防）	遇缺先（系新海防）	海防先（系旧海防，无人，以郑工遇缺先，抵补。）	海防即（无人，用旧例，再无人，过班。）	分缺间

查各项班次内，旧海防及旧例并委用捐输，亦大半无人。举人、截取、拣选，取列三等，以盐经历用者，于各正班用过二人后，插用一人，积缺易涉牵混。今拟大加删并，列为新定轮次，表如下：

第一缺	第二缺
遇缺先(如有旧海防先、海防即并入此班)。	候补先、候补(委用先、委用并入此班,分班轮用)。
遇缺先(如有旧海防先、海防即并入此班)。	就职先、就职(举人、截取、拣选,并入此班,分班轮用)。
遇缺先(如有旧海防先、海防即并入此班)。	捐纳先、捐纳(新旧例合为一班,分班轮用)。
遇缺先(如有旧海防先、海防即并入此班)	分缺先、间(分班轮用)。
遇缺先(如有旧海防先、海防即并入此班)。	候补先、候补(委用先、委用并入此班,分班轮用)。
遇缺先(如有旧海防先、海防即并入此班)	就职先、就职(举人、截取、拣选,并入此班,分班轮用)。
遇缺先(如有旧海防先、海防即并入此班)。	捐纳先、捐纳(新、旧例合为一班,分班轮用)。
遇缺先(如有旧海防先、海防即并入此班)。	分缺先、间(分班轮用)。
遇缺先(如有旧海防先、海防即并入此班)。	候补先、候补(委用先、委用并入此班,分班轮用)。
遇缺先(如有旧海防先、海防即并入此班)。	就职先、就职(举人、截取、拣选,并入此班,分班轮用)。
遇缺先(如有旧海防先、海防即并入此班)。	议叙先、议叙(分班轮用)。
遇缺先(如有旧海防先、海防即并入此班)。	孝廉方正先、孝廉方正(分班轮用)。

上表亦二十四缺为一周,用法与盐库各大使同。其盐知事、盐巡检两项,并无就职,及孝廉方正人员,应即过班用,其次到班之人。

又,定章坐补原缺、裁缺,即用回避,即用新选、新补之留省、另补及应补等项人员,道、府以至未入流,遇有缺出,无论何项到班,均尽数先尽请补,不积各项班次之缺等语。以上所列各缺,如有前项各员,仍应照旧章办理,合并声明。

●●学部奏拟订地方学务章程施行细则折并单

窃臣部会同资政院于本年十一月初一日具奏《地方学务章程》一折,奉旨依议,钦此钦遵在案。查《地方学务章程》第十四条有本章程施行细则,由学部以命令定之等语,自应妥速厘订,以便施行。窃维《地方学务章程》所以规画[①]义务教育之始基,挈领提纲,义主赅括;而施行细则所以规定章程中一切细目,条分缕析、取便实行。臣等公同商酌,谨拟就《地方学务章程》施行细则七章三十八条,大致以原章为根本、以普及教育为指归,缮具清单,恭呈御览。如蒙俞允,即由臣部通行京外,遵照办理。谨奏。宣统二年(1910年)十二月十九日奉旨依议。钦此。

谨将拟订《地方学务章程施行细则》缮单呈览

要　　目

第一章　公用学堂

第二章　乡学连合会

第三章　分区

---

① 规画,同“规划”。

第四章　城镇乡乡学连合会之义务人

第五章　委托办理

第六章　学务专员

第一节　员额及委任

第二节　职权

第三节　薪金及罚则

第七章　基本财产积存款项之筹集及处理

附则

计　开

第一章　公用学堂

第一条　府、厅、州、县自治职所，设公用学堂如下：

一　中学堂。

二　高等小学堂。

三　初等小学堂(以模范小学或附属小学为限)。

四　中等、初等实业学堂。

五　实业教员讲习所。

六　实业补习普通学堂。

七　简易识字学塾(以附设者为限)。

图书馆、宣讲所、阅报社及其他不在学堂统系之内者，如为力所能举，仍负设立及维持之义务。

第二条　城镇、乡乡学连合会①或其分区所设公用学堂如下：

一　初等小学堂(单级小学、半日小学、二部教授小学同，单级教授

① 连合会，犹今之“联合会”。

及二部教授各法，由学部另文订定施行）。

二　简易识字学塾。

三　蒙养院[①]。

四　高等小学堂（视财力为之，不在必设之列，中学堂同）。

五　初等实业学堂（同前）。

图书馆、宣讲所、阅报社及其他不在学堂统系之内者，如为力所能举，仍负设立及维持之义务。

第三条　城镇、乡乡学连合会或其分区，均以初等小学堂为主要学务，而以简易识字学塾辅之。

主要学务或其他学务确为城镇、乡所不能担任者，得由府、厅、州、县自治职，按照府、厅、州、县《自治章程》第三条第一项代负设立及维持之义务。

《地方学务章程》未颁行以前所设公用学堂，有与本细则不合者，得于原定年限以内接续办理。

第四条　城镇、乡乡学连合会或其分区所设初等小学，应以本地方就学儿童人数为准，其合设一所，或分设二所以上，得就地方情形酌办。

第二章　乡学连合会

第五条　按照《地方学务章程》第二条，设立乡学连合会者，经各该乡协议议决后，呈请该管地方官核准。

乡学连合会，因地域情势之便利，得连合二乡以上之全部或一部设立之。

---

① 蒙养院，犹今之幼儿园、托儿所。

第六条 乡学连合会，应以连合各乡之议员编制协议，会其会期，以协议定之。

第七条 乡学连合会，应行协议事件如下：

一 关于本会会议之编制事件。

二 关于本会事务之管理事件。

三 关于本会经费之筹集、处理事件。

四 教育基本财产、积存款项之设置及增加事件。

五 初等小学堂及其他教育事业之设置及废止事件。

六 关于代办他处之委托教育事件。

七 关于本会学区之分合事件。

八 关于本会解散或各乡之担任事件。

第八条 乡学连合会遇有下列事项，经该管地方官核准，得以解散：

一 会内各乡有因人口、财力增进，能独任办理教育事业，无须继续连合者。

二 因区域变更，或其他事故，不能继续连合者。

三 协议不决，屡起争执者。

第九条 因乡学连合会之解散，或区域变更，所设各项教育事业，不得已而改废者，于原定年限之内，仍须续办。其续办之经费及事务，仍由各该乡分任。

第三章 分区

第十条 按照《地方学务章程》第三条分区者，名曰学区。其分为二区以上者，依序名之曰第一学区、第二学区。

划分学区之境界，以自治区域为准。

第十一条 城镇、乡划分学区，应以人口及就学儿童之数为率，其人口不满二千，或就学儿童不满百者，均无庸分区。

城镇、乡因地域情势以分区为便者，虽人口不满二千，亦得分区。

第十二条 城镇、乡所分学区，遇有必要情形，得经议事会之议决，仍合并之。

第十三条 户口稀少之乡，不能自成一学区，又不便设立乡学连合会者，得与附近之乡合为一学区。

第十四条 每学区内各项教育事业，须就区内适中之地设立，但区内原有公共建筑物可以适用者，不在此限。

第十五条 因学区分合或区域变更，所设各项教育事业不得已而改废者，于原定年限之内仍须续办。

第四章 城镇乡乡学连合会之义务人

第十六条 城镇、乡乡学连合会地方公用学堂设立及维持之经费，按照《地方学务章程》第四条，以在本区域内之义务人负担之，区域内之义务人如有意违抗，不负此项义务者，得照《城镇乡地方自治章程》第七条第二项之罚则办理。

第十七条 区域内之义务人如下：

一 居住或流寓者：不论正户、附户，均以能自立营生者为限，而以户主为义务人。

二 有不动产者：如田土、山林、牧场湖荡等土地之所有者，或铺户、堆栈等房屋之所有者皆是，其土地房屋经典押与人者，则受典押之人应为义务人。

三 营业者：除无定所之行商及资本微小者，得经议事会议决免除其负担外，凡营工商等业之主人，均为义务人。

第十八条 义务人在一区域内具有数项资格者，应依其各项资格负担义务。

具有数项资格而不在一区域内者，或一项资格而分在数区域者，均各按区域任负担之义务。

第十九条 负担义务之款目、定率及征收之法，按照《地方自治章程》及其他法令之规定。其未经规定者，应由议事会拟具规则，呈请地方长官及监督官府核准施行。

第五章 委托办理

第二十条 城镇、乡乡学连合会或其分区，不能自任其全部或一部之教育经费者，与该处学童入本区学堂，较入他处城镇、乡乡学连合会或其分区之学堂反有不便者，均得呈请该管地方官核准，将该处学龄儿童委托于附近之城镇、乡乡学连合会或其分区代办教育事宜。

第二十一条 代办教育事宜之城镇、乡乡学连合会或其分区，对于委托之学龄儿童，须与本城镇、乡或本乡学连合会之学龄儿童同一待遇。

第二十二条 代办教育事宜所需之酬金有无、多寡，由代办之城镇、乡乡学连合会议决之，委托者如不同意，得彼此协议，协议不决，应照《地方学务章程》第六条办理。

第二十三条 委托代办教育事宜，遇有下列事项，经该管地方官核准得停止之：

一 委托者因该处人口、财力增进，能自任教育事业时。

二 委托者与他一乡或数乡另设乡学连合会时。

三 代办之乡学连合会解散或变更时。

四 代办者因有不得已之事故不能代办时。

第二十四条 因委托代办停止而生款项之纷议者，照《地方学务章程》第六条办理。

第六章 学务专员

第一节 员额及委任

第二十五条 府、厅、州、县及城镇、乡之分三学区以上者，得设学务员长一人，于其分区得设区学员若干人。

区学员不限于每区一人，得以一人兼办二区以上之学务。

乡学连合会连合二乡以上者，得设学务员长。

第二十六条 府、厅、州、县城镇乡学务专员，按照《地方学务章程》第七条公推呈请地方官委任、其应设学务员长者，须于学务专员内推拟二人，呈由地方官定之。

学务员长及区学员之资格，依《地方学务章程》第七条及其他法令之规定（如《奏定学务纲要》所载《办学员绅》一节，及《检定小学堂教员章程》所载《受检定者资格》之类）。

现任议事会议员、董事会董事及乡董、乡佐者，不得兼任学务专员。

第二十七条 府、厅、州、县城镇乡学务专员，均以三年为任满，任满仍被推选者，准其连任，学务专员因事出缺，应即补行公推。

第二节 职权

第二十八条 府、厅、州、县学务专员执行事务如下：

一 府、厅、州、县公立学堂及其他教育事业之设置及设备。

二 府、厅、州、县代城镇乡设立之学堂及其他教育事业。

三 关于府、厅、州、县学务之预算决算事件。

四 关于府、厅、州、县学务之基本财产、积存款项。

五 本地方儿童就学年龄簿之调查编制。

六 本地方学堂各项图表之调查编制。

七 监督官府或地方长官委任办理之教育事件。

八 府、厅、州、县议事会或参事会，议决执行之教育事件。

第二十九条 城镇、乡乡学连合会学务专员执行事务如下：

一 本地方学区之划分及小学堂、简易识字学塾等项之分配设置。

二 本地方公用学堂及其他教育事业之建筑及设备。

三 本地方就学儿童年龄簿之调查编制。

四 本地方学务图表之调查编制。

五 某处学龄儿童应入某区小学之规定。

六 对于学龄儿童之父兄为应受义务教育之劝导。

七 本地方小学堂学额、学级、课时间之分配。

八 关于本地方学务经费之事件。

九 关于本地方学务之基本财产、积存款项。

十 监督官府或地方长官委任办理之教育事件。

十一 城镇、乡议事会议决执行之教育事件。

第三十条 学务专员于议事会开议时，得到会陈述意见，但不得列议决之数。

第三节 薪金及罚则

第三十一条 学务专员之薪水公费，在府、厅、州、县，经议事会议决，由地方官定之；在城镇、乡乡学连合会，由乡董、乡佐或连合乡之乡董拟交议事会议决，呈由该管地方官定之，均申报提学司备案。

第三十二条 学务专员如有过失，在府、厅、州、县，应按照《府、厅、州、县地方自治章程》第六十八条、第六十九条办理，在城镇、乡乡学连合会，应按该自治规约办理。

第七章　基本财产积存款项之筹集及处理

第三十三条　府、厅、州、县，城镇、乡乡学连合会，得将下列各款之收入，作为基本财产或积存款项。

一　捐助学务经费。

二　公费。

三　使用费。

四　赢余及岁入酌增之款。

五　从基本财产或积存款项所生之收入。

六　由他项自治经费划还之款。

第三十四条　前条第一款至第五款之收入，得充本地方学堂等项设立维持之用，但动用第一款者，仍照《地方学务章程》第九条办理。

第三十五条　关于基本财产、积存款项之处理，及学堂等项设立维持之用，经议事会之议决，得设特别会计。

第三十六条　经理基本财产、积存款项人员，应照《府、厅、州、县自治章程》第六十六条，《城镇乡自治章程》第九十四条之规定。

附　　则

第三十七条　本《施行细则》，于地方自治已成立者适用之。

第三十八条　本《施行细则》，如有未尽事宜，由学部随时改订。

●●学部奏检定初级师范学堂中学堂教员及优待教员章程折并单

宣统元年(1909年)闰二月二十八日，臣部具奏分年筹备事宜，单内开宣统二年(1910年)颁布《检定初级师范学堂、中学堂教员章程》及《优待章程》，业经宪政编查馆覆核，奉旨依议，钦此钦遵在案。

伏查初级师范学堂为小学教育之本，中学堂为高等预备之阶，非有合格之师资，断难收豫期[1]之成效。各省优级师范生虽经陆续毕业，堪以充任教员，然合之似见其多，分之仍觉太少，现在初级师范亟待扩充，中学堂亦不容缓办，所有优级师范毕业生既不敷分布，势不得不通融聘用，以应急需。惟未经检定，则教员是否合格，既无标准之可言，待遇不优，尤非尊重师道之意。臣等公同商酌，遵拟《检定初级师范学堂、中学堂教员章程》及《优待章程》缮具清单，恭呈御览。如蒙俞允，即由臣部遵奉颁行。谨奏。宣统二年(1911年)十二月十九日。奉旨依议。钦此。

谨将《检定初级师范学堂、中学堂教员章程》缮具清单，恭呈御览。

计　开

第一条　检定初级师范学堂、中学堂教员各项事宜，在京师由学部办理，在各省由提学使办理。

第二条　施行检定之时，由学部暨各省提学使遴选深通科学兼谙教

① 豫期，同“预期”。

育理法之学务职员，并学望优著之优级师范学堂、高等学堂及程度相等以上之各专门学堂教员，或在中国及外国大学堂高等学堂之毕业生（须办理学务积有经验者），派充检定委员，分科检定。

第三条 除优级师范学堂本科中等以上毕业生、优级师范学堂选科最优等毕业生，照《奏定师范奖励义务章程》准充初级师范学堂、中学堂正教员，及优级师范本科下等毕业生、优级师范选科优等中等毕业生，照章准充副教员，于其专修科目，均无庸检定外，其他有应行检定者，分为两种：一为试验检定，一为无试验检定。

第四条 各省试验检定，除因急需教员，得临时禀候部示，择期举行外，每年由学部暨各省提学使相度情形，于冬季或夏季举行一次，其检定日期及试验科目，须于三个月以前预为宣示。无试验检定，由学部暨各省提学使随时行之。

第五条 无试验检定之资格如下：

一 在大学预科及高等专门学堂或程度相等以上各学堂毕业，得有奖励，或经学部核准升学者。

二 在外国高等专门各学堂及程度相等以上各学堂毕业，经学部考试录取者。

三 现充初级师范学堂、中学堂或程度相等以上各学堂教员满三年以上，经学部或各省提学使认为合格者。

第六条 有前条所列资格之一者，由学部暨各省提学使给予无试验检定文凭，注明所修主课及通习学科，分别准充初级师范学堂、中学堂该科正、副教员。

有前条第一项、第二项资格者，准充所修主课各科之正教员，所修通习学科，其钟点较定章初级师范中学堂该科钟点为多者，准充该科副教员。

有前条第三项资格者,应以曾授之学科为限。

第七条 应受试验检定之资格如下:

一 在本国优级师范选科或高等专门学堂及程度相等各学堂毕业,得有及格或修业文凭者。

二 在外国高等专门学堂或程度相等各学堂毕业,未经学部考试录取者。

三 现充初级师范学堂、中学堂或程度相等以上各学堂之教员、职员。

四 初级师范学堂毕业生照章服务期满者。

五 曾充小学堂教员,已满教授年限,得有实力尽职文凭,暨在一学堂教授五年以上,得有奖励者。

六 著有中学教科书以上程度之各种书籍,经学部审定发行者。

七 具有第三条无庸检定资格,及得有初级师范学堂、中学堂某科教员检定文凭,而愿兼任其他之学科者。

八 举贡生员,能通专门科学,兼明教育原理及教授法者。

九 曾任陆军队官等职、娴于体操教练者。

第八条 试验检定,照初级师范学堂、中学堂所定学科,分别主要科及补助科,并行试验,兹列科目如下:

愿任教授科目	应试主要科目	除外国语以高等学堂毕业程度为率,商业以高等商业学堂毕业程度为率外,余悉以优级师范毕业程度为率。但在优级师范为主课者,以主课程度为率。	应试补助科目	以足以补助主要科目为率

修身	人伦道德		经学大义、伦理学	东、西伦理学史
教育	教育学、教授法、管理法	心理学、伦理学	伦理学	
读经、讲经	书经、易经	春秋左氏传经学大义	小学、中国文学	
中国文学	中国文学		历史、经学大义	地理、人伦道德
外国语	读本作文	会话文法	西洋文学史、西洋历史	
历史	中、外历史学		地理学、社会学	政治理财学
地理	中、外地理学		地文学、历史学	地质学
算学	算学			
法制理财	法制大意、理财通论			
理化	物理学、化学		算术、代数	几何、三角
博物	动物学、植物学	矿物学、生理卫生学	解剖学、地质学	化学、物理学
农业	农学、土壤学	园艺学、蚕学	博物化学	农业理财学、动植物病理学
商业	商业理财学、商品、商法	商业算术簿记	商业地理、商业历史	统计学
手工	玩具、金工	编物、木工、塑烧	物理学、图画学	化学
体操	游戏、器械	徒手、兵式	生理学、卫生学	
习字	篆、隶、行、草、楷各项书法，字学源流		小学、中国文学	

图画	自在画、几何画	投影画、铅笔画	东、西洋美术史，算学、审美学	

第九条 检定教员试验，无论所试何项科目，应增该科教授法及国文一题，其国文以文理畅达为及格。

第十条 受验科目一科或数科者听，但受验数科内有互为补助科目者，应免试补助科。

第十一条 试验之法，按照学科，分别用论说条对或实地演习，并加试语言问答，以验讲说之优劣。

第十二条 检定教员试验，须将所试主要及补助科目评定分数，平均计算，以六十分为及格（惟主要科目不得在六十分以下）。及格者。由学部暨各省提学使给予检定文凭，注明所试科目，准充初级师范学堂、中学堂该科正教员，五十分以上者，给予准充该科副教员文凭。

第十三条 得有检定及格文凭者，除准充主要科目正教员外，并得兼充补助科目之副教员。

第十四条 凡初级师范学堂、中学堂教员，除具有无庸检定之资格外，均须有检定文凭，方准充当。

第十五条 初级师范学堂、中学堂教员，如有下列各项之一者，不得与于检定：

一 犯有精神病或各种废疾，于教授有碍者。

二 曾犯刑律者。

三 现有刑事诉讼者。

四 沾染嗜好者。

五 举贡生员，曾经斥革，尚未开复者。

六 教员曾经斥退者。

第十六条 检定初级师范学堂、中学堂教员时，京师由学部奏派专员为主试官，外省以提学使为主试官，督率检定委员，按照本章程切实办理。

第十七条 除学部检定之教员，应由部通行京外以资录用外，各省提学使衙门，应设立所辖地方之检定初级师范学堂、中学堂教员姓名录，将其履历、学科程度详细登载，以便考核，并应另具清册，连同考试成绩送部立案。

第十八条 业经检定之教员，在学堂教授时有犯下列各项者，经本学堂或各视学官察出，呈由京师督学局或各省提学使，覆核属实，得分别辞退：

一 学业荒废、教授不合法者。

二 不尽心教授、久旷功课者。

三 现有词讼案，久不结者。

四 患病，难期速愈者。

第十九条 业经检定之教员，有犯下列各项者，应由督学局或各省提学使将检定文凭撤销：

一 经学务官绅查明，确有逾闲荡检之证据者。

二 现染嗜好者。

三 现犯刑律者。

四 干涉教育范围以外，如地方词讼等事，及投入各种违法之会党者。

第二十条 教员之应行辞退或应撤销文凭者，遇有迫切之时，本学堂可将该教员先行辞退，再行呈报督学局或本省提学使，或由各该地方劝学所转报提学使，分别办理。

第二十一条 既经撤销文凭者，由督学局或各省提学使将该教员姓名、籍贯及撤销事由，详细报部立案。

第二十二条 试验检定文凭准充副教员者，在教授年限五年以内。认为合格，其教授年满，有愿接充教员者，应由督学局或各省提学使酌量情形，令其再受检定。

前项副教员教授年满，成绩优著者，由本学堂呈明督学局或各省提学使，或由各该地方官暨劝学所转请提学使，给予教授年满、实力尽职之文凭，凡得有此项文凭者，准其接充教员，无须再行检定。

第二十三条 本《章程》自颁发之日起，一年以内一律实行。

第二十四条 本《章程》如有未尽事宜，由学部随时体察修改。

谨将《优待初级师范学堂、中学堂教员章程》，缮具清单，恭呈御览。

计 开

第一条 现充初级师范学堂、中学堂教员者，地方官即应待以职绅之礼。

第二条 现充初级师范学堂、中学堂教员，其本无出身者，得比照举贡准用顶戴。

第三条 现充初级师范学堂、中学堂教员者，本身得免徭役。

第四条 现充初级师范学堂、中学堂教员者，非本身犯罪，不得牵连逮捕。

第五条 凡在一学堂教授已逾五年、确有成绩者，由本堂呈明督学局或提学使核其成绩，申报学部，除照章请奖外，得就本堂款项之赢绌，酌量加给津贴，至每年所得薪金十分之三，其学款支绌不能加给者，得请督学局或提学使给予实力尽职之文凭，作为名誉奖励。

第六条 凡在一学堂教授已逾十五年,如因年老告退或罹疾病告退者,应由该学堂支给一年薪金。

第七条 凡在一学堂教授已逾十五年之教员病故时,无论已否告退,准其家属呈请该学堂,查明在堂时每年所得薪额,平均计算,给予一年薪金。

第八条 凡在一学堂教授已逾五年,照章应请奖者,无论已否核准,若遇覃恩,其原有官职者,系外官,得比照京员例给予封典,如无官职,准以七品职衔,貤[①]封父母。

第九条 凡现充某处初级师范学堂、中学堂教员者,其子孙或胞弟、胞侄,如在该处官立、公立中等以下学堂肄业,准免一人学费(膳、宿杂费不在其列)。

第十条 凡充某处初级师范学堂、中学堂教员已逾五年者,其子孙或胞弟、胞侄如在该处官立、公立中等以下学堂肄业,准免两人学费。

第十一条 凡充某处初级师范学堂中学堂教员已逾十五年者,其子孙或胞弟、胞侄不论在该处何等学堂肄业,准免四人学费。

●●会议政务处会奏议覆浙抚奏改设粮道库大使专缺折

窃准军机处抄交浙江巡抚增韫[②]奏《改设粮道库大使专缺》一折,宣统二年(1910年)十一月十一日,奉朱批,该衙门议奏。钦此。

原奏称:浙江粮道库大使,向由"布政司理问"兼管,兹"布政司理

---

① 貤(yí)通"移",转移。

② 增韫,生卒年不详,字子固,蒙古镶黄旗人。光绪三十四年四月(1908年5月)任浙江巡抚。

问"一缺,业经奏裁,惟兼管之粮道库大使,由粮道查覆库储、关系重要,必须仍有专员管理,请予专设浙江粮道库大使缺,以重库储等语。窃维设官分职,各有专司,浙江粮道库大使,向以"布政司理问"兼管,名实本不相符,现理问既经裁撤,而粮道库储,关系綦重,自应准设库大使专缺,以重职守。

至应如何咨留选补,查吏部定例,佐、贰等官补缺,均有一定轮次,如本项无人,始准将应行借补各员,统较先后,以到省最先之员借补。今浙江粮道库大使初议设缺,该省向无此项候补人员,自应先由该抚于通省对品[①]佐、贰内,无论候补、试用人员,统行酌量拣补一次,以后缺出,再行查照例章办理。其未经拣补以前,并准仍以前"布政司理问"兼管粮道库大使黄庆普[②],借署俸银、养廉等项,应俟奉旨允准后,即由该抚遵照所议,于节省理问俸廉内动支。至该大使印记,已于同治九年(1870 年)奏准铸颁,无庸另议补给。谨奏。宣统二年(1910 年)十二月二十日。奉旨依议。钦此。

大清宣统新法令第二十七册终

① 对品,品秩相当者也。
② 黄庆普,生卒年不详。

第二十八册

●●上谕

上谕十二月二十五日　《资政院议决新刑律总则会同军机大臣具奏缮单呈览请旨裁夺》一折，新刑律《总则》第十一条之“十五岁”，着改为“十二岁”；第五十条“或满八十岁人”之上，着加入“或未满十六岁人”字样，余依议。

又，据宪政编查馆奏，新刑律《分则》并《暂行章程》，资政院未及议决，应否遵限颁布，缮单呈览，请旨办理一折，新刑律颁布年限，定自先朝筹备宪政清单，现在，开设议院之期已经缩短，新刑律尤为宪政重要之端，是以续行修正清单，亦定为本年颁布，事关筹备年限，实属不可缓行。

着将新刑律《总则》、《分则》暨《暂行章程》先为颁布，以备实行，俟明年资政院开会，仍可提议修正，具奏请旨，用符协赞之义。并着修订法律大臣按照新刑律迅即编辑判决例及施行细则，以为将来实行之预备，余照所议办理。钦此。

上谕十二月二十八日　试办宣统三年(1911 年)岁入、岁出总预算案，由度支部拟定，奏交会议政务处会同集议，旋经该处王大臣奏交资政院照章办理。兹据该院奏称，此项总预算案，业经斟酌损益，公同议决，遵章会同会议政务处具奏，并缮具清单，请旨裁夺等语。现在国用浩繁、财力支绌，该院核定宣统三年（1911年）预算总案，朕详加披览，尚属核实，如确系浮滥之款，即应极力削减，若实有窒碍难行之处，准由京外各衙门将实用不敷各款，缮呈详细表册，叙明确当理由，迳行具奏，候旨办理。

至裁汰绿防各营，于各省现在地方情形有无妨碍，陆军部会同各省督抚悉心体察，熟权利害，从长计议，详晰具奏。又，会奏议决京外各官公费标准一片，着俟编订官俸章程时，候旨施行。钦此。

谕旨十二月二十九日　资政院具奏议决《修正报律缮单呈览请旨裁夺》一折，又，据军机大臣会同民政部奏《覆议〈报律〉第十二条施行窒碍照章分别具奏》一折，《报律》第十二条之"其他政治上秘密事件"，着改为"其他政务"字样，余依议。钦此。

●●农工商部奏遵拟奖励棉业化分矿质局暨工会各章程折并单

窃臣部筹备清单内开第三年应行筹办事宜，计二十二件，业经分别次第、赓续办理，先后奏咨在案。查原单尚有颁布奖励棉业章程、开办化分矿质局、编订工会规则三项，为本年应办事宜，各项章程自应及时厘订，俾资提倡。臣等督饬员司，采集成法，分别纂辑，以鼓舞诱掖为奖劝农民之方，以分析化验为广辟地利之原，以合群覃研为扩张工业之本。

计拟订《奖励棉业章程》十四条，《化分矿质局章程》十一条，《工会章程》二十五条，均属农工切要之图，如蒙俞允，即由臣部通行各省督抚暨劝业道，分别钦遵办理。谨奏。宣统二年（1910年）十二月二十三日。奉旨着依议。钦此。

谨拟《奖励棉业章程》,缮具清单,恭呈御览。

计 开

第一条 此项奖励以能改良种植、开拓利原①、扩充国民生计者为合格,其仅以贩运棉花、纱布为业者,不在此列。

第二条 此项奖励,以该地棉花确系改良种法,收成丰足、棉质洁白坚韧、能纺细纱者为断。

第三条 凡向不产棉之地,或向不种棉之地,有能创种及改种棉花,约收净棉万斤以上者,以及向来产棉之区,实能改良种植,花实肥硕,约收净棉五万斤以上者,先将姓名、住址及棉田亩数、所种何项棉种,报明地方官存案,俟收获时,仍报清查验确实,由该地方官汇齐,比较等第,造具详册,并附棉样、棉种,汇送劝业道,详请督抚,咨部核奖。其奖励等级,以收棉优劣、多寡为准。

第四条 应得奖励等差列下:

一 奏奖本部一等至四等顾问官。

一 奏奖本部一等至五等议员。

一 酌奖职衔顶戴。

一 奖给匾额。

一 奖给金牌、银牌执照。

第五条 每届年终,俟各省督抚汇案报齐后,由部详细审查,分别等第奖励。

第六条 奖励以一年一次为率。凡第一年得奖者,第二、三年收棉之数并未加多,无庸再奖;若第二、三年超过第一年收获时,仍得加给

① 利原,同“利源”。

第二、三年应得之奖励。

第七条 无论集资创设植棉公司，或独资农业，及寻常农户，均适用本章程奖励。

第八条 如有集合棉业会或棉业研究所者，详拟章程呈核，俟办理三年，成绩昭著，一律酌量给奖。

第九条 凡请领官荒[①]、开垦种棉者，均由各该地方官勘明给照，宽定升科年限，出示保护，并随时报部立案。

第十条 凡新式轧花机，及弹棉、纺纱、织布各项手机[②]，或将本地改良之棉花纱布运销外省，所有经过各关卡，应如何优加体恤之处，由部咨明税务处办理。

第十一条 如有能仿造轧花、弹棉、纺纱、织布各项手机，运用灵便，不逊洋制者，验明确实，一律酌给奖励。

第十二条 各地方官如有能实力劝导、成效卓著者，可由督抚咨明，择优请奖。

第十三条 凡纺纱、织布各厂，奖励已在《奖励公司章程》内规定者，兹不复载。

第十四条 此《章程》自宣统三年(1911年)为实行时期。

以上各条均系试办章程，嗣后如有应行更订之处，随时奏明办理。

谨拟《化分矿质局简明章程》缮具清单，恭呈御览。

计 开

第一条 化分矿质局，应于各省劝业道署或矿政总局内附设。

---

① 官荒，国有荒地。

② 手机，人力手工机械。

第二条 化分矿质局，以辨别矿质化验成分、考求优劣、俾请办者确有把握，借收提倡矿务之实际为宗旨。

第三条 化分矿质局，不任开采矿产暨调查矿山区域，并关于矿务准驳一切事宜，以清权限。

第四条 化分矿质局，得附设矿质研究所暨矿质陈列馆，以广矿学之造，就而谋矿业之发达。

第五条 化分矿质局应设职员如下：

局长一员，掌理局中一切事宜，以劝业道或矿政总局总办兼充。

经理一员，专任化分矿质事宜，以精于矿学者充之。

技师一、二员，帮同经理化分矿质事宜，以精于矿学者充之。

书记一、二员，办理一切文牍事务。

第六条 化分矿质局内，凡化验矿质一切分析新法，所需各种器具、药料、炉室等，均应组织完备。

第七条 化分矿质局之责任如下：

甲 承办化分本省调查员履勘未经开采或停办各矿之矿质。

乙 承办化分商人请求化验之矿质。

丙 承办编订本省各矿矿质化验详细表，每届六个月，印发公布一次。

丁 每届年终，应将本年内所有化验之矿石，随同化验详表，呈部备查。

第八条 凡矿商来局请求化分矿质，应自矿质到局之日起尽十五日内化分完竣，缮具说明书，发给承领。

第九条 凡矿商请求化分矿质一切药料，应按矿质化验之难易，以定收费之多寡，至多不过十元。

第十条 各省设立化分矿质局，准其因地制宜，酌定办事详细规则，禀部核夺,惟不得与部章触背。

第十一条 此项章程有应增损之处,由部随时体察情形,酌核办理。

谨拟《工会简明章程》,缮具清单,恭呈御览。

计 开

第一条 本部握全国工业总枢,应于各省筹办工会,以为臂指相联之机关。

第二条 工会以"研究工学、改良工艺、倡导工业,拓增实际上之进步"为宗旨。

第三条 工会别为总会、分会二种。于各省省城,应设总会,于各府、厅、州、县,应酌设分会,其有专为某项工业设特别工会者,应定名为某工会。

第四条 总会设总理、协理各一员,分会设总理一员,概由各该会董事中投票公举,禀由劝业道详部核准札派。

第五条 总会、分会各应视会中事务繁简,以定董事员额之多寡,惟总会至多不得逾二十员,分会至多不得逾十五员,均由众公举,会员无定额。

第六条 总会、分会董事以备具下开各项程度者为合格:

一 品谊:言行纯正,未曾干犯法令者。

二 才能:曾于工学上确有心得,或于工艺上著有成绩,或于工业上富有经验者。

三 资格:或为该地方土著,或游宦流寓该地方已逾五年,且年届三旬以上者。

四 名望:平素顾全公益,为多数商民推重者。

第七条 凡从事工业已逾五年,且平日行为端谨,经会中多数职员认可者，得入会为会员。

第八条 总理、协理均以一年为任满，董事以二年为任满，每次改选，应于任满三月前举行，仍以得票多数者为当选。如总理成绩较著，或为公众推服，准由该会禀由本省劝业道详请联任，惟不得过三年。

第九条 总、分会中各项事务，除关系紧要者，须禀部核夺外，余均商承本省劝业道办理。

第十条 会议分为二种：一、寻常会议，每月至少三次。二、临时会议，遇有重要事件，由总理招集，或由多数董事商请招集。凡会议均以总理为主席，如总理因故不能到会，总会由协理代之，分会由总理委托董事代之。

第十一条 董事暨会员均应分任调查本地所产之原料，及输出、输入之制造品，并应调查境外及外国所畅销或新创各物品，随时报告本会，以备会议时研究参考。

第十二条 工会遇各项工业有彼此侵害倾轧情事，应妥为开导规劝，其有营业已著成效而遭意外失败者，亦应设法维持。

第十三条 每季或每月须将会议事项及各种报告，刷印[1]成书，发给会中人员，以备参考，并呈部查核。

第十四条 本部有委令调查事项，应公举数人，分任办理，详细禀覆。

第十五条 凡关于裨助工业各事项，均应实力提倡，相辅而行，列举如下：

一 工业讲习所。

二 工业试验所。

---

① 刷印，今作“印刷”。

三 劝业场。

四 各项制造工厂。

五 工业报馆。

第十六条 本地所产原料，如有能改良旧商品，或创制新商品者，应设法纠集资本协力举办。

第十七条 凡非工会范围内应有事项，概不得假工会地集议演说。

第十八条 除关于工业事件有确蒙冤抑，屡诉不得伸理者，得秉公代为申辨外，其余诉讼事件不得干预。

第十九条 不得纠众罢工、妄肆要挟。

第二十条 凡会中职员，私假工会名义，有不正当行为者，发觉，从严究办。

第二十一条 总协理董事各员，凡于任内勤劳特著，经众公认者，得由部给予奖札，以为名誉奖励。其能倡办或改良工业，确有成效者，得由部按奖励专章，奏请给奖，以为特别奖励。

第二十二条 开办及常年经费，或由地方公款中酌量拨助，或由发起人及工商营业者担任筹措，惟不得勒派。

第二十三条 会中一切开支，概从俭约，每年由董事中公举二人分任会计，仍由总、协理及董事随时稽查，每月收支款目，应开明贴示，以供众览。年终缮造清册，分给会中各员，并呈部查核。

第二十四条 各省所设总、分各会，准其因地制宜，酌拟详细规则，禀部核定，惟不得与部章触背。

第二十五条 此项章程，有应行增损之处，由部体察情形，酌量办理。

法部会奏议覆赣抚等奏咨变通州县招解死罪人犯折

宣统二年(1910年)六月二十八日,内阁抄出江西巡抚冯汝骙[①]奏请《变通距省窎远[②]州、县招解死罪人犯》一折。奉朱批,法部议奏。钦此钦遵,抄出到部。

其时,臣部适据山东巡抚孙宝琦[③]来电咨商,臣馆正在核办间,嗣复据安徽巡抚朱家宝[④]、前两广总督袁树勋[⑤]先后电,咨请变通解勘办法等。因查该抚等原奏及咨文、电文,江西则称,南安、赣州、宁都三府州属,皆距省千数百里,死罪人犯向例解省勘办,每犯原解护解兵丁、夫役十余名,往返必经数月,川资费用动成巨款。且越岭渡河冒险跋涉,途次防范难周,设经疏脱,则签差不慎之州、县,有降革之处分,失慎兵役,须照犯罪减等问拟。若到省后,犯供翻异,则行提人证,经年累月,又复拖累无辜,以致各牧令相率因循,辄借口犯供狡展,证佐未齐,饰词延宕,或以犯逃,请咨通缉了事,遂至正凶漏网、死者含冤。当此穷变通久之时,庶政更新,命盗各案尤关紧要,似应量予变通。拟请南、赣、宁三府州属,寻常人命、抢窃、一切死罪人犯,就近由巡、道提勘确切,分别录供,缮具招册,移司核明详办。

---

① 马汝骙(? —1911),字星岩,河南祥符(今开封市)人。光绪三十四年(1908年)任江西巡抚。

② 窎(diào)远:遥远。

③ 孙宝琦(1867—1931),字慕韩,浙江杭州人。宣统二年(1910年)任山东巡抚。

④ 朱家宝(1860—1923),字经田,云南华宁县人。光绪三十三年(1907年)任安徽巡抚。

⑤ 袁树勋(1847—1915),子海观,湖南湘潭人。宣统二年(1909年)任两广总督。

山东则称，现奉新章变通秋审办法，人犯不必解省，由此推之，凡向章解省勘转之命、盗案犯，似亦可分别情罪轻重，斟酌变通，军流及人命拟徒人犯，情罪较轻，既经该管府、州覆勘，自无冤滥，不必解司。其斩、绞人犯，情罪虽重，然解司覆勘已经三审，足昭慎重，拟经司勘，即行发回，不必解院，以省文牍之烦、羁留之苦。

安徽则称，各州、县距省及该管道，其程途之远近，固各不同，即水路之交通，亦不能一致，所有各府所属州、县盗案，应请一律解府覆勘为止，其滁州、和州、六安、泗州、广德五直隶州，泗州、滁州与皖北道相近，广德与皖南道相近，各该州盗案，均应解道提勘。六安距省与离皖北道程途相等，凡有命盗各案，向系解省而不解道。和州距皖北道虽较省略近，惟路经荒僻不如解省为便。查该二直隶州，盗案均应解省覆勘，其各该直隶州所属各县之盗案，即解由该直隶州提勘，与知府无异，毋庸再行解道。

广东则称，粤中盗风素炽，自停止就地正法后，各属积压未办盗犯，囹圄几满，虽迭催审解，州县吝惜解费，且虑长途疏脱，率以延搁了事。可否略为变通，近州县及清乡营员获盗，讯系寻常盗案，即发州县详讯，供词按拟解府覆勘。其边远州县，解勘为难，准由府委员或邻封①覆勘，汇录犯供详司。除近县盗犯仍解司勘审，远者由司委员覆勘，自司勘之后，即汇录详细供招，奏交大理院覆判各等语。臣等悉心筹核，该督抚敷陈旨趣虽略有不同，其兢兢于改良招解之法，则一也。

查上年臣馆奏定《法院编制法》，京外已设审判厅，地方无论何项衙门，按照本法无审判权者，概不得收受民、刑诉讼，其不服各该厅判

① 邻封：本指相邻的封地。泛指邻县、邻地。

决之上控案件,应查照诉讼律及审判诉讼各章程审结,毋庸覆核解省,致涉纷歧等语。系指已设审判厅地方而言,其未设审判厅地方案件,应仍照旧解勘。可知旧例由县、而府州、而道、而司、而院逐层研鞫,立法本极周密,无如相沿日久,流弊渐滋。丁役视招解为利薮,而牧令则视招解为畏途,在附近省会地方,赔累尚属无几,至边僻州县,缺[①]苦民刁,势不得不出于讳匿积压,冀图省事,该抚等所陈前项流弊,均系实在情形。

伏思朝廷筹备立宪,审判、检察厅次第建设以后,司法与行政分途,招解之旧例,自应删改。盖宪政所最注意者,在乎清轇轕[②]以划职权,袪繁扰以归便利,仅筹及于解司、解道、解府各节,无非修订刑律时过渡办法,况与其诸多窒碍,犹袭虚文,何如专一责成,亟求实际。就本原而论,凡重罪人犯,若无覆审之制,恐承审官或偶涉疏忽,或误执成见,未必悉得其平。一经覆审,则案情之不实、不尽者,不难立予平反,其情真罪当者,即录供定谳,务使揆诸旧例,仍不失周详审慎之旨,按之新章,亦属层递相接,以渐跻整齐画一之规正,不必为一省、一府、一州、一县分别解府、解道、解省,徒事迁就而转涉纷歧也。至向例招解到省之犯,须经由院司分别勘转,本为慎重刑狱起见,惟奉行既久,利少害多,则人犯解省之旧例,不能不立予变通,即院司勘审之考成,不能不及时轻减。

上年钦奉特旨,颁布《法院编制法》,所有司法独立之制,已植立宪政体之基,各省督抚于该管行政事宜,繁重倍于往日,若再令疲劳于案牍,则一省最高行政,势必致旷废于无形,至提法司特设专官,尤

① 缺:指"官员数"、"编制数"。
② 轇(jiāo)轕(gé):原指纵横交错。此处指纠葛不清的状态。

应以司法行政事务为急，解勘之例，原属审判范围，自以责成审判各官为适法。是以臣部于上年奏拟各省城、商埠各级审判厅筹备事宜，"管辖"一条内开：未设地方审判厅之府、厅、州、县，依法递控到省之案，向归臬司或发审局审理者，俱应向省城高等审判厅起诉，由该厅按照前条区别，应以本厅为第二审者判决之，许其照章向大理院上诉，应以本厅为终审者判决时，并宣告该条无上诉于大理院之权等语，即系声明各省省城高等审判厅成立后之办法，业经奉旨俞允通行，钦遵在案。

查直省省城高等审判厅，有管辖全省地方以上第二审暨初级以上第三审各该民刑案件之权，遵限应于本年年内成立，凡已设有高等审判厅省分，若不遵照臣馆奏进《法院编制法》原奏所称"已设审判厅地方奏定办法"办理，则管辖限于一隅，目前之事务过简，刑谳之经验无多，将来地方以下审判厅一律成立，上诉事件自渐增加，必致有猝难因应之虑，其何以策成效而促进行？况现在业奉明谕，提前开设议院，则司法独立事务，尤应提前赶办，臣部责成所在，何敢稍涉因循。

臣等公同商酌，拟请凡直省省城已设高等审判厅者，所有从前省城行政各衙门历管一应审勘事宜，均钦遵宣统元年(1909年)十二月二十八日特旨，划归该省高等审判厅办理，毋庸再由院司审勘。向设"发审"等局，亦应裁撤，以符定制而清权限。此外，各府、厅、州、县未设审判厅，地方所有各州县问拟徒、流、遣罪，寻常命、盗并一切死罪人犯，均解本管府及直隶厅、州覆审，距府直隶厅、州窎远[①]者，由府及直隶厅州遴委妥员前往覆审，如覆审无异，即录供定谳，详司核办。其由府初审及直隶厅、州案件，解该管道覆审，距道窎远者，由道委员

① 窎(diào)远：遥远。

前往覆审，如覆审无异，详司核办。倘有鸣冤翻异及案情实有可疑者，仍准由司行令高等检察厅分别提省，移送高等审判厅办理。此项提审案件，即作为该厅第二审案件，一应报司、报部之法，均遵照臣馆前奏《死罪施行详细办法》折内所定“已设审判厅地方办法”办理，凡经由高等审判厅审理之案，均无庸督抚奏咨，以符司法行政分权之实，其核办秋审事宜，仍遵照臣馆迭次奏案办理。似此量予变通，于明刑敕法之中，仍寓因地制宜之意，庶法制不至纷繁，招解亦无窒碍矣。

如蒙俞允，臣部即行文该抚等，并通行各直省督抚、将军、都统、府尹，一体遵照。再，此折系法部主稿，会同宪政编查馆核办，合并声明。谨奏。宣统二年(1910年)十二月二十四日。奉旨依议。钦此。

法部奏厘定法院书记官承发吏考试任用章程折并单

查宪政编查馆奏进《法院编制法》第一百三十九条内载：书记官以考试合格者录用之，《考试任用书记官章程》，由法部奏定之。第一百四十一条内载：书记官品级及奏补、咨补事宜，除前二条规定外，于《考试任用书记官章程》定之。第一百四十八条内载：承发吏须经考试，始准录用，《考试任用承发吏章程》由法部奏定之各等语。

查书记官以录供、编案、会计、文牍及其一切庶务为职务，承发吏以发送文书、执行判决、没收物产及经当事人申请实行通知、催传为职务，两者皆为法廷[1]行政上补助机关，东西各国并建此职，其所处

---

① 法廷，即今“法庭”。

之地位既优，而选之必严其格、养之务、厚其饩[①]。往昔我国问刑衙门，案牍寄之吏，奔走责之胥，用不得人，遂动滋弊窦，及今厘正司法，自应并此矫正而更新之。当饬司员，遵照馆章，悉心拟议，旁采方今通行各国之例，远师在昔参用士人之法，定《书记官考试任用暂章程》三十条、《承发吏考试任用章程》二十八条，期于法不滋弊，事俾易行，谨分别缮具清单，恭呈御览，如蒙俞允，即由臣部通咨各直省，一体遵照援用。除书记官品级另定外，谨奏。宣统二年（1910 年）十二月二十四日。奉旨依议。钦此。

谨将酌拟《法院书记官考试任用暂行章程》缮具清单，恭呈御览。

计　开

第一条　法院书记官，非照本章程考试录取，不得任用。

第二条　考试法院书记官，京师暂于法部行之，各省暂于提法司行之。

第三条　考试日期，应由主试衙门先期出示晓谕，并登载官报及地方报纸。

第四条　考试官五人，京师由法部遴选大理院、总检察厅及高等厅推事、检察官，各省由提法司遴选本省高等厅及地方厅推事、检察官充之。

第五条　正考试官一人，以考试官五人中官职最高者充之。

第六条　年二十以上、在中学堂以上毕业得有文凭者，得受法院书记官考试。但具有下列四项之一者，准其暂行一体与考：

一　法政学堂讲习科，或外国法政学堂年半以上，毕业得有文凭

---

① 饩（xì）：原义为粮食、牲口。此处引申为廪给，俸禄。

者。

二 生员以上出身者。

三 文职九品以上者。

四 旧充刑幕,确系品端学裕者。

第七条 有下列三项之一者,不得与考:

一 曾为不正当之营业者。

二 有心疾者及疯癫者。

三 有《法院编制法》第一百十五条三项之一者。

第八条 愿受考试者,除呈递志愿书、履历书外,并应取具图片、印结、切结。

第九条 愿受考试者,应将文凭、执照随同前条书结呈验,并附呈本人四寸照相片一张。

第十条 考试科目如下:

一 各项现行法律及暂行章程大要。

二 民、刑诉讼律中书记官职务大要。

三 国文及公文程式。

四 口授速记。

五 算术。

六 簿记。

上列各项,以第一至第三为主要科,主要科分数不及格者,余科分数虽多,不得录取。

第十一条 考试暂以笔述为之。

第十二条 考试官查定笔述分数,送呈正考试官覆校后,正考试官应开会议,以多数法决定去、取。

第十三条 笔述分数,以六十分为合格,七十分以上为优等,八十分以上为最优等。

第十四条 已录取者，由正考试官发给文凭。

第十五条 录取文凭，京师由法部盖印颁发，各省由提法司盖印颁发，仍应申报法部。

第十六条 凡用不正方法并违背本章及场规者，不准与考，其因而幸获录取者，查出后文凭作废。

第十七条 考试已毕，正考试官应将录取者姓名、分数，京师迳呈法部，各省由提法司转呈法部。

第十八条 考试录取者，应行实地学习。京师由法部，各省由提法司，派往初级审判、检察厅作为学习人员。但开办之初，准其暂以考试成绩最优者，派往地方以上审判、检察厅学习书记官职务。

第十九条 学习书记官职务，至少以六个月为期满。

第二十条 学习书记官，应按照录取名次分派，不得以取列在后者陵躐①派往。

第二十一条 学习书记官，由各该厅长官及该长官派令指导职务之推事、检察官监督之。

第二十二条 学习书记官，如有怠于职务，或不合身分之行为，监督官应随时谕告。

第二十三条 学习书记官，经谕告后，不知振作改悔者，监督官应申报法部或提法司，随时罢免。

第二十四条 学习书记官，学习职务期满，监督官应将成绩酌定分数等第，并其品行性格，详具切实考语。京师分别咨呈法部，各省送由提法司转呈法部，如有曾经谕告之行为，并呈候核。

---

① 陵躐(liè)：躐，通"獵"(猎)，此处指逾越铨叙等次。

第二十五条 学习书记官期满，呈由法部核定后，一律作为候补书记官，先补初级审判、检察厅录事。但开办之初，在地方以上审判、检察厅学习者，得补地方以上审判、检察厅录事，其学习成绩最优及未经监督官谕告者，并准分别委署地方以上审判、检察厅奏补官。

第二十六条 凡在中国及外国法政学堂三年以上得有毕业文凭、愿充法院书记官者，以考试合格论，俟学习六个月后，作为候补，照前条分别任用。

第二十七条 大理院任用书记各官应奏补者，咨由法部办理，其咨补委署者，亦应分别咨部。

第二十八条 京师各级审判、检察厅奏补、咨补书记官，统由高等审判、检察厅呈明法部办理。

第二十九条 各省各级审判、检察厅，奏补、咨补书记官，统由提法司申报法部办理。

第三十条 本《章程》奏定颁行后，凡施行《法院编制法》地方，均应一体施行。

谨将酌拟《承发吏考试任用章程》缮具清单，恭呈御览。

计　开

第一条 凡承发吏，非照本《章程》考试学习，不得派充。

第二条 考试承发吏，京师由法部派委高等审判厅厅丞，外省由提法使照会高等审判厅厅丞行之，其在交通不便地方，则由提法使酌委该地方审判厅厅长照章办理。

第三条 考试承发吏日期及场所，应由主试官厅先期指定，出示晓谕，并登报广告。

第四条 考试承发吏试官，由高等审判厅厅丞或地方审判厅厅长，就所属各推事中选择派充。

第五条 试官员数,临时酌定,惟不得逾五员。

第六条 承发吏非本籍人,不得与考,且须具有下之资格:

一 年在二十五岁以上,五十岁以下。

二 身体健全。

三 品行端谨。

四 家计殷实。

五 文理通顺。

第七条 凡有下列情事之一者,不得应承发吏考试:

一 有心疾者及疯癫者。

二 曾为不正当之营业者。

三 曾任职役被斥革者。

四 有《法院编制法》第一百十五条三项之一者。

第八条 愿应承发吏考试者,须具愿书保结,并四寸像片呈验。

第九条 考试承发吏科目暂定如下:

一 民事诉讼律中与承发吏职务相关者。

二 刑事诉讼律中与承发吏职务相关者。

三 承发吏职务章程。

四 算术。

五 读写。

第十条 考试去、取,由试官以多数议决法定之。

第十一条 已录取者,由试官发给文凭。

第十二条 录取文凭,应由法部或提法使盖印,先期发存主试官厅。

第十三条 凡用不正方法并违背本章程及场规者,不准与考,其因而幸获录取者,查出后,文凭作废。

第十四条 试官考试事毕,应将录取人员姓名录送主试官厅,分别咨呈,或由提法司特呈法部备案。

第十五条 录取人员,应由主试官厅长官分配该管地方以下审判厅,学习承发吏职务,惟学习人数,不得过该厅员额两倍。

第十六条 学习承发吏职务,当由该厅厅长或监督推事,于本厅承发吏或录事中选定一人,实地指导。

第十七条 学习职务,以六个月为期满。

第十八条 学习中有不正之行为者,得由该厅申报该管上级审判厅长官,照章斥退,惟须分别呈法部备案。

第十九条 学习职务期满,应遵照《法院编制法》第一百四十九条,依录取名次之先后,分别派充承发吏。

第二十条 凡具下载各项之一者,不必考试,经实地学习后,即可派充承发吏。

一 中学堂毕业生得有文凭者。

二 法律法政学堂毕业生得有文凭者。

第二十一条 地方以下审判厅之候补书记官,愿充承发吏时,不必考试学习,即可派充。

第二十二条 愿充承法吏者,应遵照《法院编制法》第一百五十条,限一月内缴纳相当保证金,逾限不缴者,斥退。

第二十三条 承发吏分一等、二等、三等。地方审判厅置一等、二等承发吏,初级审判厅置三等承发吏,其附设地方审判分厅者,得兼置二等承发吏。

第二十四条 承发吏之保证金,应依下列定数,分别缴纳:

甲 一等承发吏,三百元。

乙 二等承发吏,一百五十元。

丙　三等承发吏，七十元。

前项保证金，得以公债票及各项股票为之，但其种类价值，应由该管上级审判厅长官临时酌定。

第二十五条　承发吏辞职时，其保证金应如数发还，但因案没收者，不在此限。

第二十六条　承发吏津贴，应照下列定数分别酌给。

甲　一等承发吏，月支津贴五十元，全年六百元。

乙　二等承发吏，月支津贴四十元，全年四百八十元。

丙　三等承发吏，月支津贴二十五元，全年三百元。

学习承发吏执行职务时，亦得由该厅长官酌给津贴，但不得逾于三等承发吏所得之数。

第二十七条　承发吏除照《章程》受津贴外，各厅得择尤奖励。

第二十八条　本《章程》由奏定颁布之日施行。

●●法部奏酌拟民刑事讼费暂行章程折并单

本年九月，臣部奏交资政院决议《承发吏职务章程》第一条及第二十二条，均有征收讼费之规定。考之东西各国诉讼事项，有以保护私人利益为主者，民事诉讼是也；有以维持国家公安为主者，刑事诉讼是也。二者性质不必尽同，而有讼费之规定，则一。其中，民事讼费，名目较繁，以其专系人民私益，故虽多取而不为虐。至刑事诉讼，仅中证人、鉴定人及通事等费，责令犯人缴纳，其贫不能缴者，时或为之酌免，亦以事关公益，不能与民事同论。

我国旧制，于一切诉讼费用尚无明文规定，而吏役暗中索取费用，往往肆意诛求，以致人民每遇讼事，动至荡家破产。是以臣部于光绪三十三年(1907年)奏定《京师各级审判厅试办章程》,于讼费一项,规定酌收之法。盖以暗事诛求,不若明定限制,行之数年,尚无流弊。惟彼时系属试办、简单,一切尚未详备,且限于京师一处,又未通行全国。现当各省省城、商埠审判厅成立之期,苟非将此项专章详为修正,不特开办之际无所遵循,兼恐巧取滥收,重为民病。谨就原章酌加增改,拟定《民事讼费暂行章程》三十一条,《刑事讼费暂行章程》十条,分别缮具清单,恭呈御览,请旨饬交宪政编查馆,迅速核议,具奏施行。谨奏。宣统二年(1910年)十二月二十四日。奉旨依议。钦此。

民事讼费暂行章程

第一条 民事讼费之名目、数目,悉照本章程所定。

第二条 算定民事讼费,悉以银元为准。

第三条 民事讼费名目如下:

一 印纸费。

二 书记费。

三 翻译费。

四 发送费。

五 执行费。

六 通知催传费。

七 当事人、中证人、鉴定人及通事等所需各费。

八 官吏履勘费。

第四条 凡关涉财产之民事诉状,从起诉时诉讼物之价额,应遵照下列数目,分别贴用印纸:

五元以下　　银二角

十元以下	银三角
二十元以下	银六角
五十元以下	银一元五角
七十五元以下	银二元二角
百元以下	银三元
二百五十元以下	银六元五角
五百元以下	银十元
七百五十元以下	银十三元
千元以下	银十五元
二千五百元以下	银二十元
五千元以下	银二十五元
五千元以上	每千元加银二元

其价额以银两计者，准上率，依比例法核算。

第五条 凡不涉财产之民事诉讼，照百元以下之数目，贴用三元印纸。

因不涉财产之诉讼生出财产诉讼，而其诉讼物价额在百元以上者，应照诉讼物价额贴用印纸。

第六条 民事诉状虽涉财产，而其物价难算定者，由审判厅照第四条各项，临时酌定数目。

第七条 被告反诉原告，其诉讼物与原告诉讼物相同者，被告得免贴印纸。

第八条 控诉、上诉状，照第四条所定之半数贴用印纸，但在上告、上诉状，仍当照数全贴。

第九条 下列各项，应贴用价值五角之印纸：

一 抗告上诉状。

二　民事委任状。

三　领状。

四　呈明临时事故状。

五　呈请调查证据状。

六　呈请暂行查封暂行处分状。

七　呈请发送判决状。

八　呈请执行判决状。

下列各项,应贴用价值二角之印纸:

一　辩诉状。

二　限状。

三　交状。

四　凡不载本章程之民事诉讼呈状。

第十条　当事人呈请再审或回复原状者,当照第四条、第五条及第八条之例,分别贴用印纸。

第十一条　除照章应受协助外,凡不贴印纸之呈状,一概不收,但审判厅得令补贴其原贴不足数者,并令照数贴足,然后受理。

第十二条　书记费名目、数目如下:

一　抄录费:每百字连纸,铜元五枚,不满百字者,亦作百字计算。

二　誊写费:每百字连纸,银一角,不满百字者,亦作百字计算。

三　绘图费:每页连纸一角,须测量者,其测量费由审判厅酌定。

第十三条　翻译费,每百字连纸,银五角,不满百字者,亦作百字计算。

第十四条　承发吏发送传票、判词及诉讼文书副本,每件收发送费银二角。

第十五条　承发吏执行查封,应收执行查封费数目如下:

诉讼物价额	执行查封费
三十元以下	银三角
五十元以下	银五角
百元以下	银七角五分
二百五十元以下	银一元
五百元以下	银一元二角五分
千元以下	银一元五角
千元以上	银二元

承发吏执行查封逾三时者，每一时加费十分之二，但虽不及一时，亦作一时计算。临场查封并无可封物产，或变卖后仅敷执行费时，应按诉讼物价额征收半费。

第十六条 承发吏执行押交、押迁，每件收执行费五角。

其执行逾二时者，第一时加费二角，但虽不及一时，亦作一时计算。

临场无可押之物产者，收费二角二分。

第十七条 承发吏执行拍卖，应收执行拍卖费。所得银数多于债权之额时，以债权额为准。

拍卖所得银数	执行拍卖费
三十元以上	银六角
五十元以下	银一元
百元以下	银一元五角
二百五十元以下	银二元
五百元以下	银二元五角
千元以下	银五元
千元以上	每千元加银一元

临场停止拍卖者，费五角。未临场前停止者，三角。

第十八条 承发吏通知催传时，每件应收费银二角。

第十九条 承发吏往五里以外实行前数条职务者，每五里路费银一角，路远不能一日往返者，每日食宿费银五角，火车轮船已通之处，其路费由审判厅核实计算，车船皆可通时，应以最近之路为准。

第二十条 当事人到庭费，每次银元五角，给食宿费者，到庭费减给半数。

第二十一条 中证人到庭费，每次银元五角，给食宿费者，不给到庭费。

第二十二条 鉴定人及通事到庭费，每次自银五角以上至五元以下，其需多时或特别技能者，得加给相当之报酬，均由审判厅酌定。

鉴定所需费用，悉照实数核算。

第二十三条 当事人由四十里外到庭者，食宿费每日银二角五分；中证人、鉴定人及通事，银五角。

前项人等路费，每五里银一角五分，火车轮船已通之处，其路费照实数核算，车船皆可通时，应以最近之路为准。

当事人在外省或外国时，路费由审判厅酌定。

第二十四条 推事及书记官实地履勘之路费及食宿费，悉照中证人之例。

第二十五条 诉讼时必要费用在本章程第三条各项外者，悉照实数核算。

第二十六条 非讼事件费，准照前各条所定数目计算。

其因执行判决及非讼事件选定经理人时，经理费由审判厅酌定。

附 则

第二十七条 有违背本章程所定数目，任意需索者，准被害人控诉，计赃科罪。

第二十八条 凡各项印纸，由京外各检察厅发行，有仿造及私售者，除没收其现有之印纸外，科以二十元以上、二百元以下之罚金，其知情买取者，科以十元以上、百元以下之罚金，仍没收其现有之印纸。

第二十九条 犯前条所定者，不用刑律上减轻、加重及数罪俱发之例。

第三十条 讼费之豫[①]缴及保证协助等事项，照《民事诉讼律》所定办理。该诉讼律未颁行时，应以《暂行章程》为准。

第三十一条 本《章程》于奉旨颁布之日施行。

审判厅未成立地方，暂照旧章办理，不适用本章程。

民事讼费律说明

一 民事诉讼大都保护人民私益，其诉讼所生费用，各国率由当事人负担之，推原其故，盖在防人民健讼之风，省国库收支之周折。

二 本律系合各国《民事诉讼印纸法》、《执达吏手数料规则》及《民事诉讼费用法》而成。查日本印纸费归国家，手数料归执达吏，民事诉讼费用归诉讼关系人。三者虽殊，然诉讼法中统名之曰诉讼费用，故本律综合为一不特，便于援引，且承发吏即取津贴主义，其手数料自应归审判厅收入。

---

① 豫，同“预”。

三 征收讼费，各国主义，约分三种：

一、实费主义，例如本律第十九条、第二十五条及二十二条第二项、第二十三条第二项是也。二、法定主义，例如本律第四条、第五条、第八条、第九条、第十条、第十二条、第十三条、第十四条、第十五条、第十六条、第十七条、第十八条、第十九条、第二十条、第二十一条、第二十二条、第二十三条、第二十四条是也。三、酌定主义，例如本律第六条及第二十三条第三项、第二十六条第二项是也。

四 民事讼费，最重名目、数目，非由法定，或不免巧取滥收。故本律除第一条正名外，第三条胪列各项名目，第四条至二十四条详定数目，概取法定主义，以杜弊端。

五 计算数目之法，于讼费最关紧要，新币制不日实行，故第二条定以银元计算。

六 本律第二十五条内称，本律第三条各项外必要费用者，依外国诉讼法计有邮电费、公告费、运送费、寄存费、监守费，执行时借助司法警察或兵力费，及审判厅命令聘用律师费等类。

七 附则中规定各项罚则，其主义与刑法不同，故不能不规定于此。然只就其拘束官民两面者言之，其仅拘束官吏者，以与人民无关，尚当另定。

八 附则中豫缴讼费，例如调查证据费，非由当事人豫缴，不为调查是①。

① 此处与原文核对无误，疑原文文字有出入。

刑事讼费暂行章程

第一条 刑事讼费,应照本章程所定。

第二条 算定刑事讼费,悉以银元为准。

第三条 中证人、鉴定人、通事之到庭费、路费、食宿费及解剖费、试验费等,准用《民事讼费暂行章程》第二十一条、第二十二条、第二十三条所定。

第四条 官吏因职务关系,到庭作中证人者,仅得请给到庭费、路费。

第五条 前二条所列讼费,在豫审[①]时由本人于豫审未毕前具数申请,审判厅判令犯人照给。若在公判,则尽判决前申请,其由检察官传到者,应尽起诉或其他处分前申请判给。

第六条 被告已宣告无罪或免诉时,除第四条业经另定办法外,其第三条所列讼费,应由国库发给。

第七条 犯人未给讼费而身故者,应向其承继人征收。

数人共犯一案时,各犯皆有照给全数讼费之责。

第八条 犯人于本章程所定讼费,确系无力缴纳时,审判厅得酌收数成或豁免全数。

附　　则

第九条 承发吏征收讼费违本章程时,准用《民事讼费暂行章程》第二十七条之例。

第十条 本章程于奉旨颁布之日施行。

审判厅未成立地方,暂照旧章办理,不适用本章程。

---

① 豫审,同“预审”,下同。

刑事讼费律说明

一　刑事诉讼，国家自为原告，重在维持公共安宁，与注重私益之民事诉讼异，故其所须费用，除本律第三条所定，准照民事讼费律向犯人征收外，其他统由国库支给，所谓刑事无费，各国通例然也。至第三条费用，所以必由犯人缴纳者，在防犯人滥请传证等弊。

二　第四条官吏请给之费，仍归国库收入。盖因此项官吏，已由国家另给旅费，今虽以中证人资格，得令犯人照给费用，自以偿还国家为允，至其应归国为与否，乃国家对官吏之关系，与人民无涉，当以命令定之，即第六条所称，除第四条云云是也。

三　第五条立法之意，重在各清各款。盖豫审推事不必即为公判，推事至由检察官经手者，尤与审判官无关，故不准逾期申请，致多周折。

四　刑事原告，系代表国家之检察官，故遇有第六条所列情事时，讼费应由国库发给。

资政院奏议决陈请山西省北盐务办法折

窃照山西省北盐务。前据山西咨议局拟定整顿办法，陈请核议具奏，呈送到院。查系陈请事件，当经送付陈请股审查。据称事关民生利害，认为应行核议，续经指定特任股员，并将该件送付审查，去后，嗣据该股员会称，审查得《山西咨议局陈请核议省北盐务一案》。

据称，本年八月，盐政大臣奏《筹拟整顿山西省北盐务办法》一折，系由前署山西河东盐法道张汝曦[①]面陈，办法大要在划分引岸、畅销蒙盐，一面限制土盐、逐渐收束，即派令张汝曦加晋招商认岸。该局以事关民食，认为本省权利之存废事件，旋经开会决议，佥以张汝曦所陈办法，利不胜害、得不偿失，其理由有三：

一、官运蒙盐，无益公家。二、规复水运，大碍潞纲。三、限制土盐，病民卒以病国。其大旨谓：山西省北，于嘉庆年间，曾行吉兰泰盐，嗣[②]因路远价昂，销滞课亏，乃奏请废除引岸，听民自购，而吉课改归潞商代纳税银，摊入地丁征收。日久相安，商民称便。今该道罔顾大局，规复旧岸，舍就地之天然生产物，必取给于数千里之蒙盐，于人情固多不顺。本为筹画兴利之图，先使产土盐之二十八州县人民断绝生计，受其大害，微特铤而走险，在在堪虞。并将征收土盐之正赋及晋省税厘各大宗，均归无着，于国计亦蒙损失。应请仍照旧章整顿税厘，于国家、地方两有裨益等语。

本股员会以为，当此改良政治之时，必以利国便民为亟。今山西省北盐务，久废引岸，自未便再行划分，致涉纷歧。且据该局所陈，种种窒碍情形，有害无利，尤不应作法自扰，贻害民生。应请照章具奏，请旨饬下盐政大臣，将山西省北盐务新章，迅即电行停止，仍照向章办理，庶于国计民生两有裨益等，因具书报告前来。复经臣院开会讨论，多数议员与股员会报告书意见相同，当场议决，理合遵章具奏，仰恳敕部施行，以重鹾[③]纲而杜流弊，谨奏。宣统二年(1910年)十二月二十一日。奉旨着督办盐政大臣知道。钦此。

---

① 张汝曦，生卒年待考。

② 嗣：后来。

③ 鹾(cuō)，盐。鹾纲，即盐务之重者。

●●资政院会奏议决运送章程请旨裁夺折并单

窃查《资政院院章》第十五条内载，前条所列第一至第四各款议案，应由军机大臣或各部行政大臣先期拟定，具奏请旨，于开会时交议。又，第十六条内载，资政院于第十四条所列事件议决后，由总裁、副总裁分别会同军机大臣或各部行政大臣，具奏请旨裁夺各等语。

运送章程一案，先由农工商部拟定，原称《运输规则》分三章，共五十五条，《附则》三条，于八月十一日具奏请饬下资政院会议，嗣于九月初一日，由军机处遵旨交出，资政院照章列入议事日表，于九月十四日举行初读，讨论大体，即付法典股员会审查。次由法典股审查完竣，具案修正，易名为《运送章程》，于十月十七日报告，经众决定再读。再读之时，复将议案逐条讨论，农工商部暨邮传部，对于修正条文略有异议，旋付法典股再行审查，于十二月初十日三读，当场议决。议员多数赞成，农工商部及各关系衙门均表同意。

此项章程，计分三章，共五十四条，《附则》二条，谨缮具清单，遵照院章，会同具奏，请旨裁夺，恭俟命下，即由农工商部刊刻颁行，一体遵照。再，此折系资政院主稿，会同农工商部办理，合并陈明，谨奏。宣统二年(1910年)十二月二十四日，奉旨着依议。钦此。

谨将《运送章程》缮具清单，恭呈御览。

计　　开

要　　目

第一章　总则

第一章 总则

第一条 凡商人或公司遵章呈请注册设立运送店栈，或公司代他人办理转运事业者，谓之运送承办人。

第二条 凡开设店栈、公司于陆地、水面，运送货物及旅客为业者，谓之运送营业者。

第三条 不论名目如何，惟其营业性质实系运送者，均适用本章程。

第四条 运送承办人、运送营业者，如令使用人或他人处理运送事，务应由本人自负责任。

第二章 运送承办人

第五条 运送承办人于货物之交收、起卸、存留，均有切实照料之责，倘有遗失、毁损、迟到等事，苟不能证明实非自己或使用人之过失，不得免损害赔偿之责。

第六条 运送承办人如有数人时，遇有货物遗失、毁损、迟到等事，各承办人同负责任。

第七条 运送承办人关于运送货物之运费报酬，及曾受发货人之委托、垫付或挪借款项，未经发货人偿还者，得于货物中择其价值相当者，暂为留存。但留存货物，以其债权与运送品有直接之关系者为限。

第八条 运送承办人如有数人接续承办时，后之承办者应代前者行使其权利，并负担其义务。

后之承办人，如将前者应得报酬，代为垫付时，即取得前者之权利。

第九条 运送承办人，若将运费代垫付于运送营业者，即取得运送营业者之权利。

第十条 运送承办人，既将运送之货物交付于运送营业者，非约定由收货人交付运费，即向发货人领取运费。前项运费数目，由当事人临时约定，其本地方另有定章者，照定章办理。

第十一条 运送承办人亦可自行运送，此时承办人之权利义务，与运送营业者无异。

第十二条 运送承办人之责任，从收货人收到运送品之日起，经过一年，即行消灭。若运送品之全部遗失时，从应行交付之日算起。

其因运送承办人之故意，致有遗失迟到者，不在此限。

第十三条 运送承办人对于发货人、收货人之债权，经过一年，即行消灭。

第十四条 第二十一条之规定，于运送承办人准用之。

第三章 运送营业者

第一节 运送货物

第十五条 发货人交货于运送营业者，得令运送营业者出具运送书，记明下列各项，由发货人署名：

一 运送品之种类、重量、容积，及其包装之种类、件数，并记号。

二 到达地。

三 收货人之姓名或商号。

四 出具运送书之地及年月日。

第十六条 发货人得令运送营业者出具提货单，记明下列各项，由运送营业者署名：

一 前条一、二、三所揭之事项。

二 发货人之姓名或商号。

三 运费。

四 出具提货单之地及年月日。

第十七条 运送营业者，如未出具提货单时，应将提货证据交付发货人，以便到达时按据收货。

第十八条 凡运送一切事项运送营业者，与收执提货单者，均照提货单中所定条件办理。

第十九条 提货单之反面印有买者、卖者之空格，当买卖时，应将姓名填写、盖印。此项提货单之买卖，与买卖现物有同一之效力。

第二十条 发货人以包装不固、易于损伤腐败之物，经运送人指明或驳还，仍令运送者，倘有破坏情事，运送营业者不任其责。

第二十一条 发货人以金银货币及各种贵重物交付运送者，如不明告其种类及价值，倘有遗失情事，除按照运送书赔偿外，运送营业者不任其责。

第二十二条 运送之货物，如因天灾及其他不可抗力而遗失时，运送营业者只能按照路程收费，不得向索全费，若已收全费者，应匀算退还。

第二十三条 运送之货物，如因第二十条之情事遗失或毁损时，运送营业者仍得向索运费之全额。

第二十四条 运送营业者，自承受运送起至收货人接收止，于运送之货物有遗失、毁损或迟到情事，如不能证明非自己或使用人或运送承办人之过失，均不得免损害赔偿之责。

第二十五条 运送之货物，若因运送营业者之故意，致令遗失、毁损者，运送营业者当任一切损害赔偿之责。

第二十六条 如有数人接续运送时，于运送之货物有遗失、毁损或迟到情事，各运送营业者同负损害赔偿之责。

第二十七条 运送之货物，如未约定到达之期限，亦无特约者，自提货单出具之日起，照通常应行到达期限，延不运到，即谓之迟到。

第二十八条 货物迟到之损害赔偿，如无特约，以运费三分之一为率，但有一面据理以为不相当时，得酌量增减。

第二十九条 运送之货物，如有一部遗失或毁损者，其余部分若仍可使用或出卖时，可自全额中减其赔偿之价额。

第三十条 运送之货物，因迟到或一部遗失、毁损，致不能使用出卖，或价额减至四分之三者，得将其货物全交于运送营业者，向索全部价额之赔偿。

第三十一条 损害赔偿之价额，在一部遗失时，照其余部分到达之日市价计算；在全部遗失时，照应行到达之日当地市价计算。

其遗失或毁损之部分，应支付之运费及其他之费用，应自赔偿额中扣除之。

第三十二条 运送之货物，因损害之多寡及损害之价额两面有争议时，可延请公正人判决。其公正人，或由两面公请，或由地方官委任，如提货单上已载明物价者，仍照单计算。

第三十三条 运送之货物，如有易于毁损他人之货物者，随时可令发货人起卸，如已为之运送，可照收最高之运费，但毁损他人货物时，或毁损运送器具，仍可向发货人索取损害赔偿。

第三十四条 发货人可以请求运送营业者停止运送或返还运送货物,此时须按照已运之路程照算运费,并支付其他之费用,但运送之货物已送交收货人时,其请求为无效。

第三十五条 收货人于收取货物时,如无特约,即有照约交付运费及其他费用之义务。

第三十六条 既作提货单,必执此单,方可接收运送之货物。

第三十七条 执单取货,不限于运送书中指定之收货人。

第三十八条 收货人之住所无从访知,而收货人又延不来取时,运送营业者得将其货物寄存堆栈或商店。若寄存需费,得向将来收货人或原发货人索取。

遇有前项情事,运送营业者应催告发货人定一相当期限,询明如何处置,并登报声明,或发货人经过期限无回答时即将货物拍卖,但拍卖时仍须先行通知发货人。

第三十九条 前条之规定,于收货人当收货而有争执时,准用之。

运送营业者于拍卖之先,预定一相当期限从速催其收货,如过期不收,可速催告发货人。

第四十条 遇前二条之情事,如确系易于损败之物,不须催促,即可拍卖。

拍卖之款,除充运费及一切费用外,余者存储候领。

第四十一条 运送营业者之责任,自收货人接收货物并支取运费及其他之费用后即行销灭,但运送货物之毁损或一部遗失,一时不能发见者,收货人由接收之日起一月内,仍可通知运送营业者追究损失之件。

前项之规定,于运送营业者故意损失时,不适用之。

第四十二条 第七条、第八条、第十二条、第十三条之规定,于运送营业者，准用之。

第二节 旅客运送

第四十三条 旅客之车船票，如其票为记名式或附特别之条件者，不得转卖于他人。

第四十四条 旅客所带之行李，如不超过章程所载重量或约定之范围，不得别索运费。

第四十五条 旅客对于运送营业者之债务，如不能履行，不妨扣留其行李，但旅客之身体及随身衣服不得扣留。

第四十六条 旅客于运送途中因意外之危险致受伤害者，运送营业者苟不能证明非自己或使用人之过失，不得免损害赔偿之责。

第四十七条 前条损害赔偿之额，如协议不谐，得就近向该管审判衙门起诉。

第四十八条 旅客死亡时，运送营业者即就近禀明，地方官厅验明会同旅客亲族收领，并须以最有利益于其家族之方法处分其行李。

第四十九条 运送营业，于旅客将行李交明运送时，应与运送货物负同一之责任。

第五十条 行李至到达地，旅客延不来取，运送营业者应将其行李存寄，催告旅客定一相当期限来取，并登报声明，如到期仍不来取，即行拍卖。但于拍卖时仍当通于旅客，如旅客之住所或居所不明，无可通知时，只须登报声明，经过期限，不须催告。

第五十一条 旅客未将行李交明运送，而有遗失、毁损情事，运送营业者除自己或使用人过失外，不认损害赔偿之责。

第五十二条 旅客于车船应行时刻，因事自误不及起程，致运送营业者不能待时，旅客即已付运费，概不退还。

运送营业者违误约定或表示时间，致旅客不能启行时，应将已付运费全行退还。

第五十三条 旅客于未起程前已交运费若干，临行有事故发生不能起程者，运送人不得向索全数，其起程后中止者，不在此限。

第五十四条 运送营业者，因中途修理器具或其他事故不能运送时，应照已经运送之路程算收运费，或另托他运送营业者代送至到达地。

附 则

本《章程》自颁行文到之日施行。

本《章程》各条于《商律》内另有规定者，至《商律》颁行之后，即行作废。

关于轮船、铁路运送事宜，除本《章程》有明文规定外，得另定章程行之。

●●资政院会奏议决统一国库章程折并单

窃查资政院议事细则内载，议员欲就各项事件提议，应具案附加案语，得三十人以上之造成会同署名，提出于议长等语。资政院前据议员提议统一国库章程一案，其理由谓：世界各国所设财政机关，皆分收支、出纳为两部，二者分立，权限截然不容混合，而后弊窦自清。吾国财政纷糅，途径杂出，推厥由来，则以收支、出纳混合不分之故。欲救斯弊，非特写统一国库办法，别立出纳机关不可。

所谓统一国库者，以全国之岁出、岁入，总汇于统系相承之各种国库是也。今东西各国，率用此种制度，而以国家银行为管理之机关。办法有二:一曰存放法,以国库款项存入国家银行,国家银行得察国库收支之现状,豫计[①]日后之变动,常备帑项若干,以应国家支付之需,而以其余贷诸民间,使流通于市面。一曰保管法。国家银行别设金库,专代国家保管现款,遵政府之命令,经理出纳事务。

查以上两项办法,利害既有所互见,轻重即自当相权。若设有根基深厚之中央银行,以稳重之法存放库款,则存放一法,实属利国便民之图。如其未然,则毋宁保管法之为愈矣。现在大清银行根基尚未深厚,倘采用统一国库之制,自宜用保管法为原则,而别设例外以辅之,当库款有余之际,可由度支部酌量情形,提存若干以生息,似此损益折衷可期,利较多而弊较少。至于官办铁路、邮电等项,固应列入特别会计,惟一切款项仍应统归国库出纳,以昭划一。其有向由他种银行管理出纳者,经度支部允准,得由大清银行与该银行订立代理国库契约,照奏定章程办理等语。并拟定章程十五条,由资政院列入议事日表,开议之日,初读已毕,当付法典股审查去后。旋据该股员会修正条文报告前来,复经开会再读,逐条讨论,多数从同,并省略三读,当场议决。

谨缮具清单,恭呈御览,如蒙俞允,即由度支部咨行京外各衙门,并札饬大清银行,一体钦遵。惟事属创举,关系重大,应由度支部将《施行细则》详慎拟订,并督饬大清银行筹备一切,再行奏明办理。再,此折系资政院主稿,会同度支部办理,合并陈明。谨奏。宣统二年(1910年)十二月二十七日,奉旨着依议。钦此。

---

① 豫计,同“预计”。

谨将《统一国库章程》缮具清单,恭呈御览。

计　开

第一条　国库种类统系如下:

京师设总库一所,各省各设分库一所,各地方各设支库一所。总库统辖各分库,分库统辖本省各支库,其不设分库地方之支库,直隶于总库。

第二条　国库统由度支大臣管理,其现款出纳保管事务,委任大清银行掌之。

第三条　度支大臣为国库总管大臣,大清银行正、副监督为总库正、副总理,各省大清分银行总办为分库经理,各地方大清分银行分号总办或总司理人为支库协理。

各省布政使或度支使,均有监督该省分库及支库之权。

第四条　大清银行经理国库,应酌定出纳区域,设立派办处或代理处,分掌出纳保管事务。派办处或代理处之设立,以度支大臣之命令,或经度支大臣之允准行之。

第五条　国家岁入、岁出各款,统由国库收纳支付。

第六条　官办铁路、邮电等项出入各款,应由度支大臣会同该管大臣,另订特别出纳事务细则办理。

前项出入各款,有向由他种银行保管、出纳者,经度支大臣允准,得由大清银行与该银行订立代理国库之契约,仍依本章程办理。

第七条　京外各衙门,应按岁出豫算款目定额分别编订支付豫算,送交国库备查,于支用时,按支付豫算款目定额发支付印文,交领款人持向国库领取。国库查与支付预算相符,应即照给。

前项支付预算,除送交国库备查外,应同时另册送度支大臣查核。

若有与预算不符者，度支大臣得令该衙门及国库更正。

第八条 京外各衙门，有于预算定额外增加岁出者，须经度支大臣核准，通知国库照付后，方得发支付命令，国库查与通知相符，应即照给。

其因事变猝发、消息不通，不能得前项核准者，得与国库协商，发支付印文，但事后仍须报明度支大臣查核。

第九条 国库接收支付印文，查系支付预算内未列之款目，又未经度支大臣通知照付者，不得支出。

第十条 京外各官款之汇拨，由度支大臣令大清银行任之。

第十一条 国库经理之费用，由大清银行负担之。

第十二条 国库之盘查，由审计院任之。但审计院未成立以前，得由钦派大臣及各省督抚任之。

第十三条 大清银行不得擅动国库现款，但遇款项有余之时，度支大臣得酌定限制，分拨大清银行存放生息。

附 则

第十四条 京师大清银行内所设总库，以现在度支部库款及各部库款移存之，名省城大清分银行内所设分库，以现在藩运等库库款及各关署、局、所官款移存之，各地方大清分银行分号内所设支库，以本地方官款移存之。

第十五条 本《章程》施行细则，由度支大臣定之。

●●陆军部奏拟订陆军警察学堂暂行办法折并单

查臣部于本年九月附奏《游学陆军警察、经理等科毕业生考试授官办法》片内声明，中国自设之陆军警察等学堂，容臣部另行详拟具奏。业蒙允准，钦遵在案。

查陆军警察，专司监视军人、维持军纪，关系至巨而责任至严。臣部管辖之陆军警察学堂，即为造就该队官长之地，所有员生资格，必须认真遴选，始能收成效于将来。故专由各省调取陆军学堂毕业曾授军职人员，及各军队中学术最优之下级官长，入堂肄习，授以警察专科。卒业之后，分派各省，编练警察队，稽查军纪报告，臣部借资改良。惟各省军队驻扎之区，既由臣部分设警察队，则此项学堂即应归臣部直辖办理，各省毋庸设立，以免教育纷歧，此拟订《陆军警察学堂办法》之大概也。至于军官职掌，各有专司，步马各科，均按其所学，分别任差。

军咨处奏定《陆军人员补官章程》内开，中等以下各官，均于官名上冠以某队字样等语，其附表内列有陆军警察队等官，警察学堂学员其由他项陆军学堂毕业者，曾补各科军官，此次既调归警察队，自应改属该科，以明职守。所有已补军官之学员，拟请按其毕业试验等第，以警察队应升之阶，分别照章擢补。其由各镇选录之下级官长，未经授职者，拟请援照陆军速成学堂办法，按其考试等第，以警察队副协军校，由臣部奏明补用，此拟订《学员授职章程》之大概也。

臣等更有请者，陆军警察为军队之楷模，今日学校之员生，即他日营队之官长，一切教育必须加意整顿，以端表率而励人材。臣部此项学堂，系由前北洋宪兵学堂接办，章制规则，应加厘正者尚多，除由臣等督饬员司妥拟详章另行具奏外，谨奏。宣统二年(1910年)十二月二十五日，奉旨依议。钦此。

谨拟《陆军警察学堂暂行办法暨学员授官摘要章程》，敬缮清单，恭呈御览。

一 陆军警察学堂，应由陆军部直接办理，各省不得自行设立。其已设者，俟该班学生毕业，即行停止，以免教育参差，事权纷歧之弊。

一 陆军警察学员每届毕业之时，应由该堂监督将该班学员学科、术科成绩详细列表，呈报陆军部听候考验。

一 现在各省所设之陆军警察学堂毕业生，应由各省、旗将军、督抚将该堂学生毕业年限一所学科目程度详细列表，并出具切实考语，咨送陆军部覆核，果属相符，再行调考。其考验合格者，即按照部辖学堂办法分别办理；其不及格者，即送入部辖学堂补习，俟期满后再行考试。

一 陆军警察学堂毕业考试时，应由陆军部派员考试，奏请录用。惟该堂毕业学员，系由各省选录，陆军学堂毕业曾授军职人员，及各镇志趣正大、文理通顺之下级官长，入堂肄习毕业后其已有官阶者，即按照考试等第，以警察队应升之阶，分别照章擢补，其未经授官者，即按考试等第，仿照《奏定陆军速成学堂办法》，分别授以警察科副协、军校。

●●资政院会奏议决新刑律总则缮单请旨裁夺折并单

窃查《资政院院章》第十五条内载：前条所列第一至第四各款议案，应由军机大臣或各部行政大臣先期拟定，具奏请旨，于开会时交议。又,第十六条内载:十四条所列事件,议决后由总裁、副总裁分别会同军机大臣或各部行政大臣具奏,请旨裁夺各等语。《修正刑律草案》前经宪政编查馆核订完竣,于本年十月初四日具奏,请交资政院归入议案,于议决后奏请钦定,遵照筹备清单年限,颁布施行,旋由军机处遵旨交出。宪政编查馆原奏一件及清单三件,资政院照章将前项新刑律一案列入议事日表,开议之日,经议员质疑及政府特派员说明主旨后,当付法典股员会审查。嗣经股员会就修订法律大臣刑律原案暨宪政编查馆修改案语参互钩稽,详慎考核,凡律义精微所系,必推勘尽致,会观而求其通,或条文、字句未妥,则斟酌从宜润色,以蕲其当。一再讨论,提出修正案,复行开会再读,由到会议员先将刑律《总则》逐条议决,其刑律《分则》虽经开议,旋因延会期满,未克议毕。

窃维刑律《总则》,纲领已呈其大体,部居有别于全书。现值朝廷博采良规,亟图法治,自应援先河导海之例,勒为成编,抑将收伐柯取则之功,垂兹令典。从前修订法律大臣于初次草案编纂未竣,曾将《总则》先行奏陈,此次臣院情形相同,拟即查照成案办理,并省略三读,经议员等当场表决,多数从同。谨将议决新刑律《总则》缮具清单,恭呈御览,请旨裁夺。

惟修订法律大臣会同法部具奏,《刑律草案》第十一条:“凡未满十五岁者之行为不为罪,但因其情节,得命以感化教育”,经宪政编查馆覆核,以为未妥,改“十五岁”为“十二岁”。又特设一条为原五十条,云:“凡未满十六岁犯罪者,得减本刑一等至二等”,皆曾加具按语,述其理由。此次臣院议决,仍采修订法律大臣等会奏原文,改第十一条之“十二岁”为“十五岁”,并将原第五十条条文删除。臣奕劻[①]等以为，与其责任年龄过迟，而无宥减办法，不如责任年龄稍早，而有宥减办法之较有折衷。故于第十一条之"十五岁"主张，仍改为"十二岁"，而于现第五十条所定"喑哑人或满八十岁人，得减本刑一等或二等"，条文中将"或未满十六岁人"字样加入，并原案二条为一条，云："喑哑人或未满十六岁人或满八十岁人犯罪者，得减本刑一等或二等"，以免变动条目之繁。

查《资政院章》第十七条："资政院议决事件，若军机大臣或各部行政大臣不以为然，得声叙原委事由，咨送资政院覆议"。又，第十八条："资政院于军机大臣或各部行政大臣咨送覆议事件，若仍执前议，应由资政院总裁、副总裁及军机大臣或各部行政大臣分别具奏，各陈所见，恭候圣裁"。惟现在臣院已经闭会，此次臣奕劻等之所主张，既不能再交覆议，即不能分别具奏，而按照誊黄清单年限，刑律应于年内颁布，又不能暂行阁压，以待来年开院覆议。

经臣奕劻等与臣溥伦[②]等往返商榷，惟有将彼此异同之处，会奏声明，臣院所议决第十一条之"十五岁"，可否改为"十二岁"，第五十条"或满八十岁人"之上，可否加入"或未满十六岁人"字样。伏皇上圣裁，以资遵守。其余总则各条，皆经臣奕劻等查照无异，惟刑律《分则》，资政院未及议决，而又不能违误誊黄清单颁布之期，拟由臣奕劻等将宪政编查馆核订原案，略加修正，另行具奏请旨办理。谨奏。宣统二年(1910年)十二月二十五日。奉上谕已录册首。

---

① 奕劻(1838—1917年)，满族，爱新觉罗氏。封庆亲王，总理衙门事务大臣，皇族内阁总理。

② 溥伦(？—1925年)，满族，道光帝长子奕纬之孙，载治之子，爵位贝子。

大清新刑律

要　目

第一编　总则

第一章　法例

第二章　不为罪

第三章　未遂罪

第四章　累犯罪

第五章　俱发罪

第六章　共犯罪

第七章　刑名

第八章　宥减

第九章　自首

第十章　酌减

第十一章　加减刑

第十二章　缓刑

第十三章　假释

第十四章　恩赦

第十五章　时效

第十六章　时例

第十七章　文例

第一编 总则

第一章 法例

第一条 本律于凡犯罪在本律颁行以后者,适用之。

其颁行以前,未经确定审判者,亦同。但颁行以前之法律不以为罪者,不在此限。

第二条 本律于凡在帝国内犯罪者,不问何人,适用之。

其在帝国外之帝国船舰内犯罪者,亦同。

第三条 本律于凡在帝国外对于帝国犯下列各罪者,不问何人,适用之。

一 第八十九条至九十三条第一项,第九十四条、第九十五条第二项,及第九十六条第二项之罪。

二 第一百零一条及第一百零四条之罪。

三 第一百零八条及一百十条至第一百十二条之罪。

四 第一百二十五条之罪。

五 第一百五十三条及第一百五十五条之罪。

六 第二百二十九条及第二百三十一条之罪。

七 第二百三十八条第二百三十九条第二百四十一条及第二百四十二条之罪。

八 第四百零一条及第四百零二条之罪。

第四条 本律于帝国臣民在帝国外犯下列各罪者,适用之。

一 第一百十八条至第一百二十五条之罪。

二 第一百三十三条及第一百三十五条之罪。

三 第一百四十条及第一百四十一条之罪。

四 第一百四十四条及第一百四十八条之罪。

五 第一百七十二条之罪。

六 第二百十七条之罪。

七 第二百二十六条之罪。

八 第二百四十条第一项之罪。

第五条 本律于帝国臣民在帝国外，或外国人在帝国外对于帝国臣民犯下列各罪者，适用之。

一 第一百八十一条、第一百八十二条及第一百八十三条之罪。

二 第一百八十六条至第一百八十八条、第一百九十二条及第一百九十三条之罪。

三 第二百十一条至第二百十六条之罪。

四 第二百四十条第二项、第二百四十一条、第二百四十三条及第二百四十五条之罪。

五 第二百五十八条至第二百六十三条之罪。

六 第二百八十二条至第二百八十六条及第二百九十条之罪。

七 第三百十条至第三百十三条及第三百十九条至第三百二十五条之罪。

八 第三百三十三条、第三百三十四条及第三百三十六条第一项之罪。

九 第三百三十八条及第三百三十九条之罪。

十 第三百四十三条至第三百四十五条之罪。

十一 第三百四十八条至第三百五十二条之罪。

十二 第三百五十六条至第三百六十条之罪。

十三 第三百六十六条至第三百七十六条之罪。

十四 第三百八十一条至第三百八十六条之罪。

十五 第三百九十条至第三百九十二条之罪。

十六 第三百九十六条之罪。

十七 第四百零三条及第四百零四条之罪。

第六条 犯罪者虽经外国确定审判,仍得依本律处断。但已受其刑之执行或经免除者,得免除或减轻本律之刑。

第七条 犯罪之行为或其结果有一在帝国领域或船舰内者,以在帝国内犯罪论。

第八条 第二条、第三条、第五条及第六条之规定,若因国际上有成例而不适用者,仍依成例。

第九条 本律总则于其他法令之定有刑名者,亦适用之。但有特别规定者,不在此限。

第二章 不为罪

第十条 法律无正条者,不问何种行为,不为罪。

第十一条 未满十二岁人之行为,不为罪,但因其情节,得施以感化教育。

第十二条 精神病人之行为,不为罪,但因其情节,得施以监禁处分。

前项之规定,于酗酒或精神病间断时之行为,不适用之。

第十三条 非故意之行为,不为罪,但应论过失者,不在此限。

不知法令,不得为非故意,但因其情节,得减本刑一等或二等。

犯罪之事实与犯人所知有异者,依下列处断:

第一 所犯重于犯人所知或相等者,从其所知。

第二 所犯轻于犯人所知者,从其所犯。

第十四条 依法令或正当业务之行为,或不背公共秩序、善良风俗、习惯之行为,不为罪。

第十五条 对于现在不正之侵害，而出于防卫自己或他人权利之行为，不为罪。但防卫行为过当者，得减本刑一等至三等。

第十六条 避不能抗拒之危难，强制而出于不得已之行为，不为罪。但加过当之损害者，得减本刑一等至三等。

前项之规定，于有公务上或业务上特别义务者，不适用之。

第三章 未遂罪

第十七条 犯罪已着手、而因意外之障碍不遂者，为未遂犯，其不能生犯罪之结果者，亦同。未遂犯之为罪，于《分则》各条定之。

未遂罪之刑，得减既遂罪之刑一等或二等。

第十八条 犯罪已着手、而因己意中止者，准未遂犯论，得免除或减轻本刑。

第四章 累犯罪

第十九条 已受徒刑之执行，更犯徒刑以上之罪者，为再犯，加本刑一等。但有期徒刑执行完毕，无期徒刑或有期徒刑执行一部而免除后，逾五年而再犯者，不在加重之限。

第二十条 三犯以上者，加本刑二等，仍依前条之例。

第二十一条 审判确定后，于执行其刑之时发觉为累犯者，依前二条之例，更定其刑。

第二十二条 依军律或于外国审判衙门受有罪审判者，不得用加重之例。

第五章 俱发罪

第二十三条 确定审判前，犯数罪者，为俱发罪，各科其刑，而依下列定其应执行者：

第一　科死刑者，不执行他刑。科多数之死刑者，执行其一。

第二　科无期徒刑者，不执行他刑。科多数之无期徒刑者，执行其一。

第三　科多数之有期徒刑者，于各刑合并之刑期以下、其中最长之刑期以上，定其刑期，但不得逾二十年。

第四　科多数之拘役者，依前款之例，定其刑期。

第五　科多数之罚金者，于各刑合并之金额以下、其中最多之金额以上，定其金额。

第六　依第三款至第五款所定之有期徒刑、拘役及罚金，并执行之有期徒刑、拘役及罚金，各科其一者亦同。

第七　褫夺公权及没收，并执行之。

第二十四条　一罪先发，已经确定审判，余罪后发，或数罪各别经确定审判者，依前条之例，更定其刑。

其最重刑消灭，仍余数罪者，亦同。

第二十五条　俱发与累犯互合者，其俱发罪依前二条之例处断，与累犯之刑并执行之。

第二十六条　以犯一罪之方法或其结果而生他罪者，从一重处断。但于分则有特别规定者，不在此限。

第二十七条　犯罪之重轻，比较各罪最重主刑之重轻定之。最重刑相等者，比较其最轻主刑之重轻定之.

主刑重轻俱等者，据犯罪情节定之。

第二十八条　连续犯罪者，以一罪论.

第六章 共犯罪

第二十九条 二人以上共同实施犯罪之行为者，皆为正犯，各科其刑.

于实施犯罪之行为中帮助正犯者，准正犯论。

第三十条 教唆他人使之实施犯罪之行为者，为造意犯，依正犯之例处断。教唆造意犯者，准造意犯论。

第三十一条 于实施犯罪之行为以前帮助正犯者，为从犯，得减正犯之刑一等或二等。

教唆或帮助从犯者，准从犯论。

第三十二条 于前教唆或帮助，其后加入实施罪之行为者，从其所实施者处断。

第三十三条 因身分成立之罪，其教唆或帮助者虽无身分，仍以共犯论。

因身分致刑有重轻者，其无身分之人，仍科通常之刑。

第三十四条 知本犯之情而共同者，虽本犯不知共同之情，仍以共犯论。

第三十五条 于过失罪有共同过失者，以共犯论。

第三十六条 值人故意犯罪之际，因过失而助成其结果者，准过失共同正犯论，但以其罪应论过失者为限。

第七章 刑名

第三十七条 刑分为主刑及从刑。

主刑之种类及重轻之次序如下：

第一 死刑。

第二 无期徒刑。

第三 有期徒刑。

一 一等有期徒刑:十五年以下,十年以上。

二 二等有期徒刑:十年未满,五年以上。

三 三等有期徒刑:五年未满,三年以上。

四 四等有期徒刑:三年未满,一年以上。

五 五等有期徒刑:一年未满,二月以上。

第四 拘役:月未满,一日以上。

第五 罚金:一圆以上。

从刑之种类如下:

第一 褫夺公权。

第二 没收。

第三十八条 死刑用绞,于狱内执行之。

第三十九条 受死刑之宣告者,迄至执行,与他囚人分别监禁。

第四十条 死刑非经法部覆奏回报,不得执行。

第四十一条 孕妇受死刑之宣告者,非产后逾一百日,更经法部覆奏回报,不得执行。

第四十二条 宣告徒刑及拘役,不得在一日以下,罚金不得在一圆以下。

第四十三条 徒刑之囚于监狱监禁之,令服法定劳役。其监禁方法及劳役种类,依《监狱法》之规定。

第四十四条 拘役之囚于监狱监禁之,令服劳役,但因其情节,得免劳役。

第四十五条 受五等有期徒刑或拘役之宣告者,其执行若实有窒碍,得以一日折算一圆,易以罚金。

依前项之例易罚金者，于法律以受徒刑，或拘役之执行者论。

第四十六条 罚金于审判确定后，令一月以内完纳。逾期不完纳者，依下例处断：

第一 有资力者强制令完纳之。

第二 无资力者，以一圆折算一日，易以监禁。

监禁，于监狱内附设之监禁所执行之。

监禁日数，不得逾三年。

罚金纳一部者，计其余额，依第一项第二款之规定，易以监禁。

罚金总额之比例，逾三年之日数者，以按分比例，定监禁日数。

依本条之例易监禁者，除脱逃罪外，于法律以受罚金之执行者论。

第四十七条 褫夺公权者，终身褫夺其下列资格之全部或一部：

一 为官员之资格。

二 为选举人之资格。

三 膺封①锡勋章职衔、出身之资格。

四 入军籍之资格。

五 为学堂监督职员教习之资格。

六 为律师之资格。

第四十八条 于分则有得褫夺公权之规定者，得褫夺现在之地位，或于一定期限内褫夺前条所列资格之全部或一部，但以应科徒刑以上之刑者为限。

第四十九条 没收之物如下：

一 违禁私造、私有之物。

二 供犯罪所用及预备之物。

---

① 膺封：受封。

三 因犯罪所得之物。

第五十条 没收之物,以犯人以外无有权利者为限。

第八章 宥减

第五十一条 喑哑人,或满八十岁人,或未满十六岁人犯罪者,得减本刑一等或二等。

第九章 自首

第五十二条 犯罪未发觉而自首于官、受审判者,得减本刑一等。

其犯亲告罪、而向有告诉权人首服、受官之审判者,亦同。

第五十三条 一罪既发,别首未发余罪者,得减所首余罪之刑一等。

第五十四条 预备或阴谋犯分则各条特定之罪未实行,而自首于官受审判者,得免除或减轻其刑,但没收不在免除之限。

第十章 酌减

第五十五条 审按犯人之心术及犯罪之事实,其情轻者,得减本刑一等或二等。

第五十六条 依法律加重或减轻者,仍得依前条之例,减轻其刑。

第十一章 加减刑

第五十七条 死刑、徒刑、拘役,依第三十七条所列次序,加重、减轻之。

徒刑,不得加至死刑。

拘役,不得减至罚金及免除之。

罚金,不得加至拘役及徒刑。

第五十八条 《分则》定有二种以上主刑应加减者，依第三十七条所列次序，按等加减之。

最重主刑系死刑应加重者，止加重其徒刑；系无期徒刑应加重者，止加重其有期徒刑。

最轻主刑系拘役应减轻者，止减轻其徒刑；徒刑减尽者，止处拘役。

第五十九条 罚金依分则所定之额，以四分之一为一等，加重减轻之。

罚金应加减者，最多额与最少额同加减之，其仅有最多额者，止加减其最多额。

第六十条 分则所定并科之罚金，若徒刑应加减者，亦加减之。

其易科之罚金，若徒刑应减轻者，亦减轻之。

第六十一条 同时刑有加重、减轻者，互相抵销。

第六十二条 有二种以上应减者，得累减之。

第六十三条 从刑，不随主刑加重、减轻。

第十二章 缓刑

第六十四条 具有下列要件而受四等以下有期徒刑或拘役之宣告者，自审判确定之日起，得宣告缓刑五年以下三年以上。

一 未曾受拘役以上之刑者。

二 前受三等至五等有期徒刑执行完毕或免除后逾七年，或前受拘役执行完毕，或免除后逾三年者。

三 有一定之住所及职业者。

四 有亲属或故旧监督缓刑期内之品行者。

第六十五条 受缓刑之宣告而有下列情形之一者，撤销其宣告。

一 缓刑期内，更犯罪、受拘役以上之宣告者。

二　因缓刑前所犯罪而受拘役以上之宣告者。

三　不备前条第二款之要件,后经发觉者。

四　丧失住所及职业者。

五　监督人请求刑之执行,其言有理由者。

第六十六条　逾缓刑之期而未撤销缓刑之宣告者,其刑之宣告失其效力。

第十三章　假释

第六十七条　受徒刑之执行而有悛悔实据者,无期徒刑逾十年后、有期徒刑逾刑其二分之一后,由监狱官申达法部,得许假释出狱,但有期徒刑之执行未满三年者,不在此限。

第六十八条　假释出狱而有下列情形之一者,撤销其假释,其出狱日数不算入刑期之内。

一　假释期内,更犯罪、受拘役以上之宣告者。

二　因假释前所犯罪而受拘役以上之宣告者。

三　因假释前所受拘役以上之宣告而应执行者。

四　犯假释管束规则内,应撤销假释之条项者。

未经撤销假释者,其出狱日数算入刑期之内。

第十四章　恩赦

第六十九条　恩赦,依恩赦条款,临时分别行之。

第十五章　时效

第七十条　提起公诉权之时效期限,依下列定之:

一　最重主刑系死刑者,十五年。

二 最重主刑系无期徒刑或一等有期徒刑者，十年。

三 最重主刑系二等有期徒刑者，七年。

四 最重主刑系三等有期徒刑者，三年。

五 最重主刑系四等有期徒刑者，一年。

六 最重主刑系五等有期徒刑以下刑者，六月。

前项期限，自犯罪行为完毕之日起算，逾期不起诉者，其起诉权消灭。

第七十一条 二罪以上之起诉权之时效期限，据最重刑，依前条之例定之。

第七十二条 本刑应加重或减轻者，起诉权之时效期限，仍据本刑计算。

第七十三条 起诉权之时效，遇有下列行为，中断之，俟行为停止更行起算。

一 侦查及预审上强制处分。

二 公判上诉讼行为。

前项行为，对于一切共犯者，有同一之效力。

第七十四条 起诉权之时效，遇被告人罹精神病、其他重病而停止公判者，停止之。

第七十五条 各刑执行权之时效期限，依下列定之：

一 死刑，三十年。

二 无期徒刑，二十五年。

三 一等有期徒刑，二十年。

四 二等有期徒刑，十五年。

五 三等有期徒刑，十年。

六 四等有期徒刑，五年。

七　五等有期徒刑，三年。

八　拘役、罚金，一年。

前项期限，自宣告确定之日起算，逾期不执行者，其执行权消灭。

第七十六条　行刑权之时效，遇因执行而犯人已就逮捕者，中断之，但其他未知悉之刑，不在此限。

罚金及没收之时效，遇有执行行为，中断之。

第七十七条　执行权之时效，遇有依法律停止执行者，停止之。

第十六章　时例

第七十八条　时期以日计者，阅二十四小时。以月计者，阅三十日。以年计者，阅十二月。

第七十九条　时期之初日不计时刻，以一日论。最终之日，阅全一日，放免。有期徒刑及拘役之囚，于期满期之次日午前行之。

第八十条　刑期，自审判确定之日起算。

审判虽经确定，而尚未受监禁者，其日数不算入刑期。

第八十一条　未决期内羁押之日数，得以二日抵徒刑、拘役一日，或抵罚金一圆。

第十七章　文例

第八十二条　称乘舆、车驾、御及跸[①]者，太上皇帝、太皇太后、皇太后、皇后同。

称制者，太上皇帝敕旨，太皇太后、皇太后懿旨同。

第八十三条　称尊亲属者，谓下列各人：

---

① 跸：皇帝出行时之车驾。

一 祖父母,高、曾同。

二 父母。

妻于夫之尊亲属,与夫同。

称亲属者,谓尊亲属,及下列各人:

一 夫妻。

二 本宗服图,期服以下者。

三 外姻服图,小功以下者。

四 妻亲服图,缌麻以下者。

五 妻为夫族服图,大功以下者。

六 出嫁女为本宗服图,大功以下者。

第八十四条 称官员者,谓职官、吏员及其他依法从事于公务之议员、委员、职员。称官属者,谓官员奉行职务之衙署、局所。

称公文书者,为官员及官署应制作之文书。

第八十五条 称议会及选举者,谓依法令所设立中央及地方参与政事之议会及其议员之选举。

第八十六条 称僧道者,谓僧、尼、道士、如冠及其他宗教师。

第八十七条 依分则援用别条处断,而别条之罪应论未遂、预备或阴谋者,于处断本条之未遂、预备或阴谋犯,并援用之。

其于造意犯及从犯,亦同。

第八十八条 称以下、以上、以内者,俱连本数计算。

第八十九条 称笃疾者,谓下列伤害:

一 毁败视能者。

二 毁败听能者。

三 毁败语能者。

四 毁败一肢以上,或终身毁败其机能者。

五　于精神或身体有重大不治之病者。

六　变更容貌，且有重大不治之伤害者。

七　毁败阴阳者。

称废疾者，谓下列伤害：

一　减衰视能者。

二　减衰听能者。

三　减衰语能者。

四　减衰一肢以上之机能者。

五　于精神或身体，有至三十日以上之病者。

六　有致废业务，至三十日以上之病者。

称轻微伤害者，谓前二项所列以外之疾病损伤。

礼部会奏议覆左参议曹广权奏豫备立宪宜及时整饬礼乐折

本年四月初八日，军机处片交军机大臣钦奉谕旨，礼部左参议曹广权[①]奏《豫备立宪宜用时整饬礼乐以正人心而厚风俗》一折，着该衙门议奏，钦此钦遵，抄交前来。

原奏内称：东西各国宪法各殊，皆依其立国性质为率，中国家庭制度，相习四千余年，大都沿因生赐姓、胙土、命氏之旧。宜及今编审族姓，重一本之亲，敷明伦之教，行宗法、明乡约，就地方自治分区，为礼教自治分区、按季造表，注明各族姓所行冠、昏、丧、祭、乡、相见及

① 曹广权（1861—1924年），字东寅，号抽斋，湖南长沙人。光绪年间曾任禹州（今河南禹州）知州，有政声。善书法，有《瓷说》等著作数种传世。

曲礼，内则弟子职各礼以观民德等语。

礼部伏查宪政之施行，必赖礼教以相维系，而礼教之推暨，其本端于上、其用先征诸民。是以上年臣部奏定《编纂通礼条例》，曾经声明修书大旨，特于民礼加详。良以三物之教，始于乡闾，五礼之行，达乎士庶，必民欲皆有肃雍之象，而后可以见朝廷德化之成。该参议所请，就地方自治分区，为礼教自治分区，按季造表，以观民德，自系为修明礼教起见。惟是宗法之废坠已久，族姓之统系难稽，有一族而散处于各乡者，有异姓而同居于一域者，必拘守家族制度，专以姓氏为界别，不特审查易滋繁扰，亦恐窒碍遽难通行。

拟俟《新纂通礼》告成后，即就地方自治区域划为礼教自治分区，凡民间一切应行各礼，均定为表式，颁布各省、府、厅、州、县，责成各地方议事会、董事会，每季按式填报，以验礼教之是否实行。其有因沿陋俗，不遵秩序者，即由该地方官长随时董饬，总期按照部定礼式，切实遵循，俾科条之颁布，非等诸空文，而教化所涵濡，自蒸为善俗。其各处乡镇有聚族而居及通者，巨姓建有宗祠者，亦可谕令该族长协同劝导，以家庭自治之规，辅官治之所不逮。如果行有成效，自可逐渐推广，如原奏所称，重一本之亲，敷明伦之教，以为施行主义者，要属探本之论，第其事在乎因势利导，而非可强迫诸旦夕者也。

原奏又称：直省学堂林立，音乐设科，虽风琴、歌谱传自他邦，然隔八相生，大致与中音无异，宜及今修改各学堂歌辞，寓国教于讽诵。且各国皆有专定国乐，极致钦崇，遇亲贵游历、公使宴集，既自奏其国乐，又必奏公使等本国之乐，而且评论节奏为研究得失之资，故日本户山学校教习国乐及各种军乐并习各国之乐，于内外交际礼节编有专书，我国国乐，从前由出使大臣曾纪泽[①]权宜编制，声调慢缓，至今各国常致疑问，而军乐尚未专修，各国之乐，亦未传习，宜及今饬下驻各国使臣，搜译乐章礼节，并亟召海内知音之士审订，庶使分别实习等语。

礼部查一代之兴，必有一代之乐，所以象功昭德，鼓吹休明。我朝列圣相承，制作大备。凡属朝会、祭祀、燕飨，莫不因时、因事特定乐章。此外如临雍释菜，备列宫悬，则视学有乐；大阅凯旋，铙歌并作，则行军有乐。历考《钦定大清会典》及皇朝《三通》所载，卓哉煌煌、美矣善矣！惟是五洲未通之前，岁时朝贡，不过藩服诸邦，今则梯航四集，使命常通，樽俎之间，非金奏工歌，不足以壮声容而敦情谊，是国乐之亟需编制，固时势之不得不然。拟请饬下出使各国大臣，考求乐谱，详筹办法，并将所经验之交际礼节，缕晰叙述，咨送到部，以便会同乐部暨外务部各卫门审酌，采入新礼，并延聘海内知音之士，公同考订，参酌古今，编成乐律，请旨颁行。嗣后凡宴会各国宾客，及我国使臣在外国公宴，遇应行奏乐之时，均用此为国乐，以联友邦玉帛相见之欢，即以昭圣代雅颂同文之盛。

至所称修改学堂歌辞一节，学部查学堂歌辞，寓国教于讽诵，诚如原奏所云。臣部定章，自初等小学堂至中学堂，均令学生读有益风化之古诗歌，即是此意。现复饬令图书局局员编辑此项歌辞，一俟编辑完竣，即当一体颁行，借收鼓舞化导之益。

又，所称军乐尚未专修一节，军咨处、海军部、陆军部查《乐记》一编，多纪武功之盛，闻鼓鼙而思将帅，声音之感人最深。考各国军队，皆有专订乐章，而蹈厉发扬，洵足以振奋士气。我国陆、海军军乐队，

---

① 曾纪泽（1839—1890年），字劼刚，湖南湘乡人。曾国藩次子，清末外交家。

虽照章编设，惟军用之乐歌，未加修订，恭查《会典》乾隆四十一年平定两金川，我高宗纯皇帝御制凯歌，播诸金石，天藻辉煌，聿昭伟烈，丰功之盛，他如大阅、出师、凯旋诸篇，靡不声容美善，丕振尚武之精神。相应请旨饬下乐部，将有合军用之歌辞及其乐谱，选择编辑，会同军咨处、海军部、陆军部详加修订，请旨颁行，以成专章而张武烈。谨奏。宣统二年(1910 年)十二月二十五日。奉旨依议。钦此。

●●礼部奏遵拟礼学馆与法律馆会同集议章程折并单

宣统元年(1909 年)二月十二日，钦奉谕旨，内阁侍读学士甘大璋[①]奏《宪政、礼学、法律三馆亟宜贯通》一折，着礼部、法部会同集议后，咨商宪政编查馆再行覆核。钦此。查原奏内称：近来叠奉谕旨，宣布立宪豫备，以修明礼教、移风易俗为礼部责任。又，以刑律之源，根乎礼教，修订宗旨，必本此意各等因。钦遵在案。

良以礼教为中国数千年立国之本，惟据礼经以范围[②]宪法，乃所以定国是而正人心。伏读德宗景皇帝诏曰："兼采列邦之良规，无违中国之礼教。"即是此意，所当钦守。现闻礼学馆但主纂书，不明修礼；宪政馆偏重出洋学生，但知趋步日本，不识中国数千年相承伦教之重、哲学之微与国故民风之关系。法律馆一听客之所为，专赖所聘洋员录其国已成之法律，与我国伦教、官制、礼俗、民情，动多凿枘[③]。该三馆为议法之权衡，宜如何慎重周详，岂可听其草率从事。

---

① 甘大璋，生卒年不详。

② 范围：名词动用。

③ 凿枘(záo ruì)：圆凿方枘之省语，意为格格不入，不相契合。

又，听其各不相谋，致修礼成无用之册，订律有非礼之条，即编成宪法，势必视为不能实行之具文。拟请饬令宪政、礼学、法律三馆会同集议，提出礼教与宪政法律互有关系、互相出入及有所妨碍、所当损益各条，别为议案。各据所学，引抉经心，参酌宪章，勘合律意，统归画一，始行决定，以礼为规定宪法之根据，即以律为维持礼教之大防，庶三馆贯通，而立法乃并行不悖等语。

伏查原奏所称三馆贯通，系为画一法制起见，钦奉谕旨，着礼部、法部会同集议后，咨商宪政编查馆再行覆核，自应钦遵办理。惟查礼制、法律固统属于臣部与法部，而纂修编订则专隶于臣馆与法律馆，应请先由臣馆与法律馆会同集议，然后咨商宪政编查馆覆核，再由臣部、臣馆、法部、法律馆会同具奏。

惟是上年二月奉旨之后，当时未经拟定集议章程，以致法律馆修正新刑律未与臣馆集议，即于十二月间会同法部具奏，其中有关礼教诸条，臣馆未能稍参末议，不无遗憾。伏思刑律施于犯罪之后，与礼教之关系已多况，民律则日用民生，在在与礼教相为表里，臣馆若不预闻，非特法律馆所编民律恐有与礼教出入之处，即臣馆所编民礼亦恐与民律有违异之端，将来实行之时，必多窒碍。宣统三年（1911 年）即届核订民律之期，亟应拟定章程，两馆互相联络，公同商办，以免合则双美，离则两伤之虑。谨酌拟臣馆与法律馆会同集议《章程》四条，开具清单，恭呈御览，如蒙俞允，恭候命下，即由臣部、臣馆咨行宪政编查馆、法部、法律馆遵照办理，臣等公同商酌，意见相同。谨奏。宣统二年（1910 年）十二月二十五日。奉旨依议。钦此。

谨将酌拟礼学馆、法律馆会同集议《章程》，开具清单，恭呈御览。

计　开

一　两馆馆员应互相联络也。查礼学馆以总理主之，下有纂修、校勘等员。法律馆以修订法律大臣主之，下有纂修、协修各员。应令两馆馆员互相联络，凡有应议之件，彼此往来，和衷商办，禀承总理修订法律大臣核定。遇有重要之端，由总理与修订法律大臣面商办理。

一　法律馆编出草案底稿，应一律分送礼学馆也。法律馆编纂各项草案，向系拟出初稿，先用蜡印，分送馆员公同讨论。应令法律馆于民律草案初稿拟出蜡印，分送时照送礼学馆数分，以备研究集议。

一　两馆书籍、案卷，应准彼此检查也。礼学馆所存书籍、案卷，皆关礼教，而每多与法律相表里；法律馆所存书籍、案卷，皆关法律，而亦时与礼教相贯通。两馆馆员如有应行考核之处，应令随时彼此检查，以资印证。

一　议定之后，应由礼部、礼学馆、法部、法律馆会同具奏也。既系两部两馆遵旨集议之案，自应两部、两馆会衔具奏，所有民律草案内有关礼教诸条，应由礼学馆、法律馆会同集议后，咨商宪政编查馆覆核，再由礼部、礼学馆、法部、法律馆会同具奏请旨，以昭慎重。

●●学部奏酌拟改订筹备教育事宜折并单

宣统元年（1909 年）八月，准宪政编查馆咨开本馆，会同资政院奏准各衙门所奏筹备事宜，应于每年冬间，将拟定次年实行办法，先期切实奏明，请旨遵行等因。上年十二月，业经遵章办理在案，本年应办各项事宜，均照上年预定办法办理，俟考核届期，即当详细奏报。

十月十一日，奉上谕，前经明降谕旨，缩改为宣统五年（1913年）开设议院，所有关于宪法之各项法令及一切机关，应责成该主管衙门切实筹备，学部应筹教育普及等项，着即迅将提前办法通盘筹画，分别最要、次要，详细奏明，请旨办理等因。钦此。臣部遵于十一月二十五日，业将《普及教育办法》分别最要、次要缮单，奏蒙允准，钦遵在案。

窃维宪政之行以教育为始基，然非机关完备、筹画周详，则无以收普及之效，臣部奏陈《普及教育办法》，系专为注重小学，力图普及起见，均属切要难缓之图，除改订两等小学课程、订定地方学务施行细则、改定劝学所章程三项业经奏请钦定遵行外，其余最要、次要各项，应即于明年次第赶办，以期进行。至原奏应行筹备事宜，按之现在，情势既有不同，自不宜因循故辙，致涉纷歧。

臣等公同商酌，将最要、次要事项，分年列单，并将原单妥为改订。有为原单所无应行增入者，有为原单所有应行删除者，有就原定条文略为更易者，有就原定年限酌为提前者，总期与普及教育之本旨切合无间，并将各条分配宣统三年（1911年）、宣统四年（1912年），冀于议院未开以前，计日程功。拟自明年为始，即按照此次改订事宜，逐条筹办。此外教育行政事务，臣等仍当统筹兼顾，切实举行，以期仰副朝廷注重教育之至意，谨缮具清单，恭呈御览，伏候命下遵行。谨奏。宣统二年（1910年）十二月二十六日，奉旨宪政编查馆知道。钦此。

谨将臣部改订筹备事宜，缮具清单，恭呈御览。

宣统三年(1911 年)

改正部颁小学堂教科书，拟订国库补助小学经费章程，拟订国库补助实业学堂经费章程，拟订试办义务教育章程，扩充初级师范，规定小学各项经费程式，拟订单级教授、二部教授办法，扩充初等教育补助机关(改良私塾、宣讲所、半日学堂 、简易识字学塾)，拟订小学教员优待任免俸给各项章程，裁节已设学堂冗员浮费办法，养成小学临时教员并拟订章程，养成小学单级教员并拟订章程，颁布中学教科书，颁布初级师范教科书(分二次颁布)， 颁布初级师范教授要目，颁布女子师范教科书(分二次颁布)，颁布女子小学教科书，颁布单级小学教科书，设立国语调查会，颁布国语课本，实行检定初级师范中学教员及优待教员章程，通行各省推广实业教员讲习所，续派视学官分查各省学务，编纂教育法令，拟订监督私立学堂章程，派员分查蒙、藏、回各地方筹办学务。

宣统四年(1912 年)

修改部颁各种教科书，颁布检查学生休格章程，续颁初级师范教科书，续颁女子师范教科书，续编教育法令，续派视学官分查各省学务，通行各省师范学堂试办教授国语，颁布教育基金令，拟订认定公立私立学堂章程，高等小学以上学堂试办教授国语，推广义务教育，派员续查蒙藏回各地方筹办学务，调查全国识字人民数目，奏请钦颁教育敕令。

●●学部奏改订劝学所章程折并单

窃臣部于本年十一月二十五日，覆陈普及教育最要、次要办法，将《改订劝学所章程》列入最要项内，奉旨俞允，钦遵在案，自应妥速拟订，以便施行。查臣部于光绪三十二年(1906年)奏定《劝学所章程》，行之数年，颇著成效。惟其时《地方自治章程》及《地方学务章程》尚未颁行，所有地方教育事宜均归办理，在当日固可收统筹兼顾之功，在今日转致有权限不清之虑。臣等通盘筹画，拟确定劝学所为府、厅、州、县官教育行政辅助机关，其除佐理官办学务之外，在自治职未成立地方，对于自治学务有代其执行之责；其在自治职已成立地方，对于自治学务有赞助监督之权。谨拟改订《劝学所章程》四章，凡二十二条，缮具盖章，恭呈御览，如蒙俞允，即由臣部通行遵照办理。

再，查《城镇乡地方自治章程》第三节第五条，将劝学所列入自治范围之内，与《地方学务章程》第一条所定府、厅、州、县劝学所名目，性质既不相合，且劝学所为一种机关，而列为学务事宜之一，尤觉未当。查宪政编查馆核覆《府厅州县地方自治章程》折，内有《城镇乡地方自治章程》颁布在前，其条文有涉及《府厅州县地方自治章程》，歧异之处，请饬下民政部另案更正等语。现在劝学所既定为府、厅、州、县辅助机关，应俟奉旨允准之后，由臣部咨行民政部另案奏明更正，以免歧异，合并声明。谨奏。宣统二年(1910年)十二月二十六日。奉旨依议。钦此。

改定劝学所章程

要　目

第一章　设置及委任

第一条　府、厅、州、县城治，设劝学所，佐府、厅、州、县长官办理学务。

府、厅、州、县自治职或所属城镇乡自治职未成立以前，所有地方学务，均由劝学所按照法令代其执行。

第二条　劝学所设劝学员长一人，禀承该管长官办理劝学所一切事务。

劝学员长得兼充县视学。

第三条　劝学所设劝学员，禀承该管长官及劝学员长，分任劝学所及所属学区事务。

劝学员员额，由该管长官申请提学使核定。劝学所遇有必要情形，得置临时学务员，但其任期，至多以三个月为限。

第四条　劝学所得量事之繁简，设书记一人至三人。

第五条　劝学员长及劝学员之资格，依学务法令之规定（如《奏定学务纲要》所载办学员绅，及《检定中学小学教员章程》所载受检定者资格之类。）

第六条 劝学员长及劝学员，由该管长官就本籍合格士绅保选若干员，开具履历清单，申请提学使派充，并报部立案。

前项人员，有不合资格先经委任者，得由提学使随时查明撤销。

现任地方议事会议员者，不得兼任劝学员长或劝学员。

第七条 劝学员长及劝学员均以三年为任满。

第二章 职权

第八条 劝学所应办事务如下：

一 官立学堂及其他教育事业之设置及稽核。

二 关于官办学务经费之核算。

三 本地方学龄儿童之稽核。

四 对于学龄儿童之父兄为应受义务教育之劝导。

五 官立学堂学额、学级、授课时间之分配。

六 官立学堂教员、职员之进退。

七 关于官立学堂之建筑及设备。

八 关于学堂卫生事件。

九 关于学堂管理、教授、指导、改良事件。

十 关于学堂考试事件。

十一 学务图表及统计之编制。

十二 私立学堂及改良私塾之认定。

十三 教育研究所之设立及维持。

十四 关于《地方学务章程》第五条事件。

十五 关于《地方学务章程》第七条事件。

十六 关于《地方学务章程》第八条第二项事件。

十七　关于《地方学务施行细则》第五条、第八条事件。

十八　关于《地方学务施行细则》第二十三条事件。

十九　地方自治职未成立以前，按照《地方学务施行细则》第二十八条、第二十九条执行事件。

二十　阻挠学务及妨害学堂之防维。

第九条　劝学所应办事务，须经该管长官核定所有文件，以长官名义行之。

第十条　学部视学官或省视学莅境视察时，劝学所应将所有学务情形详晰报告。

第三章　经费

第十一条　劝学所经费由该管长官筹定，申请藩、学两司公核，报部立案。

第十二条　劝学所各员月薪数目，由该管长官核定，申报藩、学两司备案。

劝学所各员不给月薪者，为名誉学务员。

临时学务员不给月薪，由该管长官给以相当之公费。

第十三条　府、厅、州、县办理学务，一切经费，得由该管长官委任劝学所经理。

第十四条　自治职未成立之地方学务，由劝学所代其执行者，关于经费之收支及公款、公产之筹集处理，应按照《地方自治章程》、《地方学务章程》及《施行细则》办理。

第十五条　前条事项，每年由劝学所拟具预算，呈请该管长官核准施行，并造具决算，呈候该管长官检核。

预算、决算核定之后，由该管长官榜示劝学所及各学区。

第四章 待遇及功过

第十六条 劝学员长及劝学员原无官职者，得分别给予七、八品职衔。

第十七条 劝学员长及劝学员任期满三年以上仍连任者，得加给月薪。

第十八条 劝学所人员不得于学务以外干涉他事，如有逾越职权、借端生事者，照《府厅州县地方自治章程》第三十二条分别办理。

第十九条 劝学所人员功过事实，每年终由该管长官开具详册，申报提学使核办。

附 则

第二十条 府、厅、州、县官制未经改订施行以前，所有官办学务悉照本《章程》办理。

第二十一条 劝学所办事细则，由该管长官拟订，申请提学使核定，报部备案。

第二十二条 本《章程》如有未尽事宜，由学部随时改订。

宪政编查馆奏嗣后考核府厅州县事实另由各衙门办理片

再，各省府、厅、州、县事实，向归臣馆、臣部会同，切实考核，分别等第，奏明请旨劝惩，原以新政日兴，诚恐各该地方官奉行不力，必须有法定机关为之循名而责实，方足以促进行。是以前奏《章程》，分别学堂、巡警、工艺、种植、命盗、词讼、监押、钱漕等项以为殿最，原系因时制宜之计，现在司法既已独立，而提学使及巡警、劝业两道又复各设专官，将来府、厅、州、县官制尚须改订，职掌必有变更，若仍照从前奏定《章程》，责令奏效推行，恐未能适合。拟请自本届考核竣事后，即行停止，由各该主管衙门各订考核章程，会同督抚督饬司、道认真办理，如蒙俞允，即由臣馆钦遵分别行知。谨奏。宣统二年（1910年）十二月二十六日。奉旨着依议。钦此。

●●学部奏进呈第二次教育统计图表折

窃臣部奏定《分年筹备事宜清单》内开宣统元年（1909年）为始，每年编定全国教育统计图表一册，通行各省，以资比较等因。嗣因各省造报，稽延至本年三月，始将宣统元年第一次统计图表办理完竣，恭折具陈，并将办成图表分缮四册，进呈御览，奉旨宪政编查馆知道，图表并发，钦此。钦遵在案。

届应办第二次统计之期，臣等督饬司员，将京师督学局、各省提学司及臣部直辖学堂，先后送到光绪三十四年表册，汇同斟核，反覆钩稽，仍按原式制为比较图十一，学部表四，京师学堂表十八，直省总表二十三，直省分表三百四十三，都凡图表三百九十有九[①]。查阅此次图表，与上次图表两相对照，不无进步之可言，谨撮举大概，为我皇上缕晰陈之：

一　各省学生人数，上次统计，一百零一万三千五百七十一人；此次统计，一百二十八万四千九百六十五人。计专门学生，加多三千九百五十一人，实业学生，加多四千九百二十三人，普通学生，加多二

① 实际只有397幅。

十六万五千六百四十四人。以上三项，共计加多二十七万四千五百一十八人，惟师范学生一项，减少三千有奇。考其原因，实以兴学之始，各省因师资缺乏，暂设师范简易科及讲习所、传习所，宽收学生，迅速造就，以应一时之需。至光绪三十三四年(1907－1908)间，此项学生毕业日多，渐敷分布，遂将简易等科次第裁撤，而注全力以办完全师范，故学生名额虽略减，而学科程度则加深。至京师学生人数，上次统计一万一千四百一十七人，此次统计一万五千七百七十四人，约计加多四分之一，此学生人数增加之大概情形也。

一　各省学堂处数，上次统计，三万五千七百九十七处；此次统计，四万二千四百四十四处，共计学堂加多六千六百四十七处。虽参据别表，不无异同，而学堂增多，要可概见。至京师学堂处数，上次统计，二百零六处，此次统计，二百五十二处，约计加多五分之一。且上次所报学堂，官立为多，此次所报学堂，公立、私立较官立为尤多，可见民智渐开，教育易于推广，此学堂处数增加之大概情形也。

将来地方自治机关日臻完善，学务经费日充，就学儿童益众，当不难渐收教育普及之效。臣等惟有竭虑殚精，力图进步，断不敢以勾萌伊始，遽诩为成效可观。除将第二次教育统计图表印发京师督学局、各省提学使，暨臣部直辖学堂并分行京外各衙门外，理合缮具黄册，进呈御览。谨奏。宣统二年(1910年)十二月二十六日。奉旨着宪政编查馆知道，图表并发。钦此。

●●学部奏改订中学文实两科课程折并单

窃臣部于宣统元年(1909年)三月二十六日，具奏变通中学堂课程分为文科、实科，奉旨依议，钦此钦遵，通行在案。伏惟立法期于改善，初非一成不易之规，施教贵乎因材，始收尽利推行之效。前次奏请改章之意，原以旧章中学科目繁多，学生并骛兼营，易蹈爱博不专之弊，于是析为文、实二类，俾得就性之所近，分途肄习，以期用志不纷。所有科目课程前奏已称完备，惟事关学制，考样不厌其详。两年以来，迭据各省报告，证之地方情形，并参以臣部图书局编译各员之讨论，觉其中应行酌改之处，尚有数端。

查定章，中学教员养成于优级师范，而学生则取材于高等小学，学科编置本属息息相关。前奏分科程度骤高，上之则艰于得师，下之则难资升学，无造车之合、有绝尘之嫌，此程度之宜厘订者一。

分科设备较旧加繁，理化、实验、消费尤伙，必欲照章准备，非惟财力不足，且虞校室不敷。况定章各府，必设一中学，而贫瘠之区，尤难筹画，求全责备，恐转碍教育之进行，此设备之宜变通者一。

分科制度，仿自德国，虽为渐进专门学问之基，仍以养成国民常识为主，前奏文、实两科，因趋向之各殊，致涂迳[①]之悬绝，一经分类，后日之转学为难，骤语专精普通之知识转略，此文实两科之宜酌改者又其一。

以上各节，臣等公同商酌，意见相同，所有原奏中学课程，除主课通习各科目无庸增损外，其余教授之次第、钟点之多寡、程度之浅深，均经臣等督率司、局各员，悉心筹画，分配适宜，兹谨分别缮具清单，恭呈御览，如蒙俞允，即由臣部行知京外，一律钦遵，倘以后体察情形，尚有应修改之处，仍当随时奏明办理。谨奏。宣统二年(1910年)十二月二十六日。奉旨依议。钦此。

---

① 涂迳：今作“途径”。

谨将改订中学堂文、实两科课程，及每星期授课时刻表，缮具清单，恭呈御览。

计 开

中学堂文科之学科程度及每星期授课时刻表

第一年

学科	程度	每星期钟点	
		上学期	下学期
读经/讲经	春秋左传节本	五	五
国文	读文/作文/习字	六	六
外国语	读法/会话/习字	八	八
历史	中国史	三	三
地理	中国地理	三	三
以上主课			
学科	程度	每星期钟点	
		上学期	下学期
修身	道德要义/国民教育要义	一	一
算学	算术	四	四
博学	植物	三	〇
	生理卫生	〇	三
体操	普通体操/兵式体操	三	三
以上通习			
合计		三十六	三十六

第二年

学　科	程　度	每星期钟点	
		上学期	下学期
读经/讲经	同前学年	五	五
国文	同前学年	六	六
外国语	同前学年	八	八
历史	同前学年	三	三
地理	同前学年	三	三
以上主课			
学　科	程　度	每星期钟点	
		上学期	下学期
修身	同前学年	一	一
算学	算术	四	○
	代数	○	四
博物	动物	二	二
图画	自在画	一	一
体操	同前学年	三	三
以上通习			
合计		三十六	三十六

第三年

学　科	程　度	每星期钟点	
		上学期	下学期
读经/讲经	同前学年	五	五
国文	同前学年	七	七
外国语	读法/会话/文法	八	八
历史	同前学年	三	三

<table>
<tr><td>地理</td><td>外国地理</td><td>二</td><td>二</td></tr>
<tr><td colspan="4">以上主课</td></tr>
<tr><td rowspan="2">学　科</td><td rowspan="2">程　度</td><td colspan="2">每星期钟点</td></tr>
<tr><td>上学期</td><td>下学期</td></tr>
<tr><td>修身</td><td>同前学年</td><td>一</td><td>一</td></tr>
<tr><td rowspan="2">算学</td><td>代数</td><td>二</td><td>二</td></tr>
<tr><td>几何</td><td>二</td><td>二</td></tr>
<tr><td>博物</td><td>地质/矿物</td><td>二</td><td>一</td></tr>
<tr><td rowspan="2">图画</td><td>自在画</td><td>一</td><td>○</td></tr>
<tr><td>用器画</td><td>○</td><td>一</td></tr>
<tr><td>体操</td><td>同前学年</td><td>三</td><td>三</td></tr>
<tr><td colspan="4">以上通习</td></tr>
<tr><td colspan="2">合计</td><td>三十六</td><td>三十六</td></tr>
</table>

第四年

<table>
<tr><td rowspan="2">学　科</td><td rowspan="2">程　度</td><td colspan="2">每星期钟点</td></tr>
<tr><td>上学期</td><td>下学期</td></tr>
<tr><td>读经/讲经</td><td>书经</td><td>六</td><td>六</td></tr>
<tr><td>国文</td><td>同前学年</td><td>七</td><td>七</td></tr>
<tr><td>外国语</td><td>读法/会话
文法/作文</td><td>八</td><td>八</td></tr>
<tr><td rowspan="2">历史</td><td>东洋史</td><td>三</td><td>○</td></tr>
<tr><td>西洋史</td><td>○</td><td>三</td></tr>
<tr><td>地理</td><td>同前学年</td><td>二</td><td>二</td></tr>
<tr><td colspan="4">以上主课</td></tr>
</table>

学 科	程 度	每星期钟点	
		上学期	下学期
修身	同前学年	一	一
算学	代数	二	○
	几何	二	一
	三角	○	二
理化	物理	一	二
	化学	一	一
体操	同前学年	三	三
以上通习			
合计		三十六	三十六

第五年

学 科	程 度	每星期钟点	
		上学期	下学期
读经/讲经	易经	五	五
国文	同前学年	七	七
外国语	同前学年	八	八
历史	西洋史	三	三
地理	地文	二	二
以上主课			
学 科	程 度	每星期钟点	
		上学期	下学期
修身	同前学年	一	一
算学	三角	一	一

理化	物理	二	一
	化学	一	二
法制/理财	法制大意/理财通论	三	三
体操	同前学年	三	三
以上通习			
合计		三十六	三十六

中学堂实科之学科程度及每星期授课时刻表

第一年

学　科	程　度	每星期钟点	
		上学期	下学期
外国语	读法/会话/习字	八	八
算学	算术	六	六
博物	植物	三	三
以上主课			
学　科	程　度	每星期钟点	
		上学期	下学期
修身	道德要义/ 国民教育要义	一	一
读经/讲经	春秋左传节本	五	五
国文	读文/作文/习字	四	四
历史	中国史	二	二
地理	中国地理	三	三
图画	自在画	一	一
体操	普通体操/兵式体操	三	三
以上通习			
合计		三十六	三十六

第二年

学 科	程 度	每星期钟点	
		上学期	下学期
外国语	同前学年	八	八
算学	代数	六	三
	几何	○	三
博物	生理卫生	三	一
	动物	○	二
以上主课			

学 科	程 度	每星期钟点	
		上学期	下学期
修身	同前学年	一	一
读经/讲经	同前学年	五	五
国文	同前学年	四	四
历史	同前学年	二	二
地理	同前学年	三	三
图画	同前学年	一	一
体操	同前学年	三	三
以上通习			
合计		三十六	三十六

第三年

学 科	程 度	每星期钟点	
		上学期	下学期
外国语	读法/会话/文法	八	八

学　科	程　度	每星期钟点	
		上学期	下学期
算学	代数	三	二
	几何	四	四
	三角	〇	二
博物	动物	三	三
以上主课			
修身	同前学年	一	一
读经/讲经	同前学年	五	五
国文	同前学年	四	四
历史	同前学年	二	二
地理	外国地理	二	二
图画	同前学年	一	一
体操	同前学年	三	三
以上通习			
合计		三十六	三十六

第四年

学　科	程　度	每星期钟点	
		下学期	上学期
外国语	读法/会话 文法/作文	八	八
算学	代数	二	二
	几何	三	三
	三角	二	二
理化	物理	三	三
	化学	二	二

以上主课			
学　科	程　度	每星期钟点	
		上学期	下学期
修身	同前学年	一	一
国文	同前学年	四	四
图画	用器画	二	二
手工	应用木工	二	二
历史	东洋史/西洋史	二	二
地理	同前学年	二	二
体操	同前学年	三	三
以上通习			
合计		三十六	三十六

第五年

学　科	程　度	每星期钟点	
		下学期	上学期
外国语	同前学年	八	八
算学	三角	二	二
博物	地质/矿物	三	三
理化	物理	三	三
	化学	二	三
以上主课			
学　科	程　度	每星期钟点	
		上学期	下学期
修身	同前学年	一	一
国文	同前学年	四	四

图画	同前学年	二	二
手工	应用金工	二	二
历史	西洋史	二	二
地理	地文	二	二
法制/理财	法制大意/理财通论	二	二
体操		三	三
以上通习			
合计		三十六	三十六

附说

文、实两科外国语，或以英语或以德语为主。惟各省情形不同，间有宜习他国语者，应由该省提学司体察酌定，报部核准。

乐歌，乃古人絃诵之遗，各国皆有此科，应列为随意科目，择五、七言古诗歌，词旨雅正、音节谐和、足以发舒志气、涵养性情、篇幅不甚长者，于一星期内，酌加一二小时教之。

民政部奏遵拟次年筹备办法折

窃查宪政编查馆定章，每年冬间，由该管衙门拟定次年实行办法，先期切实奏明办理等因，历经遵办在案。本年十一月初五日奉上谕：现在，开设议院既已提前，所有筹备清单各项事宜，自应将原定年限分别缩短，切实进行。着宪政编查馆妥速修正，奏明请旨办理等因。钦此。嗣经宪政编查馆将修正逐年筹备事宜清单奏请钦定，奉旨依议。钦此。由该馆咨行到部，查单内所有宣统三年(1911 年)筹备之事，应由臣部办理者，凡三：

一为颁布《户籍法》。臣部前于胪陈《第三年第一届筹备成绩折》内声明：本年编订《户籍法》，系臣部与宪政编查馆同办之件，现已遴派专员，旁稽各国成法，证以中国情形，详细拟订等语。刻经拟订完竣，应由臣部奏交宪政编查馆覆核，照章办理。

一为汇报各省户口总数。查本年应行汇报各省户数，臣部已于本月十七日具奏，至人口总数，臣部前定《调查户口章程》，各省应于第三年汇报一次，至第五年一律报齐，现在，国会既已提前办理，所有选举议员等事，必须户口查明，方易着手。当由臣部再行咨行各省，将调查人口总数从速办理，于明年一律报齐，较原定期限，不过提前一年，当无窒碍难行之处。

一为续办地方自治。查地方自治事项，前经臣部奏明，城镇乡议事会、董事会分别繁盛、中等、偏僻，各地方依次举办。府、厅、州、县议事会、参事会分别省会首县、外府首县依次举办。查原定清单，于地方自治，先城镇乡，而后府、厅、州、县。近来，迭据云贵、湖广总督及山东、广西巡抚等，分别奏咨声请变通先后次序，将上级自治提前筹办。现在，钦定修正清单，每年均列续办地方自治一项，于上下级筹办之次序，并未加以限制，是各省情形不同，未能强绳一格，已在朝廷洞鉴之中。应由臣部知照各省，体察情形、酌定先后次序，总以无误成立期限为归，庶办理较有实际。

以上三者，皆修正清单内“臣部明年应行筹备治件”。

至巡警一项，宪政编查馆原奏谓属普通行政事务，故此次单内未经列入，仍应责成主管衙门按照原定清单分别最要、次要妥筹办理等因，查原定清单内，本年厅、州、县巡警，一律完备，明年即为筹办乡镇巡警之期。是厅、州、县巡警实为最要，而乡镇巡警则为次要。查乡镇巡警，系与乡镇审判，同为原定清单内逐年筹备之件。上年，宪政编查馆奏定《司法区域分划暂行章程》业经声明：乡镇审判厅就一省之中酌择繁盛乡镇，设立初级审判厅一所等语。乡镇审判厅之筹办既以地方之繁盛与否为衡，乡镇巡警事同一律，应即比照审判办法就每省酌择繁盛乡镇实行筹办。此外，自应酌量地方财力分别缓急，次第进行，以免财政竭蹶，转生阻碍。谨奏。宣统二年（1910 年）十二月二十七日奉旨。宪政编查馆知道。钦此。

●●度支部奏酌拟造纸厂章程并单

光绪三十二年（1906 年），前财政处会同臣部奏《发行纸币宜设造纸官厂》。次年，复经臣部奏，拟定建厂地方并遴选综理各等因，先后奉旨允准、钦遵办理在案。现在，该厂建造房屋、安置机件各事，业经粗具规模，即可从事制造，惟事关工务、头绪繁重，亟应妥定章程以资遵守。兹经臣等督饬员司悉心规划，拟定《造纸厂章程》三十六条，缮具清单，恭呈御览，如蒙俞允，即由臣等督饬该总帮办等切实奉行，认真经理，不容稍有逾越。谨奏。宣统二年（1910 年）十二月二十七日奉旨依议。钦此。

谨将酌拟《造纸厂章程》缮具清单，恭承御览。

要　　目

第一章　总则

第二章　职权

第三章　黜陟

第四章　作息

第五章 赏罚

第六章 杂则

第一章 总则

第一条 造纸厂归度支部管理，专造各种有价证券及官用普通纸张，其尺寸式样，均遵照度支部颁发。

第二条 造纸厂分机制、手漉两项工场。机制工场暂置甲、乙两机，甲机专造有价证券官纸，乙机专造普通用纸。其手漉工场制造商用有价证券及绘图、复写等优美纸张。

第三条 造纸厂出纸以精致华美为主，并不搅造粗劣纸货，以防小民固有利益。但漉余粗料亦得随时制造合宜纸张。

第四条 造纸厂制造官用有价证券之纸，应先请度支部核定数目，如数漉造。一经制成即行呈部，不得擅自制造，亦不得造逾定额，其有价证券之非为官用，与虽属官用而非有价证券之纸，不在此例。

第五条 造纸厂制造纸张，供官用外，积有余纸，得以随时发行销售。

第二章 职权

第六条 造纸厂设总办一员，帮办一员，坐办一员。

第七条 造纸厂设营运、监造、文案、收支、庶务五科，分理一切事务，科各分所，依次列下：

营运科：采办所（主采购各种原料、药品事宜）；核议所（主核议所造之纸质种类及核定纸张暨废料废物等价值）；发行所（主承接、定造及发售纸张、收取纸价事宜）；转运所（主经理、装载车船及报关纳税与赴关提取购到一切之物品事宜）。

监造科：清理所（主分检原料、及裁切批剥等事）；调剂所（主配合原料剂成原质事宜，调剂原质之技师属之）；分晰所（主化分纸质试验、质料煤炭及制造上各种应用药品，化学之技师属之）；漉造所（主漉造事宜，机制、手漉之各技师属之）；整理所（主裁切、上光、整理、打包一切事宜）；营缮所（主管理锅炉、配给煤炭及修配机件等事，机器专门技师属之）；器具所（主制造纸帘、板箱及漉造上应用之木质器具等类，制帘之技师属之）；图画所（主绘画纸张上所用花纹、牌号等事）。

文案科：函牍所（主公牍、函件及缮录册报、收掌档案等事）；翻译所（主翻译东西文件、账单造纸应用书籍，并随时记述语言等事）。

支应科：银钱所（主银钱之收发、守护事宜）；质料所（主质料之收发、守护事宜）；杂储所（主纸张、杂件之收发、守护事宜）；统计所（主造具、统计事宜，平时兼查各种物料时价）。

庶务科：稽查所（主稽查工匠、丁役出入时刻、及物品进出事宜）；守卫所（主警卫、巡逻、演习、消防救护等事宜）；诊察所（主理全厂卫生及诊治疾病、灾伤等事）；杂务所（主管全厂仆役及不属于各科、各所之一切事务）。

第八条 造纸厂各科设科长一员，由总帮办等遴派。各所视职务之繁简、责任之重轻，分别派人管理。或一所数员，或一员数所，由总帮办等督同科长，随时斟酌选派。

第九条 一切员司薪水，仍以职务繁简、责任重轻为衡，并不拘定科所名目，以昭核实。

第十条 造纸厂一切事务，由科长禀承总帮办等分交各所，照本厂办事细章办理，遇有特别事件，各所员司应商同科长、禀请总帮办等核夺，情节重大者，由总帮办等请示度支部办理。

第十一条 条科、各所遵照本厂办事细章，各有权限，遇有两科以上或两所以上互相关联之事，自当和衷商办。设有各执一是、难期融洽、事涉两科或两所者，由各该科科长、各该所员，禀请总帮办等核夺。

第十二条　各科设有提议事件，应由各科长妥商后，再请总帮办等核议施行。

第十三条　各所技师，应照本厂办事细章及工场规则，按时到所指挥工匠、艺徒等操作一切，遇有意见，应商同所员，经科长禀请总帮办等核夺。

第十四条　各科所下隶工匠、艺徒、工徒三项，由各所所员及技师督率指挥、从事工作。

第十五条　造纸厂员司、技师、艺士人等，不得在厂外兼营他种事业，以分心志。

第十六条　工匠、艺徒、工徒，设有互相争执之处，应由各所长随时察其情事，妥核办理，或事涉裁判者，由科长禀请总帮办等，交由地方官核办。

第三章　黜陟

第十七条　造纸厂各科、所员司，无论绅商推荐，俱须另觅妥实担保一人，立有保证，经理帮办等允准后，酌给津贴，到厂试用三月，果其品行端正、办事勤奋、职务相宜者，由该管科长再行禀请总帮办等，核定薪水。

第十八条　造纸厂技师艺术精深，不得不暂聘洋员，所有职务权限，除详载办事细章及工场规则外，当由厂另行各订妥适合同。

第十九条　造纸厂工匠，分长雇、短佣两种。长雇应有妥实保证，短佣则临时招募，按日给值。

第二十条 造纸厂艺徒、工匠，由厂随时招集，择其气体坚凝、资禀聪颖者，试习一月，果其品行、才力堪以造就留厂者，由所长禀请科长，嘱令邀同妥实保人，立具保证。

第二十一条 各科所进退工匠、艺徒、工徒，俱由该管所长商同科长，禀请总帮办等核夺施行。

第四章 作息

第二十二条 造纸厂作工时刻，春、夏两季，自晨卯正起至午正止，未初起至酉初止。秋、冬两季，自晨辰初起至午正止，未初起至戌初止。遇有异常炎热、势难工作及厂务繁简情形，得随时由总帮办等察酌变通办理，不在所定限内。

第二十三条 除甲机制造官用有价证券之纸事极郑重，不作夜工、以昭慎密外，他种工场得以昼夜分班工作，期多出货。

第二十四条 夜工时刻，春、夏两季，每夜酉正起至亥初止，子初起至卯正止。秋、冬两季，每夜戌初起至亥正止，子初起至卯正止。

第二十五条 每年逢万寿、上元、端阳、中秋及星期日，各休假一日；年假自腊月除日起至正月初四日止，休假五日，但星期日凡技师及应行擦洗机件各工匠，仍须俟机件擦竣后，再行休息。

第二十六条 凡员司匠役等，除例假外，每年请假，不得逾二十日，逾者按日扣除薪水。惟婚嫁等事及别有因公事项者，不在此例。

第二十七条 凡员司匠役等因事告假，在三日以内者，须将假期内应办职务告知直接管理员，并嘱托同事代理。逾三日后，应由管理员转请总帮办等派人代理，如代理者适系该员嘱托之人，则设有疏失，仍归该员担其责任。

第五章 赏罚

第二十八条 造纸厂员司如有异常勤奋者,年终由直接管理员呈请总帮办等酌予奖励,每届三年,由总帮办等择尤[①]呈请度支部奏奖。其关于工务之员,如能技艺精熟、自成专家,或发明新法、新器,有益于造纸事业者,由总帮办等征集证据及证明书,呈请度支部优予奏奖。

第二十九条 造纸厂工匠、艺徒、工徒等,如有言行笃实、操作勤勉者,年终由所长呈报科长,转请总帮办等酌量给奖,其有发明新法、新器者,照前条例,呈请度支部优奖。

第三十条 造纸厂员司人等,如有舞弊营私、因循误公者,随时由直接管理员呈报总帮办等,查实分别轻重惩处:一、记过;二、罚薪;三、追偿;四、斥退。

第三十一条 造纸厂员司、工匠、艺徒等,如有漏泄机要、情节重大者,由总帮办等密呈度支部,治以应得之罪。

第六章 杂则

第三十二条 造纸厂款项、材料出入,每日由该管科所开列简明表,呈请总帮办等查核。每月总结一次,列表呈核,每半年大结一次,并将现存机器材料、纸张等项,造具清册,以务点验,每年办理次年预算、本年决算,由总帮办等呈请度支部核办奏销。

第三十三条 造纸厂各所员司,应各具有简明日记,每日将既办事件酌量摘载,录为简表,送交科长转送统计所,汇成统计报告表,以验

---

① 尤:优异、突出,如"天生尤物"。

成绩。

第三十四条 造纸厂运输官用有价证券纸张，经过关卡，免税放行，其由火车、轮船装载者，应请饬下邮传部，通饬铁路、轮船各局，一律减收半价。

第三十五条 造纸厂虽系官立，实含营业性质，一切事务，仍按商业办理，不得徒事铺张，致涉糜费。

第三十六条 造纸厂各科、所办事细章及工场规则，另行详订外，以上各条，均系试办章程，如有应行增改之处，当随时酌议改订，以期完密而臻妥善。

资政院会奏议决试办宣统三年岁入岁出总预算案请旨裁夺折并单

窃查《资政院院章》第十四条内载，资政院应行议决事件：一、国家岁出入预算事件。又，第十五条内载：前条所列第一至第四各款议案，应由军机大臣或各部行政大臣先期拟定，具奏请旨，于开会时交议。又，第十六条内载：资政院于第十四条所列事件，议决后由总裁、副总裁分别会同军机大臣或各部行政大臣具奏请旨裁夺各等语。试办宣统三年（1911 年）岁入、岁出总预算案，系由度支部拟定，于本年八月二十七日具奏请饬内阁会议政务处会同集议，复于九月二十日由内阁会议政务处具奏请旨，交资政院照章办理，并将原奏、覆奏各一件，原送总表四十册、分表八十一册、法部修正表一册、陆军部咨文清单一件，咨送到资政院，当经照章先交预算股股员会审查。审查期内，次第收到各衙门追加预算二十三册，一并送付该股。旋据该股员会审查完竣，具书报告称：本股于九月三十日开始审查，悉意钩稽、昕夕从事。

查此次预算，本系遵照筹备清单试办各省预算，故内阁会议政务处奏交原案，一省为一统系，而本院分股细则又系以事分科，是预算之组织与分科之方法不免冲突，欲由分离之预算，求为统系之豫算，洵属非常困难。加以办理豫算，本系中国创举，前此既无豫算案、决算案，援照比较，欲逐款、逐项丝丝入扣，又属非常困难。经股员会叠次讨论，佥以为审查豫算固贵有精严之考核，尤贵有确当之方针，诚以豫算一事，全国政治、财政概系包括在内。以政治论，则中国现在情势，自应注重教育、实业、交通等项，以培养国家之元气；以财政论，则豫算案内不敷之数五千余万，追加豫算又二千余万，自应节糜费、去冗员，以巩固国帑之现状。本此方针，其审查结果，于国家新政，仍敦促进行，而于浮滥经费，则大有削减，或以之弥补亏空，或拨充军事要需。

现计原豫算案、追加豫算案，岁出，总共三万七千六百三十五万五千六百五十七两，经本股审查，总共核减七千七百九十万零七千二百九十二两，所余宣统三年(1911 年)岁出二万九千八百四十四万八千三百六十五两，合之岁入三万零一百九十一万零二百九十二两，出入两抵，尚盈三百四十六万一千九百三十一两。作为宣统三年(1911年)豫算案豫备费，应由本院会同会议政务处，具奏请旨，饬下京外各衙门，遵照宣统三年(1911 年)岁出、岁入豫算案，切实收支，有可撙节之款项，仍须随时核减，如实有不敷应用，必须稍予变通之处，应由京外各该衙门缮具详细表册，说明确当理由，径行具奏请旨办理决算年度，由各主管衙门另缮此项表册，咨送本院追认。本股员会叠次开会，多数意见相同等情。嗣经资政院开会讨论，逐项表决，多数议员赞成无异，会议之时，并由各该主管衙门到场发议，悉心斟酌，彼此均归一。

致总计预算:全国岁入,共库平银三万零一百九十一万零二百九十六两八钱七分七厘,全国岁出,共库平银二万九千八百四十四万八千三百六十五两二钱三分八厘,以入较出尚盈三百四十六万一千九百三十一两六钱三分九厘,除将各项详细表册汇送内阁会议政务处查照外,谨缮具总预算案及说明书清单,遵照院章,会同具奏请旨裁夺,一俟命下,即由内阁会议政务处知照京外各衙门钦遵办理。再,此折系资政院主稿,会同内阁会议政务处办理,合并声明。谨奏。宣统二年(1910年)十二月二十八日。奉上谕,已录册首。

谨将议决试办宣统三年全国岁入岁出总预算案,缮具清单,恭呈御览。

计　开

总计岁入,共库平银三万一百九十一万二百九十六两八钱七分七厘。

总计岁出,共库平银二万九千八百四十四万八千三百六十五两二钱三分八厘。

总赢,三百四十六万一千九百三十一两六钱三分九厘。

岁入部

田赋

度支部预算之数,四千八百十万一千三百四十六两二钱七分三厘。资政院覆核之数,四千九百六十六万九千八百五十八两二钱七分三厘。计增一百五十六万八千五百十二两。

盐茶课税

度支部预算之数,四千六百三十一万二千三百五十五两二分二厘。资政院覆核之数,四千七百六十二万一千九百二十两二钱五分五厘。计增一百三十万九千五百六十五两二钱三分三厘。

关税

度支部预算之数,四千二百十三万九千二百八十七两九钱三分一厘。资政院覆核之数,四千二百十三万九千二百八十七两九钱三分一厘。未增。

正、杂各税

度支部预算之数,二千六百十六万三千八百四十二两一钱七分七厘。 资政院覆核之数,二千六百十六万三千八百四十二两一钱七分七厘。 未增。

厘捐

度支部预算之数,四千三百十八万七千九百七两九分九厘。资政院覆核之数,四千四百十七万六千五百四十一两四钱六分六厘。计增九十八万八千六百三十四两三钱六分七厘。

官业收入

度支部预算之数,四千六百六十万八百九十九两七钱五分三厘。资政院覆核之数,四千七百二十二万八千三十六两四钱一分。计增六十二万七千一百三十六两六钱五分七厘。

捐输各款

度支部预算之数,五百六十五万二千三百三十三两一钱一分七厘。资政院覆核之数,五百六十五万二千三百三十三两一钱一分七厘。未增。

杂收入

度支部预算之数，三千五百二十四万四千七百五十两六钱五分。资政院覆核之数，三千五百六十九万八千四百七十七两二钱四分八厘。计增四十五万三千七百二十六两五钱九分八厘。

公债

度支部预算之数，三百五十六万，资政院覆核之数，三百五十六万。未增。

总计岁入

度支部预算之数，二万九千六百九十六万二千七百二十二两二分二厘，资政院覆核之数，三万一百九十一万二百九十六两八钱七分七厘。计增四百九十四万七千五百七十四两八钱五分五厘。

岁出部

甲　国家行政经费，共二万六千七十四万五千三两六分八厘。

外务部所官第一

自备部经费：度支部预算之数，二百九十二万五千七百三十四两七钱二分。资政院覆核之数，二百七十八万三千二百八十七两七钱二分。计减十四万二千四百四十七两。

（附注：各使馆经费、美国游学经费，均在内）

各省交涉经费：度支部预算之数，六十一万八千九百九十八两二钱五分七厘。资政院覆核之数，三十四万三千七百二十六两七钱三分二厘。计减二十七万五千二百七十一两五钱二分五厘。

统计：度支部预算之数，三百五十四万四千七百三十二两九钱七分七厘。资政院覆核之数，三百十二万七千十四两四钱五分二厘。计减四十一万七千七百十八两五钱二分五厘。

民政部所管第二

民政部经费:度支部预算之数,一百八十四万六千六百八十六两四钱五厘。资政院覆核之数,一百八十四万六千六百八十六两四钱五厘。

(附注:京师巡警厅等经费在内)

步军统领衙门经费:度支部预算之数,六十五万九千九百四十九两一钱一分五厘。资政院覆核之数,三十五万九千九百四十九两一钱一分五厘。计减三十万。

禁烟公所经费:度支部预算之数,五万九千一百七十九两七钱八分三厘。资政院覆核之数,五万九千一百七十九两七钱八分三厘。

各省民政经费:度支部预算之数,一百六十六万一千七百四十八两四钱六分五厘。资政院覆核之数,一百六十六万一千七百四十八两四钱六分五厘。

典礼经费:度支部预算之数,七十九万二千一百二十七两九钱四厘。资政院覆核之数,四十二万四千四百七十六两五钱七分八厘。计减三十六万七千六百五十一两三钱二分六厘。

(附注:礼部及钦天监经费在内)

统计:度支部预算之数,五百一万九千六百九十一两六钱八分二厘。资政院覆核之数,四百三十五万二千四十两三钱四分六厘。计减六十六万七千六百五十一两三钱二分六厘。

度支部所管第三

度支部经费:度支部预算之数,三百四十九万五千六百三十三两一钱五分二厘。资政院覆核之数,三百二十八万三百五十六两二钱四分七厘。计减二十一万五千二百七十六两九钱五厘。

(附注:除拨济军咨处款二十八万二千两已剔出外,造币厂、印刷局、造纸厂等经费均在内。税务处盐政处等署经费:度支部预算之数,八十九万四千二百三十八两一钱六分一厘。资政院覆核之数,八十五万六百二十九两一钱六分一厘。计减四万三千六百九两)。

(附注:此项包税务处、盐政处、仓场衙门、左右翼、商税衙门五款,税务处、仓场俟裁并后,再将经费裁减)。

各省财政经费:度支部预算之数,一千六百四十八万二千二百五十四两三分六厘。资政院覆核之数,一千三百五十六万九千二百六十四两六钱三厘。计减二百九十一万二千九百八十九两四钱三分三厘。

各洋关经费:度支部预算之数,五百七十五万七千四百两五钱四分四厘。资政院覆核之数,五百七十五万七千四百两五钱四分四厘。

各常关经费:度支部预算之数,一百五十万九百八两九钱一厘。资政院覆核之数,一百五十万九百八两九钱一厘。

合计:度支部预算之数,二千八百一十三万四百三十四两七钱九分四厘。资政院覆核之数,二千四百九十五万八千五百五十九两四钱五分六厘。计减三百一十七万一千八百七十五两三钱三分八厘。

宗人府、内务府等署经费:度支部预算之数,六百一十四万四千八百七十七两一钱七分。资政院覆核之数,六百十四万四千八百七十七两一钱七分。

(附注:此项悉照度支部原册,即原册经常、临时行政费内宗人府以下二十款总数)。

合计:度支部预算之数,六百十四万四千八百七十七两一钱七分。资政院覆核之数,六百十四万四千八百七十七两一钱七分。

军机处等署经费:度支部预算之数,一百三十四万八千八百二十六两二钱七分一厘。资政院覆核之数,一百十万四千六百十三两八钱九分四厘。计减二十四万四千二百十二两三钱七分七厘。

（附注：此项包军机处、内阁、政务处、宪政编查馆、吏部、都察院给事中、翰林院、国史馆、方略馆、旗制处、上谕事件处及法律馆，共十三款）。

各省行政总费：度支部预算之数，一千九百八十二万二千七百三十两四钱八分九厘。资政院覆核之数，一千六百三十七万四百六十两九钱四厘。计减三百四十五万二千二百六十九两七钱八分五厘。

合计：度支部预算之数，二千一百一十七万一千五百五十六两七钱六分。资政院覆核之数，一千七百四十七万五千七十四两七钱九分八厘。

资政院经费：度支部预算之数，七十八万六千六百六十六两六钱六分六厘。资政院覆核之数，七十八万六千六百六十六两六钱六分六厘。

合计：度支部预算之数，七十八万六千六百六十六两六钱六分六厘。资政院覆核之数，七十八万六千六百六十六两六钱六分六厘。

赔款、洋款及各省公债：度支部预算之数，五千六百四十一万三千五百七十六两四钱九分八厘。 资政院覆核之数，五千六百四十一万三千五百七十六两四钱九分八厘。

合计：度支部预算之数，五千六百四十一万三千五百七十六两四钱九分八厘。资政院覆核之数，五千六百四十一万三千五百七十六两四钱九分八厘。

各省官业支出：度支部预算之数，五百六十万四百三十五两二钱一分一厘。资政院覆核之数，五百四十七万五百六十两五钱二分。计减十二万九千八百七十四两六钱九分一厘。

合计：度支部预算之数，五百六十万四百三十五两二钱一分一厘。资政院覆核之数，五百四十七万五百六十两五钱二分。计减十二万九千八百七十四两六钱九分一厘。

统计：度支部预算之数，一万一千八百二十四万七千五百四十七两九分九厘。资政院覆核之数，一万一千一百二十四万九千三百十五两一钱八厘。计减六百九十九万八千二百三十一两九钱九分一厘。

学部所管第四

学部经费：度支部预算之数，一百八十四万六千四百三十七两三钱四分。资政院覆核之数，一百七十三万二千六百六十九两九钱二分九厘。计减一十一万三千七百六十七两四钱一分一厘。

（附注：学部直辖各学堂经费在内）

各省教育费：度支部预算之数，一百五十二万九千四十七两四钱一分六厘。资政院覆核之数，一百一万四千八百七两四钱一分六厘。计减五十一万四千二百四十两。

统计：度支部预算之数，三百三十七万五千四百八十四两七钱五分六厘。资政院覆核之数，二百七十四万七千四百七十七两三钱四分五厘。计减六十二万八千七两四钱一分一厘。

陆军部所管第五

陆军部经费：度支部预算之数，一百一十万七千二百七十二两一钱九厘。资政院覆核之数，八十九万四百三十一两七厘。计减二十一万六千八百四十一两一钱二厘。

军咨处经费：度支部预算之数，一百一十一万七千六百五十九两九钱六分六厘。资政院覆核之数九十五万两，计减一十六万七千六百五十九两九钱六分六厘。

禁卫军：度支部预算之数，二百一十六万六千六十两四钱七分。

资政院覆核之数,二百一十六万六千六十两四钱七分。

旗营:度支部预算之数,八百八十六万三千六百二十九两二钱二分一厘。资政院覆核之数,八百七十九万二千六百一十八两六钱七分一厘。计减七万一千一十两五钱五分。

绿营:度支部预算之数,三百八十六万二千二百二两九钱一分六厘。资政院覆核之数全裁。计减三百八十六万二千二百二两九钱一分六厘。

防营:度支部预算之数,一千八百六十二万二千一百四十三两七钱七分七厘。资政院覆核之数,九百三十一万五百七十一两八钱八分八厘。计减九百三十一万五百七十一两八钱八分八厘。

绿营、防营裁遣费:度支部预算之数,六百五十八万六千三百八十七两四钱二厘。资政院覆核之数,六百五十八万六千三百八十七两四钱二厘。

武卫左军:度支部预算之数,一百万五千九百五两七钱二分七厘。资政院覆核之数,五十万二千九百五十二两八钱六分三厘。计减五十万二千九百五十二两八钱六分三厘。

新军:度支部预算之数,五千八百七十六万二百三十五两七钱四分六厘。资政院覆核之数,二千八百六十九万二千六百八十两三钱二分一厘。计减三千六万七千五百五十五两四钱二分五厘。

(附注:度支部预算之数,系并原册三千六百八十五万七千一百四十一两有奇。又,加入修正册六百七十五万一千七百九十二两有奇。又,加入追加册一千五百一十五万一千三百一两有奇)。

筹备军装:度支部预算之数,四百万两。资政院覆核之数,四百万两。

军事教育:度支部预算之数,五百四十五万六千八百六十四两二钱三分六厘。资政院覆核之数,三百二十一万二千八十六两五钱二厘。计减二百二十四万四千七百七十七两七钱三分四厘。

扩充军事教育:度支部预算之数,二百二十一万五千九百两。资政院覆核之数,二百二十一万五千九百两。

制造局、所:度支部预算之数,四百七十八万六千八百一十四两四钱四分六厘。资政院覆核之数,四百七十八万六千八百一十四两四钱四分六厘。

扩充兵工厂:度支部预算之数,四百九十万四千六百两。资政院覆核之数,四百九十万四千六百两。

牧厂:度支部预算之数,七十三万九百五十四两二分。资政院覆核之数,六十五万四千七十八两九分三厘。计减七万六千八百七十五两九钱二分七厘。

炮台:度支部预算之数,二十五万七百八两五钱二分一厘。资政院覆核之数,二十五万七百八两五钱二分一厘。

军塘、驿站、兵差:度支部预算之数,二百四十万六千九百九十四两八钱三分二厘。资政院覆核之数,全裁。计减二百四十万六千九百九十四两八钱三分二厘。

统计:度支部预算之数,一万二千六百八十四万三千三百三十三两三钱八分九厘。资政院覆核之数,七千七百九十一万五千八百九十两一钱八分四厘。计减四千八百九十二万七千四百四十三两二钱五厘。

海军部所管第六

海军部经费:度支部预算之数,六百十四万六百二十一两七钱四分。资政院覆核之数,五百六十八万二百十二两七钱四分。计减四十六万四百九两。

各省海军水师经费:度支部预算之数,四百三十六万二千五百八十一两五分四厘。资政院覆核之数,四百三十一万七千七百三十四两五分四厘。计减四万四千八百四十七两。

统计:度支部预算之数,一千五十万三千二百二两七钱九分四厘。资政院覆核之数,九百九十九万七千九百四十六两七钱九分四厘。计减五十万五千二百五十六两。

法部所管第七

法部经费:度支部预算之数,九十五万四千八十两九钱五分九厘。资政院覆核之数,七十六万四千六百七十三两四钱八分一厘。计减一十八万九千四百七两四钱七分八厘。

(附注:京师各审判、检察厅经费在内)

大理院经费:度支部预算之数,一十二万五千五百四十四两一钱四分九厘。资政院覆核之数,一十二万五千五百四十四两一钱四分九厘。

各省司法经费:度支部预算之数,六百六十三万六千三百九十一两六钱五分七厘。资政院覆核之数,五百七十五万三千六百一十两九钱六分七厘。计减八十八万二千七百八十两六钱九分。

统计:度支部预算之数,七百七十一万六千一十六两七钱六分五厘。资政院覆核之数,六百六十四万三千八百二十八两五钱九分七厘。计减一百七万二千一百八十八两一钱六分八厘。

农工商部所管第八

农工商部经费:度支部预算之数,一百一十万一千五百九十两五钱三分二厘。资政院覆核之数,八十四万四百五十八两五钱三分二厘。计减二十六万一千一百三十二两。

各省实业费:度支部预算之数,九十三万八千四百一十二两八钱四分一厘。资政院覆核之数，五十四万九千一百八十五两八钱八分二厘。计减三十八万九千二百二十六两九钱五分九厘。

各省工程费：度支部预算之数，四百五十一万五千二百七十一两八钱三分二厘。资政院覆核之数，四百六万四千七百八十八两八钱四分四厘。计减四十五万一千八十二两九钱八分八厘。

统计：度支部预算之数，六百五十五万五千二百七十五两二钱五厘。资政院覆核之数，五百四十五万三千八百三十三两二钱五分八厘。计减一百一十万一千四百四十一两九钱四分七厘。

邮传部所管第九

邮传部经费：度支部预算之数，五千三百八十三万九千五百七十八两二钱六分一厘。资政院覆核之数，三千六百九十万七千七百九十四两二钱六分一厘。计减一千六百九十三万一千七百八十四两。

（附注：轮路、邮电各经费均在内）

各省交通费：度支部预算之数，一百三十万二千三百二十八两二钱六分八厘。资政院覆核之数，六十六万一千四百二两七钱四分六厘。计减六十四万九百二十五两五钱二分二厘。

统计：度支部预算之数，五千五百一十四万一千九百六两五钱二分九厘。资政院覆核之数，三千七百五十六万九千一百九十七两七厘。计减一千七百五十七万二千七百九两五钱二分二厘。

理藩部所管第十

理藩部经费：度支部预算之数，四十万九百三十六两九钱七分七厘。资政院覆核之数，三十八万四千三百九十二两九钱七分七厘。计减一万六千五百四十四两。

（附注：补助殖业学堂追加款在内）

西藏：度支部预算之数，一百三十万四千一百六十六两九钱六厘。资政院覆核之数,一百三十万四千一百六十六两九钱六厘。

(附注:此系西藏原预算数及追加案内行政总费数,均未核减,惟除去追加案内之军政费)。

统计:度支部预算之数,一百七十万五千一百三两八钱七分七厘。资政院覆核之数,一百六十八万八千五百五十九两八钱七分七厘。计减一万六千五百四十四两。

总计岁出:度支部预算之数,三万三千八百六十五万二千二百九十五两七分三厘。资政院覆核之数,二万六千七十四万五千三两六分八厘。计减七千七百九十万七千二百九十二两五厘。

乙、地方行政经费:共三千七百七十万三千三百六十二两一钱七分。

谨将修正试办宣统三年(1911年)岁入岁出总预算案说明书缮具清单,恭呈御览。

计开

一 原预算案盈亏之点。查度支部原奏称,宣统三年(1911年)不敷之数,五千四百余万,此盖因财政未能统一剔除盈余省分,单以亏空省分计算,故得此数,此一盈亏之点也。就原案内盈亏省分彼此相抵,不剔除协拨款项,则所亏乃四千余万,此又一盈亏之点也。若就原案内盈亏省分合并抵算,并剔除重收、重支之协拨款项,列为出入总表,则所亏仅三千余万,此又一盈亏之点也。现在,审查结果,合全国计算,出入两抵,虽盈余三百余万,苟非通盘筹画,则盈者自盈,亏者自亏,仍不免蹈原案覆辙,是在政府速谋统一政权、财权,庶足以达收支适合之目的。

一 宣统三年(1911 年)预算案内,入款虽有三万万以上,而因缩短禁烟期限,举数百万之内地土药税,数百万之入口洋药税,各省数百万之烟膏捐、牌照捐渐次短绌。况修正案内所裁款项,多系自宣统三年(1911 年)正月计算,即如驿站一项裁撤之时,尚需何等费用,难以豫定,由此类推,其他可知,亟应设法筹抵,以谋巩固预算。

一 军事费,原案九千余万有奇,追加预算二千万有奇,经本院审查,追加二千余万,全数否认原案九千余万内,核减二千余万。嗣据陆军部提出筹备经费预算说明书及清单,内开岁出项下,第一类,开办学堂经费,计银二百二十一万五千两;第二类,扩充兵工厂经费,计银四百九十万零四千六百两;第三类,筹备军装经费,计银四百万两。合计一千一百一十二万有奇。拟将绿营全裁,防营裁减五成,计可节省银一千三百余万两。以半数充恩饷、善后之用外,实得拨抵筹备银六百余万两,尚不敷银四百余万两等因。此项不敷之款,迭经预算股开会,陆军部特派员出席,彼此协议,将裁减新军及军事教育等费一千余万两内提四百余万两拨充军事筹备经费。总而计之,军事费原案及追加修正案共一万一千八百余万,共核减四千八百余万,除承认陆军部筹备经费及裁撤防绿营用项一千七百余万外,实减银三千一百一十四万有奇。另有详细表册至马兰、泰宁两镇绿营保卫陵寝,与寻常绿营不同,其应如何变通之处,由陆军部酌量情形,妥慎办理。

一 邮传部所管轮路邮电,概系营业性质,自应适用特别会计。此次核减之数,除该署行政经费应照预算案开支外,其余营业局所之收支,应由该部速订所管各政特别会计法,据以编制特别会计簿册,如于本预算修正数目实有支用不敷之处,即可适用此项法律,仍于决算年度将详细簿册咨送本院追认。

●●钦定报律宣统二年(1910年)十二月廿九日

第一条 凡开设报馆发行报纸者,应由发行人开具下列各款,于发行二十日前呈由该管官署,申报民政部或本省督抚咨部存案。

一 名称。

二 体例。

三 发行时期。

四 发行人、编辑人及印刷人之姓名、履历及住址。

五 发行所及印刷所之名称及地址。

第二条 凡本国人民年满二十岁以上、无下列情事者,得充报纸发行人、编辑人、印刷人:

一 精神病者。

二 褫夺公权或现在停止公权者。

第三条 编辑人、印刷人不得以一人兼充。

第四条 发行人应于呈报时,分别附缴保押费如下:

一 每月发行四回以上者,银三百圆。

二 每月发行三回以下者,银一百五十圆。

在京师、省会及商埠以外地方发行者,前项保押费,得酌量情形减少三分之一及至三分之二。

其宣讲及白话报,专以开通民智为目的、经营鉴定者,得全免保押费。

若专载学术、艺事章程、图表及物价报告者,毋庸附缴保押费。

第五条 第一条所列各款呈报后,如有更易,应于二十日内重行呈告,发行人有更易时,在未经呈报更易以前,以假定发行人之名义行之。

第六条 每号报纸，应载明发行人、编辑人及印刷人之姓名及住址。

第七条 每号报纸，应于发行日递送该管官署及本省督抚或民政部各一分存查。

第八条 报纸登载错误，若本人或关系人请求更正，或将更正辩驳书请求登载者，应即于次回或第三回发行之报纸更正，或将更正书辩驳书照登。

更正或登载更正书、辩驳书，字形大小及次序先后，须与记载错误原文相同。

更正书、辩驳书字数逾原文二倍者，得计所逾字数，照该报登载告白定例收费。若更正辩驳词意有背法律或不署姓名及住址者，毋庸登载。

第九条 登载错误事项，由他报钞袭[①]而来者，虽无本人或关系人之请求，若见该报更正或登载更正书、辩驳书，应即于次回或第三回发行之报纸分别照办，但不得收费。

第十条 下列各款报纸不得登载：

一 冒渎乘舆之语。

二 淆乱政体之语。

三 妨害治安之语。

四 败坏风俗之语。

第十一条 损害他人名誉之语，报纸不得登载，但专为公益、不涉阴私者，不在此限。

第十二条 外交、陆海军事件及其他政务，经该管官署禁止登载者，

① 钞袭：通“抄袭”。

报纸不得登载。

第十三条 诉讼或会议事件，按照法令禁止旁听者，报纸不得登载。

第十四条 在外国发行之报纸，有登载第十条所列各款者，不得在中国发卖或散布。

第十五条 论说、译著，系该报创有注明不许转登字样者，他报不得抄袭。

第十六条 不照第一条、第五条第一项呈报发行报纸者，处该发行人以五十元以下、五元以上之罚金，呈报不实者，处该发行人以一百元以下、十元以上之罚金。

第十七条 不具第二条所定资格充发行人、编辑人或印刷人者，处该发行人以五十元以下、五元以上之罚金，其编辑人、印刷人诈称者，罚同。

第十八条 违第四条第一项者，以未经呈报论。

第十九条 第四条第四项所指各报，其登载有出于范围以外者，处编辑人以五十元以下、五元以上之罚金。

第二十条 违第六条、第七条者，处该发行人以三十元以下、三元以上之罚金。

第二十一条 违第一条、第八条第一项、第二项，或第九条者，处该编辑人以三十元以下、三元以上之罚金，遇有前项情形，若所登载系属私事者，须被害人告诉，乃论其罪。

第二十二条 违第十条登载第一第二款者，处该发行人、编辑人、印刷人以二年以下、二月以上之监禁，并科二百元以下、二十元以上之罚金，其印刷人实不知情者，免其处罚。

第二十三条 违第十条登载第三、第四款者，处该发行人编辑人以二百元以下、二十元以上之罚金。

第二十四条 违第十一条者，处该编辑人以二百元以下、二十元以上之罚金。

遇有前项情形，须被害人告诉，乃论其罪。

本条第一项之罪，若编辑人系受人嘱托者，该嘱托人罚与编辑人同，其有贿赂情事者，得按贿赂之数，各处十倍以下之罚金，若十倍之数不满二百元，仍处二百元以下之罚金，并将贿赂没收。

第二十五条 违第十二条、第十三条者，处该编辑人以二百元以下、二十元以上之罚金。

第二十六条 违第十四条者，处该发卖人、散布人以二百元以下、二十元以上之罚金，并将报纸没收。

第二十七条 违第十五条者，处该编辑人以三十元以下、三元以上之罚金。

遇有前项情形，须被害人告诉，乃论其罪。

第二十八条 犯第十六条第一项之罪者，至呈报之日止，该管官署得以命令禁止发行。

第二十九条 犯第十八条之罪者，至缴足保押费之日止，该管官署得以命令禁止发行。

第三十条 犯第二十二条之罪者，审判衙门得以判决永远禁止发行。

第三十一条 犯第二十三条之罪者，审判衙门得按其情节以判决停止发行。

前项停止发行日报，以七日为率，其他各报，每月发行四回以上者，以四期为率，三回以下者，以三期为率。

第三十二条 呈报后延不发行，或发行后至应行发行之期中止逾二月者，若不声明原由，作为自行停办。

第三十三条 犯本律各条之罪，所有讼费、罚金及应行没收之款，自判决确定之日起逾十日不缴者，将保押费抵充，不足者，仍行追缴。保押费已被抵充者，该发行人应于接到通知后十日以内将保押费如数补足，违者至补足之日止，该管官署得以命令禁止发行。

第三十四条 永远禁止发行或自行停办者，得将保押费领还，注销存案。

第三十五条 凡于报纸内撰登论说、记事、填注名号者，其责任与编辑人同。

第三十六条 假定发行人之责任，与发行人同。

第三十七条 刑律自首、减轻、再犯、加重、数罪俱发、从重之规定，于犯本律各条之罪者，不适用之。

第三十八条 关于本律之公诉期限，以六个月为断。

附　　条

第一条 本律自颁行文到日起，一律施行。

第二条 关于本律之诉讼，由审判衙门按照《法院编制法》及其他法令审理。

第三条 本律施行以后，所有光绪三十四年(1908年)二月十二日颁行之报律，即行作废。

第四条 在本律施行以前发行之报纸，所缴保押费数目与本律规定不符者，应于本律施行后三个月以内，按照本律更正。

●●资政院奏议决修正报律缮单呈览请旨裁夺折

窃查《资政院章程》第十五条内载：前条所列第一至第四各款议

案，应由军机大臣或各部行政大臣先期拟定，具奏请旨，于开会时交议等语。宪政编查馆覆核，民政部酌拟修正报律一案，于本年八月二十三日具奏，请交臣院议决，奏请钦定颁行，旋由军机处遵旨交出宪政编查馆原奏及清单各一件。

臣院照章将前项修正报律一案列入议事日表，初读之际，宪政编查馆暨民政部皆经派员说明该案主旨，当付法典股员会审查，该股员会一再讨论，提出修正案。于再读之时，将原案与修正之案由到会议员逐条会议，并经馆部派员就该案主旨、履行、发议反覆辩论，嗣于三读之时，即以再读之议决案为议案，多数议员意见相同，当场议决。

查此项修正报律，民政部会奏草案，原系改订四十一条，另辑附条四条，经宪政编查馆于文义未协之处，逐条厘正，定为律文四十条，别为附条五条。现在修正议决，核与民政部原拟草案意义、字句互为增损，都凡三十八条，又附条四条。查照院章，即由臣院主稿，咨请军机大臣及民政部会同具奏，旋准。军机大臣咨称，该律第十一条、第十二条，确有与现行法律抵触并施行窒碍之处，仍行提出修正案，并声叙原委事由，送交覆议等因到院。续由臣院开会，将该律修正之处逐条议决，除第十一条与军机大臣修正之处并无异议外，其第十二条军机大臣修正原文，为外交、陆海军事件及其他政务，经该管官署禁止登载者，报纸不得登载。而臣院议决此条，将政务二字改为政治上秘密事件，故与原文略有不同。复准军机大臣覆称，揆之事理，仍多未便，惟有分别具奏等因前来。

查院章第十八条载，资政院于军机大臣咨送覆议事件，若仍执前议，应由总裁、副总裁及军机大臣分别具奏，各陈所见等语。是此项报律第十二条，既经军机大臣声叙原委事由，咨送覆议，臣院第二次议决,所见仍复有殊,自应汇入前次议决各条,缮具清单,遵章分别具奏,恭候圣裁,一俟命下,再由民政部通行各省一体遵照办理,谨奏。宣统二年(1910年)十二月二十九日。奉旨已录首册。

军机大臣会奏资政院覆议报律第十二条施行窒碍照章分别具奏折

窃臣等于宣统二年(1910年)八月二十三日,议覆民政部修正报律案,请旨交资政院议决一折,钦奉谕旨,着依议,钦此。遵将《修正报律案》及理由书咨送资政院切议,并派员随时到会发议,当经议决咨请会奏前来,臣等覆查该院修正颇多,就中关于第十一条登载损害他人名誉之语,第十二条登载外交、陆海军及政治上秘密事件二条,臣等以为关系人民权利及国家政务者甚大,该院议决案实与现行法律抵触,并有施行窒碍之处,未便遽以为然,当即遵照《资政院院章》第十七条酌加修正,将第十一条规定为:损害他人名誉之语,报纸不得登载,但专为公益不涉阴私者,不在此限。第十二条规定为:外交、陆海军事件及其他政务,经该管官署禁止登载者,报纸不得登载等语。咨送覆议去后,兹据覆称,第十一条已照提出修正条文议决,而第十二条未得赞成,改为外交、陆海军事件及其他政治上秘密事件,经该管官署禁止登载者,报纸不得登载。

咨请会奏前来,臣等查漏泄机密,惩罚宜严。现行刑律载:若漏泄机密重事于人,绞。新刑律分则第五章于漏泄机务罪名有专条,如第一百二十九条:凡漏泄中国内治、外交应秘密之政务者,处三等至五等有期徒刑各等语。谓之机密重事,即不限于外交、军事;谓之内政,即包括其他政务。此项漏泄机务之罪,按以新刑律法例第二条之规定，虽外国人有犯，均应同一科罚，亦不问其曾否经由该管官署禁止，诚以政务之秘密，为国家安危所系，故中外刑律均严定科条，所以预防机务之漏泄，与外交军事同一重视，并无轩轾于其间也。

至修正报律第十二条所称外交、陆海军事件及其他政务，悉指通常关系，外交、陆海军事件及其他通常政务而言，官署认为必要，始得从而禁止其登载，若事涉机密，当然不得登载，本毋庸再由官署禁止。窃以报律虽为单行法律，究不能过侵刑律之范围，若辄以言论之自由，破坏刑律之限制，揆诸立法体例，未免多所纷歧。今资政院覆议报律修正案第十二条，于外交军事之秘密，认为报纸当然不得登载，而于政务上之秘密，仍执前议，似认为当然有登载之自由，违犯禁止登载之命令者，又仅处以罚金，是于保持政务机密之意，实有未合，即与刑律限制之条，互相抵触，若于该院覆议施行，恐于国家政务之前途殊多危险。

查《资政院章》第十八条，资政院于军机大臣或各部行政大臣咨送覆议事件，若仍执前议，应由资政院总裁、副总裁及军机大臣各部行政大臣分别具奏，各陈所见，恭候圣裁等语。臣等为慎重政务、防泄机密起见，谨遵章分别具奏，并将修正报律第十二条原文缮单，恭候钦定，至其余各条，臣等均无异议，一俟命下，即由臣等通行京外，一体钦遵。再，此折系由军机处主稿，会同民政部办理，合并声明。谨奏。宣统二年（1910 年）十二月二十九日。奉旨已录首册。

●●陕甘总督长庚[①]奏遵设巡警道缺折

窃查光绪三十四年(1908年)准宪政编查馆咨奏定《巡警道官制细则》内开:各省遇有新设道员,应由督抚在实缺道、府暨本省候补道员内遴保二三员,出具切实考语,奏请简放等因。比值甘肃巡警已于省城设立总、分各局,派委臬司督办,并因库款支绌,增设一官,即须一官经费,是以未及随时奏设。数载以来,规模已具,现正逐渐改良,又于本年开办巡警学堂,以宏造就。

省外各厅、州、县,亦皆次第举行,惟考核分年筹备事宜,本年即系各省巡警一律完备之期,而臬司业经改为提法使,只能守司法独立之权,未便兼警察应行之政。且甘省地居边徼,民杂汉、回,东邻陕境,北达蒙疆,南接四川,西连番撒,幅员既极辽阔,种类尤为庞杂,教民则所在皆有,盗贼亦最易潜踪,弹压、抚绥均关紧要,亟应推广巡警,遵章添设巡警道员,专司管理,以资董率而保治安。

臣悉心体察,甘省虽有向设道员七缺,均系分驻要地,或控制边疆,实无可以裁撤之处,拟请添设巡警道一员,专办全省巡警事宜,其旧设之巡警总局,即归该道管理,并准设属分科治事,用符定章。至于廉俸公费,均照兰州道应支之数办理,俾昭画一。但巡警为地方自治之基础,即为宪政成立之机关,所系甚巨,尤在得人,而理自宜慎选、酌保,恭候简用。

查有甘肃平庆泾固化道熙麟[②],内务府正白旗汉军人,光绪九年

---

① 长庚(? —1915),字少白,伊尔根觉罗氏,满洲正黄旗人。

② 熙麟,生卒年待考。

(1883 年)进士,由编修历任御史,转给事中,三十二年(1906 年)选授平庆泾固化道。该员清慎勤明、有为有守、学优识裕、治事精详,督率所属办理地方警务,井井有条,力求进步。在任候补道宁夏府知府赵惟熙①,江西南丰县人,光绪十六年(1890 年)进士,由编修历任陕西、贵州学政,三十二年(1906 年)补授宁夏府知府。该员才猷卓越、学识宏通、兴利除弊、艰巨不辞,办理宁夏警政,颇著成绩。现署兰州府、平凉府张炳华②,四川泸州人,由附生投效军营,荐保知府,历署陕西眉县、扶风县知县,甘肃凉州府知府,光绪三十四年(1908 年)补授平凉府知府。该员勤明干练、见义勇为、有胆有识、不辞劳怨,前在宁夏平凉创办巡警,俱有成效,且该员等在陕有年,于风土人情均极熟悉,堪胜警务之任。

合无仰恳天恩,简放一员,试署巡警道缺,俟一年期满,察其实有政绩可观,再行请旨实授,如蒙俞允,并吁饬部颁甘肃巡警道印信一颗,俾资启用而昭信守。谨奏。宣统二年(1910 年)十二月二十九日。奉朱批另有旨。钦此。

陕甘总督长庚奏甘肃应设劝业道拟以兰州道兼理折

窃于光绪三十三年(1907 年)五月二十七日奉谕旨,各省增设劝业道,准由各督抚酌量变通,奏明请旨等因。钦此。并准宪政编查馆奏定《劝业道官制细则》内开劝业道,专管农工商业各项交通,由该督

---

① 赵惟熙,字芝珊,江西南丰人,光绪十六年(1890 年)进士。

② 张炳华,生卒年待考。

抚在实缺道府内遴保，奏请简放等因，咨行到甘。

仰见朝廷修明庶政、力图富强之至意，窃维时局艰难患弱，实由于患贫，欲转贫弱为富强，舍振兴实业无以立基础而达目的。况甘省僻处边陲，民情陋塞，凡农工商业无不蹈常袭故、朴拙相安。即其大者而言，矿质本富饶，弃于僻地而不知开采；皮毛为大宗，输于外洋而不自制造；民间日用货物，多系来自他处，财源不开，漏卮已甚。他如牲畜之孳生、物植之改良，皆不讲求，以致日趋贫困。若不极力提倡除旧习而辟新机，则自养犹难，奚能自治。前督臣升允[①]设立农工商矿等局，派委兰州道彭英甲[②]，经理颇著成效。臣莅任以来，时以大局日危、民生日蹙，殊深忧虑，督饬该道认真劝导，凡关于实业者，逐渐扩充，日有起色。现各省已设劝业道缺，甘省自应遵办以专责成，惟于外道各缺熟加审度，均难议改，如增设一缺，衙署之建立、廉费之开支，当此财力困难，今岁试办预算不敷已巨，实属无款可筹。

臣再四筹思，兰州道驻居省垣为适中之地，该道原管屯田、茶马、盐务，以之改为劝业道，名实亦可相符，且现任兰州道彭英甲，系农工商部议员，自创办各局、厂，深资得力，可收驾轻就熟之效。该道才识政绩，经前督臣升允及臣迭次胪陈，已邀圣鉴，若令兼理劝业道事务，洵堪胜任，合无仰恳天恩俯准，以兰州道彭英甲兼劝业道补授斯缺，以资治理，如蒙俞允，该道经手之农工等局，金铁各厂，以及旧管之兰州府，并屯田、茶马、盐务，并按照《续定官制细则》，将驿传事务均归

---

① 升允(1858—1931)，字吉甫，号素庵。姓多罗特氏，清蒙古镶蓝旗人。历任山西按察使、布政使，陕西布政使、巡抚，江西巡抚，察哈尔都统，陕甘总督等要职。

② 彭英甲，字炳东，号铁函，河北承德人。清光绪三十二年(1906)任兰州道道尹，兼甘肃农工商矿总局总办，宣统二年(1910年)12月，改兰州道为劝业道，仍以彭英甲总揽原农工商矿总局事权。在任期间，举办“洋务”，振兴实业。

该道管理，庶可以利交通而符定章。惟既经改设，则该道印信应请饬部换铸，以昭信守，俟部颁至日，即将旧日该道关防缴销，至于应支廉俸等项，仍照兰州道旧例，暂不更订，以省糜费。其余未尽事宜，再随时请旨办理，除将该道履历分咨查照外。谨奏。宣统二年(1910年)十二月二十九日。奉朱批另有旨。钦此。

大清宣统新法令第二十八册终

第二十九册

●●两次批准保和会条约附红十字会条约暨各文件

目　录

海战时中立国之权利义务条约

禁止气球放掷炮弹及炸裂品声明文件

红十字会新约奏请画押折

红十字会救护战时受伤患病兵士条约

外务部奏派海牙公断院裁判员折

海牙公断院各裁判员名衔录

外务部奏陆战条规奏请画押折

光绪三十三年(1907)三月十三日,准前出使和国①大臣陆征祥②文称:第一次保和会《陆地战例》,中国未经画押,本年举行第二次保和会,所议节目仍不外陆战、水战、中立、公断诸端,若《陆地战例》并未画押,此次会议之时,所有关于陆战事宜,即未便预于其列。此项战例,各国除瑞士外均已画押。且该约与《红十字约》相辅而行,今《红十字约》业已一律画押,各省练军亦复著有成效,应否将《陆地战例》一并奏请画押,以便届时预议等因。

臣等查保和会《陆地战例条约》,前经总理衙门于光绪二十五年(1899)九月议覆,前驻俄使臣杨儒③折内以各省防营未谙西例,奏明毋庸画押在案,兹准该大臣咨称前因。臣等以事关军制,当经咨行陆军部查核。旋准覆称:此项条约,既与《红十字条约》相辅而行,自应补行画押,以便届时与议等语。现在,中国陆军制度业经改订新章,

---

① 和国:即荷兰,时称“和兰”,故有“和国”之称。下同。

② 陆征(徵)祥(1872—1949),字子欣,上海人,毕业于广方言馆和同文馆,随清朝驻俄、德、奥、荷四国钦差大臣许景澄在驻俄使馆任翻译,此后即一直在外交界服务,成为中国第一代职业外交家。

③ 杨儒(?—1903),字子通,辽宁铁岭人,汉军正红旗人。

所有《陆地战例条约》应即准由该大臣补行画押，以期与各国一律。谨将该条约译文照缮清单，恭呈御览，伏候命下，即由臣部电知该大臣陆征祥钦遵办理，谨奏。光绪三十三年(1908年)四月十二日，奉旨依议。钦此。

陆战规例约

光绪二十五年(1899年)，即西历一千八百九十九年，海牙第一次保和会公订之《陆战规例条约》，大清国、德意志国、奥匈国、比利时国、丹马国、西班牙国、北美合众国、墨西哥国、法国、英国、希腊国、义大利国、日本国、卢克森堡国、孟的内葛罗国、和兰国、波斯国、葡萄牙国、罗马尼亚国、俄罗斯国、塞尔维亚国、暹逻国、瑞典那威国、土耳其国、布国、加利亚国大皇帝、大君主、大总统，现虽设法维持和局、互弭兵戎，深恐遇有紧要事端，非启战争，万难解释。因此，不得不筹画[①]于锋刃未交之先，秉仁爱之心，冀文化之臻隆，爰将战争法规及其惯例重加校勘，或详叙原意，或明示限制，俾免残酷而示矜全。

溯自一千八百七十四年比利时都城会议迄今，已历二十五年，兹复秉此良规，公同拟议，所叙文义，无非轻减兵祸，就行军所可通融者，酌定交战国及其平民应守之范围。惟战争情节繁多，本约不克尽述，倘遇逆料不及，未经本约指明者，缔约各国惟有静听两军司令长官决定。此后缔约各国，续定美备战争规例，设或遇有战争规例所未叙之事，两交战国及其平民须率循国际公法，以期不负文化诸邦仁厚之心，并声明。本约《附件》第一条、第二条所议，亟应明白注意，为此订立条约，遣派全权大臣(衔名省略)，以上各员，彼此将所奉全权文

① 筹画，同“筹划”。

据校阅合例讫,议定各条约如下:

第一条 缔约各国,应依据本约《附件》之《陆战规例》条文,训示陆地各军。

第二条 缔约各国,若遇两国或数国开战,应照本约第一条所指《规例》办理,但遇交战国之间有与未经缔约之国联合者,则所有《规例》之效力即行停止。

第三条 本约应从速批准,批准文件存储海牙。每次收到批准文件,应立收据,并将此收据抄录校正,由驻使转递缔约各国。

第四条 未经画押之国,将来如愿加入本约,准其务文知照和兰政府,声明加入之意,和兰政府当据此转告缔约各国。

第五条 如遇缔约国中之一将来愿意出约,应将出约文件咨照和兰政府,该政府立即将出约文件抄录校正之后,知照各国。从咨照和兰政府之日起一年之后方有效力,出约仅专指咨照出约之国。

为此,各国全权大臣在本约上画押盖印为凭,一千八百九十九年七月二十九号订于海牙。正约一分[①]存储于和兰政府存案,抄录校正,由外交官交缔约各国。

陆战规例条约所附之陆战规例条文

要 目

第一编 交战者

第一章 交战者之资格

第二章 俘虏

---

① 一分,即"一份"。下同。

第一编 交战者

第一章 交战者之资格

第一条 战争法规及权利义务,不独适用于军队,即民兵及义勇兵队与下列条件相合者,亦适用之:

一 有为部下担负责任之首领。

二 使用确定徽章由远方可以辨别者。

三 公然携带武器者。

四 其动作实系遵守战斗法规惯例者。

其缔约国中,有以民兵或义勇兵队组织国家全部军队或一部军队者,则该民兵、义勇兵队亦即包括在军队以内。

第二条 未被占领之地方人民,当敌军接近,不暇遵第一条之偏规定,自操武器与侵入之敌军相抗,而能按照战斗法规惯例者,亦以交战者看待。

第三条 交战国之兵力,以战斗员及非战斗员编成之。若为敌人捕获时，二者皆得享受俘虏处理之权利。

第二章 俘虏

第四条 俘虏属于敌国政府之权内，而不属于捕获该俘虏之个人或军队之权内。对俘虏当以博爱之心处理之，除武器、马匹及军用书类外，俘虏一身所属之物，仍为俘虏所有。

第五条 拘置俘虏于城镇、村寨、阵营或其他所在，得使负不出一定境界以外之责任。但除出于不得已之保安手段外，不得加以禁闭。

第六条 国家对于俘虏，得按其阶级及技能役使之，惟不可使其劳役过度，或作为战争上有关系之事。俘虏可许其为公家或一私人或其本身服劳动之役。为国家劳动者，与使役本国陆军军人相同，应一律支给薪俸。为公署或一私人劳动者，应与陆军官署会议定其条件。俘虏所得之佣金，可供轻减其境遇艰苦之用，余款候释放时交付本人，并得由其中扣除给养用费。

第七条 政府有给养所管俘虏之义务，在交战国间无特别条约时，则关于俘虏之食料、寝具及被服等，应与捕获国军队同等办理。

第八条 俘虏当服从捕获国陆军现行法规及命令，若有不顺从之行为，则得加以必要之严重处分。凡俘虏脱逃，若尚未逃入该俘虏之本国军队，或未逃出捕获国军队之占领地域内，而再被捕获者，得加以处罚。若俘虏业已逃脱之后再被捕获者，不得因从前已逃之故而加罪。

第九条 俘虏对于审问姓名、阶级时，负据实直陈之义务，否则得减除该俘虏阶级上应受之利益。

第十条 俘虏之本国法律上若许以向捕获国宣誓，而受释放时有对本国政府并捕获国政府博一己之名誉，严密遵守其誓约之义务。

对于前项情节，该俘虏之本国政府，不得命其滋事违誓之职务，即该俘虏等自行呈请服务时，亦不得允准。

第十一条 敌国政府，不得强迫俘虏宣誓释放。对于俘虏之请求宣誓释放者，亦无必许须允许之义务。

第十二条 受宣誓释放之俘虏，对博其名誉誓约之政府，或其政府之同盟国，操兵器相向而再被捕者，即失却以俘虏处理之权利，得受军法会审处治。

第十三条 报馆访事、随营、贩卖、使役人等悉属从军者，而非直接组成军队一部分之人，当陷入敌手认为必须拘留时，得受以俘虏处理之权利，但以携有所属陆军官署凭照者为限。

第十四条 自战争开始之际，各交战国或中立国收容交战者于版图内，应设置俘虏情报局。该局有对答关于俘虏之一切访问之任务，每名置备详细证券，由各该官署受领一切之必要通报。凡俘虏之安置、移动、入院并死亡之现况，悉使该局知之。情报局并担任收集战场之遗弃物品，及死亡俘虏遗在医院或裹伤所之各种自用物品、有价证券、书据等，送交于各该有关系者。

第十五条 以经理救恤事业为主，遵国家法律所组织之俘虏救恤协会，及受正当委任之代理者，因欲实行其博爱主义，依军事上必要及行政规则所定之范围内，得向两交战国承受一切便宜。但此等协会之派出人等，须各有陆军官署所给凭照，并须具恪守此等官署所定一切秩序及风纪法规之切结，然后得于留置俘虏所在及输送俘虏之兵站地方，分配救恤物品。

第十六条 情报局享有免除邮费之特典。凡寄与俘虏或由俘虏寄出之书函、邮件、汇票、有价物，及小包邮件物等，在发、受两国并通过国，均一律免其邮费。

第十七条 俘虏将校，于其本国规则中，若载明在俘虏地位须给薪俸者，向监守俘虏国领受其应得之薪俸，但此款应由俘虏之本国政府偿还。

第十八条 俘虏于服从陆军官署所定法规，其关于秩序及风纪之范围内，应许其信教自由，且许其参与宗教上之礼拜式。

第十九条 俘虏之遗言书，与监守俘虏国之陆军军人同一之条件收领或作成之。俘虏之死亡证书及埋葬，亦遵同一之规定，其处置应与其身分、阶级相当。

第二十条 结定和约以后，应速将俘虏送还其本国。

第三章 病者及伤者

第二十一条 凡交战者拯恤伤病之义务，悉据一千八百六十四年八月二十二号《日来弗[1]红十字条约》，或据将来另行改正之条约为准。

第二编 战斗

第一章 攻围及炮击之谋敌方法

第二十二条 交战者之设置谋敌方法，非有无穷之限制。

第二十三条 除有特别条约所定例禁之外，其特加禁制者如下：

一 使用毒物及施毒之兵器。

二 以欺罔行为杀敌国人民或军队所属者。

三 杀伤舍弃兵器或力尽乞降之敌兵。

---

① 日来弗：即今“日内瓦”。

四 宣言不纳降人、尽杀无赦。

五 使用徒加无益苦痛之兵器、弹丸及其他物质。

六 滥用军使旗、国旗及其他军用标章、敌兵制服并《日来弗红十字条约》之记章。

七 非战争必要上万不得已时,炮坏或押收敌人之财产。

第二十四条 凡使用奇计及侦察敌情、地势等必要之手段,视为合法。

第二十五条 不得攻击或炮击未曾防守之城镇、村落、居宅或建筑物等。

第二十六条 攻击军队之指挥官,除突击情形外,应于炮击以前尽力设法警告于该地方官长。

第二十七条 攻围及炮击之际,凡因宗教、技艺、学术及慈善起见,各建筑物、病院及病伤收容所等在当时不供军事上使用者,务宜设法保全。被围者有豫先①通知攻围者,用易见之特别记章,借以表示此等建筑物及收容所之义务。

第二十八条 城镇、村落或其他地方,虽由突击而陷者,亦禁止掠夺。

第二章 间谍

第二十九条 除有通知交战者一面之意思,在他一面作战地带内隐密行动,或构虚妄口实,或收集各种情报者以外,不得视为间谍。凡未曾改装之军人,因欲收集情况进入敌军作战地带内者,不得视为间谍。又,不问其是否军人,公然执行寄送本国军队或敌军书信之任务者,亦不得视为间谍。其因传达书信,及因联络一军或一地

---

① 豫先,同“预先”。

方之交通而乘轻气球者,亦同。

第三十条 于捕获现行间谍时,而不行审判者,不得处罚。

第三十一条 凡间谍既归其所属军队之后,复为敌人所捕获者,即依俘虏处置,不得追究其从前之间谍行为加以处罚。

第三章 军使

第三十二条 凡赍此交战者之命令,欲与彼交战者开议揭白旗而来者,谓之军使。军使及随从之号兵、旗兵及翻译等,均享有不可侵害之权。

第三十三条 军使所向之军队司令官,非有必须接待之义务。司令官为防军使利用使命侦探军情起见,得施必要上之一切手段。司令官遇军使滥用其特权之时,有暂时抑留军使之权。

第三十四条 军使利用特权售其欺罔行为,或煽惑他人犯罪者,一经证明,则其不可侵害之权消灭。

第四章 开城规约

第三十五条 由两面所协议之开城规约,宜查照军人名誉上所关之惯例。开城规约确定以后,则两面宜严密遵守。

第五章 息战

第三十六条 息战者,由交战者两面合意,中止其攻战行为。若未订有期限,交战者不论何时,均得再行开战,但须依息战条约所定之时期通告敌军。

第三十七条 息战,得为全部息战或一部息战。其全部息战者,则交战国间之攻战行为全行停止;其限定一部者,只于特定地域或交战军之某一部间停止其交战。

第三十八条 息战，应于适当之时公然通告各关系官署、军队，凡通告以后，于临时或于约定之时期，停止其战斗。

第三十九条 息战条款之内，应规定交战者在战地与人民间之交通，及行于交战者互相间之交通。

第四十条 订约息战之一国，有重大违犯规约时，则彼一国不惟有废约之权利，而在事势紧急之际，并得立时开战。

第四十一条 个人以自己意思违犯息战规约条款时，只能要求将该违约者处罚，若有损害时，亦准要求其赔偿。

第三编 在敌国地界内军队之权利

第四十二条 凡一地方之事实上若归入敌军之权利内时，则视为被占领。占领以其权利所成立，并以能实行其权利之地方为界限。

第四十三条 正当之权利，于事实上已移于占领者之手后，则该占领者除万不得已之时外，宜施行其所有权，尊重占领地方之现行法律，并以维持公共秩序及其生活为目的。

第四十四条 禁止强迫占领地人民加入攻战行为，以敌对其本国。

第四十五条 禁止强迫占领地人民使其宣臣服敌国之誓。

第四十六条 家族之名誉及权利、个人之生命并私有财产及其信教礼拜之程式等，皆应尊重之，不得没收私有财产。

第四十七条 严禁掠夺。

第四十八条 占领者若于占领地内征收该国家原设之租赋、税课及通行税时，务应依现行赋课规则征收之。其支办占领地之行政费用，有与正当政府所支办者，同负相等之义务。

第四十九条 占领者除供军需或占领地行政费用以外，不得在占领地内于前条所揭租税以外征取现金。

第五十条 不得以个人之行为而认为联合之责任，亦不得因此而科以连坐之罚金，或其他之罚则。

第五十一条 凡征收税金，须由高等司令官依其责任用命令施行，此外不得征收。征收税金，务宜以现行租税、赋课以规则为准。其征收税金时，应会收据于完纳者。

第五十二条 征发现品及使役，非实系占领军必要者，不得向市镇及居民要求之。征发须应其地方之资力，且须不使居民所负之义务，参预攻战行为，致有敌对其本国之性质。前项征发现品及使役，非由占领地方之司令官命令，不得行其要求。征发现品，务宜酬以现金，否则宜交付收据。

第五十三条 占领军队，只能将原属国有之现金、资本金、有价证券、军器厂运送材料、仓库粮秣及其他一切可供攻战行为之国有动产没收。

第五十四条 由中立国而来之铁道材料，不问其为国家所有、为公司或个人所有，务宜速行送还。

第五十五条 占领国在占领地内，对于敌国所有之公众建筑物、不动产、森林及农作地等，不过为管理者及有使用权在，并应保护此等财产之本源，按照法律上之使用权规定办理。

第五十六条 城镇乡财产，属于宗教慈善事业、教育、技艺、学校等营造物之财产，虽属国者，应与私有财产一律处理。此等营造物、历史上纪念营造物、技艺及学术上之制作品，均禁止故意押收或毁坏，有违犯者，须依法处理。

第四编 中立国内所拘置之战斗员及所救护之负伤者

第五十七条 中立国收容交战军所属军队于其境内时，务宜拘置于远隔战场之地。中立国得看守此等军队于营内，或监守城寨，或特别设备地。并使将校宣不经中立国许可，不出其境外之誓，其解放与否，并由中立国决之。

第五十八条 无特别条约时，中立国给与留置人员之食料、被服，应予以人情上认为必要之救助，因留置所生之费用，应于战事平和后偿还。

第五十九条 中立国得许交战军所属之伤者、病者通过其境内，但载运此等人员之车内，不得载战斗员及战具，照此情形，中立国务须设法保安并稽查一切。乙交战国将其敌军之伤者、病者依上项所指情形运入中立国境内时，中立国应看守之，俾不得再预战斗，对于甲交战国所托付之伤者、病者，亦有同一义务。

第六十条 凡留置中立国境内之病者、伤者，亦通用《日来弗条约》之规定。

外务部奏第二次保和会请简专使折

光绪三十三年(1907年)三月二十一日，准军机处抄交出使和国大臣陆征祥奏请，简派保和会专员一折，本日奉朱批，该部议奏。钦此。查原奏内开保和会开议大纲，不外水战、陆战、中立、公断诸端，或再配加条目。并闻俄、美两国，皆于驻和使臣之外，特派专使英、义等国，亦皆另简大员。此项会员，为各国国家代表，该会员在会场地位之阶级，隐判国家在世界地位之等差，资望或有未逮，地位何能相争，此外更不待论矣！倘各国皆系专使，则中国驻使之地位，势难与之抗衡。征祥品秩较微，更不足以示重。第一次保和开会，特派驻俄前使臣杨儒[①]为赴会全权专员，时日本未设大使，其所派林董，亦系驻俄使臣。各国以东亚两国会员位望相同，此次日本必派大员，中国相形见绌。倘列强误会，关系匪轻。各国每于公会之顷，纷纷以此相询，恳特简位望相当之大员充赴会专员，仍以驻使会同办理，实于国体、会务两有裨益等因。

臣等查驻和使臣陆征祥，前经臣部奏请简派为保和会正议员，奉旨允准，并颁给全权，敕谕在案。兹准该大臣奏称，前因各国于此次会务特为注意，均于驻使之外另派专员，该大臣以驻使兼充议员，似与各国未能一律，相应请旨，特简该大臣陆征祥为保和会全权专使，并照奏定新章，作为二品实官，以崇体制。如蒙俞允，即由臣部电知该大臣钦遵办理，其所遗驻和使臣一缺，应请简员接充。谨将中外臣工保举使才人员，衔名缮单，恭呈御览，请旨简放，仍会同专使办理保和会事宜。恭候命下，臣部遵奉施行。光绪三十三年(1907年)三月二十五日奉旨，陆征祥着充保和会专使大臣，钱恂[②]着充出使和国大臣。钦此。

陆军部奏第二次保和会请简陆军议员折

出使和国大臣陆征祥奏《敬陈保和会各国注重派员情形拟请简派专员以崇国体而裨会务》一折，光绪三十三年(1907年)三月二十一日，奉朱批，该部议奏，钦此钦遵，由军机处抄交到部。据原奏内称：此次举行保和会，闻各国于驻和使臣之外，均议特派专员，拟请特

① 杨儒(？—1903)，字子通，辽宁铁岭人，汉军正红旗人。
② 钱恂(1853—1927)，字念劬，浙江吴兴(今湖州)人，曾任浙江省图书馆馆长。

简位望相当之大臣充赴会专员,仍以驻使会同办理。并称:第一次保和公会,各国全权议员之外,更有军务议员,去年瑞士之修改红十字约亦然。此次会务情形更重,并拟请敕下陆军部,选择通晓西文兼有学识经验之武员一人,派令前来,以务咨询而襄会务等语。

查请派专使一节,现已经外务部奏明办理,至该会所议水战、陆战、中立等事,于军事深有关系,自应由臣部遴派妥员随同研究。惟西六月即中历四月二十一日,路远期迫,到会不宜过迟,查有原设之练兵处军政司法律科监督丁士源[①],当差有年,通晓西文,于法律素所讲求,军学亦尚谙习,以之派充军务议员,随同专使与议一切,人地似尚相宜。查该员于本年三月初四日经臣部奏明,派送陆军学生前赴法国就学,现计将次抵法,拟饬该员于送到学生后,即就近径赴会所,听候专使,到会后,随同与议所有应议事宜,并令该员随时禀商专使办理,以昭慎重。如蒙俞允,即由臣部电饬该员遵照,谨奏。光绪三十三年(1907 年)三月十六日,奉旨依议。钦此。

外务部陆军部会奏保和会条约三件拟请画押折

窃保和会第二次会议,经前保和会专使大臣陆征祥将会中所立条约原文译汉,先后送部查核,计共条约一十四件:第一,《和解国际纷争约》;第二,《限制用兵索债约》;第三,《开战条约》;第四,《陆战规例约》;第五,《陆战时中立国权利义务约》;第六,《开战初处置敌国商船约》;第七,《商船改充战舰约》;第八,《沉没水雷约》;第九,《海军轰击口岸城村约》;第十,《推行日来弗约于海战约》;十一,《海战中限制捕获权约》;十二,《国际海上捕获审判所约》;十三,《海战时中立国权

① 丁士源(1879—1945),字文搓,浙江吴兴(今湖州)人。抗战后沦为汉奸。

利义务约》;十四,《禁止由气球上放掷炮弹及炸裂品声明文件》。各国限于本年六月初二日为最后画押之期,前准军机处抄交出使大臣钱恂[1]奏称和会条约未可轻易画押情形一折,五月初二日奉朱批,外务部知道,钦此。

查该大臣所称全约,均请展缓画押各节,为格外审慎起见,惟光绪二十五年(1899 年)该会第一次会议时,经总理衙门议奏,将《和解公断条约》、《推广日来弗原议行之于水战条约》、《声明禁用各项猛力军火文件》等款,请准画押。于是年十一月初五日,奉朱批依议,钦此钦遵,电知前出使大臣杨儒画押。

又,三十三年,外务部奏请将《陆地战例条约》补行画押,于是年四月十二日奉朱批依议,钦此钦遵,电知出使大臣陆征祥画押,各在案。

此次第一、第四、第十、第十四等约,均系前次业经画押之件,其中如有新增须妨窒碍之款,原当慎重将事,苟意义与前并无出入,自不如从众依限画押,以循公例而尊国体,外务部近准出使大臣陆征祥来函,亦谓前次已画押之约,应于限内办理。臣等将该四约详加推究,公同商酌,除《陆战规例约》内有新增条款、关系紧要、须再加审度,拟请将该约暂缓画押外,其《和解纷争约》经此次修改,于实行上较为便利,《声明禁止气球上放掷炮弹文件》大意与前次声明文件无异,以上两约拟请画押,以显和平宗旨。《推行日来弗约于海战约》内新增之二十一条"设法禁止人民劫夺及虐待军中伤病人等并罚船只妄用",第五条所指之"区别记号"各节,中国现未订立,此项专律碍难遵守,拟请将该约画押,而将第二十一条提出,如是分别核拟,既有以

① 钱恂(1853—1927),字念劬,浙江吴兴(今湖州)人,曾任浙江省图书馆馆长。

副该会限期画押之议，亦与钱恂折内审慎推求之意相符。

谨将此次拟请画押之三约译汉，照录清单，恭呈御览，如蒙俞允，伏候命下，即由外务部电知该大臣陆征祥遵照办理。此外各约，不妨从容补画，臣等即陆续会同详慎核拟，一面将约本咨送京外各衙门详细研究，由臣等会核，仍分别应否画押，随时奏请圣裁，以收集思广益之效。再，此折系外务部主稿，会同陆军部办理，合并声明，谨奏。光绪三十四年五月二十八日，奉旨依议。钦此。

外务部会奏保和会条约五件拟请画押折

窃第二次保和会所议条约，凡一十四件，经前保和会专使大臣陆征祥将原文译汉，先后送部查核，所有《和解国际纷争条约》、《禁止气球上放掷炮弹声明文件》、《日来弗约推行于海战条约》共三件，已由外务部会同陆军部奏请画押，并于原折内声明。此外各约，不妨从容补画，随时奏请圣裁，于光绪三十四年五月二十七日奉朱批依议，钦此钦遵在案。

近准和国使臣贝拉斯照称，和政府已定于西历本年十一月二十七日为接收各国保和会批准条约日期。臣等当将该十四约详慎考核，除与我国无甚利益及势难实行条约六件拟请暂时勿庸画押外，其《限制用兵索债条约》，为豫防[①]因债务用兵起见，系和解国际纷争之一种。《和解公断条约》，业经奉旨画押，则该约似亦可画押，以示和平至意。《开战条约》为规定交战国彼此对待应有之行为及交战中立各国互相对待应有之行为，其文义原系各国国际公法家所常主张，现厘为约本，以冀易于遵守。《海军轰击口岸城村条约》，该约主义在于

① 豫防，同“预防”。

保居民而减战祸，未设防之口岸城村房屋，彼此战时均不能以海军兵力轰击，在攻者可存仁爱之德，在守者亦可省无用之防，其设有水雷地方，不能作为防守一节，正与吾国地势合宜，至交战国应有之权利，均于第二条以下明白，维持无虞掣肘。以我国现在海军情形而论，当亦不难施行。《陆战时中立国及其人民之权利义务条约》，该约第十一、第十二、第十四、第十九等条，系将己亥年《陆战规例》内第五十四、第五十七、第五十八、第五十九等条移入，字句并无更换。此外各条，或为日俄战时我国所欲主张者，或为国际公法上已有先例，而我国及他国业已主张而实行者，惟该约须交战国、中立国彼此均经画押，方有效力。前准前出使和国大臣钱恂电称，该约各国均已画押。以上四约，臣等详加推究，尚无窒碍，拟请画押，以副和平宗旨。

《海战时中立国之权利义务条约》，该约各条所规定者，与日俄战争时我国所办中立情形及所主张之法意均无甚出入，惟第十四条第二款专为考察学问及宗教或善举之兵船有特别待遇，于我国并无利益。第十九条第三款停泊期限展长二十四小时，似于战时徒予远来兵舰以便利。又，第二十七条随时将各种法律命令知照订约各国一节，于遇事改订时颇形不便，动多牵掣。拟请将该约画押，而将第十四条第二款、第十九条第三款及第二十七条提出，似此分别核拟，既有以副和政府限期接收批本之请，亦足以循公例而尊国体。

以上各节，均经外务部与筹办海军处、陆军部往返咨商，意见相同，谨将此次拟请画押条约五件译汉照录清单，恭呈御览，如蒙俞允，伏候命下，即由外务部将拟请画押五约并前业经奉旨画押三约，合计八件，照录汉、法文约本八分，一体奏请盖印御宝，作为批准，以昭信守而重邦交，即将该约本咨寄出使和国大臣陆征祥送会备案。再，此折系外务部主稿，会同筹办海军处、陆军部办理，合并声明，谨奏。宣统元年(1909 年)九月初五日,奉旨依议。钦此。

外务部会奏议覆颁布研究保和会条约折

宣统元年(1909 年)十月初五日,准军机处抄交出使大臣钱恂[①]奏《第二次和会条约请速行颁布研究》一折,奉朱批,该衙门议奏,钦此。当由外务部会同军咨处、筹办海军处、陆军部、修订法律馆选派专员,悉心讨论。查原奏内称:自第一次和会以后,我国毫无准备,致无以应第二会之事机。今三会又来,若不亟事研究,则必仍蹈故辙。宜将约文速行译汉,颁布全国,分赠友邦,立会研究,撰为学说,借以参订军事专律,辅益军事教育,并以应第三会问题之征问等语,自为郑重公约行事图维起见。惟所称各节,有从前业经预备者,有现时正在筹办者,有按之事理难以实行者,谨为我皇上分别陈之。

保和会两次所议条约,共二十余种,其经我国画押者,第一次凡四约,第二次凡八约,均经外务部、筹办海军处、陆军部先后会奏办理在案。所有关于我国利害之处,无不于画押之先,会同研究,分别筹商,以定应否允认之宗旨。其中或立时画押,或随后补押,或画押而将某条、某款提出,均系按照我国海陆军之程度,并参考各国之意指,采取中外之议论以为权衡。其画押之先所预备者,如此当第二次开会,各国毕集之时,外务部奏派专使陆征祥并充全权议员,陆军部奏派前练兵处法律科监督丁士源充军务议员。该议员等莅会分任专科,随时各将意见提议,一面报告外务部、陆军部,并载入和会会议日记,班班可考,其议约之时,所预备者如此。

是两次和会,我国实皆先筹应付,不误事机,并非如该大臣所云

---

① 钱恂(1853—1927),字念劬,浙江吴兴(今湖州)人,曾任浙江省图书馆馆长。

毫无准备者矣！此从前业经预备之情形也。和会公约，均用法文，各国公认为通行约本，虽专使陆征祥送有汉文译稿，而议员在会辩论及在事各员之研究，无不以法文为主，当时注意约款利害之关系，自不暇斟酌译汉之异同。惟此项条约颁布全国，为交涉之准绳，讨论之根据，则汉文意义苟有不符原文及不甚明显之处，自应详加校勘，以免混淆。现正饬令所派专员会同阅看，反复考订，一俟全稿妥协，即当由外务部分咨各省，并刊登政治官报，以期周知共晓。

按照保和会《章程》，凡各国批准约本，须送会六十日后始生效力。我国允认之八约，本年九月奉旨批准，十月间始行送会，是颁布稍迟，尚不逾效力发生之限。至立会研究一节，现在外务部、军咨处、筹办海军处、陆军部、法律馆等衙门，尚不乏通晓约章及军事法律专门人员，业经督饬所派各员将此次所订各约并第三次应行提议问题，分期会集，随事商榷，似虽无立会之名，尚有研究之实。

如公约颁布以后，京外各衙门及官、绅、军、学人等，果有确实见解，自可呈由该管衙门咨送外务部汇总抉择，以备提议。其士民苟有立会研究，但使不背民政部集会、结社专律，应听其自行设立，未便官为组织。至参订军事专律一节，现时法律馆拟订刑律草案内，凡有关于国交各条，正在会同法部覆核办理，嗣后军咨处、筹办海军处、陆军部所有应订各项专章，自当博考各国军事成规，参以和会条约，以期折衷至当。此现时正在筹办之情形也。和会各约，关于海、陆军者，十之六七自必审度本国海、陆军情势对待之政策。惟该会意在弭兵，其条文多为限制军事起见，方今列强争逞择利，而从名虽主张平和，实则规定战术，其平日多方研究者，往往预筹两端，以便临时辩护，而要以无碍本国自由行动为归。此种政策，断难宣布。原奏所谓颁示政策编订成书一节，在私家著述或可揣摩时势，发为论说，而政府万不宜有此举动也。

至军事教育，本恃有专门之学术，现在军官及海军学堂已有国际公法学科，全国海、陆军亦有公法解释一课，和会条约将来校勘完善后，更须颁示全国军人，俾得预为研究。惟我国海、陆军现正力求进步，无论国家主何政策，处帷幄者，必当明耻教战；执干戈者，尤当以克敌致果为心。若如原奏所云，编订条约以务军事教科，将使军人心目中先有瞻顾避忌之一途，何以鼓其方兴之锐气，此于军事教育不必加入者也。

原奏又谓，条约刊本宜分赠友国。查各国所编黄皮书、蓝皮书之类，视同外交报告，如法国黄皮书附载其政府批准第二会约文，英国蓝皮书附列第二会俄政府声请各国莅会文件，皆系每岁刊行之本，初非和会专书。美国虽有和会专书，而系私家著述，其政府亦未尝以此赠人。我国向无外交年报，画押各约，既经批准送会，则在会各国于我国政府之意见，业已了然。译汉之稿分赠与否，无关重要，若取各国共见之原本刊印而分送之，则是骈枝蛇足，必贻笑于邻邦矣！

以上各节，皆按之事理，难以实行之情形也。总之，和会一举，条件至繁，关系綦重，要在先事预谋之实际，而不在立会著说之虚文。所有第二会约内应行备办事宜，如选派公断员、筹设红十字会、与各国订立特别公断约等节，皆该大臣原奏所未及之端，臣等当定约之时，即经熟计，正拟分别缓急，次第施行。现据第三次问题送会之期，尚有三载，但使随时、随事讲求有素，似尚不致有临会竭蹶之虞。再，此折系外务部主稿，会同军咨处、筹办海军处、陆军部、修订法律馆办理，合并声明，谨奏。宣统元年十一月二十五日，奉朱批依议。钦此。

第二次保和会蒇事①文件

第二次保和会，由北美合众国总统提议，旋由全俄国皇帝陛下邀请和兰君后陛下召集，于一千九百零七年六月十五号开会于海牙威廉第二宫。此次保和会，系以一千八百九十九年第一次保和会所本仁爱之基础加以扩充，庶世界各国皆依公理，以增人类之幸福。

下开各国为第二次保和会与会之国，其派出之议员如下。

大清国：头等全权大臣、全权议员陆征祥，前美国外务部大臣、全权议员福斯达，驻和全权公使、全权议员钱恂，陆军部军法司司长、陆军议员丁士源。

德意志帝国：国务大臣、驻土头等全权公使、第一全权议员、男爵彼勃士登，全权公使、外务部法律咨议官、海牙常设公断员、第二全权议员奇爱士，驻法头等公使馆海军随员、海军少将、海军议员西格尔，普鲁士参谋部长、陆军协都统、陆军议员根特尔，勃恩大学法学教授、法律咨议员、普鲁士上议院议员、专门议员朱恩，公使馆参议、外务部参议上行走、副议员古班尔德，海军参谋本部少佐、海军副议员罗而次孟。

北美合众国：前驻英头等全权公使、全权议员赵忒，前驻法头等全权公使、全权议员鲍塔，头等全权公使、全权议员罗斯，前外务部侍郎、驻和全权公使、全权议员希尔，前海军大学长、全权公使、海军少将、全权议员施泼兰，陆军军法总长、全权公使、陆军协都统、全权议员台维司，前驻巴拿马阿秦丁、全权公使、全权议员比先那，外务部法律官、专门议员斯高忒，大理院书记员、专门议员比忒赖。

① 蒇(chǎn)事：完成。

阿根丁共和国：前外务部大臣、驻义全权公使、海牙常设公断员、全权议员贝那，前外务部大臣、下议院议员、海牙常设公断员、全权议员特赖谷，前外务部大臣、海牙常设公断员、全权议员赖里大，驻德公使馆、陆军随员、陆军协都统、专门议员李诺尔特，前海军大臣、驻英公使馆海军随员、海军大佐、专门议员马丁。

奥匈国：国务大臣、头等全权公使、第一全权议员库巴麦尔，驻希全权公使、第二全权议员、男爵马西阿，维也纳大学教授、奥国大法院法律咨议官、上议院议员、海牙常设公断员、专门议员赖马先，海军少将、海军议员霍斯，驻士、希头等公使馆陆军全权委员、陆军协都统、陆军议员、男爵席斯林夕，宫内外务部参议上行走、骑都尉、议员威尔，公使馆参议、议员非立新，海军大尉、海军副议员脑威尔。

比利时：国务大臣、下议院议员、法、比、罗马尼亚等国学士会会员、国际法研究会会员、海牙常设公断员、全权议员倍尔那，国务大臣、前法部大臣、全权议员丰登纳文，驻和全权公使、罗马尼亚学士会会员、全权议员、男爵威廉。

玻利维亚：外务部大臣、海牙常设公断员、全权议员毕尼拉，驻英全权公使、全权议员加削拉。

巴西：头等全权公使、下议院副议长、海牙常设公断员、全权议员拜溥萨，驻和全权公使、全权议员立司薄阿，驻和公使馆陆军随员、陆军正参领、专门议员阿尔美达，海军中佐、专门议员摩拉。

布尔加利：侍从将官、陆军参谋协都统、第一全权议员维纳洛夫，大检察院检查总长、第二全权议员加琅席洛夫，海军参谋长、海军中佐、议员地米立夫。

智利：驻英全权公使、全权议员加纳，驻德全权公使、全权议员马忒，前陆军部大臣、前下议院议长、前驻阿秦丁公使、全权议员公沙。

哥伦比亚：陆军正都统、全权议员霍尔根，全权议员忒立阿纳，陆军正都统、驻法全权公使、全权议员法尔加。

古巴：海拂那大学国际公法教授、上议院议员、全权议员弼司塔孟德，驻美全权公使、全权议员阿洛司堆，前海佛那预备科学堂长、上议院议员、全权议员桑祺利。

丹马：驻美全权公使、第一全权议员勃能，海军少将、第二全权议员希尔利亚，宫内礼官、外务部司长、第三次全权议员物特尔。

多弥尼加：前外务部大臣、海牙常设公断员、全权议员加尔德谢，实业讲演会讲员、海牙常设公断员、全权议员得斯拉。

厄瓜多尔：驻法、驻日斯巴尼亚全权公使、全权议员琅度恩，代理公使、全权议员阿尔西阿。

西班牙：上议院议员、前外务部大臣、驻英头等全权公使、第一全权议员伊立忒拉，驻和全权公使、全权议员加尔复，贵族院议员、全权议员、伯爵加马作，陆军大臣副官、陆军议员、陆军参谋正参领蒙多式，海军议员、海军大佐削贡。

法国：上议院议员、前内阁总理大臣、外务部大臣、海牙常设公断员、全权议员蒲尔茄，上议院议员、全权公使、海牙常设公断员、第二全权议员龚士当，巴黎海科大学教授、外务部法律顾问官、海牙常设公断员、第三全权议员勒拿，驻和全权公使、第四全权议员俾尔，陆军议员、陆军副都统欧穆尔，海军议员、海军少将阿拉各，控诉院律官、专门议员佛来马，前第二海军议员、海军大佐拉加斯，驻比、驻和使馆陆军随员、第二陆军议员、陆军副参领西勃。

英国：枢密院行走、头等全权公使、海牙常设公断员、全权议员爱德华佛来，枢密院行走、海牙常设公断员、全权议员萨道义，枢密院行走、前公法会会长、全权议员陆兰，驻和全权公使、全权议员何怀尔，陆军议员、陆军副都统爱勒，海军侍从武官、海军议员、大佐恶勒，头等使馆参赞、专门议员高尔，头等使馆参赞、法律议员何司得，驻丹、比、和等使馆陆军随员、陆军专门议员、陆军副参领阿尔皮勒，专门议员、海军中佐斯格拉夫，专门议员、陆军参谋副参领郭克立。

希腊：驻德全权公使、第一全权议员郎加倍，安仁大学公法教授、海牙常设公断员、第二全权议员斯忒赖，参谋总长、专门议员、陆军炮队正参领、专门议员沙布若开。

瓜地马拉：驻英、和代理公使、海牙常设公断员、全权议员马削度，驻德代理公使、全权议员加利洛。

海地：驻法全权公使、全权议员达尔倍马，驻美全权公使、全权议员来践，国际法教授、律官、全权议员依特哥。

义大利：上议院议员、驻法头等全权公使、海牙常设公断员、第一全权议员、伯爵董尼尔，下议院议员、外务部侍郎、全权议员邦璧尔，下议院议员、前学部大臣、全权议员非希纳笃，专门议员、陆军协都统洛皮郎，专门议员、海军大佐加司的利亚。

日本：头等全权公使、第一全权议员都筑馨六，驻和全权公使、第二全权议员佐藤爱麿，外务部法律顾问官、海牙常设公断员载尼孙，马队检察长官、专门议员、陆军协都统秋山如方，专门议员、海军大学校长、海军少将岛材速雄。

卢克森堡：国务大臣、总理大臣、全权议员意森，驻德代理公使、全权议员尼赖。

墨西哥：驻意全权公使、第一全权议员爰司得代，驻法全权公使、第二全权议员米爰，驻比、和全权公使、第三全权议员白拉。

孟的内葛：俄国枢密院行走、驻法头等全权公使、全权议员纳列度夫，俄国枢密院行走、外务部参议、全权议员马丁斯,俄国驻和全权公使、全权议员夏立郎夫。

尼加拉瓜:驻法全权公使、全权议员墨地讷。

脑威:前内阁总理大臣、海牙常设公断员、驻丹、和等国全权公使、全权议员哈克列,下议院议员、专门议员克力爱,贵族院书记、专门议员即奇。

巴拿马:全权议员巴拉司。

巴拉乖:驻法全权公使、全权议员马襄。

和兰:前外务部大臣、下议院议员、全权议员倍福,国务大臣、海牙常设公断员、全权议员雅赛,国务大臣、陆军副都统、前陆军部大臣、全权议员博的加尔,海军侍从武官、海军中将、前海军大臣、全权议员陆尔,下议院议员、法部大臣、全权议员洛夫,陆军大学教习、陆军议员、陆军副参领获时,海军议员、海军大尉希利,内务府行走、藩部副司长、副议员客纳勃,外务部行政股长、副议员恩森加。

秘鲁:驻法全权公使、海牙常设公断员、全权议员刚达目,驻法使馆头等参赞、副议员公忒。

波斯:驻法全权公使、海牙常设公断员、全权议员沙尔达纳,驻和全权公使、全权议员米克,外务部法律顾问官、专门议员亨南必克。

葡萄牙:国务大臣、前外部大臣、驻英全权公使、头等全权公使、全权议员、侯爵索物拉,驻和全权公使、全权议员塞立,驻瑞士全权公使、全权议员获立物尔,陆军议员、陆军参谋、副参领罗萨译,海军议员、海军中佐福来齐。

罗马尼亚:驻德全权公使、第一议员倍尔地孟,驻和全权公使、第二议员孟物洛各达,专门议员、海军参谋大佐斯笃尔。

俄国:枢密院行走、驻法头等全权公使、全权议员纳列度夫,枢密院咨议官、外务部咨议官、海牙常设公断员、全权议员马登斯，驻和全权公使、全权议员夏立廓夫，驻巴西全权公使、全权议员格洛垂尔，驻英头等公使馆陆军随员、专门议员、陆军协都统垣摩洛夫，驻德头等公使馆陆军随员、专门议员、陆军正参领米西松，驻英头等公使馆海军随员、专门议员、海军大佐勃尔，海军大学公法教员、海军部正参领、专门议员获物西廓夫。

萨瓦多尔：驻法代理公使、海牙常设公断员、全权议员马则，驻英代理公使、海牙常设公断员、全权议员忒拉纳。

塞尔维亚：内阁总理大臣、全权议员加罗，驻义全权公使、海牙常设公断员、全权议员米罗瓦诺维次，驻英、驻和全权公使、全权议员米立吹维次。

暹逻：全权议员、陆军协都统削的特，驻法使馆参赞、全权议员获米立，全权议员、陆军参谋正军校讷力拔尔。

瑞典：驻丹全权公使、前法部大臣、海牙常设公断员、第一全权议员哈马尔斯，前大理院推事、海牙常设公断员、第二全权议员海尔内，专门议员、陆军炮队正参领罕马夕，海军参谋股长、专门议员、海军参谋中佐克林。

瑞士：驻英、和全权公使、全权议员高林，陆军参谋正参领兼大学教授、全权议员包尔，苏里墟大学法律教授、全权议员韦培。

土耳其：头等全权公使、大理院总长、第一全权议员土耳根巴削，驻义头等全权公使、全权议员佩义，全权议员、海军中将穆汉穆德马削，民政部法律顾问官、副议员雷福勃依，副议员、陆军正参领三勃依。

乌拉乖：前任总统、海牙常设公断员、第一全权议员亚尔铎，前上议院议长、驻法全权公使、海牙常设公断员、全权议员加斯笃，专门议员、陆军炮队正参领皮该。

委讷瑞拉：驻德代理公使、全权议员福多尔。

上开各议员，在第二次保和会会议时间为一千九百零七年六月十五日至十月十八日，各国议员，皆设法愿行保和会发起者所倡之博爱主义，并秉承本国政府之意旨，将本届保和会所议定之条约及宣言，逐款附载于后，并由各国全权议员画押为凭。

(一)《和解国际纷争条约》；

(二)《限制用兵力索债条约》；

(三)《关于战争开始条约》；

(四)《陆战规例约》；

(五)《陆战时中立国及其人民之权利义务条约》；

(六)《关于战争开始时敌国商船之权利条约》；

(七)《商船改充战船条约》；

(八)《敷设机械自动水雷条约》；

(九)《战时海军轰击条约》；

(十)《日来弗红十字约推行于海战条约》；

(十一)《海战中限制捕获权条约》；

(十二)《设立万国捕获物审判院条约》；

(十三)《海战时中立国之权利义务条约》；

(十四)《禁止气球放掷炮弹及炸裂品声明文件》。

以上所开各约及文件，均系单独条件，其签押期限，可由第二次保和会与会各国全权大臣于一千九百零八年六月三十日以前在海牙签押，与会各国，彼此协商，意见大致相同，除关于投票认许事件仍由与会各国自由决定外，合将各国会议时所承认之三纲要表明于后。

(一)本会全体承认强迫公断之原旨。

(二)各国有关解释或施行国际条约之事件者，均得由强迫公断办理并无限制。

凡四月间所会议事件，虽尚不能将强迫公断事件订约施行，然与会各国彼此磋商，莫不谓各国间所生之争议，无非属于解释法律之事，故议论之际，各国咸开诚相亲，感情深切，且于尊重人道之观念，亦均群相默喻。

又，本会全体议决者并有：

一千八百九十九年提议之限制军备问题，本届保和会亦深表同情，惟自一千八百九十九年以来，各国几无有不扩张军力者，大失第一次保和会维持平和之至意，是以本届保和会更欲广告各国政府，重行将此问题切实研究，其他期望并录于下：

（一）本会深愿签押各国，注意本件所附之拟设公断法院草案，俟各国选定裁判员，公断法院组织成立后，即照该约实行。

（二）本会深愿签押各国，虽当战争之时，无论文武官员，俱有保守和平、维持国际关系之责，而于交战国及中立国人民之工商业尤当注意 。

（三）本会深愿订约各国订立专约，将寄居本国之外国人关于兵役事件有所规定。

（四）本会深愿下一次开会时，将关于海战规列事件列入应议条款，并愿签押各国，无论遇何情形，将《陆战规例条约》设法推行于海战，本会深盼各国于召集第三次保和会时，其时期当与第二次保和会与第一次保和会相距之时间相等，但其开会日期，宜由各国公共酌定，第三次保和会应议之事件，当先期预备，以免临时竭蹶，贻误时机，欲达此目的，本会尤愿于下一次开会时二年之前，设立一预备保和会，以便蒐集各种草案，调查应行订立各国国际条约之事件，并从速预备一提议录，以便各国加以研究，预备保和会并当提议平和会组织之方法及议论法。

为此,各国全权大臣在本蒇事文据签押、盖印。

年 月 日订于海牙,原稿一份,存储于和兰政府档案处,按照原文抄稿、校勘,通知与会各国。

和解国际纷争条约

为保持和平大局起见,竭力和衷商定《和解国际纷争条约》,文明国团知有同志欲推广法律范围,并巩固国际公道,深信于独立各国之间,设立无国不可赴诉之常川[①]公断法院,最足达此目的。又察知组织一公断诉讼通则之有益,皆与保和会倡议者所见相同,亟应将各国国家所赖以治安并国民所赖以生存之公平正直之原理,以国际协商规定之,并愿将国际审查委员及公断等事件见诸实行,凡使应用简便诉讼法各案向公断院上诉之事益形利便,特于和解国际纷争法中查有各节亟应修改,以竟第一次保和会之功。为此,缔约各国议定订一新约,遣派全权大臣如下:

各全权大臣将所奉全权文据校阅合例议定各条如下:

要 目

① 常川:意犹今日之"常设"之义。

第一篇 保持和平大局

第一条 为维持各国邦交起见，缔约各国竭力议定国际纷争平和办法。

第二篇 和解调处

第二条 遇有邦交冲突成纷争事件，当于未用兵之前，缔约各国得酌度情形，请友邦一国或数国和解或从中调处。

第三条 如缔约各国视为有益应办之事，局外之国一国或数国，可不待相争国之请求，自愿酌量情势为之和解调处，即在开战期内，局外各国亦有和解调处之权，施行和解调处之权，相争国不得视为有伤睦谊之举。

第四条 调处者应办之事，系将相争国冲突之意见，设法解释融合嫌隙。

第五条 调处者之职任，以相争国或调处国察明所拟调和诸法不能允从之时为止。

第六条 和解调处或出于相争国之所请，或出于局外国之自愿，只有商劝性质，不得强令遵照。

第七条 除另有特约外，允受调处之举，并无停止展缓或阻止征调及各种备战举动之效力， 除另有特约外，此举若在开战之后，亦不得因此停止用兵。

第八条 缔约各国公同议定于情形相当时，可用特别调处之法如下：如遇重大冲突有碍和局，相争国各举一国，畀以委任，由所举国彼此迳相接洽，以免邦交之决裂。委任之期限，不得逾三十日，除另有专约外，该期内所有纷争事件，相争国应停止直接交涉，由调处国竭力将争端理结，倘和局业已决裂，各该调处国仍应合力，伺机挽回和局。

第三篇 国际审查会

第九条 国际纷争起于事实中见解之歧异而无关于国体及重大利益者，倘外交官未克商结，缔约各国可审度情形，设国际审查会委以调查纷争事件，俾事实得以秉公详细查明。

第十条 组织国际审查会，应由相争国订立专约办理，所订审查专约，应详叙案情，并订明审查会之程式、时期及审查员之权限，该约中亦应订明该会所设之地并能否迁移。又，会中应用之语言，并准其通用之几种语言。又，各造投递诉词之期限及所订一切相关之件。倘各造以为应派帮理之员，则约中宜订明选派之程式，及其所有之权限。

第十一条 如审查约中未指明该会所设之地，则应设于海牙会所，已定之后，非经各造允准，该会不得迁移，如审查约中未将会中应用语言指明，则由该会自定。

第十二条 审查会之组织，除另有专条外，应照本约第四十五、第五十七两条办理。

第十三条 如审查员或帮理员病故、辞差或因事阻或因他故，应照选派该员时之章程派员代理。

第十四条 各造有选派专员到会为代表之权，以便为该国与该会之交通机关，准选派顾问官及辩护士，在会保护其本国利益。

第十五条 海牙常设公断法院之国际事务处，可作为审查会立案处之用，其房屋及一切组织，悉听缔约各国审查会使用。

第十六条 如该会不在海牙设立，则派一总书记，即以书记之事务室为立案处，立案处归审查会长节制，办理会议时，应有之布置编辑议事之文件，并管理审查时之案卷，所有案卷会毕后，汇交海牙国际事务处。

第十七条 为便利审查会之成立及办事起见，恐各造不愿用别项规则，故缔约各国议定以下各项，为审查会诉讼法之用。

第十八条 所有诉讼法之一切细节，未经审查专约或本约订明者，该会可自行酌定，并可规定各种查究凭证之程式。

第十九条 审查时应由各造对质，各造所有诉讼字据、文件、公牍之可用以剖白真情者，及欲使到案之证人及鉴定人之名单，应于定期内知照该会及彼造。

第二十条 如各造同意审查会有权暂行迁往合宜之地办理，或派会员一人或数人前往，惟须先得该地所嘱之政府允准。

第二十一条 凡审查物质上之凭证及到地履勘之事，应在各造所派之专员及顾问官当面办理，或照例传其到场。

第二十二条 审查会如有应需各造辩晰或陈述之事，有权令此造或彼造照办。

第二十三条 各造应承认将所有于审查上有益及一切便利之法供给该会，俾案中事实易于明显，各造应承认适用本国法律，使审查会所传在各该国之证人或鉴定人到案，如证人或鉴定人不能到案，各造即令其本国该管官就近讯取供状。

第二十四条 凡审查会欲在第三缔约国境内办理应行知照各事，可迳行知照该国政府，如欲在该国查究凭证，亦照此办理。此等请求之事，该国可照其本国法律办理，如非与其主权或治安有碍者，不得拒绝，审查会亦可请驻在之国为其承转。

第二十五条 证人及鉴定人或出于各造所请，或出审查会本意应传到案者，均须经驻在之国为之承转，证人由审查会预定次序，当各专员及顾问官之前，逐一分别审讯。

第二十六条 证人由会长审讯，然会员有以为宜将供词申明或案情中与证人有关之事须详考明白者，亦可向证人讯问，各造所派专员及顾问官，不得于证人供述之时从傍插断，亦不得迳向讯问，倘有以为宜用补讯之处，可请会长讯问。

第二十七条 证人供述之时，不得口诵书件。倘为案情中所需用者，会长可准其检阅记录或文牍。

第二十八条 证人所口述立即录供，将所录之供对其宣诵，证人可酌行增改，附录供词之后，全供宣诵之后，证人应签押于上。

第二十九条 各造专员，应于审查或审查竣事之时，将其言论及意见或事略足以显明案情者录送会中及彼造。

第三十条 审查会之定议，可秘密不宣，定议取决于会员之多数，会员有不愿与决者，应于案内注明。

第三十一条 该会集议，不必公开所有案中供词及审查文件，非经各造允由，该会公决不得宣布。

第三十二条 各造既将辩词及证据呈递后，所有证人均经审讯，会长应宣言停止审查，该会即定期会议办理报告。

第三十三条 报告须经各会员签押，如有一员不愿签押者，一经将缘由载入该报告，仍可作准。

第三十四条 该会报告应当众宣读，各造所派之专员及顾问官均须在场,或照例传集到案,各造均给报告一份。

第三十五条 报告中以证明事实为限,绝无公断判词之性质,事实证明之后,下文如何,悉听各造自主。

第三十六条 各造费用,各自承认,该会费用,各造均摊。

第四篇 国际公断

第一章 公断规则

第三十七条 国际公断之义,系由各国选派之公断员,以尊重法律为本,理结各国之纷争,请求公断,即含有承认信服判断之意。

第三十八条 凡法律问题中关于解释及施行条约之争端为外交官所不能理结者,缔约各国共认公断为和解最公至善之法,照以上所指问题,缔约各国于有事时,如情形相宜,自当极力请求公断。

第三十九条 公断条约,可为已起之争端而订,或为未来之争端而订,或包括一切之争端,或专指一类之争端。

第四十条 缔约各国,除已订公约或专约言明应归强迫公断外,遇有可交强迫公断之事,亦可另订公约或专约归诸公断,以期推广。

第二章 常设公断法院

第四十一条 缔约各国,因国际纷争有外交官所不能商结者,为便于立请公断起见,允准将第一次保和会所设之常川公断法院照旧设立,不论何时,除各国另订专约外,应按照本约所订诉讼法办理。

第四十二条 常设公断法院,除各国另订设立特别审判所外,可理一切公断之事。

第四十三条 常设公断法院驻于海牙,国际事务处可作为法院之立案处，遇有会议之事件，从中知照，并管理案卷及经理杂务，缔约各国，允准将互订公断专条及特别审判所公断判词各抄稿校正之后，从速咨送该事务处。各该国允准将法律章程文件，有时可与法院判词相印证者，咨送该事务处。

第四十四条 每缔约国派熟悉公法、名望素著者至多四员，充公断员，既派之后，即列名为法院人员，其名单由事务处知照缔约各国。公断员之名单遇有更改，即由事务处知照缔约各国，两国或数国可商明公派一员或数员，同一人员得兼膺数国之简派。派充法院人员，以六年为一任，其委任书亦可展期，法院人员遇有病故或告退，按照选派该员时之程式派员充补，其任期亦以六年为限。

第四十五条 缔约各国，遇有争断欲请常设法院理处者，应于法院总名单内选取公断员组织法庭，以便审决争端。如所选公断员各造未能允协者，则照以下办法：每造选派公断员两员，其中惟一员可为其本国人，或由该国所派为常设法院人员者，此项公断员中再公举一总公断员。如意见不合，各造可公请一第三国代为选派总公断员，如仍不能允洽，每造可各请一第三国，即由被请之国公同选派总公断员，如两月之内两国仍不能商妥，每国可于法院名单中除各造所选派之员及其国人外各选二员，再用拈阄之法，以定孰为总公断员。

第四十六条 法庭一经组织，各造应将请法院公断之意并请断状及公断员名衔知照事务处，事务处即将请断状及他项员名知会与审各公断员，法庭聚集，由各造定期，并由事务处布置一切，与审各员当任事时而不在其本国境内者，得享外交官之待遇。

第四十七条 国际事务处应将房屋及一切组织，悉听缔约各国作为特别审判所公断事件之用，凡未经缔约各国或缔约各国与未缔约各国遇有争端而愿请公断者，常设公断法院亦可按照所定章程推广施行。

第四十八条 若遇两国或数国因有争端，势将决裂，缔约各国应视同义务向相争国提明，常设法院正为此而设。因此缔约各国声明，凡向相争国提明本约各条，而劝其投向常设法院以保平和之事，只应视为美意之举动，如两国遇有争端，一国尽可行文国际事务处，声明所有纷争愿遵公断，事务处应即将此声明之件知照彼国。

第四十九条 常设办事公会，以缔约各国派驻海牙各代表及和外部[1]大臣组织而成，即以和外部大臣为总理，管理稽核国际事务处，该公会可定办事章程及一切应用规则，该公会可定各种办事问题之关于法院执行事件，该公会有委派或黜陟事务处员役之全权，该公会酌定薪工，稽核用款。凡有会议，须召集九员到场，所议之事方有效力。其决议以多数为断，该公会应将议定章程立即知照缔约各国，每年将法院案件办事情形及用项，报告各国。报告中应选照第四十三条第三、第四两款，将各国知会事务处之公文摘要载入。

第五十条 该公会经费，应按照万国邮政公会比例分摊之法，由缔约各国分任，凡加入本约各国，对于此项经费，以加入之日起算。

第三章 公断诉讼法

第五十一条 缔约各国为推行公断起见，订定以下各条，以资各造未经订有专条者诉讼之用。

第五十二条 各国欲请公断者，应于请断状上签押，状中载明案情，并选派公断员，期限如第六十三条所载，及应行知会之格式、次序、

---

① 和外部，即荷兰国外交部。

期限及各造预存应用之银数。状中并载明选派公断员之章程，公堂之权限及其设立之地所用之语言，及当堂准用之语言，并各造互订之一切规则。

第五十三条 如各造互相商明，于订立请断状之事，请其从中调停，常设法院即可与闻其事，外交官协商不成之后，所请即仅出于一造者，法院亦可与闻以下所开各事：

一 凡争端之归于公断条约，不论其现订或续订，在本约实行之后，而约中预定各项争端，所应立之请断状，此项请断状并不明指或隐示不归法院与闻者，但遇有一造声明彼之意见，以为此项争断不属于应受强迫公断之一类，除公断专约内已将审定此种问题之权交付法庭外，则不得归法院与闻。

二 争端之由于订有合同之债项，经此一国为其人民向彼一国索讨，并提议归公断了结，而业已承认者，但若承认公断而言明按照他法订立请断状，则此款不得援引。

第五十四条 如遇上条所指之事，其请断状按照第四十五条第三至第六等款设立委员会，以五员组织之，其第五委员为该会总理。

第五十五条 公断之职任，可由各造选派公断员一员或数员，悉听其便，或各造在本约所设之常川法院公断员中选派，如各造意见不合，不能构成法庭，可按照第四十五条第三至第六款所指之法办理。

第五十六条 各君主或国主被选为公断员，则诉讼法可由其审定。

第五十七条 总公断员即为法庭之总理，倘法庭中无总公断员，则可自举总理一员。

第五十八条 如按照第五十四条所指之委员会设立请断状，除另有专条外，该议会即可自为公断法庭。

第五十九条 如公断员中病故、辞差，或因事阻，或因他故，应照选派该员时之《章程》派员代理。

第六十条 法庭未经各造指明，则设立于海牙，法庭非经第三国允准，不得在其境内设立。法庭一经设立，非经各造允准，不得迁移。

第六十一条 如请断状中未经言明应用何国语言，则由法庭定夺。

第六十二条 各造有选派专员到法庭之权，以便为各造及法庭之交通机关，并准派顾问官或辩护士到堂，以护持其本国权利。常设公断员，只能为其选派之国充当专员，或顾问官，或辩护士。

第六十三条 公断诉讼法大概分为二种：曰文诉，曰口辩。文诉者，乃将议案驳议或答词加以案中各种文件公牍，由各专员咨送法庭及彼造两造以彼此有关系之文件互存备案。此种备案文件，可迳直咨送，亦可经国际事务处转送，次序、期限悉照请断状所定，请断状中所定期限，如经各造允协，亦可展限，或法庭以为宜展限以便详细定谳者，亦可。口辩者，乃当堂陈说，以发明案情。

第六十四条 所有此造呈案之文件，应将抄稿校正，咨送彼造。

第六十五条 除有特别情形外，法庭须于截收文诉后始开审判。

第六十六条 口辩之事，由总理主裁。口辩之事，非经各造允准、法庭定夺，可不当众施行，所有口辩，由总理派书记官录供，此等供词，由总理及书记官一员鉴押，方有正当文件性质。

第六十七条 文诉截收后，如此造未经彼造允准，欲将新文件呈案者，法庭有不准其引用之权。

第六十八条 所有呈案新文件，经各造专员或顾问官声请法庭注意者，法庭听从与否，可自行酌夺。照此情形，除应知照彼造外，法庭有索取此等文件之权。

第六十九条 法庭可令各造专员将各文件呈案，并令其详细讲解，如有不允者，即记载情由备案。

第七十条　各造之专员及顾问官，遇有案中应行辩护之处，准其当堂声说。

第七十一条　专员及顾问官有权将反对及指摘之情形陈说，但一经法庭判结之后，不得再行驳诘。

第七十二条　法庭人员有权讯问各造专员及顾问官，遇有疑难之处，可令其申明。当辩论时，所有法庭人员讯问之语、驳诘之词，不得视为法庭全体或该员个人之意见。

第七十三条　法庭依据法律上之原则，有权解释请断状并案中所发生之各项文据。

第七十四条　法庭有权可订诉讼各法，以便办案之用，并为各造定立结案时之格式、次序、期限及施行搜集证据诸法。

第七十五条　各造允准将所有断案中应用各法，尽数供诸法庭。

第七十六条　法庭欲在第三国境内办理应行知照各事，可迳行知照该国政府。如欲在该国查究凭证，亦照此办理。此等请求之事，该国可照其本国法律办理，如非与主权或治安有碍者，不得拒绝。法庭亦可请驻在之国为其承转。

第七十七条　各造专员及顾问官既将案情陈明并将证据交出，总理可宣言停止审辩。

第七十八条　法庭之定议，可秘密不宣。定议取决于人员之多数。

第七十九条　公断判词，应叙明缘由及公断员姓名，由总理及立案员或书记官兼管立案者签押。

第八十条　判词应当众宣读，各造所派之专员及顾问官均须在场，或照例传集到案。

第八十一条　判词照例宣读，并知照各造之专员，即成信谳，不得上控。

第八十二条 各造于实行及解释判词中如有争辩,除订有专约外,仍归原断法庭审判。

第八十三条 各造可于请断状中叙明公断判词,可请覆核。照此情形,除另有专约外,应向原断法庭声请,惟须有新查出之事实与定谳大有关系,而于停止审辩时为法庭及声请覆核之造所未及知者,方可声请办理。覆核之事,非经法庭查明,确有新出之事实含有上节所指可以承认之性质,并宣告此等声请可在收受之例者,不得施行。请断状中,应明定声请覆核之期限。

第八十四条 公断判词,只能施行于相争各造。如各造因解释条约之故而起争端,与此条约尚有他国公同订立者,则相争国应即知照各签押国,各该国均有干涉此案之权,其中一国或数国若用此权者,则判词中所载之解释亦应一律施行。

第八十五条 各造费用,各自承认。法庭费用,各造均摊。

第四章 公断简便诉讼法

第八十六条 为欲便于从事公断起见,遇有可用简便诉讼法者,缔约各国订定以下各条,俾未订各种专条者有所率从,而有时亦可援引第三章内不相反背各款。

第八十七条 相争各造各派一公断员,合选一总公断员。如意见不合,除各造所选派之员及其国人外,可在常设法院人员名单中各选二员,再用拈阄之法,以定孰为总公断员。总公断员,总理法庭,其定议则取决于多数。

第八十八条 若各造将议案呈案之期限未经预定者,法庭一经组织,即可由其定立期限。

第八十九条 各造派一专员到法庭，以便为本国政府与法庭之交通机关。

第九十条 诉讼只准用笔写，然各造有可请准证人及鉴定人到案之权，法庭为有益起见，亦可请两造之专员、证人及鉴定人到案口辩。

第五篇 结论

第九十一条 本约批准后，缔约各国即以本约代一千八百九十九年七月二十九号所订之和解国际纷争条约。

第九十二条 本约应从速批准。批准文件存储海牙。第一次批准文件存案时，应由缔约各国代表及和兰外部大臣签押为据，以后各次之批准文件，存案时须缮一咨文，将批准文件送交和兰政府，第一次批准文件存案之字据及上节所载送交文件之咨文，应于抄录校正之后，立即由和兰政府送交外交官，转递第二次保和会与会各国及随后入约各国，前节所载情形，由该政府将收到咨文之日期同时声明。

第九十三条 未签押各国而曾与第二次保和会者，亦得加入本约之内。愿意加入之国，应将其意咨明和兰政府，并附加入文件。此等文件，由该政府存案。该政府即将咨文及加入文件应于抄录校正之后，转送第二次保和会与会各国，并声明收到咨文日期。

第九十四条 未与第二次保和会各国，以后倘经缔约各国公允，亦可加入本约。

第九十五条 第一次批准文件，存案各国应从立据存案之日起六十日后，此约方有效力。随后批准或加入本约各国，应从和政府收到批准或入约咨文日期起六十日后方有效力。

第九十六条 如遇缔约国中之一愿意出约，应将出约文件咨照和兰政府。该政府立即将出约文件俟抄录校正之后，知照各国，并声明接到出约文件之日期。出约仅专指咨照出约之国，从咨文到和兰政府之日起一年之后方有效力。

第九十七条 和兰政府立一存案册，载明第九十二条第三、第四两款所指批准文件，及随后收到加入本约文件（第九十三条第二款）或出约文件（第九十六条第一款）之各日期。

凡缔约各国，于存案册均有权调查，并可将校正之本摘抄，为此各全权大臣签押于下，以昭信守。

一千九百七年十月十八日订于海牙。正约一分在和政府存案，抄录校正之后，用外交官转交缔约各国。

限制用兵索债条约

一国政府，有因彼国政府欠其民人订有合同之债项向其索偿者，今欲免使以银钱之故，致列国间有兵衅之事，为此订立条约，遣派全权大臣如下，各全权大臣所奉全权文据校阅合例，议订各条于下：

第一条 缔约各国议订，凡一国政府因彼国政府欠其民人订有合同之债项，不得以兵力向其索偿。但欠债之国拒绝公断之请，或置诸不答，或允准后仍使请断状不能订立，或公断后不遵照判词办理，则不得引用上款。

第二条 并议定上条第二款所载之公断，应照海牙《和解国际纷争条约》第四篇第三章诉讼法，除各造另有办法外，所有诉讼之格式、债款之数目、偿还之期限、程式，悉由公断法庭定夺。

第三条 本约应从速批准，批准文件存储海牙。批准文件第一存案，立一文凭，由与议各国代表及和国外部大臣签押为据。以后各国之批准文件存案，须缮一咨文，将批准文件送交和政府。第一批准文件存案之文凭、上节所载之咨文、及批准文件，各抄件校正之后，立即由和政府交外交官转交第二次保和会与会各国及随后入约各国，或如上节所载情形，该政府应同时将收到咨文日期声明。

第四条 未签押各国，亦准加入本约之内。愿意入约之国，应将其意咨明和政府，并附送入约文件。此等文件，由该政府存案。该政府即将咨文及入约文件各抄件校正之后，转送其他各国，并声明收到咨文日期。

第五条 第一批批准文件，存案各国，从存案文凭日期起六十日之后，本约方有效力。随后批准或入约各国，从和政府收到批准或入约咨文日期起六十日之后，方有效力。

第六条 如遇缔约国中之一愿意出约，应将出约文件咨照和政府。该政府立即将出约文件之抄件校正之后，知照其他国，并声明接到出约文件之日期。出约仅专指咨照出约之国，从咨文到和政府日期起一年之后，方有效力。

第七条 立一册籍，由和国外部执掌载明第三条第三、第四款所指批准文件存案日期，及随后收到入约文件第四条第二款或出约文件第六条第一款之日期。该册籍，凡缔约各国均可与知，并可索取校正之摘要。

本约由全权大臣签押于下，以昭信守。正约一分，在和政府存案。抄件校正之后，由外交官转交第二次保和会与会各国。

关于战争开始之条约

为维持和平交际起见，以为关于战争之事，非预先宣告，不得开始，并以为应将开战情形从速知照各中立国，为此订立条约，遣派全权大臣如下。各全权大臣将所奉全权文据校阅合例，议定各条于下：

第一条 缔约各国公认，非有明显之预先知照，或用有理由之宣战书格式，或用决绝书格式，以宣战为要挟者，彼此均不应开战。

第二条 战事情形，应从速知照各中立国，亦可用电报传达，惟于中立国接到知照之后，方有效力。若证明中立国已知战事情形无可疑议者，中立国亦不得以未接知照为词。

第三条 本约第一条于缔约国中之二国或数国有战事时，即有效力。第二条于缔约国中之一战国与缔约国中之各中立国交际间，有应行之义务。

第四条 本约应从速批准，批准文件存储海牙。批准文件第一批存案，立一文凭，由与议各国代表及和国外部大臣签押为据。以后各国之批准文件，须缮一咨文，将批准文件送交和政府。第一批批准文件存案之文凭、上节所载之咨文及批准文件各抄件，校正之后，立即由和政府交外交官转交第二次保和会与会各国及随后入约各国，或如上节所载情形，该政府应同时将收到咨文日期声明。

第五条 未签押各国，亦准加入本约之内。愿意入约之国，应将其意咨明和政府，并附送入约文件。此等文件，由该政府存案。该政府即将咨文及入约文件，各抄件校正之后，转送其他各国，并声明收到咨文日期。

第六条 第一批批准文件，存案各国，从存案文凭日期起六十日之后，本约方有效力。随后批准或入约各国，从和政府收到批准或入约咨文日期起六十日之后，方有效力。

第七条 如遇缔约国中之一愿意出约，应将出约文件咨照和政府。该政府立即将出约文件之抄件校正之后，知照他各国，并声明接到出约文件之日期。出约仅专指咨照出约之国，从咨文到和政府日期起一年之后，方有效力。

第八条 立一册籍，由和国外部执掌，载明第四条第三、第四款所指批准文件存案日期，及随后收到入约文件第五条第二款或出约文件第七条第一款之日期。该册籍，凡缔约各国均可与知，并可索取校正之摘要。

各全权大臣签押于下，以昭信守。正约一分，在和政府存案，抄件校正之后，由外交官转交第二次保和会与会各国。

陆战时中立国及其人民之权利义务条约

为陆战时确定中立国及其人民之权利义务，及议定避入中立国领土内交战者之地位起见，并愿释明中立之性质，俾得将中立民人与交战者关系之地位悉行协定，为此订立条约，遣派全权大臣如下，各全权大臣将所奉全权文据校阅合例，议定各条于下：

要　目

第一章　中立国权利义务

第二章　在中立国境留置交战者及医治受伤者

第三章　中立人民

第四章　铁路材料

第五章　结论

第一章　中立国权利义务

第一条 中立国之领土不得侵犯。

第二条 交战国以军队或弹药或军需品之辎重，禁止由中立国领土经过。

第三条 并禁止交战国：

甲　在中立国领土置设无线电报所或用以为战国海、陆军交通机关之各种器具。

乙　在中立国领土使用战事之前所设此等机关,其目的专为军用,而向未作为公众交通之用。

第四条　在中立国领土内,不得为交战国编成战斗军队,或开设募兵事务所。

第五条　中立国,不应纵容在其领土内有第二条至第四条所指之举动。中立国对于反对中立之行为,非在其领土内违犯者,可不加惩罚。

第六条　人民独自出境前往交战国供役者,中立国不担责任。

第七条　凡为彼此交战国运出或转运军械弹药及一切海陆军所用之物品,中立国可不加阻止。

第八条　交战国使用中立国电信线、电话线及无线电机,无论其为国家之产或公司或人民之产,中立国可不加禁止或限制。

第九条　中立国若于第七、第八条所指各件欲设法限制或禁止者,须一律施行于各交战国 。中立国应稽察为电信线或电话线或无线电机业主之公司或人民,使其一律尊重此等义务。

第十条　中立国对于侵犯中立之行为,即用兵力抵拒,亦不得视为对敌之举。

第二章　在中立国境留置交战者及医治受伤者

第十一条　中立国在其境内收容交战国之军队,应留置于距战场最远之处。中立国可将此等军队看守于营中,亦可禁闭于炮台中,或留置于专为此等军队设备诸处。此等军队之官佐,可否令其宣非奉命不擅离中立国境之誓,而听其自由之处,应由中立国定夺。

第十二条 倘无专约,中立国应供给留置者衣食及人道上必需之救济。所有留置各费用,战事平和后应行偿还。

第十三条 中立国收容逃亡之俘虏,应听其自由,倘准其在境内逗留,可指定其住处。上款之规定,对于避入中立国境内军队带来之俘虏,亦可适用。

第十四条 中立国可准令交战军队之伤者或病者经过其境内,惟载运此等人员之车内不得载有战员战具。照此情形,中立国务须设法保安并稽察一切。凡一交战国将其敌军之伤者或病者依上项所指情形运入中立国境内,中立国应将其看守,俾不能再预战事,其他交战国之伤者或病者托付中立国,中立国亦有同一之义务。

第十五条 《日来弗条约》,可适用于留置中立国境内之病者、伤者。

第三章 中立人民

第十六条 不与战事之国之人民,视为中立人民。

第十七条 中立人民,不能有中立之资格者:

甲 对于交战者有对敌之行为。

乙 为利于交战者之行为。因而自愿投入交战国中之一国军队效力。照此情形。中立人民因不守中立行为,故应受一交战国之待遇,不得较诸他交战国人民更形严刻。

第十八条 所有第十七条乙款所载之意,不得视为有利于一交战国之事者。

甲 供给物资或借给款项于交战国之一国,惟供给或借给之人,并不在彼交战国境内,或彼交战国占领之境内居住,而供给之物,亦非从此等境内而来;

乙 只为警察及民政上效力之事。

第四章 铁路材料

第十九条 铁路材料来自中立国境，或属于中立国或属于公司或人民，苟得认明为中立国者，非因紧急必要之情形，不得将此等材料征发而使用之，用后，从速送回原国。中立国若需用甚亟，亦可将交战国境内所来之材料酌量扣留使用。彼此应按照所用材料之多寡、时期之久暂，给予偿款。

第五章 结论

第二十条 本约各条，只能适用于缔约各国及交战国亦均为缔约之国。

第二十一条 本约应从速批准，批准文件存储海牙。批准文件第一批存案，立一文凭，由与议各国代表及和国外务部大臣签押为据。以后各批批准文件存案，须缮一咨文，将批准文件送交和政府。第一批批准文件存案之文凭、上节所载之咨文及批准文件等各抄件，校正之后，立即由和政府交外交官转交第二次保和会与会各国及随后入约各国，或如上节所载情形，该政府应同时将收到咨文之日期声明。

第二十二条 未签押各国，亦准加入本约之内。愿意入约之国，应将其意咨明和政府，并附送入约文件。此等文件，由该政府存案。该政府即将咨文及入约文件，各抄件校正之后，转送其他各国，并声明收到咨文日期。

第二十三条 第一批批准文件，存案各国，从存案文凭日期起六十日之后，本约方有效力。随后批准或入约各国，从和政府收到批准或入约咨文日期起六十日之后，方有效力。

第二十四条 如遇缔约国中之一愿意出约，应将出约文件咨和政府。该政府立即将出约文件之抄件校正之后，知照其他各国，并声明接到出约文件之日期。出约仅专指咨照出约之国。从咨文到和政府日期起一年之后，方有效力。

第二十五条 立一册籍，由和国外部执掌，载明第二十一条第三、第四款所指批准文件存案日期，及随后收到入约文件第二十二条第二款或出约文件第二十四条第一款之日期。该册籍，凡缔约各国均可与知，并可索取校正之摘要。

各全权大臣签押于下，以昭信守。正约一分，在和政府存案，抄件校正之后，由外交官转交第二次保和会与会各国。

战时海军轰击条约

欲遂第一次保和会所发之愿，关于海军轰击未设防之口岸城村事件，宜将一八九九年《陆战规例》酌量推行，务以巩固居民之权利，保存重要之建筑为主，以行仁道而减战祸。为此，议订条约，遣派全权大臣如下。各将所奉全权文据校阅合例，议订各条如下：

要　目

第一篇　轰击未设防之口岸城村房屋

第二篇　概论

第三篇　结论

第一篇　轰击未设防之口岸城村房屋

第一条 禁止以海军兵力轰击未设防之口岸城村房屋，不得以一处地方仅因其港口有敷设机发水雷之故，便行轰击。

第二条 然陆军之工作物、陆军或海军之建筑物、军械或军用品之存储所、合于敌国海、陆军使用之工厂或建置物及军舰之泊在口岸者，不在此禁例之内。海军司令官可知照地方官，于适当期限内将此等拆毁。倘地方官逾限并未照行，海军司令官若无他法可施者，可以炮轰毁之。遇以情形而有轰击之举，则对于无心之损害海军司令官，不负责任。若军情紧急须立时施行而不能予以期限者，则例禁轰击之未设防地方，仍依本条第一款所载，得以轰击。为司令官，应设法使城中所受损害以少为度。

第三条 海军所到之处，如向地方官征取现时必需之粮食，或生计上之物件，而地方官不允照办，则于知照轰击之后，可将未设防之口岸城村房屋轰击。但此等征取，须视地方之物产力为准，若有现银，宜计值照付，否则出给收条为凭，且须奉有海军司令官之命令，方得征取。

第四条 未设防之口岸城村房屋，不得因征取银钱不遂之故而加以轰击。

第二篇 概论

第五条 凡宗教、美术、技艺、善举所用之建筑，及历史上之古迹，暨病院或伤病收容所，当海军轰击时，若无军事上利用目的，司令官应尽力设法保全。居民应将以上所指之古迹建筑等，用易见之标识指明。此项标识，用竖板作长方形，由对角线分为两三角形。上三角形用黑色，下三角形用白色。

第六条 除军情紧急不能照行者外，海军司令官于轰击前，应竭力设法知照地方官。

第七条 以突击占领之城池，禁止掠夺。

第三篇 结论

第八条 本约各条,只施行于缔约各国,而两战国均在此约中者。

第九条 本约应从速批准,批准文件存储海牙。批准文件第一批存案,立一文凭,由与会各国代表及和国外务大臣签押为据。以后各批之批准文件存案,须缮一咨文,将批准文件送交和政府。第一批批准文件存案之文凭、上节所载之咨文、及批准文件各抄件,校正之后,立即由和政府交外交官转交第二次保和会与会各国及随后入约各国,或入上节所载情形,该政府应同时将收到咨文之日期声明。

第十条 未签押国亦准加入本约之内。愿意加入之国,应将其意咨明和政府,并附送入约文件。此等文件,由该政府存案。该政府即将咨文及入约文件各抄件校正之后,转送各国,并声明收到咨文日期。

第十一条 第一批批准文件存案各国,从存案文凭日期起六十日后,此约方有效力。随后批准或入约各国,从和政府收到批准咨文或入约文凭日期起六十日后,此约方有效力。

第十二条 如或缔约国中之一声明愿意出约,应将出约文件咨照和政府。该政府立即将出约文件之抄件校正之后,知照各国,并声明接到出约文件之日期。出约仅专指咨照出约之国,从和政府收到咨文之日起一年之后,方有效力。

第十三条 立一册籍,由和国外部执掌,载明第九条第三、第四款所指批准文件存案之日期,及随后收到入约文件第十条第二款或出约文件第十二条第一款之日期。该册籍凡缔约各国均可与知,并可索取校正之摘要。

各全权大臣签押于下，以昭信守。正约一分，在和政府存案抄件校正之后，由外交官转交第二次保和会与会各国。

日来弗[①]红十字会推行于海战条约

共愿将一千九百零六年七月六号《日来弗红十字条约》各章推行于海战，俾尽力减轻战事中所难免之祸。为此，将一千八百九十九年七月二十九号关于此事之约重加修正，订立新约，遣派全权大臣如下，各全权大臣将所奉全权文据校阅合例，议定各条如下：

第一条 军用病院船，即由国家所造或所备之船只，专为救助伤者、病者、溺者之用，于开战之始，或战事之中，总在未经使用之前，将船名知照交战国，则战期之内，当受尊重，不得被捕。此等船只停泊中立口岸时，不得与战舰视同一律。

第二条 凡由个人或公认之善会出赀置备，或全部或一分之病院船，若由其所属之交战国给以命令，并于开战之始，或战事之中，总在未经使用之前，将船名知照敌国者，亦受尊重并免被捕。此等船只，应携带该管官所给之执照，并声明该船于装配时及开行时曾经稽察。

第三条 凡由中立国之个人或公认之善会出赀置备，或全部或一分之病院船，先经该本国政府允准，并奉一交战国命令归其节制，即由该交战国于开战之始，或战事之中，总在未经使用之前，将船名知照敌国者，应受尊重，并免被捕。

第四条 本约第一、第二、第三条所指船只，救助交战国之伤者、病者、溺者，不分国籍，一律救助。各国政府约定，此项船只，不得作

---

① 日来弗：即今“日内瓦”。

为军事上目的之用。此项船只，无论如何情形，不得阻碍战斗者之动作。战争之时、战争之后，此项船只行动时自担危险。交战国于此项船只，有稽察查验之权，并可拒其救助，或命其远离，或令其向一定之方向开行，或派员上船监察，若情形紧急出于必要时，亦可将该船扣留。交战国对于病院船所发之命令，务须载入该船上日记中。

第五条 军用病院船，外涂白色油漆，加以约宽一迈当半之绿色横带一条，以为标识。本约第二、第三条所指之船，外涂白色油漆，加以约宽一迈当半之红色杠带一条，以为标识。以上所指各船之舢板及堪供病院船使用之小船，则各涂其本船之漆色，以为标识。所有病院船，均揭其本国国旗及日来弗约中所定之白地红十字旗，若系中立国者，更于中桅上揭一归其节制之交战国国旗，以为标识。病院船若如本约第四条所云，而为敌国扣留者，应将其所揭之交战国国旗撤去。以上所载之病院船及舢板，若于夜间欲保全其应有尊重之权利，可商明所附之交战国，设法使其标识之漆色十分明显。

第六条 本约第五条所载之标识，无论平时、战时，只准为保护或表示该条中所载各船只之用。

第七条 如遇军舰上有战斗者，应竭力尊重其养病所。养病所及其用物，应依战律办理。凡为伤者、病者所需之物，不得移作别用。但此项养病所及其物件，在司令官权利之下，司令官有处置之权，若军情必要时，应先将其中伤者、病者安排后，司令官方有处置之权。

第八条 病院船及船上养病所，若用之以为害敌之事，则应得保护即行停止。此等病院船及养病所人员，若为维持秩序或防护伤者，而执军械并船上置设无线电报等事，不得因此而作为，理应停止其保护。

第九条 交战国可请中立国之商船、邮船或舢板船长以慈善之性质，将伤者、病者收船中医治。凡此等船只之应此请示者，或船之自愿暂行收容伤者、病者或溺者，均得享特别保护及一定之特权，无论如何，不得因此而受捕获。然曾有特别之约定而违犯中立行为时，则该船等仍在被捕之列。

第十条 被捕船中之宗教、医药看护人员，均不可侵犯，并不得作为俘虏。此等人员离船时，准其将所有自置物件及解剖器具携去。此等人员，如有必需之处，仍可从事职业，至司令官以为可无需时，则可引去。交战国对于此等陷入权力之内人员，当给以本国海军对品人员相等之津贴及薪俸。

第十一条 凡海、陆军人及官派随从海、陆军诸人在船上病伤时，不论其属于何国，捕获者当加以尊重，并为之医治。

第十二条 交战国军舰，得向不论属于何国之军用病院、善会或个人之病院船、邮船、舢板等，请其将收在船上之伤者、病者或溺者交还。

第十三条 如伤者、病者或溺者系收容于中立国军舰上者，当设法使其不能再预战事。

第十四条 此战国之溺者、伤者或病者，陷在彼战国权力之下，则为俘虏。该捕获国可酌度情形定夺，或宜收留，或送至本国口岸，或中立国口岸，或迳送至敌国口岸。若照末次办法，此等送回本国之俘虏，战期内不能再预战事。

第十五条 溺者、伤者或病者在中立国口岸上陆，并经该地方官充准者，除该中立国与各交战国另有相反专约外，应由中立国看守，使其不能再预战事。溺者、伤者或病者，所有医院居住之费，应由其所属之国担承。

第十六条 每战之后,两战国为无碍军事利益为限,当设法寻觅溺者、伤者、病者及死者,以便保护而免劫夺及各种虐待。所有尸身,先宜悉心检验,无论土葬、水葬、火葬,并宜监视。

第十七条 交战国应将死者身上所得之军中记章、文凭及所收伤者、病者之情形,从速送交该国官署,或海军,或陆军官署。各交战国应各将在其权力内之伤者及病者之留置、移动入院并死亡等互相知照,并应将被捕获之船舰内所发见,或在病院中伤病人等身后所遗留之一切私用物件并银钱书信等类一律收集,以备送付于与其人有利益关系者,或其所属国之官署。

第十八条 本约各条,惟缔约各国及各交战国均在约中者,方可援用。

第十九条 交战国海军司令长官,必须实行以上各款及其细节,其未尽载明事宜,可遵照本国政府之训令及本约之大旨办理。

第二十条 签押各国,应将本约之规定教示海军军人或被保护之人员,且当设法使其国民一体知悉。

第二十一条 签押各国公同允准,倘国内刑律有未尽之处,应即设法或请立法官定律,禁止人民劫夺及虐待海军中伤病人等,并于不受本约所保护之船舶,而滥用本约第五条所规定之标识记章者,作为侵犯军事徽章而处罚之。签押各国,须将关于此项专律,至迟在本约批准五年之内,遂由和兰政府承转互相通告。

第二十二条 凡遇交战国之海、陆军战争时,凡本约各条款,仅适行于在船只上之各军队。

第二十三条 本约应从速批准,批准文件存储海牙。批准文件第一批存案,立一文凭,由与议各国代表及和国外务大臣签押为据。以后各批之批准文件存案，须缮一咨文，将批准文件送交和政府。第一批批准文件存案之文凭、上节所载之咨文、及批准文件各抄件，校正之后，立即由和政府交外交官转交第二次保和会与会各国及随后入约各国，或如上节所载情形，该政府应同时将收到咨文日期声明。

第二十四条 凡未签押国，愿遵一九零六年七月六号《日来弗红十字条约》者，亦准加入本约之内。愿意加入之国，应将其意咨明和兰政府，并附送入约文件。此等文件，由该政府存案。该政府即将咨文及加入文件各抄件校正之后，转送其他各国，并声明收到咨文日期。

第二十五条 本约如法批准之后，在缔约各国交际中，即代一八九九年七月二十九号所订推行《日来弗条约》于海军之条约。一八九九年之约，于曾在该约签押而不批准本约之各国交际间，仍有效力。

第二十六条 第一批批准文件，存案各国，从存案文凭日期起六十日之后，本约方有效力。随后批准或入约各国，从和政府收到批准或入约咨文日期起六十日之后，方有效力。

第二十七条 如遇缔约国中之一愿意出约，应将出约文件知照和政府，该政府立即将出约文件之抄件校正之后，知照其他各国，并声明接到出约文件之日期。出约仅专指咨照出约之国，从咨文到和政府日期起一年之后，方有效力。

第二十八条 立一册籍，由和国外部执掌，载明经二十三条第三、第四款所指批准文件存案日期，及随后收到入约文件第二十四条第二款或出约文件第二十七条第一款之日期。该册籍凡缔约各国均可与知，并可索取校正之摘要。

各全权大臣签押于下，以昭信守。正约一分，在和政府存案抄件校正之后，由外交官转交第二次保和会与会各国。

海战时中立国之权利义务条约

凡遇海战之时，中立国与交战国交际间，每有意见纷歧之事，兹为减少此等意见，并预防因纷歧而生为难之事，以为目前即未能协订专条，推及于实行所见之各种情形，而设法订立公共章程，以务不幸而启衅端之用，实为有益之举，无可疑议者也。若遇本约未尽之事，则以国际公法之常例为准，所望各国宣布定章，以便议定中立界所应用之事，以资采用，即以采用各章，公平施诸交战国，实为中立国所公认之义务。中立国当战事之际，设非阅历所得见，有必需如此方足以保其权利者，不得将章程更改。且此等章程，与现在大概所有各约专条并无违碍之处，为此议订公共章程，以资遵守。遣派全权大臣如下，各全权大臣将所奉全权文据校阅合例，议定各条如下：

第一条 交战国必须尊重中立国主权，并将在中立国领土或领海界内一切违犯中立行为，即使为他国所认许者亦应设法避除。

第二条 凡交战国军舰在中立国领海界内，所有一切战争行为及施行捕获或察验权者，均作为违犯中立，应严加禁止。

第三条 凡船只在中立国领海界内被捕者，如所捕之船尚在该国法权之内，应设将被捕之船及船上人员等释放，并将捕获者所派在该船上之人员拘留。如被捕之船已出中立国法权之外，捕获国政府一经中立国之请求，应将捕获之船及船上人员等释放。

第四条 交战国不得在中立国领土内或在中立领海界内之船上，设立捕获审判所。

第五条 禁止交战国以中立国口岸或领海界内为海战之根据地以攻敌人，并不得设立无线电报或陆上或海上交战军之各种交通机关。

第六条 禁止中立国不论以何等名目,直接或间接将军舰或弹药及一切军用材料交付交战国。

第七条 中立国对于各交战国所用之军械弹药,及一切海陆军所用各物载运出口或转运过境,均不担任阻止之责。

第八条 中立政府遇有船只在境内装配或安置军械,有相当之理由,可认为对于该中立国之友邦行战争之举动者,当尽力设法阻止。其有船只在其境内改造全体或一部分准备为战事之用者,亦当留意阻其出境。

第九条 中立国对于交战国军舰及其捕获物准否进入口岸港湾或海界内之事,应自定限制,或其他禁令,知照两交战国,一律办理,但中立国对于交战国军舰有忽略中立国禁令,或违犯中立者,仍可禁其进入口岸港湾。

第十条 一国之中立,不得仅以交战国军舰或捕获物在其领海界内经过而视为违犯。

第十一条 中立国可听交战国军舰雇用其业经注册之引港人。

第十二条 中立国法律中如无规定专款,除本约所指各情形外,应禁止交战国军舰在该国口岸、港湾或领海界内停泊逾二十四小时之久。

第十三条 一国既经知照开战,知有交战国军舰在其口岸、港湾或领海界内者,应即知照该舰于二十四小时内,或本国法律所定期限内开行。

第十四条 交战国军舰,非因损坏或风浪过大之故,不得在中立口岸于例定期限外延缓停泊,其迟滞之故一经停止,应即开行。限制在中立口岸港湾及领海界内停泊章程,不得施行于军舰之专为充考察学问及宗教或善举用者。

第十五条 中立国法律中如无规定专款，同时在一口岸或港湾之交战国军舰，至多不得过三艘。

第十六条 若两交战国之军舰同时在一中立口岸或港湾内，则此战国之军舰开行，与彼战国之军舰开行，至少须相隔二十四小时。除先到之舰因故奉准延缓停泊期限外，则开行之次序，应以舰到之先后为定。凡在中立口岸或港湾内之交战国军舰，开行不得在揭有敌国旗之商船开行后二十四小时之内。

第十七条 在中立口岸及港湾内之交战国军舰，或有伤损之处，非为航行之平安所不可免者，不得修理。无论如何，不得加增其战斗力，其修理情形，应由中立国核定，并令其从速完工。

第十八条 交战国军舰，不得在中立国口岸港湾及领海界内更新，或加增其军需军械及添补人员。

第十九条 交战国军舰在中立国口岸、港湾添补需用之物，不得逾其平时所装之数，此等船只装载燃料，只亦准其足到本国最近之口岸为度，如中立国定以限制装载办法，则可将所需之燃料装载至燃料仓贮满为度，若照中立国法律，非船到二十四小时之后不能装煤者，可于例定之停泊期限展长二十四小时。

第二十条 交战国军舰曾在中立国口岸装载燃料者，非经三个月之后，不得再向该国各口岸添载需用之物。

第二十一条 非因风浪险恶及缺少燃料或用物不能航行之故，不得将捕获船只带至中立口岸。不能航行之故，业已停止，应即开行。若不照办，中立国应知照该船，令其立即开行，再遵照中立国应设法将被捕之船及船上人员等释放，并将捕获者所派在该船上之人员拘留。

第二十二条 如不照本约第二十一条所指，而将捕获船只带入者，中立国亦应将其释放。

第二十三条 被捕船只,不论有无交战国军舰押解,如系带至中立国口岸、港湾,听凭看管,以待捕获审判所定谳者,中立国可将其带入其所属之他口岸。被捕船只,如有军舰押解,所有捕获者派在该船上之人员,应令其移往押解船上。被捕之船,如独自进口,捕获者派在该船上之人员可任其自由。

第二十四条 交战国军舰在不应浮泊之口岸,经中立国官员知照而不开行者,中立国有权用必需之法,使该舰于战期内不能开行。该舰司令官对于此事应即照办,交战国船只若被中立国扣留,船上人员,亦一并扣留。扣留之船上人员,可任其在船上或移居他船或陆上,倘有应需管束之处,可严加管束,并留必需之人,以便料理船上事务。船上人员,如立有非奉中立国命令不自擅离之誓,则可任其自由。

第二十五条 中立国应设所有应设用各法行看守之事,以便阻止在其口岸或港湾及领海界内一切违犯所有以上各款之举。

第二十六条 中立国执行本约所定各权,承认本约各款之交战国,彼此不得视为有伤友谊之举。

第二十七条 缔约各国,应及时将本国所定各种法律、命令及他种条款,用以管束其口岸及领海界内之交战国军舰者,互相知会,先用咨文送交和兰政府,立即由该政府转达缔约各国。

第二十八条 本约各条,惟缔约各国,亦惟各交战国,均系在约中者,方可引用。

第二十九条 本约应从速批准,批准文件存储海牙。批准文件第一批存案,立一文凭,由与议各国代表及和国外务大臣签押为据。以后各批之批准文件存案，须缮一咨文，将批准文件送交和政府。第一批批准文件存案之文凭、上节所载之咨文及批准文件各抄件，校正之后，立即由和政府交外交官转交第二次保和会与会各国及随后入约各国，或如上节所载情形，该政府应同时将收到咨文之日期声明。

第三十条 未签押各国亦准加入本约之内，愿意入约之国，应将其意咨明和政府，并附送入约文件。此等文件，由该政府存案。该政府即将咨文及入约文件各抄件校正之后，转送其他各国，并声明收到咨文日期。

第三十一条 第一批批准文件，存案各国，从存案文凭日期起六十日之后，本约方有效力。随后批准或入约各国，从和政府收到批准或入约咨文日期起六十日之后，方有效力。

第三十二条 如遇缔约国中之一愿意出约，应将出约文件咨照和政府，该政府立即将出约文件之抄件校正之后，知照其他各国，并声明接到出约文件之日期。出约仅专指咨照出约之国，从咨文到和政府日期起一年之后，方有效力。

第三十三条 立一册籍，由和国外部执掌，载明第二十九条第三、第四款所指批准文件存案日期，及随后收入约文件第三十条第二款或出约文件第三十二条第一款之日期。该册籍，凡缔约各国均可与知，并可索取校正之摘要。

各全权大臣签押于下，以昭信守。正约一分，在和政府存案，抄件校正之后，由外交官转交第二次保和会与会各国。

禁止由气球上放掷炮弹及炸裂品声明文件

各国政府遣派海牙第二次保和会全权大臣，深韪一千八百六十八年《圣彼得堡声明文件》，词中之意，而欲将业已满期之一千八百九十九年七月二十九号海牙声明文件重行商订，因宣言如下：

缔约各国允于直至第三次保和会会终之期内，禁止由气球上放掷炮弹及炸裂品或用他种相同之新法。本声明文件，惟缔约各国中二国或数国有战事者，方有遵行之义务。缔约各国，战事中若有一交战国与一非缔约国联合，则本声明文件遵行之义务即行停止。本声明文件应从速批准，批准文件存储海牙。批准文件存案，应立一文凭，其抄件校正之后，由外交官转交缔约各国。未签押各国可加入本文件之内，该国应将其加入之意告知缔约各国，用公文知照和政府，由该政府知会其他缔约各国。如遇缔约国中之一欲出约者，用公文知照和政府，立即由该政府知会其他缔约各国。出约仅专指出约之国而言。

各全权大臣签押于下，以昭信守。正本一分，在和政府存案抄件校正之后，由外交官转交缔约各国。

外务部奏红十字会新约拟请画押折

光绪三十二年(1906 年)九月初七日，准军机处抄交出使和国大臣陆征祥奏《遵赴瑞士会议修改红十字会公约议毕画押情形》一折，本日奉朱批，外务部议奏，钦此。

查原奏内称：瑞士日来弗会各国议员于五月十四日议竣，该会于同治三年(1864 年)议订约款十条，为第一次保和会第三股水战条约所自本。此次瑞政府志在改良，商邀各国会议修约，共推瑞员为总议员，分四股开议。复公举主稿十五员，将原约十条改为八章，厘订三十三款。各国又以日后讲解该约未合，准归海牙公断衙门判断，旋从多数定议，允将此条另立一愿，列入蒇事[1]文据，不随正约批准。约稿既定，先由各国全权画押，仍候政府批准。

中国入会签约在先，自应从众办理。惟西国视约文为定本，设或全款据允，遇有战事，必须照约施行。该约第六章公认红十字标记，中国未经沿用，于前即须酌议第八章惩办违约一层，应参考中西通行例章，从详编辑。设于该约所定，五年限内尚未颁订就绪，亦不足昭示外人，是以对众宣言。以上二端，暂缓允从，应俟详陈政府再定，均经会众承认，于五月十五日分别画押。

现各国公同订定，不立批准限期，惟批准后，于六个月内外，应即照约举办，应否全行照允，及赐予批准之处，乞敕下外务部核议等因，并由该大臣将约稿译文三十三款并蒇事文据另立一愿，咨到臣部。

臣等以红十字标记及惩办违约办法两节，关涉军事，当经抄录约款等件，咨行陆军部查核办理。嗣准该部复称：三十年(1904 年)间，出使英国大臣张德彝[2]前赴瑞士，补行入会，画押后陆军所设各医院及卫生等队人员、物件，均已照用红十字徽章。且前年日俄战时，上海奏设之万国红十字会亦经照行。该约第六章所载红十字标记，似可照准该约第八章二十七款所载，应定律不准以红十字名称为商号牌记，一切亦可照准。请咨行农工商部及修订法律大臣会订专律办理，其第二十八款严禁战时抢掠、虐待一节，似指与战事无涉之财产及虐待病伤兵士而言。现正拟订各项军律，俾与该约融洽，届时另案奏咨。该款有“强夺军营徽章”一语，是否指军、镇、协、标、营战斗人员所用之旗章而言。再，“不得擅用红十字旗帜及红十字袖章”两语，

---

① 蒇(chǎn)事：完成。

② 张德彝(1847—1918 年)，字在初，辽宁铁岭人，汉军镶黄旗。

是否指预防战员擅用红十字标记而言。请知照该大臣，将当时各国在会议员所发各种议论详为报告，并洋文原稿寄到，再行核议等情。

臣等伏查，该大臣陆征祥，前经臣部奏派赴瑞会议，改修红十字会约款，并奉有全权文凭。此次会同各国议员在日来弗会所，分四股开议，将原约十条改为八条，厘订三十三款，除第六章公认红十字标记及第八章惩办违约办法两端声明暂缓允从外，余俱从众画押，并将海牙公断一节另立一愿，列入蒇事文据，不随正约批准。臣等详加查核，该大臣已经画押各款，如救护病伤兵士、既行军医所建定、医院之执事人员及药材并运送病伤兵士之车辆、船只等件，俱系原本旧约，力求美备，洵为寰救善举，其允将海牙公断一愿列入蒇事文据，亦系从众定议。兹据该大臣声明，此项文据，不随正约批准，所议均尚妥协，应准如所请办理。至红十字标记未经画押，原为慎重徽章起见，现准陆军部咨覆，可以照准，已由臣部咨行农工商部及修订法律大臣，将商号牌记禁用红十字名称一节会订专条办理。所有惩办违约办法，关系綦重，一经签约，即应按照五年期限先期颁布。

现在中西通例，一时尚未能编辑就绪，自未便预行画押，致与约定年限有所妨碍。此项约本，并无批准限期，亦经臣部咨明驻和国大臣，将各国在会议员各种议论详行报告，一俟该大臣覆到及军律奏准之后，应即行知该大臣，将未允两款补行画押，届时再由臣部请旨遵行，谨奏。光绪三十二年(1906 年)十二月初二日，奉朱批依议。钦此。

红十字会救护战时受伤患病兵士条约

大清国、德意志国、阿根丁共和国、奥匈国、比利时国、布尔加利亚国、智利共和国、刚果独立国、高丽国、丹麦国、西班牙国、北美合众国、巴西合众国、墨西哥合众国、法国、英国、希腊国、瓜地马拉共和国、翁多拉司共和国、义大利国、日本国、卢克森堡大公国、孟的内葛罗国、那威国、和兰国、秘鲁国、波斯国、葡萄牙国、罗马尼亚国、俄罗斯国、赛尔维亚国、暹逻国、瑞典国、瑞士联邦国、乌拉乖共和国大皇帝、大君主、大总统,今因咸愿竭力减轻兵戎之惨祸,并欲将一千八百六十四年八月二十二号日来弗原订设法救护争战时病伤各兵士条约重行修改,更订新约,以期美备。是以各国特派全权议员,兹将各国议员衔名开列于下:

德意志帝国:宫内大臣、国务大臣、驻瑞士公使波洛,陆军协都统、男爵孟德德斐尔,稽察军医事务长、军医协都统费拉雷,勃恩大学法学教授、枢密院法律咨议官朱恩。

阿根丁共和国:驻瑞士全权公使莫利诺,驻瑞士总领事莫利那萨拉斯。

奥匈国:枢密院咨议官、驻瑞士全权公使、男爵海德勒。

比利时国:第四军管区参谋长、参谋正参领、伯爵才克拉斯。

布尔加利亚国:军医长官罗塞夫,参谋正军校西尔麦诺夫。

智利共和国:全权公使爱特华。

大清国:驻和全权公使陆征祥。

比利时国王陛下刚果独立国:比利时第四军管区参谋长、陆军正参领、伯爵才克拉斯。

高丽国:日本驻比全权公使加滕恒忠。

丹麦国:陆军军医总长、军医协都统洛勃。

西班牙国:三等公使、伯爵巴甘。

北美合众国:前陆军部侍郎桑格,海军大学长、海军少将施泼兰,陆军军法总长、陆军协都统台维司,陆军军医总长、陆军协都统鄂雷利。

巴西合众国:驻瑞代理公使伦格吕贝克洛帕夫,驻瑞公使馆陆军随员、陆军工程队正参领阿尔美达。

墨西哥合众国:陆军协都统贝雷次。

法国:驻瑞头等全权公使雷服阿尔,法科巴黎大学教授、外务部法律咨议官、全权公使陆李拿,炮队正参领衔鄂利征亚,军医副参领卜萨。

英国:陆军协都统、头等宝星阿达,法学博士、法律咨议官何兰特,二等宝星佛尔兰,陆军副参领麦克勿尔森。

希腊国:瑞士大学国际公法教授克贝启。

瓜地马拉共和国:驻法代理公使阿洛缶,驻来弗总领事微斯瓦尔特。

翁多拉司共和国:驻瑞总领事安帕弗尔。

义大利国:陆军正参领、特等宝星、侯爵马利齐,稽察军医事务陆军军医协都统、三等宝星郎笃纳。

日本国:驻比全权公使加滕恒忠。

卢克森堡大公国:比国第四军管区参谋长、参谋正参领、伯爵才克拉斯。

孟的内葛罗国:瑞士驻俄全权公使鄂第爰,瑞士陆军军医总长苗尔善铁。

那威国:陆军军医正军校达安。

和兰国:国务大臣、陆军副都统博的加尔,陆军一等军医正参领昆才尔。

秘鲁国:驻法公使馆头等参赞征安德。

波斯国:驻法全权公使萨马汉。

葡萄牙国:驻瑞出使大臣鄂利汇拉,前下议院议员、陆军兵官学校长、步队正参领拉卜世博德洛,陆军正参领斯梯发乃司谷。

俄罗斯国:枢密院咨议官、外务部咨议官马丁斯。

赛尔维亚国:法部总书记官马谷维。

暹逻国:驻法代理公使、王爵沙洛翁,驻法公使馆参议阁拉其鄂尼。

瑞典国:陆军第二镇正军医官沙郎来。

瑞士联邦国:驻俄全权公使鄂第爱,陆军军医总长苗尔善铁。

乌拉乖共和国:驻法代理公使爱乐萨。

以上各员,彼此将所奉全权文据校阅合例讫,议定各条如下。

陆战时救护病伤条约(一名日来弗红十字条约)

要　　目

第一章　伤者及病者

第一条　军人及公务上附属军队各人员有负伤或罹病者,不问其国籍如何,交战者应一律收容,于其权内尊重救护,但一交战国出于万不得已弃其病者、伤者于敌人之手,限于军事上状况之所许,须分留军医人员及材料之一部,以助敌人医治伤病之用。

第二条 交战国之伤者或病者，如陷入敌人之手，除查照前条救护外，即作为俘虏看待，并适用国际公法上关于俘虏之一切规则。但此项俘虏，既系伤病，各交战国于认为有益者，可自由互相协定特别优待专条，下列各项，为应行协定之大旨。

一 战斗后，各将战场所遗伤者互相交换。

一 病者、伤者于病伤全愈[①]后，或经医治堪以运送至交战国不愿留为俘虏者，各应送还本国。

一 商准中立国将敌国之伤者、病者送交看管，至息战后为止。

第三条 每次战斗后，占领军之司令官亟应搜索战地之伤者，并设法保护死伤，严禁掠夺虐待等事。司令官关于死者之埋葬或火葬时，应先严密检验其尸体。

第四条 各交战国在死者身上检有军营中识认票或可证明其身分之标记，务应从速送还其本国官长或所属陆军官长，至两军收集伤者、病者之姓名册，亦应互相通告。各交战国应将在其权内之伤者、病者关于留置、移转入院、死亡各节互相知照。又，在战场内或各项医务机关或处所，检得死者在伤病中所遗留之一切自用品、有价物、书札等，应各收存，以便送交其所属国官长转给其利害相关之人。

第五条 陆军官长因奖劝地方居民慈惠心，得对于志愿此项善举者，予以特别保护及一定优待其收容救护两军之伤病人等。

第二章 随军医务机关及办理军医勤务之外所

第六条 随军医务机关（即随从军队在战地设立者），及办理军医勤

① 今作“痊愈”。

务之处所，交战国均应一律尊重保护。

第七条 随军医务机关及办理军医勤务之处所，倘施害敌之行为时，即失其应得之保护。

第八条 随军医务机关或办理军医勤务之处所，依第六条应受保护者，不得因下列各情视为应失其保护之性质：

一 随军医务机关或办理军医勤务之处所，以武装及为防卫自己或伤者、病者起见而使用武器时。

二 当随军医务人员或办理军医勤务之处所，并无武装之护卫而有正当命令之步哨或卫兵守卫时。

三 伤者所遗之未经缴呈所辖部署之兵器弹药，在此项随军医务机关或办理军医勤务之处所发见时。

第三章 人员

第九条 凡收容或运送及医治伤者、病者，各在事人员暨办理军医勤务处所人员，又随军教士，不论如何情形，交战国均应一律尊重保护，纵令陷在敌手，亦不得以俘虏看待。前项之规定，凡第八条第二款所载随军医务机关，及办理军医勤务处所之守卫人员，亦适用之。

第十条 凡各国政府认为适当允准设立之救恤协会会员，充随军医务上及办理军医勤务各处所人员，应与前条所载人员一律看待，但该会员等须服从陆军之法律及规则。此项救恤协会既经一国政府担负责任，准其协助军务。凡卫护时，应于实行之先，将该会名称于平时，或开战之时，或战争之中，通告缔约各国。

第十一条 凡中立国允设之救恤协会，非先经其本国政府承认及交战国允许者，不得将人员及医务机关协助交战国之用。其交战国若允许此项协会协助拯救，应在未用以前通告敌国。

第十二条 第九、第十、第十一三条所载人员，当陷在敌人权内时，应在其指挥下各尽其职务。其无需此项人员协助，应详核军事上之必要，酌定时期、途程，送还其所属军队或其本国，该人员等自备之被服、医具、武器、马匹，均得携去。

第十三条 敌国对于第九条所载人员在其权内时，其养给及薪俸，应与其本国军队同等级者一律支给。

第四章 材料

第十四条 随军医务机关虽陷在敌之权内，不问其运送方法及其人员如何，一概仍有其所属材料，该材料中并包含马匹在内。但所辖陆军官长如为拯救伤病起见，有使用此项材料之权，倘送回此项材料，应查照遣回卫生人员所定之条件一律办理，并须设法将此项材料与卫生人员同时付还。

第十五条 办理军医勤务之房屋及材料，虽依战争法规办理，然在伤者、病者必要之间，不得改作别用。但野战司令官有重大军事上必要时，于豫筹[1]各该房屋内之伤者、病者安全以后，得便宜处置之。

第十六条 依本条约所定之条件，凡救恤协会享有本条约上利益之各项材料，均作为私有财产看待，除战争之规例上属于交战者之征发权外，不论在何情形，均应尊重之。依第十条、第十一条之规定，帮助陆军卫生勤务之救恤协会，所有各项材料，以私有财产看待，不论何时，不得以为战利品，但依陆战法规惯例，占领军有征发之事。

---

① 豫筹，同“预筹”。

第五章 输送机关

第十七条 输送机关，除下揭特别规定外，宜准随军医务机关看待。

一 截断输送机关之交战者，于军事上必要时，得于接受输送机关所收容之病者、伤者以后解散之。

二 前项所载情节，凡携有正式命令，任输送或其护送之一切军人军属，应查照第十二条所定送还卫生人员之义务办理。凡因输送编成之铁道列车及内地航行之船舶，并属于军医勤务之交通车辆及船舟之装置材料，应查照第十四条所定付还卫生材料之义务办理。倘系军用车辆不属卫生勤务者，得连同马匹虏获之及依征发所得之各种输送物件，及普通人民均应查照国际公法通例办理，此项输送物件包含输送所用之铁道材料及船只。

第六章 特别记章

第十八条 为敬志拯救伤病之善举，发起于瑞士国，故共以瑞士国旗，易白地以红十字，为军医勤务上之特别记章。

第十九条 前条记章，应依该管陆军官署之允准，用在关系军医勤务之旗帜及执事人等袖章并一切材料之上。

第二十条 凡第九章第一条、第十条及第十一条载明可享本条约保护利益各人员，均须在左腕上佩带由该管陆军官署发给钳有印记之白地红十字袖章，所有服陆军军医勤务人员之未着军用者，并应携带证明书。

第二十一条 依本条约所应尊重之随军医务机关及办理军医勤务处所，非经陆军官署允准者，不得升挂本条约所定之记章旗。此记章旗应与各该机关处所所属交战国之国旗同时升挂，但陷在敌权内之随军医务机关，于其所处地位，除红十字旗外，不得升挂其他国旗。

第二十二条　依第十一条所定之条件，中立国之随军医务机关，业经其政府及交战国允准前来协助拯救病伤者，应将记章旗与所属交战国国旗同时升挂。前条第二款之规定于此项随军医务机关，亦适用之。

第二十三条　凡属白地红十字记章及红十字并日来弗十字称号，不问平时、战时，非因保护或本约所载明享有保护利益之随军医务机关、办理军医勤务处所及其人员材料，则不得滥用。

第七章　条约之适用及执行

第二十四条　限于缔约各国内二国或数国间有战争时，该缔约国有应遵守本条约之义务。倘交战国一方有未经入约者，即停止其义务。

第二十五条　交战军司令长官应各从其本国政府之训令，并准本条约之纲领规则、前项各条办事细则及增补本条约所漏载事项

第二十六条　签押国政府，应将本条约所定条项，晓谕各军队及应受本约保护各人员，并须设法使国民全体知悉。

第八章　禁止滥用及其违犯

第二十七条　签押国政府，其现行法制有未完全者，应设法禁止享有本条约权利者以外之个人或协会使用红十字或日来弗十字记章及名称，并禁止以商业上之目的用此等记章为制造标或商标，并应提议于本国修订法律处所修订新例施行。

第二十八条 凡签押国政府，其现行刑法不完全者，应一面设法禁制个人在战时掠夺或虐待军队内伤者、病者各行为，并禁止享有本条约保护者以外之军人或个人滥用红十字记章旗及袖章，其处分应以非法使用陆军记章论，一面提议于本国修订法律处所修订施行。画约国政府，至迟于本约批准后五年以内，应将颁行新例经由瑞士政府互相通告。

第二十九条 本约应从速批准，批准文件存储瑞士都城。每次收到批准文件存案之字据，应于抄录校正之后，由外交官转送缔约各国。

第三十条 本约对于缔约各国，于接到批准文件六个月后发生效力。

第三十一条 缔约各国，自批准之日起，其缔约国间之关系，应将一千八百六十四年八月二十二号旧约作废，遵照新约办理。旧约签押各国，在未经批准新约以前，则旧约仍有效力。

第三十二条 签押本约期限，至一千九百六年十二月三十一号为止。此次派遣代表到会各国暨并未派员会议而曾将一千八百六十四年条约签押者，均可于期内补行签押。一千九百零六年十二月三十一号以前未曾补行签押之国，日后仍许其自由入约，惟应备文通告瑞士联邦政府，由该政府转告缔约各国。凡向未入约各国愿遵此约者，亦可查照前项办理，惟须自行文知会瑞士政府之日起经过一年，在缔约国内并无向瑞士政府发异议者，始发生其效力。

第三十三条 缔约各国有自由出约之权，惟须备文通告瑞士联邦政府，经过一年后始生效力。瑞士联邦政府接到以上通告，应立即知会其他缔约各国。前项出约，仅于通告之国发生效力。为此，各国全权大臣在本约文件签押盖印为凭。一千九百零六年七月六号，订于瑞士日来弗原稿一分，存储于瑞士联邦政府，抄稿校正后，由外交官送交缔约各国。修订日来弗条约蒇事[①]文据，瑞士政府因愿将一千八百六十四年八月二十二号原订设法减轻兵戎祸患之公约，延请各国会议修订，兹于一千九百零六年六月十一号齐集于日来弗城，所有入会各国及各议员次序，按各国之名起首字母开列于下：

德意志帝国：宫内大臣、国务大臣、驻瑞士公使波洛，陆军协都统、男爵孟德德斐尔，总军医事务、陆军军医协都统费拉雷，勃恩大学法学教授、枢密院法律咨议官朱恩。

阿根丁共和国：驻瑞士全权公使莫利诺，驻瑞士总领事莫利那萨拉斯。

奥匈国：枢密院咨议官、驻瑞士全权公使、男爵海德勒，陆军医官吕利爱尔，陆军参将校森色斐，陆军参将兼总医官蓄镜。

比利时国：第四军管区参谋长、参谋正参领、伯爵才克拉斯，陆军医官持尔唐耳。

布尔加利亚国：军医长官罗塞夫，参谋正军校西尔麦诺夫。

波斯国：驻法全权公使萨马汉。

葡萄牙国：驻瑞出使大臣鄂利汇拉，前下议院议员、陆军兵官学校长、步队正参领拉卜世博德洛。

罗马尼亚国：陆军正参令斯柿发乃司谷。

俄罗斯国：枢密院咨议官、外务部咨议官马丁斯，陆军提督弃尔马裕夫，医官鱼信奈太，医院教习井雷登，俄都水师学堂教习鄂甫西尼谷夫，红十字会议员歌次谷夫。

塞尔维亚：法部总书记官马谷维，陆军副将松德玛经。

---

① 蒇(chán)事：完成。

暹逻国:驻法代理公使王爵沙洛翁,驻法公使馆参议阁拉其鄂尼。

智利共和国:全权公使爱特华。

大清国:驻和全权公使陆征祥。

比利时国王陛下刚果独立国:比利时第四军管区参谋长、陆军正参领、伯爵才克拉斯,陆军医官特尔唐耳。

高丽国:日本驻比全权公使加滕恒忠,步队副将明石元次郎,副将参医官芳贺荣次郎,参将衔一条实辉,兵部参议官秋山雅之介。

丹麦国:陆军军医总长、军医协都统洛勃。

西班牙国:三等公使、伯爵巴甘,陆军副将蒙马缶,行军医所副监督巴缶那。

北美合众国:前陆军部侍郎桑格,海军大学长、海军少将施泼兰,陆军军法总长、陆军协都统台维司,陆军军医总长、陆军协都统鄂雷利。

巴西合众国　驻瑞代理公使伦格吕贝克洛怕夫,驻瑞公使馆陆军随员、陆军工程队正参领阿尔美达。

墨西哥合众国:陆军协都统贝雷次。

法国:驻瑞头等全权公使雷服阿尔,巴黎法科大学教授、外务部法律咨议官、全权公使陆李拿,炮队正参领衔鄂微亚,军医副参领卜萨。

英国:陆军协都统、头等宝星阿达,法学博士、法律咨议官何兰特,二等宝星佛尔兰,陆军副参领麦克勿尔森。

希腊国:瑞士大学国际公法教授克贝启。

瓜地马拉共和国:驻法代理公使阿洛缶,驻日来弗总领事微斯瓦尔特。

翁多拉司共和国:驻瑞总领事安帕弗尔。

义大利国:陆军正参领、特等宝星、侯爵马利齐,稽查军医事务、陆军军医协都统、三等宝星郎笃纳。

日本国：驻比全权公使加滕恒忠，步队副将朋石元次郎，副将兼医官贺荣次郎，参将衔一条实辉，兵部参议官秋山雅之介。

卢克森堡大公国：比国第四军管区参谋长、参谋正参领、伯爵才克拉斯，陆军医官特尔唐耳。

孟的内葛罗国：瑞士驻俄全权公使鄂第爰，瑞士陆军军医总长苗尔善铁。

尼加拉格国：翁多拉驻瑞士总领事安帕弗尔。

那威国：陆军军医正军校达安。

和兰国：国务大臣、陆军副都统博的加尔，陆军一等军医、军医正参领蒐才尔。

秘鲁国：驻法公使馆头等参赞微安德。

瑞典国：陆军第二镇正军医官沙郎圭。

瑞士联邦：驻俄全权公使鄂第爰，陆军军医总长苗尔美铁。

乌拉圭共和国：驻法代理公使爱乐萨。

计自六月十一号起至七月五号止，叠次会议商定本约各款，当经各国全权议员画押，作为一千九百零六年七月六号改订之新约。再，查照一千八百九十九年七月二十九号保和会订定和解公断条约第十六款所载，倘各国遇有争端，未经使臣商结者，各国已认明公断为和解最美至公之办法，特于本约外另立一愿如下，倘日后订议各国于平时讲解本约致起争端，可审度案情时势，将此争端送交海牙公断衙门判断，以便恪遵。

为此各国议员在本蒇事①文件上画押为凭，一千九百零六年七月六号订于日来弗城，原稿一分存储瑞士政府藏案卷处，抄稿校时无

① 蒇(chǎn)事：完成。

讹,分送入会各国。

按条约目录,尚有外务部奏《派海牙公断院裁判员》一折,因已登入宣统新法令第十七册,兹特删去,以免复出。至裁判员名衔录,原阙。

●●学部咨各省奏筹奏提各款谨遵上谕文

会计司案呈准浙江巡抚咨称,据清理财政局司道详称案奉抚部院札并据藩司详称:司库学堂经费,提自州县,平余原有定额,专顾本省各学堂,经费尚属不敷,历年为各项学费、津贴所累,筹垫已至二十余万之巨,无从归补。兹特查开清折,呈请可否将无关本省行政各项经费、津贴一律停解、停给,抑其中何款应解,何款应停,伏候示遵等情。

据此,除批示外,查折开各项经费津贴,俱系无关本省行政经费之支出。又,查咨议局议决案内载有前项经费之支出,如为从前照办有案者,应由清理财政局查明,限自宣统二年(1910年)正月起一律停止等语。今阅折内所开各项,均系从前照办有案者,惟其中情形不一,自应由局逐一查核明确,分别何项应解,何项应停,妥议开折详复,以便饬司遵办札。本局遵照妥议,详复察夺,计发清折一扣即录缴等因。奉此,本局遵于本年三月十三日常会,由本司道等邀集监理官暨各议绅等公同核议。

窃查本省收入各款,原以济本省行政之用,即为本省人民应担义务。现在新政繁兴,库储奇绌,自无余力以顾其他。展阅折开经费、津贴,各项经费、津贴俱系无关本省行政经费之支出。又,查咨议局议决案内载有前项经费之支出,如为从前照办有案者,应由清理财政局查明,限宣统二年(1910年)正月起一律停止,业于上年十月十八日奉经抚部院札准公布施行在案,则前项各种经费、津贴,无论是奏是咨,但属无关本省行政之支出，均应自本年正月初一日起照公布案为一律停止之期。惟现奉查核明确，分别何项应解，何项应停，妥议详复，自应遵饬逐款详细核议。除上年由咨议局提议自公布后已经停止，毋庸再议外，余惟京师大学堂经费银八千两暂时照解，至如翰林院经费等一十七项，应请一律停止，以符议案而资清理。合将奉饬议决各项，另折开呈，伏乞察核，并请饬下藩司衙门，一体遵照等情到本部院。据此查核折开各款，或由京师衙门奏准暨咨行筹解或由本部院衙门奏准认解，既据该议绅等同意议决，分别应解、应停，自应勉如其请，据详前情。除批示外，相应咨明贵部，请烦查照核覆施行等因到部。

查京师分科大学，原为各行省造就人才之区，主持教育，固属本部专责，至筹集教育行政经费，在各行省亦不得不引为应担义务。查度支部《议定清理财政章程》第十三条载：各省预算报告册内，应将出款何项应属国家行政经费，何项应属地方行政经费划分为二，候部核定，且注明前项之国家行政经费系指廉俸、军饷解京各款，以及洋款、协饷等项。又，第十四条载：但减税时不得有碍国家行政经费各等语。准此，则前学务处及本部奏筹奏提各款，各行省万无暂时照停之理，当谨遵光绪三十一年(1905 年)十一月初三日本部钦奉上谕咨行之案，永远遵行，免致贻误。国家兴学要政，是为至要。除咨明度支部及浙抚外，相应通咨贵督饬司查照可也。

●●法部咨未设审判厅地方提起非常上告或再审办法文宣统二年(1910 年)九月

准宪政编查馆咨：据山东巡抚电开，前准法部咨钧馆核覆，吉林提法使呈请解释六条，案内有未设审判厅地方，招解到省犯供、翻易及原审未结例须提省各案,准由高等审判厅审办等语。是各省旧日发审局所管之事,应移归高等审判厅兼管。但向例臬司于各属已结案件,察有情节可疑、罪名未协者,均得发局另审,以后提法使对于未设审判厅地方,是否仍照旧章。又,寻常招解并未翻供之案,应由何处勘转,均无规定明文,可否仍由发审局抑或分归高等审判厅及提法使属官兼办,请核覆示遵等因前来,查未设审判厅地方招解翻供各犯及原审未结例须提省各案,既应统归直省高等审判厅审判,则已结各案,发局另审,寻常招解,由司勘转之例,自应查照馆部奏咨,各案一律变通。

本年直省高等审判厅依限成立后,各该省原设发审局即应裁撤,凡属审判事宜,均应遵照现行法令办理。查本馆议覆死罪施行办法折内,已定有非常上告及再审之制,嗣后未设审判厅地方已结案件,如果查有情节可疑、罪名未协者,应由司行令该管检察厅,分别提起非常上告或再审,均归高等审判厅审理,其寻常招解到省之案,不论翻供与否,均应归该厅勘转,报司分别照章办理。除电复该抚行司遵照外,相应咨行贵部查照,通行各省,一体遵照等因前来,相应咨行该督查照,转饬遵办可也。

●●法部咨奉上谕申明承审定限不准久悬文宣统二年(1910年)九月

宥恤司案呈宣统二年(1910年)九月十一日军机处片交军机大臣钦奉谕旨,翰林院侍读学士恽毓鼎[①]奏:京外各问刑官,往往以重

① 恽毓鼎(1862—1917年),字薇孙,河北大兴人,祖籍江苏常州。今人史晓风辑有《恽毓鼎澄斋日记》,为晚清重要日记体宫廷史料。

案久悬为慎重，以致拖累无辜，经年不决，请饬京外承审衙门申明定限，严定考成一片，着法部知道。钦此钦遵，抄出到部，相应刷印原奏，恭录谕旨，通行各省督抚、将军、都统，转饬各问刑衙门，一体遵照，相应咨行贵督查照转行可也。

●●民政部咨各省军人违警办法文宣统二年(1910年)九月

准陆军部咨称：《违警律》施行以来，地方巡警遇有军人违犯，向未明定办法，节经派员会商议定，地方巡警遇有军、常共犯《违警律》时，军人应即送交陆军警察或该管官长罚办，常人照章由地方巡警官署罚办；如系单独或多数军人犯《违警律》时，地方巡警应即记明营队隶属，知会陆军警察队或该管官长罚办，其有不服阻止或恃强抵抗时，应知会陆军警察队到场办理或迳交陆军警察队或该管官长办理，除通行各军队遵照外，咨请通饬各巡警官署等因前来，相应咨行查照转行。

●●民政部咨行警务要旨文宣统二年(1910年)十一月

查巡警为民政之要端，凡维持秩序、保护人民，惟此是赖。执行警务者，必须有确定之宗旨。本部综核警政，所以与全国之巡警、官吏、学生等期许而督勉者至深。爰录要旨二十九条，通行京外，俾职司巡警者知所遵守，相应开具清单，咨行转饬遵照可也。

一 巡警之组织，占各项行政中重要地位，内外依组织联为一体，以收指臂之功，外则遵成规而定行止，勿逾法令之范围。

二　巡警当恪守规制，执行任务，勿得越职忘分。

三　巡警维持秩序、保护人民为本义，故任执行者，当以贯彻此旨趣为目的。

四　巡警须于命令一下，即能统率编成之团体执行任务，故对于官长之命令，宜心悦诚服，倾身相从，胸中宜常有一种欣合融洽之情意。

五　巡警于执行警务之阶级，务须各自整齐，尊重官长、敬爱侪僚，明上下之分、坚同列之谊，决不可有抗言争论之行。

六　巡警所挟之威力甚大，与人民之自由接触，凡关乎职务之各种报告，必以诚实为要旨，勿得稍涉虚饰。

七　巡警职任重要，宜时刻注意于慎密二字，故于职务上见闻之事，不得稍有疏泄。

八　巡警犹人民保姆，必须始终以诚实全其职务，方能博人民之信赖。待遇人民，宜词色温和、容态严重，不得稍涉倨傲，或形狎昵，致招轻侮。

九　切勿误解以限制人民为警察之目的，遇事务求和平之手段，收广大之成效，于执行警察之际，当忍耐沈着①，即使有不堪之言入耳，仍当心平气和，恳切晓谕，切不可有涉于愠怒之行为。

十　巡警为行政防虞之普及起见，故一朝有事，即不可不迅速执行。平时于所管界内地段之情况，居民之种类、职业以及官衙、学堂、会社、医院之位置等，不可不详察周知。

十一　语云："千金之堤，溃于一蚁；焚原之火，发于一星。"是以古人有履霜坚冰之戒，盖防患于未然，小事亦不可疏忽。凡属巡警，尤

① 沈着：即"沉着"。

当引为格言。不论职务之内外,凡耳目所接之事,虽妇孺闲谈、牧竖[①]聚语,亦当随在留意,遇有可资警察上之参考者,须报告于本官。

十二 “勤奋”二字,为人生立身之要道,在巡警人员,尤不可不勉以。故虽非勤务之际,或遇重大事端,可速为相当之措置。

十三 于非常事变时,当知其职守原与军人相同,不可不有以一死报国之决心。如遇顽梗凶徒逞强抗拒者,务当奋勇活泼,尽其职务,不可怯懦失体,致损巡警威严。

十四 语云:“凡暖,不可以酒温之于汤”。故职任保护人民之巡警,其知识程度,不可较低于人民。凡有职任上所需之学术,当以办公余暇,勤加讲习,以期增益。

十五 “其身不正,虽令不从”。若任警察者,先自行检有亏,则何以服众?是以操守不可不严,品格不可不保养之。当在平时履薄临深时加矜慎。

十六 巡警之职务,贵乎公平,心中、目中不可有贫贱、富贵之别平。素当慎以交人、洁以持己,凡有影响于公务、易招管内人民轻侮之事,决不可有。

十七 巡警殆无事不当知者,盖凡事熟悉其情形,即能预知危害之原因于未发,故语言不可轻出,毁誉不可滥加,平时养若木鸡,遇事疾如飞隼。

十八 巡警者为人民所倚赖,人民能起倚赖心,实为崇信巡警之基础。故平素务宜检朴,持躬不可率尔,欠债致滋负累。若有家属者,自应和睦持家,其衣、食、住三项开销,亦务求循分适度,免受他

---

① 竖:原意为童仆、家臣,该处引申为“小官吏”。

人指摘。

十九　敬礼者，所以正上下之序、表尊敬之式，不特外貌当为敬，而中心尤当尽其敬意。

二十　着用制定之服装时，不可不遵照定式而行敬礼。

二十一　容装者，于保持本职之尊重严大有关系，是当常自留意，不可有失礼之事。

二十二　着用制定之服装时，如教练或其他物件等，不可露出于外面。

二十三　铺盖、衣服以及一切用具，务求洁净，有尘垢或污染之时，可速扫涤之，有破损时，可速补修之。

二十四　佩刀乃执行职务时供护身之用，非遇有下开各项，不得任意把刀：

甲、遇有挟持凶器，对于人之身体财产加强暴行为者，除拔刀外，别无他术可以保护时。

乙、遇人以凶器相逼，身濒险境，除拔刀外，别无防御之术时。

丙、于拘捕罪犯及追捕逃囚之际，遇有持凶器以抗拒，除拔刀外，别无防御之术时。

二十五　于上开情事，虽准其不得已而拔刀，然凶人有畏服之态，即当乘势以灵稳之手段扑执，随时深加注意，不致令其有负伤等情。

二十六　既拔刀之时，不问其曾否伤人，须速将其情形报明于官长。

二十七　佩刀当注意于佩刀之法，不可柄头倾向于后部，于护送囚人、拘捕罪犯等时，尤当注意严防，以免猝被夺刀等事。

二十八　佩刀以外，不准携带其他之护身器具。

二十九　佩刀及皮带，须郑重保存，必时常擦磨不使销蚀。

●●学部咨高等及中等学堂覆试办法文宣统二年(1910年)八月

普通司案呈案,查学堂毕业文凭,前经本部酌定程式,编为条例,通行在案。惟其时,高等学堂及中等学堂覆试办法尚未奏定,故文凭条例内仅列填写毕业等第、分数之法,至覆试等第、分数如何填写,并未载明。现在高等学堂及中学堂毕业生照章均须覆试,此项等第、分数自应填入文凭,以昭核实。

兹由本部增订办法,凡中等以上各学堂毕业文凭,除本堂考试等第、分数仍照旧填写外,其覆试分数、等第,应由覆试衙门于该学生文凭年、月后填明覆试总平均分数及所列等第,并加盖戳记,以示标识。凡应行覆试之学生,于覆试时,应将原领文凭呈验,俟覆试完毕,填明分数等第,再行发还本学生,以资信守。至降等办法,凡应覆试之学生,均应就覆试分数核计,其本学堂给发毕业文凭时,毋庸降等,相应咨行查照,转饬提学使司遵办,可也。

●●邮传部咨行船政统计表说明文宣统二年(1910年)八月

统计处案呈,前准咨送光绪三十三(1907年)、三十四(1908年)两年分船政统计各表前来,查本部办理统计,事属创始,疏漏甚多,而船政尤为困难,据各省填报各项,其中固不乏明晰之表,堪备参考之资。惟体例名词,概未划一,此省与彼省不同,此局与彼局不同,此船与彼船又不同,甚有误会之处,以致填写混淆者,非特本部制办总表殊难着手，即宪政编查馆将来办理统计年鉴亦多窒碍，事关立宪要政，不厌求详，亟应拟定改良办法，按表逐项详加说明，俾各该省注填毋虞糅杂。前因宪政编查馆迭次咨催，业经通融办理，将本年二月以前所到光绪三十三年(1907年)分船政各表办就，通行在案。所有光绪三十四年(1908年)分，现在期限迫促，未便改良重造，致滋贻误，只得仍旧赶办其宣统元年(1909年)分船表，既未据咨填报，自应按照本部此次改良说明详细注填，以期完善。除分行外，相应刊刷改良船政统计表说明，咨行查照，希即饬属迅速办理可也。

●●陆军部咨变通各部院衙门驿递公文宣统二年(1910年)八月

军乘司案呈，查例载：各部院衙门咨行外省紧要事件，由各该衙门移交兵部发驿驰递等语。又，向章本部收到各部院衙门行各省公文，标明“马上飞递”，即加签火票发驿递送，如系标附入马递公文，必俟遇有该处马上飞递公文，始行附出，历经办理在案。

查近来新政繁兴，各部院衙门片送咨行各处附入马递公文，日见繁多，若必俟有该处马上飞递公文再行附出，诚恐迟延遗误，亟应变通办理。嗣后收有各部院衙门行各处附递公文，如遇有同城或同省督抚马上飞递公文，即行附票注明转递，以免迟延。而重要公[①]为此通咨各督抚等，一俟接到此项附递公文，务须即速饬驿转递办理，并于缴销火票文内声明收到转发各日期，以备查核，相应由驿行文两江总督查照办理可也。

---

① “公”字后，疑脱漏“文”字。

●●陆军部咨各省购运军火必须由部核准文宣统二年(1910年)八月

军实司案呈,查贩运军火,例禁綦严,前经税务处改定《枪弹进口新章》,各省购运,必须本部核准后知照放行,即本省军火运入、运出,仍凭各监督红函验放,屡经通行各省在案。惟近今各省订购各厂军械、军装,间有部中尚未准购而某厂即将购件装齐,雇用民船运至省城交货,既未经本部知照税务处饬关验放,又不报关稽查,恐各省、各厂纷纷效尤,税务处章程如同虚设,本部亦无凭稽核,殊不足以昭画一而慎防闲。

兹特酌拟专章,凡各处订购军械、军装,如业经本部准购,仍应于进口时遵照税务处章程报关查验;倘有事机迫切必须由内港转运,亦应由各该省将军都统、副都统、督抚大臣、提督电咨到本部详核,准其由内河转运,再由各该省督抚饬知各卡详慎稽查,以防流弊。或本部未经准购,而承办人员迳令各该厂即将购件私运交货,各省主管衙门亦未先期报部,则此项军械、军装于造册请消时,本部概不核准,并将承办人员照私运军火例议处,相应咨行贵督严饬遵照办理,并希先行电覆可也。

●●民政部咨各省巡警成绩造册报部办法文宣统二年(1910年)九月

警政司案呈,本部于光绪三十四年(1908年)八月初四日奏准《考核巡警官吏章程》,前经通行各省,并于宣统元年(1909年)五月十一日迭经咨催，各在案。又，本部议奏御史麦秩严[①]奏《各省警察腐败有碍宪政》折内声叙，所有各省巡警道办事成绩及所属各员，每届六个月，应由该道分别造册列表，并出具考语，申报一次，应再申明奏章。自此次奏明奉旨之日起，予限六个月，所有各省民政司或巡警道，应一律按照本部上年奏定考核章程分类申报，如有逾期不复者，即由本部指名纠参，以儆玩愒等语。于宣统元年(1909年)十二月二十二日奉旨依议，钦此钦遵，复经通行各省在案。

查，由上年十二月二十二日起，予限六个月，扣至本年六月二十二日，六个月期满，虽各省有因道路遥远，文到较迟者，似于本年八月均可如期咨报到部。现经查核，各省本年咨报，多系宣统元年(1909年)成绩，所有应报宣统二年(1910年)上半年成绩，实属寥寥，至或仅造报一次，或尚未据咨到部，殊属有违奏案，亟应再行饬催，迅即造报。所有宣统二年(1910年)上半年成绩，限于本年十月咨报到部。至巡警道未报详细履历省分，应即一并报部，以凭核办，宣统二年(1910年)下半年成绩，限于宣统三年(1911年)正月底以前咨报到部，嗣后各省每届应报上半年成绩，统限于是年七月底以前咨送到部，下半年成绩统限于第二年之正月底以前咨送到部，以备本部照章查核。

按照六个月应行具奏筹备宪政成绩，钦限于二月、八月间具奏，自此次通催后，各该省应即遵照奏案及本部所定限期依限造册报部，倘有玩愒情形，本部惟有遵照宣统元年(1909年)十二月二十二日奏案，据实纠参，以重宪政，相应咨行查照，转饬遵照可也。

---

① 麦秩严，生卒年不详。

●●邮传部咨驿传事务划归劝业道管理文宣统二年(1910年)十月

邮政司案呈准法部咨开案。查宪政编查馆奏定考核直省劝业道官制细则折内称,驿传一节,现在各省提法使尚未遍设,应如原奏,仍归按察使兼管,嗣后按察使改为提法使时,应将驿传事务划归该道管理等语。钦奉特旨允准在案。查,各省按察使,经本部于本年七月二十一日奏请改补提法使,奉旨允行,所有各省驿传事务,自应遵章划归劝业道管理,其未设劝业道之山西、江苏、甘肃、新疆、黑龙江等省,所有驿传事务,仍着该省提法使或兼提法使之道员暂行管理;其已设劝业道之奉天、吉林、直隶、安徽、山东、河南、陕西、福建、浙江、江宁、江西、湖南、湖北、四川、广东、广西、云南、贵州等省驿传事务,应由各该省提法使划归各该劝业道管理。除由本部咨行各该省督抚札饬提法使将驿传事务划归外,咨部札饬各该省劝业道迳行接收管理等因到部,除札饬外,相应咨行贵督查照,札饬劝业道,将驿传事务妥为接收管理,并希饬将接管后办理情形,随时兼报本部察核可也。

●●陆军部咨确定正副执法官职守简章文宣统三年(1911年)十一月

军法司案呈,光绪三十年(1904年)八月前练兵处奏定《营制饷章》一折内载:镇设正执法官一员,核定全镇狱案,嗣于宣统元年(1909年)闰二月,将未编成镇之独立协或混成协奏设副执法官一缺，职掌全协陆军司法事宜各等因，均经通行遵办在案。

近来各省镇协陆续成立，而各该正副执法官之职守，尚未划一，亟应明定章程，以资遵守。兹将各该镇协之《正副执法官职守简章》明白确定，相应咨行贵督，转饬遵照、切实施行，以专责任，并将接奉日期报部备查可也。

正执法官职守简章

一　承办本镇军事司法，及关于镇监各项事件。

二　承核本镇军事罪案，及陆军警察队关系犯罪行为之报告事件。

三　依奏定章程，承管镇军法会审及审问事件。

四　保存本镇惩罚过失及目兵逃亡惩劝官长各档案，并分别造表报告事件。

五　保存本镇各项军事罪犯档案，并将科刑种类及已结、未结情形，分别造表报告事件。

六　承办本镇军人恩赦及移送军事罪犯事件。

七　承办本镇战时俘虏及占领地方司法事件。

八　稽察本镇军事充分银钱、物产、罚薪、罚饷及各该银钱、物产移交事件。

九　稽察军事公约，及各项合同事宜。

十　计画本镇军事司法，及本镇监狱执行事宜，及备本镇军人法律上顾问事件。

副执法官职守简章

一　承办本协军事司法事件。

二　承核本协军事罪案，及陆军警察队关系犯罪行为之报告事件。

三 依奏定章程，承管协军法会审及审问事件。

四 保存本协惩罚过失及目兵逃亡惩劝官长各档案，并分别造表报告事件。

五 保存本协各项军事罪犯档案，并将科刑种类及已结、未结情形，分别造表报告事件。

六 承办恩赦及移送军事罪犯事件。

七 承办本协战时俘虏及占领地方司法事宜。

八 稽察军事充公银钱、物产、罚薪、罚饷，及各该银钱、物产移交事件。

九 稽察军事公约，及各项合同事件。

十 计画本协军事司法上执行事宜，及备本协军人法律上顾问事件。

●●陆军部咨各省调查陆军毕业学生办法文宣统二年(1910年)二月

窃维整顿陆军，首重人才。京内外开办陆军学堂，已历年所，复派学生出洋游学，原期培养人才，尽为陆军之用。乃因各省编练新军迟早不同，毕业学生亦多寡不一，往往此省正在需员，彼省反多投闲，或毕业之后并未派充职差，或因故请假，原差另行补人，此等情形所在皆有，以致陆军出身人员未尽按资效用。近来纷纷赴部投效，漫无秩序，本部总持军政，若不通盘规划，详加稽核，诚恐效用不均，殊非国家兴学育才之本意。

现拟调查此项学生办法十一条，通咨各省、旗，出示谕知：除上年十二月二十一日本部通咨各省、旗造报陆军速成学生名册仍请迅即造送外，凡现在未充军职之他项陆军学堂毕业学生及前次造报速成学生，或有未经列入者，均令按照此次所发履历表式填写，限文到三个月内汇咨本部，以凭查核办理，嗣后如再有此项学生，应即随时补送，相应咨行贵□□，查照出示办理可也。

调查陆军毕业学生办法

计 开

一 陆军学生，以各省奏准设立之武备、陆师、军官等学堂及奏派外洋游学在士官学校以上毕业者为限，其未经奏明之学堂与各镇之随营学堂、讲武堂之附属学生，以及游历外洋考查军事人员，均不得作为陆军学生。

一 此项陆军学生，以实在堂二年以上为合格。

一 各学生所学功课程度，以已经学习下列课目为限：

甲 普通学：国文、数学（算学、代数、几何）、格致（生物、卫生、物理、化学）、历史、地理、图绘。

乙 军事学：战法学、军制学、兵器学、筑城学、地形学。

各兵科操法教范

一 由部颁定履历表式样，通行各省、旗将军、督抚、大臣照印转发，各该生自选填写，再由该将军、督抚、大臣查核，汇齐报部。

一 此项学生，除已经由部考试授官人员不计外，其余均应将毕业文凭一并呈该省、旗将军、督抚、大臣查验（查验后付还该生），如该学堂当日毕业一律未发文凭，亦应注明履历册内。

一 各生呈递履历时，应由该省、旗详核是否属实，不得任意妄填。

一 此项学生，或毕业后未经派差，或从前曾充军职现在未派差缺，均由各省、旗将军、督抚、大臣将该员未经派差缘由及因何撤差辞职之处一并查明，填注该生履历表附记格内，汇咨本部办理。

一 各生呈递履历表时，应同时附呈保证书一（由该生相识之陆军官佐或文官出具保证书），家族保结一（如该生不在原籍无从取具家族保结，应于履历表附记格内切实声明）。

一 此项学生填送履历，暂由本部存案，将来如有差遣委用之时，再行指名专调，详加考试，并将该生所填履历逐一查核确实，方予任差。

一 各生履历如有妄填情事，一经本部查出，定行从严惩办。

一 此事系专为调查各项陆军学堂毕业学生现在并未任差人员起见，除登官报外即由本部及各省、旗出示告知该员等。若见官报或本部及各省、旗告示时，应即按照所定格式表填明，送交本部（指在京者）或各省、旗，俟各省、旗收齐之后，再行汇咨本部，以凭查核。

履历表

<table>
<tr><td rowspan="2">姓名</td><td rowspan="2" colspan="2">年岁</td><td colspan="2">原籍</td><td colspan="2"></td><td>出身</td><td colspan="2"></td></tr>
<tr><td colspan="2">现在住处</td><td colspan="2"></td><td>官阶</td><td colspan="2"></td></tr>
<tr><td>三代</td><td>曾祖父母
祖父母
父母</td><td>兄弟</td><td></td><td>妻子</td><td></td><td>家长职业</td><td></td><td>家产</td><td></td></tr>
<tr><td>所入学堂</td><td colspan="2"></td><td>入学及毕业年月</td><td colspan="3"></td><td>毕业等第</td><td colspan="2"></td></tr>
<tr><td>升入学堂</td><td colspan="2"></td><td>入学及毕业年月</td><td colspan="3"></td><td>毕业等第</td><td colspan="2"></td></tr>
<tr><td>升入学堂</td><td colspan="2"></td><td>入学及毕业年月</td><td colspan="3"></td><td>毕业等第</td><td colspan="2"></td></tr>
<tr><td>兵科</td><td colspan="2"></td><td>文凭</td><td colspan="3"></td><td>现充差事</td><td colspan="2"></td></tr>
</table>

<table>
<tr><td>赏罚</td><td colspan="2"></td></tr>
<tr><td colspan="2">未入学堂以前之履历</td><td>毕业以后之履历</td></tr>
<tr><td>附记</td><td colspan="2"></td></tr>
</table>

大清宣统新法令第二十九册终

第三十册

●●上谕

上谕宣统三年(1911年)正月十五日　度支部奏《试办全国预算拟定暂行章程》并主管预算各衙门事项,分别缮单呈览。又奏"维持预算实行办法"一折。上年,咨政院议决《试办本年岁入岁出总预算案》,会同会议政务处具奏,当经饬令京外各衙门极力削减浮滥各款,如实有不敷,必须叙明确当理由,具奏候旨。所以重财权,示限制也。兹据该部奏陈各项办法,尚属切实。着即照所议行。

现在,振兴庶政,浚辟财源,部臣、疆臣各有责任,朝廷一秉大公,于此中情形久所洞悉。嗣后,京外各衙门务当同心协力,彼此加意筹维。凡经常用项,应即按照认定数目,酌剂盈虚,慎重出纳,毋使有丝毫浮费。遇有特别重要事件,筹有的款,方准酌议追加。至各省每办一事,即责成该省先筹一款,款集而后事举,切勿徒托空言。总之,部臣专司稽核规定,固不得不严。疆臣力促进行筹备,亦不容少缓。要在内外,互相维持,各任其难,以冀款无虚掷,事不误期,尔诸臣其共勉之。钦此。

上谕正月二十六日　法部奏《停止刑讯各省多未实行请旨申诫严饬遵守》一折,自先朝降谕,停止刑讯,业经三令五申。现在,各省省城、商埠各级审判厅多已成立,各省提法使均已改补,自应重申诰诫。

嗣后，无论已未设厅地方，着各该督抚责成提法使认真督察，凡承审遣、流以下人犯，勿得再用刑讯。其有关于死罪人犯应行刑讯者，务须恪遵现行刑律办理。从前一切非刑、私刑永远革除。倘仍阳奉阴违，一经发觉，即将该承审官分别参处，并着京外问刑各衙门恭录光绪三十一年(1905年)三月二十一日谕旨，敬谨悬挂法庭，用示朝廷矜慎庶狱、慈祥恺悌之至意。将此通谕知之。钦此。

上谕二月初九日　陆军部会奏《遵拟陆军部暂行官制缮单列表呈览》一折，陆军大臣荫昌①，着补授陆军正都统；陆军副大臣寿勋②，着补授陆军副都统。余，照所请，由该大臣等分别奏咨办理。钦此。

上谕二月初九日　海军部会奏《遵拟海军部暂行官制缮单列表呈览》一折。海军大臣贝勒载洵③，着补授海军正都统；海军副大臣谭学衡④，着补授海军副都统。余，照所请，由该大臣等分别奏咨办理。钦此。

上谕二月二十四日　度支部奏请《饬各省督抚切实遵照前奏维持预算办法》一折，各省、各官公费，业经电饬各省督抚暂照部定预算数目办理。至预算各项款目所有部定、院核之数，悉为撙节帑藏，核实开支起见。值此时艰款绌，应统筹全局。着各该督抚等仍懔遵本年正月十五日谕旨，凡经常用项按照认定数目慎重出纳，毋少浮滥，遇

---

① 荫昌(1859—1934)，满洲正白旗人，光绪十一年，出任北洋武备学堂翻译教习，清末改制后，出任陆军部右侍郎。

② 寿勋：生平待考。

③ 载洵(1886—1949)，光绪帝弟，宣统元年(1909年)任筹办海军大臣，并赴欧美考察海军，次年授海军部大臣。

④ 谭学衡(1871—1919)，广东新会棠下天乡礼村继龙里人。光绪十一年，入广东水路师学堂第一期读水师班。光绪三十三年，被任命为新设立的海军处副使。宣统元年，任筹建海军事务处参赞，次年年底，被任为副大臣。清帝退位前，任海军大臣。

有特别重要事件，筹有的款，方准再议追加，尔京外各衙门务当同心协力、互相维持，毋负朝廷谆谆诰诫之至意。钦此。

●●度支部奏试办全国预算拟定暂行章程折并单三件

窃维宪政筹备，理财最难，国会提前预算尤急。上年正月间，臣部以试办宣统三年预算，酌定册式例言，奏请饬下京外各衙门依式填注。业经臣部汇齐覆核，编定岁入、岁出总分各表。由内阁会议政务处交资政院核议，照章会奏，奉旨钦遵在案。

伏查上年试办预算，事属创始，本难遽言完备，然因清理而渐得赢亏之实，亦由练习而始知条理之疏，循是以求改良。诚惟臣部之责，臣等督率员司详加研究，约举办法，其要有三：

一为规定行政之统系。上年，为试办各省预算，故以一省为一统系。本年，为试办全国预算，当合全国为一统系。各国岁出预算皆以行政各部为纲，以事为目，《唐宋会计录》分析军民用意略同，现拟岁入种类，均归臣部主管，以符统一财权之义。其岁出各款，则遵照钦定行政纲目，以所列各部为主管预算衙门。凡各省应编国家岁出表册，皆分别事项，造送主管预算各衙门核定编制，而仍以臣部总其成。此外，在京各衙门亦仿各省之例，以类相从，造送主管预算各衙门核编。其关于皇室事务、各衙门预算分册仍暂送臣部汇编。俟皇室经费确定后，即专归内务府主管。如此，则全国用款展卷了如，而支配统计亦不致漫无凭借。

二为暂分国家岁入、地方岁入。中国向来入款同为民财，同归国用，历代从未区分，即汉之上计、唐之上供留州，但于支出时，区别用途未尝于收入时划分税项。近今东西各国财政始有中央、地方之分，然税源各别，学说互歧，界画[①]既未易分明，标准亦殊难确当。现既分国家、地方经费，则收入即不容令其混合。业经臣部酌拟办法通行各省，列表系说送部核定，并于预算册内令将国家岁入、地方岁入详究性质，暂行划分。仍俟《国家税地方税章程》颁布后，再行确定。

三为正册外，另造附册预算原则，必以收支适合为衡。《周官九式》义主均财，盖必验其盈虚，而后可施其酌剂。中国现在库储奇绌，故经常之款，必有定衡。而新政一切要需，亦未容预为限制。此次所拟办法于编制总预算案之先，将岁出与岁入酌量支配，以待内阁会议政务处协商，至新增特别重要事件应筹之款，则另编附册，随同正册造送，而区分缓急。核覆、准驳，仍由主管各衙门与臣部分别办理。盖正册取"量入为出主义"，以保制用之均衡。附册取"量出为入主义"，以图行政之敏活。此则立法之微意，用权之苦心，当为内外官民所共谅者也。

要之预算法繁事重决，非旦夕所能完成。考英、法、普等国之有预算，皆远在百年以前，非随宪法而起。而普国国会既开之后，犹有所谓黑暗预算时代，近渐精审，尚逊英、法，况普国之国有财产占岁入之九成。英、法之法定款目过总额之强半，现当图始之初，原少固定之款，不难取资彼法，要贵适我国情。臣等窃本斯旨，谨酌拟《试办全国预算暂行章程》二十八条、《特别会计暂行章程》九条，并规定主管预算各衙门事项，分缮清单，恭呈御览。伏恳饬下京外各衙门，自本年起，一律遵办。臣等仍当体察情形，随时修改，以期完备，谨奏。宣统三年(1911 年)正月十五日。奉上谕，已录册首。

---

① 画：通"划"。

谨将酌拟《试办全国预算暂行章程》缮具清单,恭呈御览。

第一条 自宣统三年(1911 年)起试办全国预算,悉按照本章程办理。

第二条 各省应编国家岁入预算报告册、地方岁入预算报告册,并比较表送度支部,限于四月十五日以前送到。

各省文武大小衙门、局、所应编造国家岁入、地方岁入预算报告分册并比较表,限于二月初十日以前送清理财政局汇总编制。

第三条 有京各衙门及所辖各处直接征收之款,应编造预算报告册及比较表,限于四月十五日以前送度支部。

第四条 度支部汇齐在京各衙门岁入预算表册及各省、各边防送到国家岁入预算表册,核定编制全国岁入总预算案,并将上年预算岁出总数册,咨送内阁会议政务处,协议分配。奏饬各主管预算衙门分编岁出预算报告册,主管预算衙门如下:外务部、民政部、度支部、学部、陆军部、海军部、法部、农工商部、邮传部、理藩部。

第五条 各省应编国家岁出预算报告册、地方岁出预算报告册并比较表,按照各主管预算衙门所管事项,分别咨送各该主管预算衙门,并将全力分表册,咨送度支部,统限五月十五日以前到部。

各省文武大小衙门、局、所应编造国家岁出、地方岁出预算报告分册并比较表,限于三月初十日以前送清理财政局汇总编制。

第六条 在京各衙门应编造岁出预算报告分册及比较表,按照主管预算衙门所管预算事项限于五月十五日以前,咨送各该主管预算衙门,主管预算衙门所管事项另行规定。

第七条 各主管预算衙门应将京外送到该管事项国家岁出预算表册,连同本衙门及所辖各处岁出经费,按照内阁会议政务处协议分配之数核，编制所管岁出预算报告册及比较表，限于六月底送度支部。

第八条 度支部汇齐各主管预算衙门所编岁出预算报告册及本部所管预算报告册，编制全国岁入·岁出总预算案，奏交内阁会议政务处核议后，送资政院议决。

第九条 主管预算衙门因新增特别重要事件致所管预算岁出之数，不能适合于内阁会议政务处协议分配之数，另编岁出预算附册，限于六月底送度支部，一并奏交会议政务处核议后送咨政院议决。

第十条 度支部将各省送到地方岁入岁出预算报告册核对后，电咨各省编制地方岁入岁出预算案送交咨议局议决，仍将议决全数咨报度支部，并按照第五条分咨各主管预算衙门。

第十一条 各省编制地方预算案，如岁出之数逾于岁入之数，另筹本省地方岁入，经度支部认许后，得连同地方预算案提出咨议局议决。

第十二条 海关常关之岁入、岁出，应由各省清理财政局另编造预算报告册及比较表，按限送度支部。

第十三条 凡京、外一切拨款、领款、协款、解款，均系重收、重支，应另编专册，按照额收、额解之数及近三年实收、实解之数，详细开列并将案由逐款声叙，随同岁入、岁出预算报告册送度支部核办。

各关解款、协款，均照前项办理，其解本省之款并作为协款。

各省盐务款项，除由行盐省分[1]自行征收之厘捐加价等项，应列作各该省岁入外，其由产盐省分及邻省代收转解之款，各该省应各列专册。若系产盐省分统收分拨者，应即作为协款。

---

① 分：通"份"。

第十四条 预算岁入、岁出各分经常、临时两门，按照此次所颁册式样，详细编订，分类说明大概情形，其款项子目应说明经费所需之理由，注于摘要格内。

第十五条 凡预算之收入、支出有定额者，照定额预算。无定额者，用推测方法，以三年间平均之数为标准，其有应增之岁入、岁出，不能用推测方法者，得酌量估计并申明估计之理由。

第十六条 预算册内出入各款，暂按照各该处原收、原支平色折合库平足银。一俟新币发行，即按照币制则例，折合国币计算，银以两为单位，国币以元为单位。

第十七条 京、外衙门在宣统二年(1910年)以前，借用国家公债、地方公债，业经奏准有案者，如系未经足收，准将应收之数列入岁入临时门，如应分期摊还或定期偿还者，亦准将应付本利列入岁出临时门。

第十八条 预算表册所列款项均应满收、满支，不得将出入数目互相抵除。

第十九条 岁出预算遇有廉俸、公费、饷干、役食之类，应注明员数、名数及每员每名月支之数，其有采办工程等项，应将工料价值分别注明。

第二十条 凡例应减平、减成之款，应按实数估计，仍于摘要格内注明额支若干、扣减若干，以备查核。

第二十一条 京、外各衙门所办事项，须继续一年以上者，应预定每年支出之额，并将继续费总额注于摘要格内。

第二十二条 主管预算衙门，有必须编制特别预算时，在会计法未定以前，应按照度支部所定《特别会计暂行章程》办理。

第二十三条 度支部得就国家岁入情形，酌设中央及各省预备金额，编入总预算案。

第二十四条 京外各衙门收放本色米、谷、豆、草等项，应另编预算专册及比较表随同下册送度支部，并将支放本色表册另造一分，咨送主管预算衙门。

第二十五条 预算岁入、岁出比较表，暂以奏定宣统三年(1911年)预算之数列为比较。

第二十六条 京、外造送各种预算表册，惟云南、贵州、四川、广西、甘肃、新疆六省得较本章程第二条、第五条到部定限，展缓十五日。

第二十七条 各边防将军、都统大臣，应编岁入预算报告册及比较表，限于四月十五日以前送度支部，岁出预算报告册及比较表，限于五月十五日以前送度支部及主管各预算衙门。惟库伦、乌里雅苏台、科布多、阿尔泰、伊犁、塔尔巴哈台、西宁、西藏、川、滇边务等处，得援照第二十六条限期办理。

前项岁出预算报告册表，除按照事项分别咨送各主管预算衙门外，其将军、都统大臣衙门行政经费及无可归类之出款，另册咨报理藩部核编拨款、协款，应照第十三条办理。

第二十八条 本章程未经规定事件，仍按照清理财政章程办理。

谨将酌拟《试办特别预算暂行章程》缮具清单，恭呈御览。

第一条 凡内外官办事业，有固定资本及运转资本者，得按照本章程办理。

前项固定资本，指土地、房产、机械、轮舶、物料、器具等项而言，运转资本指营业资本而言。

第二条 特别会计之种类限定如下：

一 印刷局

二 造纸厂

三 造币厂

四 官银行

五 整理货币资金

六 路政经费

七 电政经费(邮传部直辖之电报、电话,均包此内。其由各省官办电话仍列入地方预算内,官业收入支出中,毋庸作特别会计)

八 邮政经费(文报局、军塘、驿站附)

九 船政经费

十 官办矿务

十一 官办垦务

十二 官办森林

十三 官办鱼业

十四 官办各制造工厂

十五 官办畜牧

十六 官办制造军装、军火局、厂

第三条 凡特别会计盈亏之数,由度支部酌量情形,分别编入总预算。

第四条 凡特别会计之资本金及公债金,应于册内说明沿革及其运转之方法。

第五条 凡特别会计固定资本,得将其物品价格,估计货币开列,以计算其事业之盈亏。

第六条 凡特别会计有必须借入短期债款者,须报明各主管衙门及度支部核定。

第七条 特别会计之核定及其期限,统照此次"试办全国预算暂行章程"办理。

第八条 本章程未尽事宜,由各该主管预算衙门编定特别会计各种细则,分别办理。

第九条 本章程自宣统三年(1911 年)正月起,各主管衙门及各省督抚均应按照办理。

谨将主管预算衙门所管京外预算经费事项缮具清单,恭呈御览。

计 开

岁入门

凡京外岁入预算统为度支部所管。

岁出门

度支部暂管预算:内务府经费,宗人府经费,中正殿念经处经费,颐和园经费,东陵承办事务衙门经费,西陵承办事务衙门经费,奉宸苑经费,太医院经费,武备院经费,上驷院经费,銮舆卫经费,御鸟枪处经费,上虞备用处经费,领侍卫内大臣处经费,稽察守卫处经费,实录馆经费,崇陵工程处经费,奉天、三陵衙门经费,苏杭织造衙门经费,各省看守、行宫经费,各省例贡费,以上经费均关皇室事务,在皇室经费未奏奉钦定以前,一切预算事项,应暂由度支部承管。

外务部所管预算:本部及直辖各处经费,在外公使馆经费,各省交涉使或洋务局经费,各省临时接待赠答费。

民政部所管预算:本部及直辖各处经费,钦天监经费,京师禁烟公所经费，各省民政司或巡警道经费，各省警务公所经费，各省禁烟公所经费，各省祭祀费，各省时宪费，各省庆贺费，各省补助地方民政费，各省临时调查户口费，各省临时旌赏费，各省临时祭祀费，各省临时补助地方民政费。

度支部所管预算：本部及直辖各处经费，军机处经费，内阁经费，内阁会议政务处经费，资政院经费，宪政编查馆经费，吏部经费，礼部经费，都察院经费，给事中衙门经费，翰林院经费，方略馆经费，国史馆经费，内翻书房经费，稽查钦奉上谕事件处经费，盐政处经费，税务处经费，崇文门税务衙门经费，左翼税务衙门经费，右翼税务衙门经费，仓场衙门经费，变通旗制处经费，各省督抚衙门经费，各省藩司或度支司及财政公所经费，各省粮道衙门经费，各省巡道衙门经费，各省、府、厅、州、县衙门经费，各省各厅、州、县衙门征收赋税经费，各省盐务衙门局、所经费，各省盐务官运经费，各省厘捐各局卡经费，各省调查局经费，各省官业支出（此指度支部所管不入特别会计者而言）各省清理财政局经费，国债，全国预算金，造币厂经费（以下均特别会计），造纸厂经费，印刷局经费，整理货币资金经费。

学部所管预算：本部及直辖各局、馆、学堂经费，贵胄法政学堂经费，补助京外各学堂经费（此指不入国家预算之学堂而言，其已编预算各学堂如有由部拨补之款，应由学部列入拨款专册），各省提学司衙门经费，各省学务公所经费，各省大学堂经费，京外派遣学生留学日本五校经费，京外派遣学生留学东西洋经费（以官费为断，其由地方公费所派者，入地方预算），各省学宫费，各省补助地方教育费。

陆军部所管预算：本部及直辖学堂营队近畿陆军各镇经费，军咨处经费，贵胄陆军学堂经费，步军统领衙门经费，禁卫军经费，武卫军经费，满蒙汉八旗营经费，两翼八旗前锋护军营经费，圆明园护军营经费，内火器营经费，外火器营经费，健锐营经费，善扑营经费，虎枪处经费，向导处经费，军马南北分监经费，左右两翼牧群经费，各省旗营经费，各省防营经费，各省陆军经费，各省炮台经费，各省陆军学堂经费，各省卡伦经费，各省牧厂经费，各省陆军开办经费，各省营房炮台临时营缮经费，各省临时操防经费，各省旧军裁遣经费，各省兵差经费，各省制造军装军火局、厂经费（特别会计）。

海军部所管预算：本部直辖各处经费，驻扎各国人员经费，各省水师经费，各省军舰经费，各省船坞或船厂经费，各省海军学堂经费，各省军舰临时经费，各省船坞或船厂临时经费，各省军港临时经费，各省临时操防经费。

法部所管预算：本部及直辖各级审判、检察厅经费，大理院经费，修订法律馆经费，法律学堂经费，各省提法司经费，各省各级审判、检察厅经费，各省监狱及罪犯习艺所经费，各省遣流实发及解勘经费，各省司法教育经费，各省审判检察厅开办经费，各省监狱及罪犯习艺所开办经费。

农工商部所管预算：本部及直辖各局所学堂经费，各省劝业道衙门经费，各省河工或海塘经费，各省官业支出（此指农工商部所管不入特别会计者而言），各省补助地方实业费，各省临时补助地方实业费，各省官办矿务经费（以下均特别会计），各省官办垦务经费，各省官办森林经费，各省官办渔业经费，各省官办制造工厂经费，各省官办畜牧经费。

邮传部所管预算：本部及直辖各局、所、学堂经费，各省补助商办铁路经费，邮政经费（以下均特别会计，邮政经费内包括军塘、驿站及各省文报局经费），电政经费（邮传部直辖之电话局统并入内，其各省官办之电话局仍列入地方预算册，毋庸作特别会计），船政经费，路政经费。

理藩部所管预算：本部及直辖各处经费，各边行政经费（此指不属各主管预算衙门各费而言）。

●●度支部奏维持预算实行办法折

窃维试办预算为财政根本。预算不立，则财政紊乱，弊窦业生，百务俱无从整理。各国通例：于预算金额以外，不准滥支；于预算金额之中，不准流用；非特别重要事件，不得轻议追加。所以保出入之均衡，而力防浮冒侵挪之弊。

我国预算尚系试办，为难情形，诚所不免。现在，筹备期限缩短，试办宣统四年（1912 年）全国预算章程，本日业经另折缮单具奏，请旨遵行。但四年之全国预算，必本于三年之各省预算，若三年之各省预算无一定标准，则四年之全国预算又将从何着手？此试办四年全国预算，不能不于三年各省预算先定实行办法者也。臣等职掌所在，即责任所在，再四思维，实有不能已于言者。敬为我皇上详切陈之：

一　各省预算册内出入各款，仍应严行查核也。上年各省造送预算，臣部叠按监理官来禀，多谓：于岁出则有意加多，于岁入则特从少报。此等情形，各省不必尽问，而往往有所不免。现核各省于预算前后款项、文牍，已有续报实用之款，尚少于预算者，在大吏或未及致详，而所司则未容曲恕。至于田赋、厘金之欺隐，赈捐、杂入之含糊，则更不可究诘。拟请嗣后各省预算岁入、岁出各款，如所报不实、不尽者，准由该督抚切实查明，奏咨更正，并由臣部饬监理官严行查核,以重款项。

一 各省预算款项,宜通筹盈虚,慎重出纳也。历来,边省因过于瘠苦,或以军饷无出,始有协款之举,近则各省耗滥过多,经常日绌,如江南、福建等省竟有以例支不足,贷款洋行,请部设法者,甚至兵饷一切积欠,累累隐患之伏已兆于此。揆度其原,莫非前之任事者,博进行之名,昧长久之虑,拟请令各省于预算外有溢支者,即由该省设法节省,不得令有不敷。又,各省、关,动将库款存放商号,经手员司往往见欺商侩,动致巨亏,迨于无术支吾则恃借款为长策,公私受害,靡有所穷。拟请嗣后各省关库存之款,不得任听不肖人员,勾串商贾,借端牟利,以杜流弊。

一 宣统三年(1911 年)预算,臣部与各省商定增减之款,不得翻异也。上年试办预算,臣部因各省岁入册内有可议增加,岁出册内有可议删减者,叠经电商各省自行认定,为数颇巨,均于预算分册摘要内,详切声明,或随后经各督抚认增、认减,奏咨有案。是皆各省认为能行,并非臣部强定。今则各省于前次认定之案,又多借词翻异。试问,已定预算案内不敷之款,尚苦无可筹挪,若再将原认者复行翻异,又将何以应付。总之,各省近年结习以挥霍为固然,视公帑若私物,稍为限制,则百计相尝,必令破坏。偶从宽大,则觊觎投隙,甘弃成言。非独有碍财权,抑亦贻误大局。拟请各省嗣后凡有将认定之款、复议更改者,除臣部不准立案外,仍将该省承办人员,照玩视库款例,奏请议处,以示惩儆。

一 嗣后各省追加之案,应令先筹的款也。刻下,新政繁兴,在在需款,然必款归有着,乃可渐次经营。各国中央财政官厅,有指挥全国财政之权,故能酌盈剂虚,事无不举。我国道光以前,财权操自户部,各省不得滥请丝毫,添一费则必节一款,增一官则必裁一缺,制节谨度，无论何项皆不敢溢于经常之开支。咸丰以后，各省用兵大吏率多自筹，从未仰给京部。此外，兴办要政，亦必先筹的款，奏请部议始行举办。近则时势变迁，固由甲令所颁未容延缓，而铺张虚糜之习，亦因之渐开，有拟练一镇一协需款百数十万，而无丝毫预备者，有拟建筑审判衙署，及改良监狱，而用至数十万者，帑藏有限，费用无穷，京外库储何以堪此？拟请嗣后各省有因要需追加预算者，皆由该省先筹的款再行举办。否则，臣部概从驳斥，以重度支。

以上办法四条，系为体察今日财政情形，以冀预算有成起见。若并此不能实行，则藩篱尽决，枝节横生，前此一切规画[①]，悉成画饼。此后，消厘整顿，更复何望？财政为国家命脉所关，预算又财政初基所肇，必京外诸臣同力同心于应用者，常存节慎于可省者，设法删汰，使国力民力略可苏息，则财政渐有转机大局，自可补救。历代开国之始赋入少而国恒强，其后，费用愈多而国愈弱。各国征敛虽繁，然皆不作无益害有益。此尤臣等所愿与京、外诸臣共勉者也。谨奏。宣统三年(1911年)正月十五日。奉上谕已录册首。

民政部奏申明巡警学堂人员奖励办法折

窃臣部于上年八月会同学部，具奏奖励办法折内声明，凡在高等巡警学堂教授管理三年以上，一切办法概遵照部定章程，确有成效者，准按照寻常劳绩，奏明请奖。其接续教授管理至五年以上者，方准照异常给奖，其不及三年或虽及三年而无成效可观者，一律不准请

① 画：通“划”。

奖等语。奉旨允准通行在案。

近来,各省直巡警学堂多已设立,其开办较早者,学生毕业即奏请将在事人员给奖。惟请奖各员教授管理年限,据咨送册报总在三年或五年以上,而任事伊始无案可稽,虽不得不酌量情形分别核准,诚恐节长补短,不免取巧于一时,则平日之积有资劳者,或转致有向隅之叹。

拟请申明定章,嗣后各省巡警学堂请奖人员,必须自该堂遵照部定章程成立之日起算,扣足三年或五年确有成效,方准按照异常、寻常,分别给奖。其未照部章立学以前,概不得牵掣勾算,以示限制,仍由各督抚预将教授管理各员履历,注明到差年、月,先行送部备案至学堂讲义,尤为教员学生成绩所关,应分期报部核定,学生毕业试卷亦应送部考核。如蒙俞允,即由臣部通咨各省,一体遵照办理。谨奏。宣统三年(1911 年)正月二十日。奉旨依议。钦此。

●●学部奏改订简易识字学塾章程折并单

窃臣部于宣统元年(1909 年)十一月二十九日,具奏酌拟《简易识字学塾章程》,奉旨依议。钦此。当经臣部通行京、外,一体遵奉施行。上年十一月二十五日,臣部覆陈普及教育分别最要、次要办法清单,将扩充初等小学、补助机关归入最要一类。此项简易识字学塾,系单开补助机关之一,尤应及时推广,以期识字人民日益增多。查原订章程,其毕业期限定为三年以下、一年以上,其授课时刻定为每日三时或二时,于简便易行之中,仍寓多方造就之意。迩来详加考察,此项学塾既专为年长失学及年幼赤贫者而设,毕业之期愈近,则益便于谋生,授课之时无多可兼营夫操作。

臣等公同商酌，拟将毕业年限量为缩短定以一年至二年，其授课时刻则一律定为每日二小时，虽入塾读书仍无妨于生计。如此，则小民易于从事而愿学者益多，此酌改年限及授课时刻之办法也。学塾之程度既改，则所用课本亦应随之而改。原订章程识字课本有三种，国民必读课本有二种，并酌授以浅易算术。此次改章，拟将两项课本均改为一种，以归简易，而免纷歧。其简易识字课本分为第一、第二两编。用圆周教法，每编各自为起止一年毕业者，但读第一编上、下两册。二年毕业者，续读第二编上、下两册，统计全书四册，可合可分。至国民必读课本，亦拟用圆周教法第一年主讲演义理，不课文字。第二年，仍用原书讲演兼课文字。盖是书重在启发国民道德知识，不以复习为嫌。至算术一门，原章或用珠算，或用笔算，未经规定。窃谓此等学塾，既专为贫寒失学者而设，则以实用为主，似专教珠算为宜，兹已由臣部编成简易珠算教科书及教授书各四册，其圆周教法与简易识字课本相同，此酌改课本及学科编制之大要也。总之，小学为教育之本，而简易识字学塾为补助小学推广教育之用。臣等再三讨论意见相同，谨缮具清单，恭呈御览。伏候命下遵行。谨奏。宣统三年(1911年)正月二十四日。奉旨依意。钦此。

谨将《改订简易识字学塾章程》及授课表缮单，恭呈御览。

要　目

第一章 设立及维持

第一条 简易识字学塾，专为年长失学及年幼家贫、无力就学者而设，以补助小学推广教育为宗旨。

第二条 此项学塾视经费所自出，得分为官立、公立、私立三种。

第三条 凡已设之官立、公立、私立各项小学堂，岁入经费较为充裕者，均应附设此项学塾。

附设之学塾得借用小学讲堂教授。

此项学塾亦得租借祠庙或各项公所用之。

第四条 各府、厅、州、县劝学所及地方自治职，均有筹款设立及维持之责，每学期应将境内学塾数目及学生增减之比较，在京呈报督学局，在各省呈报提学司。每年终，由司、局汇报学部一次，以凭考核。

督学局及提学司应预定每年推广办法，分饬地方官及学务人员办理。

第二章 教科及设备

第五条 此项学塾课程，专教部颁简易识字课本、国民必读课本，并授浅易算术，教授识字课本时须兼教习字。

第六条 此项学塾每日教授钟点定为两小时。

第七条 此项学塾得酌量加授体操作为随意科。

第八条 此项学塾附设各项学堂之内者，其授课时间均以不碍本学堂功课为准，星期、年假、暑假讲堂闲暇之日，均得酌加钟点授课。

第九条 此项学塾应按学生年龄及所认毕业年限分班教授，如学生人数无多，程度亦复不齐，则用单级教授法，合班教授。

第十条 学生不收学费、应用课本等项，概由塾中发给。

第十一条 此项学塾毕业期限，定为一年及二年。毕业时，均发给凭单，注明修业年限，及识字若干。

毕业后愿续进初等小学者，听。其一年毕业者，得入初等小学第二年级。二年毕业者，得入初等小学第三年级，但以合初等小学年龄者为限。

附 则

第十二条 此外如有未尽事宜，应由督学局或提学司就各地方实在情形，量为更定，呈部备核。简易识字学塾授课表：

第一年

学科	程度	每星期教授钟点
国文（简易识字课本第一编上、下二册）	识字、讲读、习字	六（内习字两点钟）
国民道德（国民必读课本上、下二册）	讲演义理、不课文字	三
算术（简易珠算课本第一编上、下二册）	加、减、乘、除及诸等数	三
共计		十二

第二年

学科	程度	每星期教授钟点
国文（简易识字课本第二编上、下二册）	识字、讲读、习字	六（内习字两点钟）

国民道德（国民必读课本上、下二册）	兼课文字	三
算术（简易珠算课本第二编上、下二册）	加、减、乘、除及诸等数	三
共计		十二

上表所列两年课程，每年各自为圆周，如以一年毕业者，可但用第一年课程。

●●陆军部奏订陆军等学堂人员请奖章程折并单

窃维振兴武备，首在培植人材；整饬学堂，务当严核奖励。查光绪三十年（1904年）政务处会同吏部、兵部奏定《武备学堂在事人员请奖章程》内开，各省武备学堂均应俟学生毕业成就，在六七十人以上咨送到京，考验相符，方准。将在事人员请奖，每案文、武并保，不得过十六员，尤为出力者，准照异常劳绩，酌保二三员，其余，均按寻常劳绩给奖。其在事人员先期咨部立案，并于开保时叙明各该员在堂年分，造册咨部等语。历经遵照办理在案，惟定章之初，因各省武备学堂未经普设，成就人材，为数无多，不得不宽予限制，以策方来。

现在，各省陆军中、小学堂以及各项武备学堂渐次成立，学生毕业每案不下数百人，在堂出力人员若仍照向章给奖，年限既无一定，奖额亦觉太多殊，不足以昭核实，自应因时制宜，严加核定。除向章所定立案、考验各节，仍应遵照办理外，臣等谨按照政务处会奏“武备学堂请奖章程”及学部奏定“学务纲要”内载“学务员绅保奖章程”，斟酌损益，厘订暂行章程七条，缮具清单，恭呈御览。如有未尽事宜，及将来保案全停应如何办理之处，仍当随时查明具奏。谨奏。宣统三年(1911年)正月二十五日。奉旨依议。钦此。

谨将《厘订陆军武备等学堂在事人员请奖章程》缮具清单，恭呈御览。

计 开

一 各省陆军中小学堂及各项武备学堂毕业年限不同，所有在事出力人员奖案，自应划一，拟均定为三年请奖一次。

一 各学堂请奖额数，均应以毕业学生人数为衡。凡毕业学生百名，准将在堂出力文、武或陆军官佐供保十员。

一 奏保陆军官佐应照上年十一月三十日，臣部奏定《陆军补官任职考绩章程》内一、二等奖叙各条分别办理。

一 请奖人员如有在堂五年，尤为出力者，准于十员内，酌保异常劳绩二员，其余各员均照寻常劳绩给奖。

一 凡在堂不满五年者，不得照异常劳绩请奖。不满三年者，不得列保，如有年限不足，则所保员额，任缺勿滥，以示限制。

一 学堂毕业年限在三年以内者，亦须扣满三年方准请奖，如有办理不满三年即经停办者，应由该管衙门查明该学堂办理。确有成效，准将在堂人员按照此次定章，减半请奖。每毕业学生百名准保五员，均按寻常劳绩给奖。

一 此次奏定新章实行期限，应以学堂毕业日期为断。如在新章奏定以前毕业者,仍照旧章核议。其在新章奏定以后毕业者,即照此次新章办理。

●●陆军部奏陆军任职人员暂给官衔办法折并单

上年十一月三十日,臣部会同军咨处奏请《陆军补官于定章外暂拟权宜办法》一片内开,凡现在军队等处人员,或官与职太相悬殊,或以他项官阶任陆军之要职,或陆军学堂毕业尚未考试授官,已充上中级之军职。以上数项,如果程度相符、成绩卓著、实在称职者,应准分别酌量补授。陆军实官仍令其试署现充军职。一切服帽、章记,凡在任职期内者,均照现充军职品级服用。其详细权宜办法另案奏明办理等因。仰蒙允准,钦遵在案。

窃维服帽、章记为军队观瞻之表识,军容体制关系非轻,稍涉紊杂则命令指挥效力全失。是以臣部于上年二月间,奏请陆军人员原有职衔、虚衔等项,凡服军礼服、军常服时一律不得载用。又于补官章程总则内,重复申明,严加限制。惟是军队品级,固应划一整齐然。当此补任之初,官与职尚未能适相符合,臣等悉心核议,除官职相当者服帽章记,自应按照官制服用外,其余陆军任职人员,无论前经派定或嗣后升充,均于任职期内,一律给与陆军相当官衔。凡在军职之外,不准载用,免淆耳目,此虽权宜之计,实于现在军容不无裨益。谨拟"加衔办法",敬缮清单,恭呈御览。俟命下之日,即由臣部钦遵通行京、外,转饬陆军各员,一体遵照。谨奏。宣统三年(1911 年)正月二十五日。奉旨依议。钦此。

谨将《陆军任职期内暂行加衔办法》缮具清单，恭呈御览。

计 开

第一条 凡在陆军军队等处，前经派定职任人员，除官职相当者不计外，或官小而职大，或系他项官阶，或并未补陆军实官任职期内，均一律给与陆军相当之衔。嗣后如有应行加衔人员，均照本章程办理。

第二条 上等各级军职照章由部开单，请简者职任较崇，如系应行加衔人员，即于开单具奏时声明请旨办理。

第三条 中、次两等各级军职照章由部具奏请补，或汇奏请补者，如系应行加衔人员，任职期内，即请各按等级给予相当之衔准其戴用。惟中、次两等军职繁多，所有加衔，均拟毋庸声请，以免烦渎。

第四条 凡充任军职应行加衔各按等级分列如下：

上等一级：应加正都统衔。

上等二级：应加副都统衔。

上等三级：应加协都统衔。

中等一级：应加正参领衔。

中等二级：应加副参领衔。

中等三级：应加协参领衔。

次等一级：应加正军校衔。

次等二级：应加副军校衔。

次等三级：应加协军校衔。

第五条 此项加衔专为尊崇体制，整饬军容起见。所有加衔人员凡在军队等处任职期内，于军礼服、军常服时，方准戴用，余均不得任意戴用。

第六条 凡在任职期内得有加衔人员，将来军职升转，自应换给相当之衔。

第七条 以上各条均系现在权宜办法，俟军队等处人员官职相当之后，即应停止作废。

●●法部奏请旨饬各省实行停止刑讯折

光绪三十一年(1905年)三月二十日，修订法律大臣等议覆前两江总督刘坤一等变法条奏，拟请流、徒以下不准刑讯等因。二十一日，奉上谕，昨据伍廷芳①、沈家本②奏，议覆恤刑狱各条，请饬禁止刑讯拖累、变通笞杖办法并清查监狱、羁所等条。业经降旨，依议。

惟立法期于尽善，而徒法不能自行，全在大小各官任事实心、力除壅蔽，庶几政平讼理，积习可回。颇闻各省、州、县或严酷任性，率用刑求，或一案动辄株连，传到不即审讯，任听丁差朦蔽择肥，而噬拖累、羁押、凌虐百端，种种情形，实堪痛恨。此次奏定章程，全行照准。原以矜恤庶狱，务伸公道，而通民情用，特重申诰诫，着该督抚等严饬各属，认真清理，实力遵行，仍随时详加考查，倘有阳奉阴违，再蹈前项弊端者，即行从严参办，毋稍回护瞻徇。

---

① 伍廷芳(1842—1922)，汉族，广东新会西墩人，清末民初杰出的外交家、法学家。1896年被清政府任命为驻美国、西班牙、秘鲁公使，签订近代中国第一个平等条约《中墨通商条约》。

② 沈家本(1840—1913)，汉族，吴兴(今浙江湖州)人。光绪二十七年(1901年)起，历任刑部右侍郎、修订法律大臣，并兼任大理院正卿、法部右侍郎等职。宣统二年(1910年)，兼任资政院副总裁。次年，任法部右侍郎。

其各勤求民瘼,尽心狱讼,用副[1]朝廷恤下省刑之至意。将此通谕知之,钦此钦遵在案。

是年九月十七日,修订法律大臣等,覆奏轻罪禁用刑讯,各省奉行不力,申明新章,请旨饬遵。又,三十三年(1907年),臣部议覆《顺天府尹枷号改折罚金》一折内称非刑之设例禁綦严,拟请一并饬下。各直省、督抚、将军、都统转饬所属,如有私用者,照例参处。又三十四年(1908年),臣部酌核御史俾寿[2]奏请《停止刑讯严禁勒诈》折内声明,其能不事刑求者,拟由臣等酌奖。倘有徇情滥刑之员,一经察[3]出,应即随时参办各等语。亦经先后奉旨依议通行遵照。

臣等窃维古者讼狱之事,察辞于差,刑不过罪。经、传所载,恒曰:德讼折狱,谓听其曲直,折其是非,非谓必施以刑责也。刑责滥觞于鞭扑,然只施于不治官事、不勤道业之人,故曰:鞭作官刑,扑作教刑,未闻罪状未著,而率求之榎楚之下者。自秦汉以来,严酷之吏不能虚心决事,研鞫无术,惨礉少恩,复饰其说曰:刑讯刑求,唐律所谓拷囚,明律所谓拷讯,沿伪袭谬,流毒至今。究之,文懦无辜,含冤枉服,而凶狡之徒有熬刑、茹刑至死而不吐实者,夫曰:讯曰求,则未得其情,而尚待于讯与求矣。此时,对簿泾渭未分,而仓皇[4]被刑,百辞莫辩,果其法不应坐,自新则已无繇。甚至非刑、私刑名目百出,公庭拷掠,血肉横飞,是岂立宪时代所宜出此?比者,笞、杖已改罚金,重罪仅笞竹板,所以保卫善良者,实已无微不至。

---

① 副:符合,相符。

② 俾寿:生平待考。

③ 察:通“查”。

④ 皇:通“惶”。

乃先朝诰诫，不啻三令五申。京师审判衙门尚能遵守，惟闻各直省、州、县犹复视为具文。日久生玩，动辄借口，非取供无以定谳，非刑讯无以取供。不知现行刑律于死罪证据已确，而不肯供认者，尚有板责以济其究，自不虞其刁狡。至遣、流以下人犯，果系众证确凿，即可照例定拟，更不必定取输服供词。

古称惟良折狱并非淫刑以逞，盖定谳方法不止一端，问刑官果能尽心民事，极意研求，何至有不得之情，亦断无难结之案。粗疏灭裂、苟且从事，竟不惜残他人之肢体为一己便安。卸责之图，积弊相沿，习非成是，既违朝廷钦恤之怀，亦乖立宪文明之制，影响所及，贻累法权。

臣等时用滋怯，查各省省城、商埠各级厅已于去年成立，各省提法使业经奉旨改补，所有各该省司法、行政事宜，提法使是其专责，相应请旨重申诰诫。嗣后，无论已、未设厅地方，统由各该督抚责成提法使认真督察，凡遣流以上人犯，承审各员一律不准再用刑讯。其死罪人犯，应行刑讯者，亦应恪遵现行刑律办理。从前一切非刑、私刑名目，永远革除，刑具即时销毁。倘有奉行不力或阳奉阴违，仍不脱从前问刑习气，断非文明法纪所能宽恕。一经查出，或被告发，拟即由该提法使据实申部，将该承审官分别轻重，从严参办。提法使瞻徇容隐，即由督抚随时咨部揭参。督抚知而不问，亦由臣部随时查明、奏参，并饬京、外问刑各衙门。

恭录光绪三十一年(1905 年)三月二十一日谕旨，敬谨悬挂法庭，以资儆惕，而申禁令，庶酷吏无可借口，而讼狱尽得其情。臣等为矜慎用刑，恪遵功令起见，谨奏。宣统三年(1911 年)正月二十六日。奉上谕已录册首。

●●会议政务处议覆川督奏德格等改土归流建置道府州县设治章程折附章程

宣统二年(1910年)四月二十四日,四川总督赵尔巽[1]等奏《德格、春科、高日三土司改土归流建置道、府、州、县设治章程》一折,奉朱批会议政务处议奏,单片并发,钦此。查原奏称:川边土司地方辽阔者,莫如德格,南与瞻对及里巴塘接壤,北与西宁及俄洛野番交界,西北与野番交界,不止二千余里,东连麻书孔撒土司,西邻察木多乍了,各界亦五六百里。益以春科、高日两土司地方暨灵葱土司之郎吉岭四村,则东西延袤亦千有余里。形势扼要,据金沙江之上游,统筹大势,应建置州县十余缺,乃敷分布。惟开办之初,暂宜从简,拟于德格、春科、高日交界之登科地方设知府一员,名曰:登科府;于德格适中之龚垭设知州一员,曰:舆化州;于德化之北与俄洛、西宁毗连之杂渠卡设知县一员,曰:石渠县;于德化之南与巴塘相连之白玉设知州一员,曰:白玉州;德化之西与乍了察木多连界之洞普[2]设知县一员,曰:同普县;德化之东与麻书孔撒土司连界之处暂归德化县管理。两州、两县皆隶于登科府。惟各府、州、县均有地方之责,非有统辖之员,无以监察治理,拟于登科府治设分巡兼兵备道一员,名曰:边北道。以资督率所设各员,均请作为边疆要缺,由边务大臣于奏调到边资格相当之员,及四川实缺候补人员中,择能奏请调补,三年俸满准予奏保,在任候升,并分别拟具《廉俸公费章程》等语。

---

① 赵尔巽:(1844—1927),祖籍辽宁铁岭,清代最后一任东三省总督,主持编写《清史稿》。

② 原文即为"洞普"与后文之"同普县"似有冲突,疑应为"同普"。

臣等详加核议，德格土司为四川边地一大部落，上年献地、输诚暨春科、高日两土司改设流官，节经臣处暨理藩部、陆军部议准奏，奉谕旨遵行在案。现据该督奏陈建置事宜，均系按切地势，择要经画①，实为川藏中权必不可缓之举，应请准如所奏，添设边北道一缺，登科府一缺，德化、白玉州知州二缺，石渠、同普县知县二缺，分管地方钱粮、词讼、监狱。一切事务归边务大臣统辖，以图治理，而资控驭。所拟补缺、升途各节，及俟教育普及，蛮民能习汉语、汉文，再行察看情形，仿照内地饬办地方自治及审判事宜，亦为因地制宜之要，并请准如所奏办理。

拟《开设治章程》十八条，除道员统辖各属外，各府、州、县均有管理地方之责，系照现行东三省设治办法，府、县属官不设大使经历，而设佐治员亦系斟酌新旧变通合宜，均可照准。其道、府、州、县公费数目系连佐治各员，及司事、司书、通译、勇夫、杂役、薪粮在内，尚为得中。惟与该督等另奏所设康安道、府等缺公费多寡不同，养廉一条亦复此有彼无，应由该大臣等汇核画一办法另行具奏，作为《边缺暂行章程》。

又，第九条，分设科目过繁，且地方官只理民教、词讼，不得谓之外交、礼学两科及法科检验科等，均可酌量归并道员。有兼管兵备，督率府、州、县之责，权限亦与府、州、县不同，应予画分清晰。以及画疆分治，衙署仓廒，一切应行建置事宜，并请饬下该边务大臣会同四川总督详慎妥筹绘图贴说，另行奏明。核办所请刊铸印信并请饬下礼部，照章办理，俾资遵守。再，此案因关边务建置，往返函商致稽时日，是以议覆稍迟，合并陈明，谨奏。宣统三年（1911 年）二月初六

① 画：通“划”。

日。奉旨着依议。钦此。

德格改设流官拟设道府州县设治章程

第一条 德格、春科、高日等处部落纵横三千余里，兹仅就繁要之处设官，以期分地而治，并设兼辖之员，俾资联络一气，谨设道员一缺、知府一缺、知州二缺、知县二缺。

第二条 边外事属创始，因应之间均关紧要，必使蛮民悦服，习俗改革自易，非有治边之才及习谙边地情形之人，措施未能得当，地方即贻害无穷。凡道、府、州县各员缺，拟请悉由外补以期得人而理。

第三条 拟设道、府、州、县各员缺，除道员系统辖各属外，府、州、县均有管理地面之责。

第四条 所设兵备道一员，承边务大臣命令，考核所辖州、县并监理刑名事务，府、州、县命盗各案均由该道核转。遇有兵事准调遣境内巡防各军，一面知会该军统领，札饬各营遵照。无事，该道不得随意调用营勇，有事，该统领亦不得故意阻挠。

第五条 所设府、州、县均禀承边务大臣及本管兵备道命令，自理所管地方粮赋、词讼其知府领有所属州、县者，并考核各属一切事务。

第六条 道、府、州、县各缺开办之始，暂不设大使、经历、吏目、典史等官，将来应否添设，届时另行奏请办理。

第七条 大使、经历等官既暂不设，而粮赋、词讼、屯垦等事，职务殷繁，道、府、州、县均暂设佐治员一员，由各员禀请边务大臣，札委帮同助理一切。

第八条 道、府、州、县各衙署不准有书吏名目，准同内地招募文理通顺之生、监学生人等出关，设为司事、司书，分科办公。司事准予出身，惟内地系五年役满，边地苦寒作为三年期满，由边务大臣考试，分别保奖。司书明白可用,则考充司事。

第九条 司事分科:一、吏治科;二、外交科;三、民政科;四、农工商科;五、度支科;六、礼科;七、学科;八、邮传科;九、军政科;十、法科;十一、检验科。各科档册司事一名,司书生二名。

第十条 汉蛮文字、语言不能相通,各衙署拟设藏文翻译生二名,藏文司书生二名兼译藏语。

第十一条 各衙署均不用差役名目,兵备道署内拟设亲兵三十名,知府二十四名,州、县设堂勇二十名,兼募蛮汉人等充当。

第十二条 府、州、县署均设斗手一名、守仓库夫四名、看门夫四名、杂使二名,守监狱夫二名,监狱重犯多者,再添二名,随时酌量。

第十三条 道、府、州、县各缺养廉,拟定兵备道一员,每年养廉银二千四百两,知府二千两,知州一千六百两,知县一千二百两,遇闰不加。

第十四条 各缺公费,拟定兵备道,月支银一千两;知府月支银八百两;州、县月支银七百两。佐治员暨司事、司书、通译、勇夫、杂使等薪费、口食均在其内。

第十五条 各署公费银两,均由各处粮赋项下,按月作正开支。倘所收粮赋不敷,再由边务经费项下补发,各属养廉应俟拣员奏补,经部核准,饬知到任后,始按年支给。

第十六条 各处设治地方,应修衙署、仓库、监狱等项,所有物料工程由边务经费项下各处拨给银一万两,工竣,切实造报。

第十七条 各缺所设佐治员兵备道,用《州县照奏定章程》,月支薪水银一百六十两,府、州、县用佐杂,月给薪水银八十两。

第十八条 各缺设司书、翻译、勇夫等项,司事每名月支薪水银十两,灯油、笔墨费银二两;藏文翻译生同司书生,每名月支薪水银六两,灯油、笔墨费银二两；藏翻译生同亲兵、堂勇，每名月支口食银三两六钱；队长一名月支银十二两；夫役人等每名月支银三两三钱。

以上系暂行章程，如有未尽事宜及应行变通之处，俟体察情形随时奏咨办理。

●●会议政务处议覆川督奏会筹边务片

再据该督等片称，光绪三十四年(1908年)八月，具奏《会筹边务》一折，奉朱批会议政务处议奏等因。钦此。恳饬早为议定，俾得设官分治等语。遵查原奏四端，一曰：划清界限；二曰：增设官属；三曰：宽筹经费；四曰：协济兵饷。

臣等公同察[①]核，当以开边不易，筹款尤艰，不敢不审慎从事，原奏尚有未能详尽之处，非与该督等重复函商，恐不足以尽事理，而臻周妥。兹据该督等原奏及其声覆各节，详加核议，各该地方蛮民既已诚心向化，核计常年经费现已改流地方。岁收粮税银七万余两，尚可按年酌增。川省所筹油、糖捐款约可收银四十余万两，供支边用足。为基础兵食一项，关外虽不产米，而看来种植改良青稞之外，他种粮食可望丰收，但得川省协济，一两年后无虞。不继乘此经营，既无耗中事边之嫌，且收固圉殖民之效，自应设官分治，以资抚驭。

查原奏称，拟改巴塘为巴安府，打箭炉为康定府，里塘为里化厅，三坝为三坝厅，盐井为盐井县，中渡为河口县，乡城为定乡县，稻坝为稻成县，设分巡兼兵备道一员，曰：炉安道驻札巴安府，统辖新设各府、厅、县并加按察使衔，兼理刑名。以里化一厅，河口、稻成二县录

① 察：通“查”。

康定府。以三坝一厅，盐井、定乡二县录巴安府。贡噶岭设县丞一员，录于稻成县。里化厅设同知一员，三坝厅设通判一员，以上各缺悉由边务大臣奏请，由外补用。惟康定府会同四川总督遴员请补等语，应请准如所奏，分设各缺。惟打箭炉为古康地，既改打箭炉厅为康定府，而道缺仍称炉安，殊嫌未协，应定名为康安分巡兼兵备道，该道兼理刑名，按察使现已改为提法使，应即改加提法使衔，以归画一，并改设巴安府、康定府知府二缺，里化厅同知一缺，三坝厅通判一缺，盐井、河口、定乡、稻城县知县四缺，添设贡噶岭县丞一缺，以图治理。至所称画清界限一节，打箭炉厅为川藏枢纽，出关乌拉，调用土司部落，如权限不属，则呼应不灵，拟将打箭炉以外属地画归边务大臣管辖，系为统一事权起见。虽边务大臣与内地省制不同，而四川总督既有鞭长莫及之虞，则以军府之规任地方之责。创始经营，自可从宜办理，他如明正、霍尔、五家道、坞冷碛各蛮部地方次第开化，并应责成该大臣妥慎经画，逐渐施行。惟所拟道、府、厅、县公费数目与现拟奏设边北道府各缺多寡不同，应饬另议奏咨，以归一律，其拟请另拨经费。现在，试办全国预算，积亏甚巨，既无可以挹注究竟该处边务经费、每年兵饷、官俸与夫制造军装、转运脚费等项需用若干，除去收入粮税、油糖各捐不敷细数，应由该大臣通盘筹划，编制预算，专案咨送度支部汇核办理。不得空言指拨，庶符宪政而期实济。谨奏。宣统三年(1911年)二月初六日。奉旨着依议。钦此。

●●会议政务处议覆川督奏遣犯改发片

再据该督等片称，巴、藏地方经营伊始，一切查勘路线、安设电杆、招民屯垦、设台转输，需人差遣。若悉由内地调用，无论极边苦寒之地，非人情所乐从，即经费所需亦难筹措。历来臣工获罪非在不赦，均蒙恩发遣军台、新疆等处效力赎罪，并准援例捐赎。今巴、藏边苦逾于新疆，可否准予嗣后凡应发遣新疆、军台人员，准其一律改发巴、藏效力赎罪，其已发在途者，亦准就近呈请地方官请咨改发。其有愿捐赎者，亦准援新疆、军台赎罪例，就近缴由川省捐赎留充巴、藏经费等语。

查刑律发遣一项，本于明罚敕法之中，寓徙民实边之意，巴、藏既经设治，所有从前应行发遣新疆、军台人员，自可援例一体发遣。其例准捐赎者，并准照例办理，拟如所奏，请旨饬下法部详议章程，通行遵办，合并附片覆陈。谨奏。宣统三年(1911 年)二月初六日。奉旨着依议。钦此。

●●法部奏各厅请设七品虚级推事检察官片

再，京师高等以下各厅，经第二次考验合格人员中，有原官不及六品者，臣部奏设京师高等以下各厅推事、检察官员缺，以六品为止。此项人员实无相当官缺可以改用，臣等公同商酌拟请设七品推事、检察官虚级，经第二次考验合格人员，除正印各官仍照宣统元年(1909年)九月间臣部奏定《各厅员缺任用、升补章程》议改外，其佐职各官不及六品者，均改为七品虚级推事、检察官。俟候补三年期满，转候补六品推事、检察官后，以相当之缺补用，以示限制，而照慎重。谨奏。宣统三年(1911 年)二月初六日。奉旨依议。钦此。

●●海军部会奏遵拟海军部暂行官制折并表单

窃前筹办海军事务处会奏《厘订海军部暂行官制大纲》一折内

称,各司科处科员以次各员额暨一切详细章程,应由新授海军大臣等会商宪政编查馆另案奏明,请旨办理等语。宣统二年(1910年)十一月初三日,奉上谕:立国之要,海陆两军并重,前因厘订官制,钦奉先朝谕旨,海军部未设以前,暂归陆军部办理。嗣有旨派载洵①、萨镇冰②充筹办海军事务大臣,复派载洵等前赴各国考察,一切筹办,渐有端绪。兹据载洵等会同宪政编查馆王大臣奏《拟订海军部暂行官制大纲列表呈览》一折,详加披阅,尚属周妥,自应设立专部,以重责成,所有筹办海军事务处着改为海军部,设立海军大臣一员、副大臣一员,该大臣等务当悉心规画③、实力经营,以副④朝廷整军经武之至意。至应设之海军司令部事宜,着暂归海军部兼办。余,着照所议办理等因,钦此。

臣等跪聆之下,钦服莫名。自奉命以来,即就前筹办海军事务处原折表,按照目前海军部办事情形,并参考外国海军军令部规制,详加擘画,总期因时变通,以尽推行之利。统筹兼顾,以规进步之程。查原表所列军防司分设侦测、铨衡两科。其铨衡一科,掌管各省水师人员补缺事项,与原表军制司考核科所掌水师人员考绩事项实属相承。今拟将铨衡科改隶军制司,以归简括。所余侦测一科,查其掌管事项与外国之水路部大致相同,外国水路部系独立机关,惟现时中国海军规模尚待推广,自不必仿其独立之制,致涉铺张。然测海、制图,

---

① 载洵(1886—1949),光绪帝弟,宣统元年(1909年)任筹办海军大臣,并赴欧美考察海军,次年授海军部大臣。

② 萨镇冰(1895—1952),蒙古族,早年考入福州船政学堂,并留学英国学习海军及驾驶,归国后在北洋水师任职,后官至海军提督。国民政府时期,他曾任福建省省长。他晚年走上与中国共产党合作之路,为解放军进入福州城作出了贡献。

③ 规画,通"规划"。

④ 副,相称、符合。

实为海军重要事件，亦不可不预立基础，以图扩充。今拟将该科改隶军学司，所有一切侦测事宜，照旧责令经管，并随时察看情形，添置测量海道器具、印刷图籍机件，以期逐渐推广，俟规模粗有端倪，再行另案奏明。请旨设立局所，专司侦测事宜。铨衡、侦测两科既分隶军制、军学两司，则原设之军防司，自应裁撤。又原表军学司、调查科其所管事项多与谋略科相承，今拟将调查科裁撤，所有原管事项归并谋略科办理。又原表军制司、器械科其所管事件多与制造有关系，今拟将该科改隶军政司。

此外，各司处既分科任事，复设司长、计长等员，以总其成，则原表所列司副、副计长等员，亦拟一并裁撤，以一事权。至海军司令部，查系掌管国防用兵等事务，责任綦重，臣载洵等自当懔遵谕旨，督饬所属人员认真筹划，切实经营，以仰副朝廷整军经武、巩固海疆之至意。兹谨将各司长以次职员，应以何项官阶补充及其职掌事项，分别拟表缮单，进呈御览。如蒙俞允，即由臣载洵等钦遵办理。再，此次所拟员额、职掌系按目前情形暂行拟订，如将来尚有应行斟酌、损益及按照各部官制通则应归一律之处，由宪政编查馆会同海军部请旨遵行。谨奏。宣统三年（1911 年）二月初九日。奉上谕已录册首。

海军部职员表		
海军大臣（正都统） 海军副大臣（正都统/副都统）	参谋官六员 参事官二员 秘书官六员	司电员二员 艺师二员 艺士二员 录事二员

军制司	协都统 司长 正参领 一员 （下同）	制度科 考核科 铨衡科 驾驶科 轮机科	正参领 科长 副参领 五员 （下同）	科员 一等副参领 协参领 二等协参领 正军校 三等正军校 副军校 （下同） 十四员	录事十员
军政司	司长 一员	制造科 建筑科 器械科	科长 三员	科员 八员	录事四员
军学司	司长 一员	教育科 训练科 谋略科 侦测科 编译科	科长 五员	科员 十四员	录事 八员
军枢司	司长 一员	奏咨科 典章科 承发科	科长 三员	科员 十员	录事 八员
军储司	司长 一员	收支科 储备科 庶务科	科长 三员	科员 十员	录事 六员
军法司	司长 一员		一等司法官二员	二等司法官 三等司法官 八 学习司法官 员	录事三员
军医司	司长 一员	医务科 卫生科	科长 二员	科员 四员	录事三员
主计处	计长 正参领一员	会计科 统计科	科长 二员	科员 八员	录事六员

附记	一　表列各职司均应以海军官充任,现因海军人员尚形缺乏,拟暂以阶级相当、著有成绩之各项文官酌量参用。 一　表列参谋官分为一、二、三等,均以海军学生出身人员充任。 一　表列参事官、秘书官均以资格相当之军官、文官遴充。 一　表列司电员、艺师、艺士均以阶级相当之海军官佐及文官学生等酌量录用。 一　表列录事,以文官学生及额外军官以下各级人员录用。 一　表列员司各职,虽有一定官阶,如无相当人员,得以次级官试署。 一　表内各司长、计长如将来循资累绩,致所补官阶高于原定品级者,司长仍得以副都统充任,计长仍得协都统充任。 一　表列各司处科员以下员额,均就现在情形暂行设定,如将来部务较繁,随时奏明添设。

谨将遵拟海军大臣、副大臣暨各员司职掌事宜,缮具清单,恭呈御览。

海军大臣、海军副大臣:管理全国海军行政事宜,统辖海军军人、军属及各省水师并暂行兼办海军司令部事宜。

参谋官:掌承办本部咨询事件,参订舰队、学堂、厂所章制,并调查海军水师应行改革事宜。

参事官:掌参订法律章制并承办堂交参议各项事宜。

秘书官:掌监守部印承办机密文牍、函电及不属各司处文件。

军制司:掌海军规制考绩,驾驶轮机及水师人员升迁、调补、叙功、议过、封典、袭荫、恤赏等项事宜。

制度科

一 承办拟订海军礼节、旗制、服章一切章制事宜。

一 承办勋章、记章、奖牌等事宜(俟新内阁赏勋局成立后画归办理)。

一 承办拟订海军各项船制、营制、饷章等事宜。

一 承办拟订海军人员补官、任职、叙功、记过、迁调、定俸、恤赏以及颁发宝星、功牌各项章程事宜。

一 经管海军人员履历册籍事宜。

一 承办拟订海军退入、后备官员之升迁、进退各项章程事宜。

一 承办拟订海军人员退休、丁忧、告假、赏假各项章程事宜。

一 承办修订海军人员常备、后备之官弁、兵士、衔名册籍事宜。

一 承办拟订海军官员转任文官章程事宜。

一 承办核定各省水师营制、饷章事宜。

一 承办编订海军警卫队、军乐队一切章制事宜。

一 经管海军警卫队及军乐队人员履历册籍并迁调黜陟事宜,会同军法司办理。

一 承办拟订关于军纪各项规则事宜,分别会同军学、军法等司办理。

一 承办拟订海军征兵各项章程事宜。

考核科

一 承办恭逢恩诏、加级、开复事宜。

一 承办核议海军水师人员各项劳绩、请奖事宜。

一 承办核议本部所辖学堂、厂所请奖事宜。

一 承办海军水师人员寻常劳绩、加级纪录事宜。

一 承办检查海军水师人员保奖各案事宜。

一 查核海军水师人员事宜。

一 承办海军水师人员开复、官阶、翎衔事宜。

一 承办发给保奖人员执照事宜。

一 承办海军水师人员记功、保奖、注册事宜。

一 承管收存记功、保奖册档事宜。

一 承办海军水师人员阵亡、伤亡、病故、伤残、议给、恤赏事宜。

一 承办核议海军各项学堂职员、学生应行抚恤事宜,会同军学司办理。

一 承办查核发给宝星、勋章、功牌事宜。

一 承办核销海军水师弁兵烧埋银两事宜。

一 承办核议海军水师人员参革、降罚、公私处分事宜。

一 承办各省水师官员五年军政事宜,会同陆军部等衙门办理。

一 承办海军水师人员抵销处分事宜。

一 承办海军水师人员获咎休致、勒休事宜。

一 承办查办废员事宜。

一 承办查核水师人员交代迟延处分事宜。

一 承办海军水师人员参罚、记过、注册事宜。

一 承办海军水师人员请给、封典事宜。

一 承办海军水师人员恩荫、改荫、退荫、还荫事宜。

一 承办袭爵、袭职人员请发水师学习事宜。

一 承办恩荫、难荫、袭爵、袭职,学习期满带引验放事宜。

一 承办海军水师人员学习期满事宜(以上五条应俟新内阁成立后,

画归[1]办理)。

铨衡科

一 承办内洋、外海、内河、里河、长江水师水员注册分发事宜。

一 承办内洋、外海、内河、里河、长江水师拔补千总、把总外委等项事宜。

一 承办内洋、外海、内河、里河、长江水师武职各员弁补缺、发给、札付、限票、验票等项事宜。

一 承办内洋、外海、内河、里河、长江水师提镇坐名敕书事宜。

一 承办稽查内洋、外海、内河、里河、长江水师提镇陛见事宜。

一 承办奏留陆路人员改归水师补用事宜。

一 承办每届五年通行各省督抚、密保水师副参等第事宜。

一 承办水师省分保列一等暨副、参、游、都、守预保事宜。

一 承办水师升署人员俸满换札事宜。

一 承办各省水师裁改营汛事宜。

一 承办递换外海长江水师提镇、副参月折事宜。

一 承办水师各省官弁季报、大报清册事宜。

一 承办请旨拣发水师人员事宜。

一 承办内洋、外海、内河、里河、长江水师人员留营、留标、归班、改标、裁缺事宜。

一 承办每年四季咨送吏部水师武职缙绅事宜。

---

① 画归,通“划归”。

驾驶科

一　承办驾驶学生之堂课、船课、毕业考验事宜，会同军学司办理。

一　承办驾驶人员之补官、任职、迁调、黜陟等事宜。

一　研究航海术、战术、运用术等事宜。

一　承办稽核舰队演习行驶报告事宜，会同军学司办理。

一　承办稽核江海航图、要塞、军港图籍，会同军学司随时更正事宜。

一　承办改正江海灯塔、警椗及气象等书籍、图画事宜，会同军学司办理。

一　研究各种航海器具事宜。

一　承办收存军舰、每年航迹图，会同军学司稽核事宜。

一　承办稽核练船见习生每年所测天象册籍事宜。

一　承办稽核军舰每年罗经差及船表差报告事宜。

一　承办评阅关于驾驶员各种意见书及审定关于航海之著作事宜，会同军学司办理。

一　承办稽核军舰航海日记及驻泊日记事宜。

一　承办修订行船免碰章程事宜。

一　承办稽核军舰搁浅遇险之报告事宜，会同军法司办理。

一　承办核订海军平时应用各项通语法事宜。

轮机科

一　承办轮机人员之补官、任职、迁调、黜陟等事宜。

一　承办轮机学生之堂课、船课、毕业考验事宜，由军学司会同办理。

一　承办选派轮机人员入轮机专修科并出洋留学事宜，由军学司会同办理。

一 承办拟订厂局制造各船机器之计画[①]并其位置之方法事宜，会同军政司办理。

一 经管船成后之初次试验与改修后之试验事宜。

一 经管各船机器之大修、改良事宜。

一 研究各项机器学术发明、改良，随时颁布等事宜。

一 承办稽核各舰队轮机报告事宜。

一 承办保存各舰队之一切机器图样事宜。

一 承办稽核各舰队机舱所有应用器具之弃旧换新、增补购备事宜。

一 承办拟订购办各种机器契约事宜，会同军法司办理。

一 承办查核修造、购置各种机器之价值事宜，会同军储司办理。

一 承办检查各舰队机厂一切机器事宜。

一 承办稽核各舰队厂局一切机器之保存废弃事宜。

一 承办评阅关于轮机各种意见书事宜，会同军学司办理。

一 承办稽核各舰队局厂招募练兵、工匠、学徒等事宜。

一 承办检查各舰队机厂所用煤质事宜。

一 承办稽核沿海附属海军之一切电灯机事宜。

军政司：掌修造船舰、建筑工程等项事宜。

制造科

一 承办核计海军各式舰艇并各省内河长龙舢板之制造及修理等事宜。

一 承办各省制造及修理各式舰艇，内河长龙舢板并制造各船厂，咨

---

① 计画，通“计划”。

请立案报销、奏销等事宜。

一 承办制造人员之补官、任职、迁调、黜陟等事宜。

一 承办核订各船及各机锅所用物料事宜。

一 经管各舰艇试洋，并试验机锅及所用物料事宜，知照军制司办理。

一 承办审订购制船只及机锅，并坞厂各项机器、家具、物料等项契约合同事宜，会同军制司办理。

一 承办核订舰艇及机锅等变价出售事宜，会同军储司办理。

一 承办核订各船添配各项机锅及家具事宜。

一 承办检查废坏舰艇，并坞厂各种废坏机锅、家具、物料等事宜。

一 承办核订坞厂各种机器、家具、物料等项变价出售事宜，会同军储司办理。

一 承办核订凡关于各项制造材料事宜。

一 承办审订凡关于各项制造图样事宜。

一 承办检查坞厂机器、家具、产业等事宜，知照军储司办理。

一 承办稽核各船进坞修理及改良并大修事宜。

一 承办审订聘请制造工程司合同事宜，会同军法司办理。

一 承办考验海军制造人员及各毕业生事宜，由军学司会同办理。

一 拟订制造人员及工徒等因公受伤议给恤赏章程，会同军法司办理。

一 经管核订并验收各项制造工程事宜。

一 承管派员监造及监修船只、机器、锅炉并试验料质事宜。

一 核订购制无线电报、器具、物料合同价值事宜。

一 稽核无线电报、家具、物料及修理等项报销事宜。

一 经管本国商家船厂及关于海军所需各项机器、物料之制造商厂，呈请注册事宜。

建筑科

一、承办核订海军衙署、公所、炮台、学堂、厂坞、兵房、码头、桥梁、灯塔及海军所辖界内火车轨路等项建筑并修理等工程事宜。

一 承办各省凡关于海军衙署、公所、炮台、学堂、厂坞、兵房、码头、桥梁及各项建筑并修理等工程咨请立案、报销、奏销事宜。

一 承办审订及测量建筑工程应用地基事宜。

一 承办检查废坏建筑材料及机器、家具等项事宜。

一 经管验收海军衙署、公所、炮台、学堂、厂坞、码头、兵房、桥梁、灯塔及各项建筑并修理工程事宜。

一 承办审订凡关于各项建筑工程并所用机器、家具等项图样事宜。

一 承办审订购制建筑所用机器、家具、物料等项之契约合同事宜。

一 承办审订承揽建筑工程合同事宜,分别知照,会同军储、军法等司办理。

一 承办派员监造、监修及试验建筑料质事宜。

一 承办审订聘请建筑工程司合同事宜,会同军法司办理。

一 承办核订建筑物料及机器、家具等项变价出售事宜,会同军储司办理。

一 承办考验建筑人员及各毕业生事宜,由军学司会同办理。

一 拟订建筑人员及工徒等因公受伤议给恤赏章程,会同军法司办理。

一 承管在军港选择地基、建筑台垒及水雷、无线电、军械等营各工程事宜,会同军学司办理。

一 承管本国凡关于海军建筑工程所需各项机器、家具、物料之制造商厂,呈请注册事宜。

一 经管军人及厂坞工徒埋葬应用官地事宜。

器械科

一 承办稽核各舰队炮械、水雷、鱼雷之配置、试验、修改、收存、销发等事宜。

一 承办稽核海军军械局弹药库等事宜。

一 承办稽核弹药之制造、保存法等事宜。

一 承办稽核舰队炮台及学堂之军械事宜,会同军学司办理。

一 承办拟订各种炮械之保存规则等事宜。

一 承办考核军舰炮机事宜。

一 承办考核军舰弹药运用机等事宜。

一 承办考核军舰弹药舱等事宜。

一 承办核订购置外洋枪炮、鱼雷、水雷种类事宜,会同军储司办理。

一 承办调查各国最新军械,会同军学司研究改良事宜。

一 承管考核各军舰枪炮、鱼雷打靶后之军械报告事宜。

一 承办核订购买军械合同事宜,会同军法司办理。

一 承办检查枪炮、鱼雷、水雷各制造厂随时改良事宜。

一 承办枪炮、鱼雷员弁之补官、任职等事宜。

军学司:掌海军各学堂教育并练船、练营,各舰队操法,官兵学术教练程度及谋略、侦测、编译各项事宜。

教育科

一 承办厘订海军各项学堂教育宗旨事宜。

一 承办厘订海军各项学堂章程并筹划办法事宜。

一 承办筹画①、考选、派遣游学各国海军学生，并厘订章程规则、训谕各项事宜。

一 承办筹拟海军各项学堂招考、选补学生章程事宜。

一 承办稽核海军各项学堂章制、教育课程管理规则并一切实行办法及卫生经费事宜，分别会同军医、军储等司办理。

一 承办审定海军学堂所用各项华文、洋文教科书及图表事宜。

一 承办海军各项学堂考试事宜。

一 承办发给海军各项学堂学生毕业文凭事宜。

一 承办核议海军各项学堂职员奖励及应给抚恤事宜。会同军制司办理。

一 筹办海军各项学堂学生毕业、升学，并派登练船见习及派入水鱼雷、枪炮各营练习事宜。

一 承办核议海军各项学生奖罚、革补及应给抚恤事宜，分别会同军制、军法等司办理。

一 承办核议海军各项学生调用、差委事宜，会同军制司办理。

一 承办综核海军学生履历及成绩各项册籍事宜。

一 承办拟订海军学生学费、治装、旅费、津贴并出洋回国川资事宜，会同军储司办理。

一 承办筹议海军各项学堂、房舍、军械、图书、器具、服装事宜，分别会同军制、军储等司办理。

一 承办呈派海军各项学堂监督事宜。

一 承办呈请雇用各项专门洋教习事宜。

---

① 筹画，通“筹划”。

一 承办呈派海军各项学堂监考官及拟订考章事宜。

一 承办呈派海军各项学堂视学官及拟订考查规则事宜。

一 筹办凡关于海军教育各项一应事宜。

训练科

一 承办厘订海军校阅章程事宜。

一 承办核订各舰队操演海战阵法章程事宜。

一 承办综核海军各舰艇大炮、快炮并鱼雷打靶报告事宜。

一 承办核订海军各船大操、夜操、操演救火、操演御敌及舢舨出攻各章程事宜。

一 承办核订海军各船洋枪及陆路炮登岸操演,并打靶章程事宜。

一 承办核订海军各船并练营警卫队每日、每星期、每季操作章程事宜。

一 承办筹画[①]各项舰队及各练船分赴中外各口岸操巡事宜。

一 承办核订练习舰队、各船训练见习生及练勇各项章程事宜。

一 承办综核练船见习生练习期限,并毕业程度及在船成绩各事宜。

一 承办核订各舰队练营、水鱼雷营、警卫队所有操演口令事宜。

一 承办稽核军舰练营、水鱼雷营、警卫队关于训练报告及训练成绩事宜。

一 承办筹拟雇用练船、练营及警卫队各项教员、洋员事宜。

一 承办核订海军练船、练营及警卫队训练章程课程规则并筹画办法事宜。

一 承办发给练船见习生毕业文凭事宜。

---

① 筹画,通“筹划”。

一 承办练船见习生毕业、升学、派入水鱼雷并枪炮各门见习事宜。

一 承办核议见习生并练勇赏罚及应给抚恤事宜，分别会同军制司、军法司办理。

一 承办厘订海军见习生并练勇薪饷、津贴、服装事宜，会同军储司办理。

一 承办筹拟招募海军练勇章程事宜。

一 筹办凡关于海军训练，并随时改良各项事宜。

谋略科

一 筹议编制舰队及添置船舰各事宜。

一 筹议海军扩充、改良等事宜。

一 筹议学堂练船、练营、警卫队等扩充改良各事宜。

一 筹议军港建筑、设防等事宜，会同军政司办理。

一 筹议聘用中外顾问官事宜。

一 筹画舰队巡阅事宜。

一 筹画传递消息、输送战品，分别会同军枢、军储等司办理。

一 承办核订战时规则事宜。

一 承办核订战时秘密电码、口令、灯号并通语、旗帜等事宜。

一 承办收存舰队水师各项禀报事宜。

一 承办稽核海疆防守情形事宜。

一 经管练勇、水手、警卫兵等入伍、退伍及征调各事宜。

一 承办布告海疆戒严、解严等事宜。

一 承办呈请委派并更调海军参谋官及使署海军随员等事宜。

一 承办研究海军参谋官及海军随员之报告调查等事宜。

侦测科

一 经管沿海、沿江航驶要图之测绘事宜。

一 承办考查全国江海、内洋、港湾形势事宜。

一 经管沿海、沿江灯船、灯塔、警碇事宜。

一 承办制订全国江海、内河各水道图志事宜。

一 承办考查全国江海、内河各种民船装载情形事宜。

一 承办考查全国水师交通事宜。

一 管理测海练船事宜。

一 布置测海库之建筑事宜。

一 承办考核沿海、沿江台垒、军械事宜。

一 经理沿海、沿江修造台垒事宜。

一 承办计划沿海、沿江台垒、交通事宜。

一 承办考查沿海、沿江台垒、炮械、子弹保存事宜。

一 承办筹画①防守炮台、重炮队布置事宜。

一 承办考查沿海、沿江台垒防守事宜。

一 经理台垒、官兵册籍事宜。

一 承办考查台垒、官兵名额事宜。

一 经理台垒、官兵补充事宜。

一 承办计划沿海、沿江险要所在应设台垒事宜。

一 经理台垒应用材料之制造及研究改良、保存、修理事宜。

一 经理划分台垒区域及戒严事宜。

一 经理要塞专科学堂教育事宜。

---

① 筹画，通“筹划”。

编译科

一 承译堂交各项文件、册籍、图表事宜。

一 承办选译各国海军衙署学堂暨练船、舰队、练营各项规章事宜。

一 承办选译各国海军教育册籍、图表事宜。

一 承办摘译各国报章所载关于海军教练、谋略等项事宜。

一 承办编纂海军各项学堂所用华文、洋文各种书籍事宜。

一 承办编纂中国历代海军战役事宜。

一 承办编译各国近世海军战史事宜。

一 承办编译各国历代海军战役兵略事宜。

一 承办编译各国海军军制、军械沿革事宜。

一 承办编译各国沿海、沿江台垒沿革事宜。

一 承办编译各国著名军港船厂经营始末事宜。

一 承办翻译各国海战时各种训令、职务等项事宜。

一 承办翻译各国各种海军参考书籍事宜。

一 承办印刷文件、册籍、图表事宜。

军枢司:掌收发文牍、函件并本部人员升迁、调补、功过、册籍及一切典礼奏咨事宜。

奏咨科

一 承办本部堂官谢恩、请假、请安等项折件。

一 承管录存全部所有奏件档案。

一 承办年终恭缴朱批事宜。

一 承办各司应奏事件,开单请点事宜。

一　承办各衙门会奏，咨取堂衔请定办复事宜。

一　承办每逢奏事呈堂阅折，呈递膳牌及进内画稿事宜。

一　承领军机处交旨、交片，内阁交抄及进内送各衙门公文事宜。

一　承办不归各司处奏咨事件。

典章科

一　承办本部官员升调黜陟、考试保送、存记功过等事宜。

一　承办本部官员带领引见事宜。

一　承办本部官员奏留、奏调折件。

一　承办本部官员履历、缙绅并收存职掌、册籍等事宜。

一　承办本部堂司各官京察事宜。

一　承办本部官员告假、销假、丁忧、起复事宜。

一　承办请点各司科人员差缺，并派差堂谕事宜。

一　稽察本部人员事故。

一　承办每逢陪礼、迎送、开送堂衔及请派司员事宜。

一　承办本部人员袭荫、请封事宜，会同军制司办理。

一　承办恭领誊黄及咨领时宪书事宜。

一　承办各项赴引人员堂验事宜。

一　承办本部人员各项结报事宜。

一　承办颁发各项关防及缮模事宜。

一　承办不归各司一切典礼事宜。

承发科

一　承办堂交发行各司应办、应存事件及接收京外各衙门各项文件。

一　承办接收各省公文批回事件及各旗图片、一切呈词函件。

一 承办各省赴引人员到京日期及批回文件。
一 承办本部行京外各衙门文件及公事函件。
一 稽核各司处办事期限事宜。
一 承办逐日收到文件摘由挂号缮簿,呈堂画到分司事宜。
一 承办逐日收发文件摘由缮簿、呈堂画阅事宜。
一 稽查抄录阁抄有无遗漏事件。

军储司:掌本部及属于海军出入经费并稽核煤、粮、服装、物品以及本部一切庶务事宜。

收支科

一 承办核收各项海军经费及所有入款事宜。
一 承办核收各省拨解海军留学生经费事宜。
一 承办支发购买船械、军装、煤炭,添配料件各项用款事宜。
一 承办支发船舰官薪、兵饷及津贴银两事宜。
一 承办支发修建军港、船坞、学校经费及各项人员薪津一切用款事宜。
一 承办支发各国留学生经费及活支各款事宜。
一 承办支发驻扎各国人员薪津及因公费用等款事宜。
一 承办支发全署人员廉薪、公费、津贴及弁役工食并一切因公费用所有出款事宜。
一 承办支发统制各员薪公、津贴及警卫队官薪、兵饷各项事宜。

储备科

一 承办经费各舰队学堂、厂所及警卫队各项服装器具用品事宜。

一 承办拟订各舰队学堂、粮食、被服及军用品之发给规则事宜。

一 承办稽查各厂港、舰队、学堂之仓库事宜。

一 承办考核各舰队学堂交换军用物品之按季报告事宜。

一 承办警卫队服装、粮秣及颁发等事宜。

一 经管海军各仓库之筹备事宜。

一 经管厂港、舰队煤水之储备事宜。

一 经理招商承办海军应用物料、订立合同事宜。

一 经理采办军用、学用物品，奏咨免税，颁给护照等项事宜。

一 承办考查各项物品竞售法事宜。

一 承办筹议兵弁服装事宜，会同军制司办理。

一 承办稽查各军港、军舰服装一切保存法事宜。

一 承办调查应用外国物品价值事宜。

一 承办考查各舰队、学堂、厂所及警卫队之消耗物料、器具、煤炭报告事宜。

一 经管战时征发民间关于海军用品订立契约事宜。

一 承办考查各舰队、学堂、厂所及警卫队运输事宜。

一 承办拟订各项经理章程规则事宜。

一 承办收储调查所得关于经理各项文册、表籍事宜。

庶务科

一 承办堂用纸张、文具并一切物件。

一 承办经理全署风纪事宜。

一 承办全署一切修建及所有杂费、核发价值事宜。

一 承办全署购置一切器具物件事宜。

一 承办率令差弁稽查全署茶役勤惰、每日启闭事宜。

一 承办稽核值日各员、应用火食及全署每月煤、水发价事宜。

一 保储不归各司经管之物件。

一 经管全署一应杂务以及接待事宜。

军法司:掌军事司法、惩罚、监狱及任用执法人员事宜,不分科。

一 承办拟订捕获审检令、海军刑法、海军审判法、海军刑法施行法、海军审判法施行法、海军惩罚令、海军监狱则例、军械保护法及其他各项法律规则颁行事宜。

一 管理警卫队关于一切纪律事宜。

一 经管军法会审及捕获物、审检院事宜。

一 承办海军司法人员之补官任职、迁调、黜陟、教育、考验事宜。

一 承办检查违犯海军法令事宜。

一 承办稽核各军港及各舰队之军法会审,管辖错误案件事宜。

一 承办稽核各军港及各舰队检查违犯海军法令事宜。

一 承办恩赦及移送军事罪犯事宜。

一 承办稽查海军军实充公之银钱、物产及移交事宜。

一 承办会同参谋官核拟各项军事公约及执行事宜。

一 承办会同参谋官及各该司考核各项军事契约事宜。

一 经管海军军官、军法教育事宜。

一 承管战时俘虏及其他海军捕获物事宜。

一 承办会同参谋官办理战时中立及国际交涉有海军关系事宜。

军医司:掌海军疗务、医药卫生及军医教育各项事宜。

医务科

一 承办海军人员内外各科医务事宜。

一 承办海军军医学堂以及平时、战时军医人员补充暨补官、任职、迁调、黜陟等事宜。

一 承办稽核军医学堂军医人员成绩事宜。

一 承办拟订军医学堂任用洋教习合同事宜,会同军法司办理。

一 承办红十字会条约、实行战场疗治事宜。

一 承办呈派出洋参预军医会人员考究医务事宜。

一 承办军医会议应行研究事宜。

一 承办海军军医人员发札事宜,会同军制司办理。

一 承核海军军医学堂学生功课、试卷事宜。

一 承办海军军医学堂毕业生发给执照、注册事宜,会同军学司办理。

一 承办试验选派出洋学生体格事宜。

一 承办海军各项学堂招选学生及毕业生到部考试、查验身体事宜。

一 承办考核海军人员病伤、告退、乞休、应行查验事宜。

一 承办海军官兵因公病伤,应行养恤事宜。

一 承办疗治海军各处官兵病、伤事宜。

一 承办海军病院事宜。

一 筹办看护及医兵等训练事宜。

一 承办筹设医药船事宜。

一 承办海军官兵检查身体事宜。

一 承办汇核各舰队、学堂、医院、厂所每月疾病比较表册事宜。

一 承办拟订军医局、军医院、养病室、迁地疗养所及医药船办事章程事宜。

卫生科

一 承办考查军医人员疗治成绩及平时、战时卫生等事宜。

一 承办考查海军各学堂卫生事宜，分别会同军学、军储等司办理。

一 经管沿海、沿江各海口防疫卫生事宜。

一 承办考查卫生报告及军医人员学术上之成绩事宜。

一 承办汇核海军军医人员卫生报告统计事宜。

一 承办海军平时、战时防疫、疗疫办法事宜。

一 承办考核海军病院图册事宜。

一 承办拟订平时、战时卫生材料事宜。

一 承办查核战时病院并疗医船医治及迁移事宜。

一 承办考查军医所用器具、药品事宜。

一 承办考查军用药品配制及器具购备等事宜。

一 筹办制药及卫生材料厂事宜。

一 承办稽核卫生材料厂事宜。

一 承办稽核卫生药料、医具收存消耗事宜。

一 承办考查各国军用最新药品事宜。

一 承办汇核各舰队处所所用药料数目事宜。

一 承办呈派司药人员事宜。

一 承办考查司药人员成绩事宜。

一 筹办司药生教育事宜。

一 承办考查各舰队、学堂、医院、厂所衣食、起居、饮水、除秽等卫生事宜。

主计处 掌核计本部各项出入款目及各省支出关于海军款目，并输海军统计报告事宜。

会计科

一 承办核计本部收入、海军开办常年各经费事宜。

一 承办核计本部收入、报效①海军经费事宜。

一 承办核计本部收入、海军留学经费事宜。

一 承办核计本部支出，各舰队、练营经常临时各经费事宜。

一 承办核计本部支出，各堂厂、港坞、局处经常、临时各经费事宜。

一 承办核计本部支出、海军留学经常、临时各经费事宜。

一 承办核计本部支出、购制船械及一切器用价款事宜。

一 承办核计本部支出、各项工程用款事宜。

一 承办核计本部支出，驻扎各国办事人员薪津、公费等项事宜。

一 承办汇计本部出入各项款目事宜。

一 承办稽核各省支出关于海军一切款目事宜。

一 承办海军预算事宜。

一 承办海军决算事宜。

一 承办拟定海军会计法事宜。

统计科

一 承办本署内部统计事宜。

一 承办本部所辖各衙署统计事宜。

一 承办全国海军军人统计事宜。

---

① 报效：通"报销"。

一　承办各舰队统计事宜。

一　承办各种舰艇统计事宜。

一　承办船坞统计事宜。

一　承办各局、厂统计事宜。

一　承办炮台、要塞统计事宜。

一　承办枪炮、鱼雷及一切舰用军用器物统计事宜。

一　承办军港统计事宜。

一　承办各省水师、防练各营统计事宜。

一　承办沿海、沿江各师船统计事宜。

一　承办海军教育统计事宜。

一　承办遣派各国海军留学生统计事宜。

一　承办以上各项历年比较统计事宜。

一　承办每年汇造统计总表，分别进呈、咨送事宜。

●●民政部奏援案裁并同城州县折

宣统二年(1910年)十二月十四日，会议政务处议覆两江督臣张人骏[①]会奏《裁并同城州县》一折，奉旨依议。钦此。查该督原奏内称，自治公所同城合设，而监督、执行之官分峙并立既多，文书往复之嫌，又有意见纷歧之虑等语。诚以各省、州、县同城分置之制多于首邑奥区，时当权限未分，听讼治民罔不待于州、县析民而治，本属权宜。自筹备立宪以来，行政、司法既经分立，地方自治已具规模，方

① 张人骏(1846—1927)，直隶人，进士出身。历任山东布政使、漕运总督、山西巡抚、两广总督等职，1909年改任两江总督。

之[①]昔时情殊势异，若仍沿照旧制，则机关既嫌复杂，区域复难划分，无补进行，徒多抵触。

查地方行政及自治事宜均归臣衙门主管，遇有窒碍之处，自应量予变通。拟请饬下各省督、抚查明州、县同城之处，一律奏明裁并，以省冗靡而杜纷歧至。此外，边远寥廓地方应增设州、县，以资统辖者，应一并饬令通盘筹画[②]，详拟具奏。庶几疏密相间，布置得宜于推行新政，绥靖地方不无裨益。如蒙俞允，即由臣部分别咨行，钦遵办理。谨奏。宣统三年（1911 年）二月初二日。奉旨：知道了[③]。钦此。

●●民政部议覆热河都统奏赤峰直隶州乌丹城州判大庙巡检管理事宜折

内阁抄出热河都统诚勋[④]奏《酌定赤峰直隶州乌丹城州判大庙巡检管理事宜及额支廉俸等因》一折，于宣统二年（1910 年）四月十七日，奉朱批，该部议奏单并发，钦此钦遵到部。原奏称准升任都统廷杰[⑤]移交吏部议覆《赤峰县、大庙县丞改升赤峰直隶州州判并于大庙地方拟改设巡检分防驻扎》一折，奉旨允准遵，即抄录原奏，分饬一体钦遵，妥议详覆在案。据现任热河道徐士佳[⑥]详乌丹城州判所辖

---

① 方之：与……相比较。

② 筹画，通“筹划”。

③ 知道了：皇帝批复奏折的一种形式，就是于折后书“知道了”三字，与“依议”的意思相同。

④ 诚勋（生卒年不详），清满洲正白旗人。历任奉锦道、宁绍台道。光绪二十七年（1901 年）授安徽巡抚。宣统三年（1911 年）任广州将军。

⑤ 廷杰，生平待考。

⑥ 徐士佳，生平待考。

地方皆系蒙藩，与内地情形不同，自非稍假权力，不足以资镇摄。惟向[①]无征收地粮，应将仓粮并州属各县地丁、钱粮一条删除，其余均应仿照直隶赵州州判办理等因。

民政部查原单开乌丹城州判分防乌丹、招苏两约，东与建平接壤，西与多伦为邻，南界大庙巡检地面，北界林西县，地面东西三百八十里，南北三百二十里，划为该州判辖境。其大庙巡检分防公主陵、翁牛府两约，东与桃莱图约毗连，西至围场厅界，南与喇嘛栅子约毗连，北至乌丹城州判界，东西四百十一里，南北一百二十里，划为该巡检辖境，并仿照赵州州判经管州境河道疏浚等事，自系划疆分治，各专责成起见。前经吏部议准，有案均请照准，俾咨治理，并请饬下该都统饬各属绘具开方、纪里详图，填造地里报告表、户口清册，咨送备案。其两属养廉、俸工银两等项，度支部查该处州判缺，目前经吏部议准。此次划分汛地，现经民政部议准，所有应支俸廉等项银两既援照赵州州判成案，酌定自应照准。俟将来《官俸章程》颁布后，再行遵照新章办理。至所支银两应即按年造报，以昭核实。

其稽查州境盐硝盐政处，查该处州判既据热河都统奏明，仿照赵州州判经管盐硝过境、稽查私贩等事，应令遵照办理。嗣后，遇有盐硝过境，务须认真稽查，以杜私贩。其州属各县抢劫各案、协饬严缉等项，法部查赤峰县、大庙县丞改升赤峰直隶州州判，酌定管理事宜援照赵州州判成案办理。前经吏部议准，应如所奏，凡该州所属各县所有抢劫各案，应责成该州判认真协缉。倘缉捕不力，即由该管上司一体查参。再，此折系民政部主稿会同度支部、法部、盐政处办理，合并声明。谨奏。宣统三年(1911年)二月初二日。奉旨依议。钦此。

---

① 向：以往。

●●民政部奏各省土司拟请改设流官折

窃维臣部职司民政,有周知疆理之责。凡郡县之变,置官治之,推行均家,因地审时,统筹核办。查西南各省土府、州、县及宣慰、宣抚、安抚长官诸司之制,大都沿自前明,远承唐宋,因仍旧俗,官其酋长,俾之世守,用示羁縻,要皆封建之规,实殊牧令之治。明代播州水西,每酿巨患,阿瓦木邦遂沦异域,立法未善,流弊滋多。是以康熙、雍正年间,川、楚、滇、桂各省迭议改土归流,如湖北之施南、湖南之永顺、四川之宁远、广西之泗城、云南之东川、贵州之古州、威宁等府、厅、州、县先后建置,渐成内地。乾隆以后,大、小金川重烦兵力,迨改设民官,而后永远底定。

此值筹备宪政之际,尤宜扩充民治教养,兼施以维治安而广文化。近年,各省如云南之富州、镇康,四川之巴安等处均经各该疆臣先后奏请"改土归流"在案,而广西一省,改革尤多,所有土州、县均因事奏请停袭及撤任调省,另派委员弹压代办。此外,则四川之瞻对、察木多等处拟办,而尚未实行,德尔格忒、高日、春科等处条奏而甫经核准。

伏维川、滇等省僻处边陲,逼近邻壤,而土司蛮族错居其间,榛狉自封,统驭莫及,争哄角逐,动滋事端。自非一律更张,设官分理,不足以巩固疆圉,弭患无形。惟各省情形不同,办法亦难一致,除湖北、湖南土司已全改流官外,广西土州、县,贵州长官司等,名虽土官,实已渐同郡县,经画[1]改置,当不甚难。四川则未改流者,尚十之六七,

① 经画,通"经划"。

云南土司多接外服，甘肃土司从未变革，似须审慎办理，乃可徐就范围。

拟请饬下各该省督抚暨边务大臣详细调查，凡有土司、土官地方，酌拟改流办法，奏请核议施行。其实有窒碍，暂难拟改者，或从事教育，或收回法权，并将地理、夷险道路交通详加稽核，绘制图表，以期稍立基础，为异日更置之阶，似于边务不无裨益。如蒙俞允，即由臣部通行，钦遵办理。谨奏。宣统三年（1911年）二月十二日。奉旨依议。钦此。

●●陆军部议覆直督奏酌裁绿营官弁折

内阁抄出直隶总督陈夔龙[①]奏《酌裁绿营官弁节省俸饷》一折，宣统二年（1910年）十一月十三日，奉朱批，该衙门议奏单片并发，钦此钦遵到部。原奏内称，直隶全省制兵，除马兰、泰宁两镇及妙高峰汛并捕盗营、河防营外，其督标、提标及通永、天津、正定、大名、宣化各镇标营，存兵已少，藩库每年所发兵饷银不过五万余两，每兵每季所领饷银不及二两，宣化镇标有科布多[②]年例换防兵丁，其余各标遇有大差，皆须临时派拨，他如解饷、解犯亦应拨兵护送，若将制兵裁尽，随时雇募，非特不谙规章、难期得力，即所费亦较饷银数倍。体察目前情形，骤难裁撤，惟现在陆军逐渐扩充，绿营自宜次第改革，断不容虚耗饷糈，养兹老弱，应即设法变通，酌量裁并，为“制兵”悉数裁汰之预备。

① 陈夔龙（1857—1948），贵州贵阳人，历任兵部主事、郎中、总理各国事务衙门章京、内阁侍读学士、顺天府尹、大理寺卿等。

② 科布多：清代西北边疆政区名、域名，今属蒙古国。

查天津、通永镇标左右等十一营制兵，前已全行裁撤，而缺尚在，除现带海口巡警之员暂仍其旧外，余皆一并议裁。此外，各营官弁有可归并者，酌量议裁，暂以十成之三成为率，计督标、提标，通永、天津、正定、大名、宣化五镇共七标，拟自本年冬季止，裁参将一员、游击十员、都司十一员、守备二十员、千总三十九员、把总八十三员、经制外委九十七员、额外外委一百十三名、共三百七十四员名。查额外外委系食马兵之饷，内除通永镇标额外外委二十三名，天津镇标额外外委二十六名前于裁兵时，业已停饷外，其余所裁参、游、都、守、千、把、经额三百二十五员名，节省俸、薪、廉、干饷项等银，凑拨直隶，添练混成协军饷之需。

至裁缺员弁，年在六十岁以内者，仍准留标候补，遵照《裁缺部章》办理。谨缮清单，并饬取清册，分咨度支部、陆军部查照等语。陆军部查直隶绿营拟裁各缺，按照原奏清单与臣部官册详为核对，均属相符。该督体察地方情形，酌裁参、游、都、守、千、把、经额三百二十五名，自必统筹全局，斟酌尽善，应恳允如。所请裁缺各员弁，按照臣部奏定，酌裁绿营原奏办理，腾出饷项专作编练陆军之需，一切善后事宜，应由该督妥慎筹备。庶于整顿军事之中，仍寓绥靖闾阎之意，其余未裁之官弁兵额，尤须该督悉心筹画①，酌量裁减，提前办理，以重宪政。

至原奏内称，通永镇标额外外委二十三名、天津镇标额外外委二十六名，前于裁兵时，业已停饷，其余所裁参、游、都、守、千、把、经额三百二十五名，每年共节省俸、薪、廉、干饷项等银一万一千三百余两等因。度支部查该省所裁参、游等三百二十五员名，节省俸、薪、廉、

① 筹画，通“筹划”。

干饷项等银，应准凑拨添练混成协军饷之需。裁缺员弁年在六十岁以内者，自应遵照陆军部奏定《裁缺章程》办理。

再，此折系陆军部主稿咨送军咨处核定后，会同度支部办理。合并陈明。谨奏。宣统三年(1911年)二月十五日。奉旨依议。钦此。

●●陆军部奏裁撤大沽协六营员弁各缺片

再，内阁抄出直隶总督陈夔龙奏《大沽协六营员缺俸饷裁改情形》一片，宣统二年(1910年)十一月十三日，奉朱批览，钦此钦遵到部。原奏内称，天津镇标大沽协游击一员、都司三员、千总六员、把总六员、经制外委十二员、额外二十五名应领俸、薪、廉、干饷项，庚子后即已停发，本属有名无实，应请一律裁撤，以符名实。所裁员弁自当遵照《裁缺部章》办理，并将裁缺清单咨部等语。陆军部查大沽协游都、千、把、经额五十三员弁，既据该督奏称，饷项停发有名无实，应请准其裁撤。臣部按照该省送到裁缺清单，分别注册。所裁各员弁查照臣部奏定酌裁绿营原奏办理。

至原奏内称，大沽六营向归海防支应局发饷。庚子之变，六营兵丁伤亡散逸，迨天津收复以后，在于大沽海口改设巡警，将六营兵丁全行裁撤，虽未奏明，饷已停发，海防支应局现已归入财政总汇处，海防粮饷股所有大沽六营俸、廉等项银数，因兵燹后，册卷毁失，无可稽考，并请免其造册，将裁缺清单咨部查照等因。度支部查该六营俸、廉等项银数，据称兵燹后，册卷毁失，无可稽考，请免其造册应如所奏办理。谨奏。宣统三年(1911年)二月十五日。奉旨依议。钦此。

●●陆军部遵拟陆军部暂行官制折并单表

窃臣等会奏《厘订陆军部暂行官制大纲》一折内称，各司处科员以次员额暨一切详细章程，应由新授陆军大臣等会同妥慎筹商，另行奏明办理等语。宣统二年(1910年)十一月初三日，奉上谕，陆军部总持军政，责任宜专，所拟各节尚属周妥。当此整军经武之际，该大臣等务当认真整顿，切实进行，毋负委任。余，着照所议办理等因，钦此。仰见朝廷注重戎行、综核名实至意。钦服莫名。

臣等窃以更订部章，原冀推行尽利，非因时通变无以为整顿之资，非居简驭繁无以立进行之准。溯自光绪三十二年(1906年)改设陆军专部，举兵部、练兵处、太仆寺三署事务合并组织，以为全国军政总汇机关，所设两厅、十司分掌兵马暨关于军备诸大端，新旧兼赅，义主融贯，过渡办法不得不并顾，通筹现在陆军部一切职掌，凡与军事行政无涉者，已逐渐划拨管理。全署机关自当务极简括，方合立宪国军署编制。臣等叠经集议熟商，拟分设承政、军制、军衡、军需、军医、军法等六司并陆军审计一处，暂设军牧司、军学处为将来改建军马总监及军学院基础，此外，设参事检察专官，参订一切法律章制，检察军队局厂、学堂并设部副官以备使令，分派调查员驻扎各省，随时监察报告，补中央耳目之未周，均直接大臣各专责任。至旧设之军实司，前经奏明，应并入军制司办理。旧设之捷报处、马馆，事涉驿站，亟应一并划分，拟俟新旧事项办有端倪，即奏明实行裁并。

至从前厅、司事务繁赜，员额较多，今职掌既多归并，自宜实力核减，当由臣荫昌[1]等督饬各司处长，酌拟员额，一再减削，计全部应设员司实较旧设减少三分之一，将来各司应行剔出事项逐渐划清，尚可再行删减。各司处长以次职员应以何项官阶补充，亦经按照陆军官佐等级，分别拟订。现在，陆军人员尚形缺乏，自应暂以阶级相当、著有成绩之各项文官酌量参用，以期分布得宜。兹谨缮具职掌清单，并列清表，进呈御览。如蒙俞允，即由臣荫昌等钦遵办理。

再，此次所拟，系属暂行官制，嗣后，如尚有应行斟酌损益及按照各部官制通则，应归一律之处，由宪政编查馆会同陆军部奏明，更订请旨遵行。谨奏。宣统三年（1911 年）二月初九日。奉上谕已录册首。

谨将遵拟陆军大臣、副大臣暨各员司职掌事宜，缮具清单，恭呈御览。

陆军大臣、陆军副大臣：管理全国陆军行政事宜，统辖陆军军人、军属。

参事官：掌参订一切法律章制，并本部咨询事件及特交参议各事宜。

检察官：掌陆军军队、学堂、局厂等处检察及大臣、副大臣特命检察一切事宜。

驻扎各省调查员：掌调查各该省军人、军事，报告本部事宜。

部副官：供大臣、副大臣随时差遣及传达命令。

承政司：掌本部文牍收发、经费出入、各官差缺、各员功过并全部庶务，凡不隶他司及应会同各司办理事项皆归管理，分设四科。

---

① 荫昌（1859—1934），满洲正白旗人，光绪十一年，荫昌出任北洋武备学堂翻译教习，清末改制后，荫昌出任陆军部右侍郎。

秘书科

一 掌关于机密事宜。

一 掌收发奏咨函电及编纂翻译事宜。

一 掌监守部印事宜。

一 掌保存图书事宜。

典章科

一 掌本部职员之任免及文官黜陟事宜。

一 掌部员差务事宜。

庶务科

一 掌衙署器具之修理、保存事宜。

一 掌关于守卫预备、供给、接待等事宜。

一 掌管理差役及全署风纪事宜。

收支科

一 掌本部办公经费核收事宜。

一 掌本部用款及员役薪工支放事宜。

军制司:掌全国陆军一切制度编制、征调、补充及军械制造、交通、建筑等项事宜,分设七科。

搜简科

一 掌陆军建设之章制及平时、战时编制事宜。

一 掌战时诸规则及戒严事宜。

一 掌筹画[①]征兵并军队配备及演习、点验事宜。

一 掌典礼、章服、军旗制造及奏请颁发事宜。

一 掌整旅计划及军队征发、调集队伍等事宜。

一 掌军咨处派驻外国武官与本部关涉事件，及留学外国官佐并在本国之外国武官等事宜。

一 掌军纪、风纪事宜。

一 掌军咨处、军学处所辖各学堂与本部关涉事宜。

步兵科

一 掌步队及陆军警察队、军乐队一切事宜。

一 掌各兵科官佐以下职司员额之规定及步队、陆军警察队、军乐队军士以下补充事宜。

一 掌步队、陆军警察队、军乐队常备、续备、后备官兵册籍事宜。

一 掌京外驻防、编练新军并各省巡防杂项、队伍驻扎、裁并、训练及各官兵册籍事宜。

一 掌军队中之事务并防卫、戍守、勤务及军事警察事宜。

一 掌各标区司令处及步队专科学堂事宜。

一 掌各镇操场、打靶场调查计划事宜。

马兵科

一 掌马队专科事宜。

一 掌马兵科军士以下及各兵科蹄铁军士补充事宜。

---

① 筹画，通“筹划”。

一 掌马队常备、续备、后备官兵册籍事宜。

一 掌蹄铁术之教育及蹄铁事宜。

一 掌马兵专科学堂各项事宜。

炮兵科

一 掌炮兵专科事宜。

一 掌炮兵科军士以下补充事宜。

一 掌炮队常备、续备、后备官兵册籍事宜。

一 掌炮兵演习场调查计划事宜。

一 掌核办各处军械、军火机器局厂、兵工各厂之建设、制造、保储各项事宜。

一 掌枪炮、子弹各项军用物、器械材料购制、存发、研究、改良事宜。

一 掌炮兵射击学堂及炮兵科专门学堂事宜。

工兵科

一 掌工兵专科事宜。

一 掌工兵科军士以下补充事宜。

一 掌工程队常备、续备、后备官兵册籍事宜。

一 掌运输、通信、电气术、电信术、电灯、轻气球、飞行机艇、军鸽等事宜。

一 掌军用水陆道路交通事宜。

一 掌陆军工程、陆军测量及炮工专门学堂事宜。

辎重兵科

一 掌辎重兵专科事宜。

一 掌辎重后科军士以下补充事宜。

一 掌辎重队常备、续备、后备官兵册籍事宜。

一 掌辎重队应用车辆材料研究改良事宜。

台垒科

一 掌台垒专科事宜。

一 掌要塞炮兵、工兵军士以下补充事宜。

一 掌要塞炮兵工兵常备、续备、后备官兵册籍事宜。

一 掌勘查建筑台垒事宜。

一 掌台垒应用材料之制造及研究改良保存修理事宜。

一 掌划分台垒区域及戒严事宜。

一 掌海军部要塞专科学堂关涉事宜。

军衡司:掌陆军官佐补官、任职、旗、绿防营员弁升调及叙功、议过、恤赏并陆军官佐各项武职难荫、应行、带引、验放等项事宜,分设四科。

考绩科

一 掌陆军官佐职任之补升、转调、给札、军用文官之任用并查核考绩表,及退休、给假、离任、丁忧、起复、参革、惩罚各事宜。

一 掌上等各级军职预保,存记并开单、奏请、简派,中等各级奏补,次等各级汇案、奏补各事宜。

一 掌平时、战时分派陆军官佐并军用文官职任事宜。

一 掌陆军现任军职造表注册各事宜。

一 掌部辖陆军各项学堂职员表册,并核议各学堂职员之补升、转调及撤退，会同军学处办理各事宜。

一 掌绿营、防营官弁参革、降罚、丁忧、起复及军政、休致各事宜。

一 掌稽查武职交代，甄别年老官弁，查办废员，通缉逃人事宜。

一 掌查核陆军实任大员及提镇陛见事宜。

任官科

一 掌陆军官佐升补官阶各事宜。

一 掌陆军官佐注册、给凭及陆军各项毕业学生除、授官阶各事宜。

一 掌汇订全国军官、军佐次序总名簿事宜。

一 掌绿营官弁升迁、调补、发给札付、限票并提镇坐名、敕书各事宜。

一 掌绿营改驻营汛及当差、告假、更名、署缺事宜。

一 掌绿营武职保列一等、留营、归班、改标、裁缺、终养各事宜。

赏赉科

一 掌陆军人员及军用文官平时、战时叙勋、奏保、咨保并陆军各项学堂职员学生奖励各事宜。

一 掌陆军人员加级纪录及制造核议发给勋章、记章、奖牌各事宜（制造发给勋章事项，应俟新内阁赏勋局成立后再划归管理）。

一 掌陆军官佐、军士、军用文官、旗绿防营各员弁议给恤赏并陆军官佐各项武职官员恤典、荫袭及难荫、赴引部辖陆军各项学堂职员、学生应行抚恤事宜。

一 掌绿营、防营官弁奏保、咨保、加级、纪录、开复事宜。

一 掌陆军人员并旗绿各营请封、请荫、承袭世爵世职暨土司承袭各事宜（此条应俟新内阁成立后，再划归管理）。

旗务科

一 掌京外各旗营官弁升迁、调补、委署、更名及各旗员承袭世爵世职并袭职后添写印轴事宜。

一 掌京外各旗营军政、叙功、议处及曾经出征官弁休致、请俸并兵丁告退、议给养赡各事宜。

一 掌奏派值年大臣及万寿期内，武职大臣吃肉、拴赏福寿字名牌，每年四季武职搢绅暨每月递换月折各事宜。

一 掌八旗武职官兵、巡捕五营、十六门、千总应领俸饷、米石造册，咨部查核暨一切添裁、借支俸禄各事宜。

一 掌各城守尉及陵寝总管遇缺行查，并驻防总管协领参领年满，吉林、黑龙江管狱官年满引见各事宜。

一 掌各省将军、都统、副都统坐名敕书及更换卡伦侍卫，西北两路军营主事职衔笔帖，东三省教习站官、仓官年满改武各事宜。

一 掌旗员告假，子弟随任密云等处驻防拨回京旗暨一切由部转行文件各事宜。

一 掌裁撤、降袭王公门上护卫等官，及王公门上挑补亲军，报部查核各事宜。

一 掌开印、封印日期，咨行察哈尔都统及西北两路军营颁发“时宪书”，察哈尔两翼牧群领取蒙古“时宪书”各事宜。

军需司：掌经理全国陆军营队、学堂、局厂之出纳、会计及军需人员教育等项事宜。分设三科，并附设银库。

统计科

一 掌汇核京内外陆军预算、决算、各类报告册表及行军遣戍、筹划、预算各事宜。

一 掌厘订、审查各项薪饷、津贴、川资、旅费等给与事宜。

一 掌厘订审查军需法规事宜。

一 掌军需人员职司员额之规定及教育勤务并补官任职，由军衡司会同办理各事宜。

一 掌款项经理及拟订收支官吏或委员规则事宜。

一 掌本部直辖各镇、各学堂、局厂经费及派遣各国学生用款、收发事宜。

一 掌本部筹备军事教育各项经费事宜。

一 掌审计处及军需学堂一切关涉事宜。

一 掌本部军事教育各项经费存储事宜。

一 掌收发现存各项登记并编订报告事宜。

粮服科

一 掌经理被服等项及检查事宜。

一 掌规定被服、粮秣、马匹等发给事宜。

一 掌平时、战时发给军粮、刍秣及战用粮秣、炊具、马装、器具之准备事宜。

一 掌拟订野战时供给军需规则事宜。

一 掌被服厂、呢革厂、粮秣厂及军用品各厂事宜。

一 掌经理购备本部直辖各镇军米事宜。

一 掌经理、购备本部直辖各镇、各学堂之用品及一切服装事宜。

建筑科

一 掌本部直辖各镇、各学堂工程，经理建筑及凡军用地址营房各项建筑事宜（军制司、炮工、台垒三科所掌各建筑应仍归该司各科办理）。

一 掌陆军官衙、局所、军队、学堂建筑工程之规定及测绘事宜。

一 掌陆军所属官有财产事宜。

一 掌筹备、制造军用器具及保存、销耗各项规则事宜。

一 掌规定军用银钱、箱柜及行李事宜。

一 掌关于军需物品之收发，官吏或委员并会计军需物品各事宜。

一 掌军人埋葬应用官地事宜。

军医司：掌全国陆军卫生治疗、医药器具及军医教育、升调等项事宜，分设二科。

卫生科

一 掌陆军卫生人员职司员额之规定及教育勤务并补官任职，由军衡司会同办理事宜。

一 掌审查防疫治疗方法及各军队学堂衣食起居、饮水除秽等项卫生事宜。

一 掌编订卫生报告统计、考核卫生人员学术之经验成绩事宜。

一 掌卫生材料之制造、筹备、供给、运输及配置医员应用车船等事宜。

一 掌军医学堂一切章制及办法事宜。

医务科

一 掌军医人员治疗成绩及其职司员额之规定并补官、任职，由军衡司会同办理事宜。

一 掌各军医院、养病室及迁地疗养所办法事宜。

一 掌卫生药料、医具收存销耗等事宜。

一 掌审查官兵、学生身体事宜。

一 掌检查官兵因公致疾，例应抚恤及因病伤免役各事宜。

一 掌红十字会战时俘虏医院及人民捐助医院各事宜。

一 掌选派人员、学生出洋习医及赴各国军医会研究医术改良事宜。

军法司：掌全国陆军司法、刑罚暨陆军监狱等项事宜，不分科。

一 掌陆军法律因革及修订、解释事宜。

一 掌陆军监狱建设、筹备及其管理章制事宜。

一 掌高等军法会审、各军法会审，审拟军事罪案，或判决后之再审，或管辖违异之争议各事宜。

一 掌陆军人员之刑罚及其他司法之处分事宜。

一 掌审判陆军军人、军属于违警罪判决不服事宜。

一 掌《陆军审判试办章程》所规定及由陆军警察队执行事宜。

一 掌陆军司法、监狱人员职司员额之规定，及教育、勤务并补官、任职，由军衡司会同办理事宜。

一 掌军法、军狱事件之预算、统计事宜。

一 掌军事案内罚款及查抄之钱财、物品收管事宜。

一 掌军事法律之研求进步及预备顾问事宜。

一 掌战时、中立时之国际交涉及解释各项军事条约合同事宜。

一 掌战时占领地之司法及俘虏事宜。

陆军审计处：掌监督陆军部署、军队、学堂、局厂等处所用军费确数，实行会计检察并覆核各项预算、决算，在陆军会计法未经普行以前，本部旧管之销算事宜并归稽核，分设二科。

综察科

一 掌除本部以外所有各军队、学堂、局厂等正、杂用费，并建筑购办各款均须察核，其察核分平时、临时两项。
一 掌察核事件，以军需司经理各项为范围，其范围内所用款项，得调查其合同、表册、书票等项证据。
一 掌规定《检查章程》并参考军需司所定规则，以行实地检察各事宜。

核销科

一 掌按照陆军会计法并规定之决算表式，覆核陆军各项决算表册，比较预算有无盈绌，分别准驳事宜。
一 掌决算未开办时，各省依旧例造报本部请销之册及旧属乘司、实司等销算各案，均暂归本科承办核定准驳事宜。

军牧司(暂设)：掌军马之购运、补充、孳生、牧养暨马医等项事宜，分设二科。

均调科

一 掌筹设军马分监，管理旧有牧场事宜。

一 掌分监牧场官弁任用、降革一切赏罚，会同军衡司办理事宜。

一 掌分监牧场各项经费事宜。

一 掌分监牧场均齐及骟马统计事宜。

一 掌分监牧场马匹调拨、补充事宜。

一 掌陆军各镇、各学堂马骡补充事宜。

一 掌马医、员生试验、任用、考核成绩及其教育事宜。

蕃殖科

一 掌计画[1]改良马种事宜。

一 掌分监牧场地籍事宜。

一 掌分监牧场儿骡、马匹蕃殖成绩事宜。

一 掌分监牧场儿驹、骒[2]、马匹及牛、羊、驼只统计事宜。

一 掌分监牧场陆军各镇马骡卫生事宜。

一 掌马医内外各科医疗事宜。

军学处（暂设）：掌全国各项军队训练，各项陆军学堂教育、学术并研求成绩等项事宜，分设六科。

教育科

一 掌厘订、考察陆军各项学堂教育章制事宜。

一 掌审订、校勘各项学堂教科书事宜。

一 掌各学堂职员、学生履历、成绩、奖罚、革补、抚恤及学生考试给

---

① 计画，通"计划"。

② 骒（kè）：指雌性牲畜。如：骒骡（母骡）；骒驴（母驴）；骒驼（母骆驼）。

凭事宜。

一 掌各学堂学生招收额数、毕业、升学、入伍、充学习官等项筹备事宜。

一 掌各学堂经费、卫生、房舍、图书、器械、服装各事宜。

一 掌应办各省学堂各科教育、奏咨、札文与各本科会同核拟事宜。

一 掌考选派遣游学各国陆军学生及厘订章制事宜。

一 掌调查各国陆军学堂教育事宜。

步队科

一 掌计画全国步队教育、训练并考察实行事宜。

一 掌审订步队操法、勤务、教范各项书籍事宜。

一 掌步队校阅及特别会操事宜。

一 掌考查本科所属学堂成绩事宜。

一 掌核议步队应用军械、器具事宜。

一 掌调查各国步队学术事宜。

马队科

一 掌计画全国马队教育、训练并考察实行事宜。

一 掌审订马队操法、勤务、教范各项书籍事宜。

一 掌马队校阅及特别会操事宜。

一 掌考察本科所属学堂成绩事宜。

一 掌核议马队应用马匹、军械、器具事宜。

一 掌调查各国马队学术事宜。

炮队科

一 掌计画全国炮队教育、训练并考察实行事宜。

一 掌审订炮队操法、勤务、教范各项书籍事宜。

一 掌炮队校阅及特别会操事宜。

一 掌考察本科所属学堂成绩事宜。

一 掌核议炮队应用军械、器具、马匹事宜。

一 掌调查各国炮队学术事宜。

工程队科

一 掌计画全国工程队教育、训练并考察实行事宜。

一 掌审订工程队操法、勤务、教范各项书籍事宜。

一 掌工程队校阅及特别会操事宜。

一 掌考查本科所属学堂成绩事宜。

一 掌核议工程队应用军械、器具、材料事宜。

一 掌调查各国工程队学术事宜。

辎重队科

一 掌计画全国辎重教育、训练并考察实行事宜。

一 掌审订辎重队操法、勤务、教范各项书籍事宜

一 掌辎重队校阅及特别会操事宜。

一 掌考查本科所属学堂成绩事宜。

一 掌核议辎重队应用车辆、马匹、器械事宜。

一 掌调查各国辎重队学术事宜。

<table>
<tr><th colspan="8">陆军部职员表</th></tr>
<tr><td rowspan="5">陆军
大臣
（正都
统）</td><td colspan="4" rowspan="2">参事官 四
检察官 八
驻扎各省调查员
部副官 四</td><td colspan="3">录事 二</td></tr>
<tr><td colspan="3"></td></tr>
<tr><td>承政司</td><td>长 协都统 正参领 一</td><td>秘书科
典章科
庶务科
收支科</td><td>长 正参领 副参领 四
（下同）</td><td>科员 一等 副参领 协参领 二等 协参领 正军校 三等 正军校 副军校
（下同）
二十八</td><td>司副官 一
译员 五
司电员 三
递事官 十七</td><td>录事
额外军官
上士
中士
（下同）
均二十</td></tr>
<tr><td>军制司</td><td>长 副都统 协都统 正参领 一
（下同）</td><td>搜简科
步兵科
马兵科
炮兵科
工兵科
辎重兵科
台垒科</td><td>长 七</td><td>科员 三十六
附五</td><td>司副官 一
绘图员 一
艺师 一
艺士 一</td><td>录事 二十
附四</td></tr>
<tr><td>军衡司</td><td>长 一</td><td>考绩科
任官科
赏赉科
旗务科</td><td>长 四</td><td>科员 四十
附七</td><td>司副官 一</td><td>录事 二十六
附四</td></tr>
</table>

<table>
<tr><td rowspan="6">陆军副大臣（正都统副都统）</td><td>军需司</td><td>长 一</td><td>统计科
粮服科
建筑科</td><td>长 三</td><td>科员 三十</td><td>司副官 一
法规总编纂员 二
法规编纂员 三</td><td>录事 三十</td></tr>
<tr><td>军医司</td><td>长 一</td><td>卫生科
医务科</td><td>长 二</td><td>科员 十四</td><td>司副官 一</td><td>录事 十</td></tr>
<tr><td>军法司</td><td>长 一</td><td></td><td>一等司法官 二</td><td>二等司法官 三
初级司法官 十二</td><td>司副官 一
看守官 三</td><td>录事 十</td></tr>
<tr><td>陆军审计处</td><td>长 一</td><td>综察科
核销科</td><td>长 二</td><td>科员 二十八</td><td>处副官 一</td><td>录事 十六</td></tr>
<tr><td>暂设军牧司</td><td>长 一</td><td>均调科
蕃殖科</td><td>长 二</td><td>科员 十二</td><td>司副官 一</td><td>录事 十</td></tr>
<tr><td>暂设军学处</td><td>长 一</td><td>教育科
步队科
马队科
炮队科
工程队科
辎重队科</td><td>长 六</td><td>科员 三十四</td><td>处副官 一
普通编辑员 三
兵事编辑员 六
绘图员 一</td><td>录事 十四</td></tr>
<tr><td>附记</td><td colspan="7">一　表列各职司，均应以陆军官佐充任，现因陆军人员尚形缺乏，拟暂以阶级相当、著有成绩之各项文官酌量参用。
一　表列参事官、检察官分为一、二、三等，以正参领以次之军官及相当之文官遴充，调查员、部副官以正参领以次之军官派充。
一　表列司处副官以正、副军校及相当之文官遴充。
一　暂设之军牧司、军学处，为将来改建军马总监及军学院基础，是以表内附于陆军审计处之后。
一　旧设之军实司，拟俟筹议就绪，即奏明实行裁并，是以表内未经列入。</td></tr>
</table>

●●盐政处会奏盐官停选厘订分发章程折

窃臣处奏《改盐官外补班次》折开,现在,各省外补轮次既经厘订,内选班次自当一律停止。应如何改给、分发酌订章程之处,容由臣等详细妥拟,再行奏明,请旨办理等因。奉旨依议。钦此。

查盐官候选人数尚多,内选班次既经奏明停止,自应酌定、分发章程,以资遵守。拟请援照《州县停选章程》略加变通。所有在部投供、合例应选各员,均令以原有班次花样呈请,分发到省后,与同班人员统行酌补。其劳绩、遇缺及数缺、插选等项,外省无班可归,均令归候、补班、补用、投供限期,即以上年十二月截止。本年正月投供者,概不收呈。前经投供间断,在截止日期以前一年内者,亦准照投供合例人员办理。其未经投供或曾经投供并非合例应选,或间断已逾一年暨在籍候选各员,均令一律报捐、分发、归试、用班、补用。如有捐纳大小花样候选者,除分发照例捐交外,准其查照《未投供州县停选办法》捐足、补用、免试用等项银两,仍以原有花样带归外补。其无力遵缴者,并准按照原捐银数,酌改花样及酌抵分发银两以上,分发各员。无论呈请、报捐,均于到省后,照章甄别,方准补用。

其投供人员呈请分发,应自本年二月起,予限半年,准其在部随时呈请,逾限之后,仍须报捐分发。庶于体恤之中仍不至漫无限制。如蒙俞允,应由吏部查照此次奏章,并将历年投供案卷详细比较,分别核办。仍将候选各员开具清单,咨送臣处,以备查考。再,此折系督办盐政处主稿,会同吏部办理,合并声明,谨奏。宣统三年(1911年)二月初九日。奉旨依议。钦此。

法部遵旨筹画各级审判厅提前办法并预拟本年筹备事宜折并单

宣统二年(1910年)十月十一日,奉上谕,前经明降谕旨,缩改于宣统五年(1913年)开设议院。所有关于宪法之各项法令及一切机关,应责成该主管衙门切实筹备。法部应筹设各级审判厅等项着即迅将提前办法通盘筹画,分别最要、次要详细奏明,请旨办理等因。钦此。嗣准"宪政编查馆"将钦定修正逐年筹备事宜清单暨原奏按语,咨行到部。查单内每年均列续办各级审判厅一项,而城治各厅成立即在宣统四年(1912年),仰见朝廷注重司法、克期观成之至意。钦悚莫名。第念自司法分权以来,应办事宜端绪繁赜,储才、筹款在在困难,绠短汲深,时虞不逮。今复兼营并计综第六年以后应办之事,责成于第五年以前。其势不能不会商各省疆臣,就各该省情形统筹兼顾。部臣遥制之难,当在圣明洞鉴。惟召集议院,为期已迫,事无可缓,即责无不辞,自不得不悉心拟议勉筹办法。谨条举概要,为我皇上缕晰陈之:

一为调查司法管辖区域。查宪政编查馆奏定《司法区域分划暂行章程》曾声明,本章程内各级审判厅未定区域者,外省由该提法司酌拟,呈请督抚核明,分别咨送法部奏定等语。良以辖地过广,赴诉不便于人民,辖地过狭,设厅又虞其烦费,事非一致,省各不同。非调查详确,则审级位置固难得宜,即经费预算亦将无据。臣部业于上年咨行各督抚,就近参酌情形,列表咨报,应仍咨催迅速办理。一俟报齐即由臣部汇核并遵照《法院编制法》第十一条之规定,赶于本年资政院开院前奏请交议,期利推行。

一为调查地方监狱处所。查地方监狱,尤与审判各厅有重大之关系。上年,臣部议覆东三省总督《变通监狱管辖》折内,业经奏明,每省除省城模范监狱外,应就地方远近,分设地方监狱。计府与直隶州应有一所,其邻近州、县人犯即解送该处监禁。究应如何平均分配,拟由臣部转饬提法司,查照奏定办法,参酌各该省户口、地域,将应设处所分别列表咨部核定,以为实行新律刑罚之准备。

一拟筹设临时法官养成所。查法官考试、任用,原定资格甚严。上年,举行法官考试虽叠,据各省咨报,奏请变通从宽收考尚苦人数无多,不敷选用,将来续办各厅同时成立,约需员额当在万人以上,自应及早储养,以备任使。

一拟附设监狱专修科。查管理监狱,责重事繁。值此狱制改良之初,非有专门人材,难期胜任。近年,各省筹办审判亦多有奏设此两项研究所及传习所者,然学期既未画一,学科非尽主要,容由臣部另拟简章,奏准通行,借广造就。此皆臣部本年实行筹备之概要也。

至城治审、检厅署之建设虽关紧要,究与省埠各厅之系中外观听者有间,若必一一依法营构,不特工程浩大,亦难旦夕观成。计将来新官制颁行后,旧日官厅当有裁改,且各省同城州、县近已有奏请裁并者,若择其可用,略加修葺改作法庭,则建筑、设备等费可省十之七八。此则属于明年举办之事。届时,拟由臣部奏请饬下各督抚体察施行。

此外,一应章程规制有为从前清单所有、而揆诸今日情形宜稍加改订者,或从前清单所无、而按诸现行事实宜酌量增入者,臣等当督饬司员赓续赶办,以冀无误时期。凡此胪举各端,悉属筹备要件,谨先将通筹分年提前办法,缮具清单,恭呈御览。伏候命下遵行。并由臣部通咨各该省,一体遵照。其余未尽事宜,或有应行变通之处,仍由各督、抚、臣随时会商。臣部剀切胪陈，请旨办理。

至此次修正清单，但将城治各厅成立提前一年，而于乡镇审判未定期限，系属循序，以图慎防窒碍。查奏定《司法区域分划暂行章程》内有：直省得酌择繁盛乡镇，设初级审判厅若干所等语。是乡镇审判之筹设，应以地方之繁盛与否为衡，此又臣等与各督抚所当斟酌时宜，督促筹办，不敢以单内未列，稍涉迁延者也。再，本年筹备实行办法，照章于上年冬间，先期奏陈，嗣因缩短年限，遵筹修正。是以奏报稍迟，合并声明，除咨明宪政编查馆查照外，谨奏。宣统三年（1911年）二月十六日。奉旨该衙门知道。钦此。

谨将酌拟臣部应行筹备事宜提前办法分年缮具清单，恭呈御览。

宣统三年（1911年）

续办各级审判厅（修正清单原文）调查全国应设各级审判厅管辖区域，拟订司法区域分划暂行章程施行细则，调查各直省应设地方监狱处所，筹设临时法官养成所并附设监狱专修科，拟订提法司办事划一章程，拟订各级审判、检察厅办事章程，奏请颁布承发吏职务章程，拟订法院书记官职务章程，拟订法官升转简补章程，拟订法官俸级章程，拟订法院书记官升转、补缺章程，拟订法院书记官俸给章程，拟订庭丁职务章程，拟订监狱官制及分课章程并监狱中医官教师职务规则，改订法官惩戒法，拟订司法汇报规程，拟订审判厅金钱物品保管章程，改订不动产登记法，拟订诉讼监狱各项书式及文件保存规则，拟订司法警察服务须知，拟订律师注册章程。

宣统四年（1912年）

续办各级审判厅（修正清单原文），筹建城治各级审判厅署，筹建各处地方监狱，拟订法官考绩章程及调查概目，拟订审判厅会计处务章程，拟订监狱官吏任用补缺章程，拟订监狱法施行细则，拟订监狱看守考试任用章程，拟订监狱官吏俸给章程，拟订巡视监狱章程，拟订监狱官吏惩戒章程，拟订监狱会计处务规程，拟订非讼事件程序法，拟订监狱作业章程，拟订监狱会计处务规程，拟订非讼事件程序法，拟订监狱作业章程，拟订感化院法并施行细则，拟订精神病人监督法并施行细则，筹设各处感化院，拟订地方分厅暂行章程，拟订法官第二次考试章程施行细则，全国城治审判厅一律成立（修正清单原文），全国地方监狱一律成立。

●●法部奏请新疆开办各厅变通任用法官片

再，上年新疆录取法官，仅得八员，不敷任使。叠据新疆抚臣电商臣部，经臣等于本月初六日具奏声明，俟妥筹办法，再行奏明办理在案。兹据该抚电称，新省商埠三处，共六厅应需推检二十四员，拟请暂行变通遵照部颁，外省各厅试办章程内用人一条，于本省候补人员中选取品秩相当，或专门法政毕业，并曾任正印或历充刑幕各员，酌量派用，并令先在省城各厅试验数月，再行发往各该处开办各等语。

查自法院编制法颁布以后，法官非经考试不得任用，今该抚电请变通各节，本与现制不符，顾念新省地居边徼、穷荒万里，人多裹足不前，若不略予变通，则各厅成立无期，贻误实非浅鲜。臣等公同商酌，拟如该抚所请，准其暂时变通办理。仍俟各员在省试验数月发往各该处开办。一年后，再由该抚查照上年京外补行考验各厅法官办法，一律严行甄别，以定汰留，而示限制。此项办法系专为新省地远才难，与内地各省迥乎不同，不得不于十分困难之中筹一暂时变通之策。此外,无论何省,均不得援以为例。如蒙俞允,即由臣部电饬该抚遵照妥办,除咨明"宪政编查馆"外,谨奏。宣统三年(1911年)二月十六日。奉旨依议。钦此。

●●宗人府奏酌拟宗室觉罗禁烟条例办法折并单表

窃维现在《预备立宪禁烟明诏》迭申诰诫。洵为振兴群志,策励自强之要图。宗室觉罗同是臣民,自应按照条例施以惩戒。臣等遵即督饬该提调、纂修等详为参考,按照禁烟条例,凡与宗室觉罗有关者,酌拟办法,谨缮清单,列表恭呈御览。如蒙俞允,即由臣衙门通咨,一体遵行。谨奏。宣统三年(1911年)二月十三日。奉旨依议。钦此。谨将《宗室觉罗禁烟办法》缮单列表,恭呈御览:

凡宗室觉罗有犯禁烟条例者,宜遵照条例处罚。惟宗室觉罗一经犯案,该管地方官即时咨明本府,会同按表分别折罚办理。

查禁烟条例,前经"宪政编查馆"核订十四条,业奉旨允准,钦遵在案。其原奏条例,兹不备录,合并声明。附折罚表。

宗室觉罗禁烟条例改折圈禁期限表

等级	罪名	年限	改折圈禁期限
一等有期徒刑	十年以上 十五年以下	十年	五年
		十一年	五年六月
		十二年	六年
		十三年	六年六月
		十四年	七年
		十五年	七年六月

二等有期徒刑	十年未满五年以上	九年六月 九年 八年 七年 六年 五年	四年九月 四年六月 四年 三年六月 三年 二年六月
三等有期徒刑	五年未满 三年以上	四年六月 四年 三年六月 三年	二年三月 二年 一年九月 一年六月
四等有期徒刑	三年未满 一年以上	二年六月 二年 一年六月 一年	一年三月 一年 九月 六月
五等有期徒刑	一年未满二月以上	十一月 十月 九月 八月 七月 六月 五月 四月 三月 二月	五月十五日 五月 四月十五日 四月 三月十五日 三月 二月十五日 二月 一月十五日 一月

谨按禁烟处罚，系照宗室觉罗犯徒罪，折圈限期加倍折圈。其处罚银圆数目，应按折罚、养赡钱粮数目、日期办理。每十五圆按十两计算，如有与以上所定应酌者，按禁烟条例第十一条办理，合并声明。

●●宗人府奏酌拟宗室觉罗违警律办法折并单表

宣统二年(1910 年)十月初八日,臣衙门具奏《修订宗室觉罗律例》一折,奉旨依议。钦此钦遵在案。窃维违警律以即结为主,亦新律之一端。原为保卫治安,共守秩序。宗室觉罗同是臣民,法律固不可因人独异,而罚例又不能不酌量改折。臣等督饬该提调、纂修等,按照违警律悉心改拟折罚办法,谨缮单列表,恭呈御览。如蒙俞允,即由臣衙门通咨,一体遵行。谨奏。宣统三年(1911 年)二月十三日。奉旨依议。钦此。

谨将宗室觉罗违警办法缮单列表,恭呈御览。

凡宗室觉罗有犯违警律者,由该管官遵律处罚,并将处罚判结理由申送本府,由府按表分别折罚办理。

查违警律前经"宪政编查馆"考核,拟订十章四十五条,业奉旨允准。钦遵在案。其原奏章程,兹不备录,合并声明。附折罚表。

宗室觉罗违警律折罚养赡钱粮表

等级	数目	折罚银两数目	折罚养赡钱粮日期	
			宗室三两	宗室二两,觉罗同
十五圆以下十圆以上	十圆	六.七	二月七日	三月十日
	十一圆	七.三七	二月十四日	三月二十日
	十二圆	八.〇四	二月二十日	四月
	十三圆	八.七一	二月二十七日	四月十日
	十四圆	九.三八	三月四日	四月二十日
	十五圆	一〇	三月十日	五月

十圆以下 五圆以上	五圆	三.三五	一月四日	一月二十日
	六圆	四.〇二	一月十日	二月
	七圆	四.六九	一月十七日	二月十日
	八圆	五.三六	一月二十四日	二月二十日
	九圆	六.〇三	二月	三月
五圆以下 一角以上	一角	.〇六七	一日	一日
	二角	.一三四	一日	二日
	三角	.二〇一	二日	三日
	四角	.二六八	三日	四日
	五角	.三三五	三日	五日
	六角	.四〇二	四日	六日
	七角	.四六九	五日	七日
	八角	.五三六	五日	八日
	九角	.六〇三	六日	九日
	一圆	.六七	七日	十日
	二圆	一.三四	十三日	二十日
	三圆	二.〇一	二十日	一月
	四圆	二.六八	二十七日	一月十日

谨按:每十五圆折养赡钱粮十两计算,如有与以上所定应酌者,按违警律第十九条办理,合并声明。

●●度支部奏各省停办春秋拨册片

再,各省春秋拨册,自雍正三年(1725年)起,历年遵办在案。查前项拨册所列之款,只有地丁、漕粮、盐茶等项,其余收支各数均未列入。现试办全国预算,本年正月十四日,已由臣部将暂行章程奏明在案。查各省出入款目,悉于预算报告册内胪列。自本年起,各省办理春秋拨册，应行奏明停止以省文牍。如蒙俞允，即由臣部行知吏部及各省督抚遵照。谨奏。宣统三年（1911 年）二月十三日。奉旨知道了。钦此。

●●会议政务处议覆驻藏大臣奏请裁撤帮办大臣改设左右参赞折

上年十二月二十九日，由军机处抄交驻藏办事大臣联豫①奏请《裁撤驻藏帮办大臣改设左右参赞》一折，奉朱批会议政务处议奏。钦此。臣等查核原奏内称，宣统元年（1910 年）二月间，奉军机处遵旨电询帮办大臣是否宜照旧案分驻后藏，臣电陈请将帮办大臣仍驻前藏，添设参赞一员驻扎后藏，管理三埠商务事宜，奏明在案。

惟朝廷厘定官制，责任必专，权限必明，藏地规模较简，所驻大臣两员政见一有参差，治理即多窒碍。现在，驻藏帮办大臣一缺尚未简放，有人拟恳圣明干断，即予裁撤，请于前藏添设参赞一员。以前藏参赞作为驻藏左参赞，禀承办事大臣筹办全藏一切要政。以后藏参赞作为驻藏右参赞，禀承办事大臣、总监督三埠商务，均由办事大臣奏保堪胜人员，请旨简放。其右参赞分驻后藏，应修造衙署，添设翻译、书记员，薪、役、食、银两拟请作正开销，至左参赞与驻藏大臣同署办公，除照部定支给公费外，即无须另设员、薪、役、食以资撙节等语。

臣等遵查驻藏大臣，设于康熙年间，本系一员。嗣于雍正时，增设帮办大臣一员，原以一人出巡，一人驻守。现既情形不同，若仍照旧分设，名实既不相符，事权更难统一。惟前藏、后藏相距五百余里，

① 联豫，生平待考。

后藏地处极边，与英属印度及尼泊尔、不丹、克什米尔接界。现又开办商埠事务尤关重要，非有大员驻扎亦不足以资镇抚而重交涉。今该大臣拟请裁撤帮办大臣，添设左、右参赞禀承筹办，以右参赞驻扎后藏，专督三埠商务，均由该大臣奏保堪胜人员，请旨简放，系为因时制宜，足供指臂起见，应请照准。即如所拟办理，其应修造衙署，添设翻译、书记各员、薪费等项应令详细另造预算清册，分别奏明核办。谨奏。宣统三年(1911 年)二月十七日奉旨着依议。钦此。

大清宣统新法令第三十册终

附分类目录①

（自第二十六册至第三十册止）

上谕 庚戌（1910年）十一月至辛亥二月二十四日

① 此分类目录，原书排放在第三十一册，现调至第三十册末。

官规

外交

民政

财政

教育

军政

刑律

司法类

农工商

交通

礼制